KB041049

외톨이

흡혈 공주의 고뇌

3

[Hikikomari
the Vampire Countess
no
Monmon]

빌헤이즈

사쿠나 메모아

리조트 in 몽상 낙원

테라코마리 건데스블러드

작전 회의……?

빌 코마리의 메이드

코마리 네리아의 메이드?

"그렇군요……"

"오므라이스~~♪"

천조낙토 오검제 아마츠 카루라

"그럼 상황을
정리해 볼까?"

겔라 알카 공화국 팔영장

네리아 커닝엄

네리아의 메이드

게르트루드

Illustrations copyright ©riichu

【진류(盡劉)의 검화】

[고홍의 애도] 검산도수 (劍山刀樹)

Hikikomari
the Vampire Countess
no Monmon

고뇌

흡혈고공주의

외톨이

3

코바야시 코테이

illust : 리이츄

고나현 옮김

커버, 삽화, 본문 일러스트
리이츄

피가 터져 나온다. 고함이 터져 나온다. 마법이 터져 나온다. 이어서 요한의 목이 날아간다.

횅한 초원 곳곳에서 보기만 해도 무시무시한 살육전이 펼쳐지고 있다.

동군, 흡혈귀만 거느린 소수 정예. 뮬나이트 제국군.

서군, 도검 민족으로 이뤄진 전투집단 겔라 알카 공화국군.

"각하! '월도희(月桃姬)'의 부대가 옵니다! 반격하죠!"

카오스텔이 소리쳤다. 그러는 동안에도 정체 모를 공간 절단 마법이 다가오는 적들을 갈기갈기 찢어놓는다. 다른 녀석들도 핏발 선 눈으로 적군에게 돌격해 분주히 전류종들을 도륙한다. 도륙당한 전류종의 새빨간 피가 분수처럼 터져 나와 초원을 적셨다.

"죽어라아아아아앗!" "겔라 알카의 골통들이이이!" "각하께 칭찬받을 사람은 바로 나다아아!" "야, 그건 내 사냥감이야!" "웃기지 마, 내가 먼저 찾았거든!" "가로채지 마라, 죽어어엇!" "끄아아아아아아!"

·················.

············.

"기뻐하세요, 코마리 님. 적이 주춤하고 있어요."

"어떻게 기뻐하냐?!"

내 영혼이 절규했다.

핵 영역이다. 즉 전쟁이다. 야수처럼 날뛰는 부하들을 바라보며 심장이 두근두근, 벌렁벌렁하는 건 늘 그렇지만 이번만은 상황이 다르다.

이미 제7부대의 절반은 전투 불능이다.

벨리우스는 부상 때문에 못 움직인다. 요한은 어느새 죽었다. 남은 간부는 내 옆에서 맹활약 중인 카오스텔과 내 옆에서 뜬금없이 춤을 추고 있는 멜라콘시, 내 옆에서 태평하게 만주를 먹는 빌뿐이었다.

"그나저나 이번 싸움은 무시무시하네요. 적이 바로 코앞까지 왔어요."

"꼭 남 일처럼 말한다! 간식은 왜 먹는 건데!"

"아마츠 님께 받은 게 남아서……. 코마리 님도 드실래요?"

"먹고 있을 때가 아니잖아! 먹긴 하겠지만!"

난 만주를 낚아채어 입에 던져넣었다. 앙금이 들어 있었다. 물렁물렁하다. 이 만주나 내 생각이나, 모든 것이——.

그때 앞쪽에서 힘차게 날아온 칼이 내 발밑에 꽂혔다.

나는 당황해서 빌 뒤에 숨으며 적군을 살핀다. 전류종들은 제7부대의 본진을 향해 필사적으로 돌진한다. 까딱 잘못하면 우리 군이 격파당할지 모른다. 무서워.

"제길……. 일이 왜 이렇게 된 거야!"

"그야 적이 강하기 때문이죠. 저 월도희는 시대를 주름잡는 알카의 대장군. 지난번 그 일이 있은 후 세간의 평가는 코마리 님과 동등해졌어요."

"실제 실력은 물벼룩과 공룡만큼이나 다르잖아."

"코마리 님이 공룡이죠."

"그럴 리가 있냐아~!"

나는 빌의 등을 통통 쳤다. 아니, 이렇게 아무짝에도 쓸모없는 설전을 벌일 때가 아니다. 바로 코앞까지 '죽음'이 다가와 있다……!

"각하. 조금 난감한 상황인데요."

카오스텔이 탈옥에 실패해서 형기가 늘어난 수감자 같은 표정으로 말했다.

"저희 군의 피해가 심각합니다. 한편 월도희의 진영은 크게 무너지지 않았어요. 팀을 짜서 반드시 2 대 1이 되게끔 잘 대처하고 있습니다. 뭐 이런 비열한……!"

그냥 우리가 너무 단순 무식한 거겠지! ──그렇게 말하고 싶지만 할 수 없다.

부하의 기대를 배신할 순 없다. 신진기예의 칠홍천으로 알려진 난 이런 상황에서도 여유 만만한 태도를 보여야 한다. 진심 싫지만!

"안심해. 나한테 생각이 있거든."

나는 대담하게 웃으며 말했다. 참고로 아무 생각도 없다.

"하지만 그걸 내 입으로 말하면 재미가 없잖아. 자, 빌. 총명

한 너라면 생각이 미치겠지?"

"제 생각은 코마리 님의 생각에 미치지 못해요."

"미치게 해!!"

"각하! 월도희가—— 네리아 커닝엄이 나타났습니다!"

그때 비릿한 냄새를 풍기는 선풍이 초원을 휩쓸었다.

나는 놀라서 적군을 돌아본다.

상대는 첩첩이 쌓인 흡혈귀의 시체를 등지고 의연하게 서 있었다.

분홍빛 머리. 소녀틱한 군복.

양손에 든 예리한 쌍검이 새빨갛게 젖어 있다—— 도검 나라의 공주님, 월도희라 불리는 네리아 커닝엄이다.

나와 동갑인 살인귀는 순수한 미소를 띠며 꼭 오랜 친구를 대하듯이, 그러나 어디까지나 고압적으로 이렇게 말했다.

"——겨우 여기까지 왔네. 코마리, 내 종이 되도록 해."

잠깐 생각해 보자. 여섯 종족 중에서도 가장 흉포한 게 무엇인지.

물론 흡혈귀는 흉포하다. 우리 부대가 무엇보다 큰 증거겠지.

이웃 나라 수인들도 흉포하고, 북방의 창옥종도 나름대로 위험한 녀석들이다.

하지만—— '원하는 건 죽여서라도 갖는다'. 그런 소리를 공공연히 떠들 뿐만 아니라 실제로 이행하는 녀석들도 제정신은 아닐 것이다.

그래, 전류종.

도검에게 사랑받는 철의 전투 민족.

그들은 연인을 얻을 때도 상대를 반죽음으로 만들어 복종시킨다고 한다. 그리고 난 반죽음 상태로 저 녀석 소유가 되기 직전인 상태였다.

일이 왜 이렇게 됐지.

생각해 보면 그 녀석의 초대장을 받았을 때부터 모든 게 틀어졌다.

아아. 그 리조트에 가지만 않았어도——.

초대장 테라코마리 건데스블러드 님

뮬나이트 제국군 여러분

핏빛 물보라가 세찬 요즘, 여러분이 더욱더 건승하시길 기원합니다. 자, 전류식으로 간단명료하게 말씀드리죠. 우리나라 겔라 알카와 귀국은 불행한 엇갈림으로 인해 전대미문의 고비를 맞이한 상태입니다. 그래서 양국의 긴장 완화를 도모하고자 소소하나마 다과회를 열기 위해 펜을 들었습니다. 핵 영역 훌랄라 주의 리조트 '몽상낙원'에서 기다리고 있겠습니다. 아무쪼록 참석해 주세요. 부디 흡혈귀와 전류가 강한 결속을 맺어 육국 태평이라는 비원을 이루길 바랍니다.

겔라 알카 공화국 팔영장

네리아 커닝엄

여름은 집에 있어야 하는 계절이다.

원래 내가 인도어 파라는 건 두말할 필요도 없지만, 거기에 차원이 다른 무더위가 더해지면 '바닥에 단단히 뿌리를 내리는' 경지에 달하는 건 당연한 일이었다.

그래서 오늘도 마음껏 집에 틀어박혀 있을 생각이었다.

애초에 나에게는 집에만 있을 권리가 있다.

생각해 보자. 바로 얼마 전에 있었던 성가신 소동—— 칠홍천 투쟁을.

솔직히 종반의 흐름이 잘 기억나지 않지만 어쨌든 나는 살아남았고 테러리스트 그룹 '뒤집힌 달'의 음모도 깨졌으며, 내 후배 사쿠나도 과거를 청산하고 새로운 길을 가는 데 성공했다.

경사스러운 일이다.

더욱 경사스러운 건 내가 이 투쟁을 통해 2주일의 휴가를 얻었다는 것이다. 뭐가 뭔지는 모르겠지만 내가 이끄는 제7부대가 우승한 거다. 아마 부하들이 날뛰어준 덕이겠지. 전투밖에 모르는 바보라도 뜻밖에 도움이 되는 일이 있어서 섣불리 대할 수 없다니까.

어느 쪽이든 이긴 포상으로 얻었다. 2주일의 휴가를.

그래, 2주일의 휴가다.

2주일의——.

"휴가인데 무슨 바다냐고……."

푸른 하늘. 흰 구름. 조수의 냄새. 쨍쨍 내리쬐는 햇빛. 반짝반짝 빛나는 바다——.

아득하게 펼쳐진 모래사장 위에서 제7부대 녀석들이 즐겁게 비치 발리볼 중이다. 그런데 왠지 마음이 딴 데 있는 것처럼 가끔 날 힐끗힐끗 바라보는 이유가 뭘까. 딱히 일하러 온 게 아니니까 마음껏 놀면 될 텐데. 안 혼내거든?

"코마리 님, 아이스크림은 어떠세요?"

날 부르는 소리에 뒤를 돌아본다.

쿨한 푸른 머리의 소녀가 서 있었다. 평소의 변태 메이드가 아니다——. 오늘만은 대담한 비키니 차림이다. 용케 남들 앞에서 저런 차림을 하는구나. 존경심마저 든다. 눈 둘 곳이 없어진 나는 고개를 돌린 채 아이스캔디만 받아들었다.

아, 맛있네. 역시 여름은 차가운 게 최고지.

그렇게 생각하는데 수영복 입은 메이드—— 빌헤이즈가 어이가 없다는 듯 한숨을 내쉰다.

"파라솔 아래에서 쉬는 것도 좋지만 모처럼 바다에 왔으니까 노셔야죠. 같이 헤엄쳐요."

"싫어."

"왜요?"

"해파리가 있을지도 몰라."

"없어요. 있어도 제가 잡아다 저녁거리로 삼을게요."

"……너도 알잖아. 자랑은 아니지만 난 진짜 맥주병도 놀랄 만큼 맥주병이거든. 어릴 적에 동생이 욕실에서 밀쳐서 물에 빠진 적도 있어. 저렇게 넓은 바다에 들어갔다가 거센 파도에 휩쓸리면 순식간에 떠내려가서 죽을걸."

"괜찮아요. 제가 헤엄치는 법을 하나하나 알려드릴 테니까 우선 그 거슬리는 래시가드부터 벗으시죠."

"그만해! 손대지 마! 벗으면 살이 타잖아!"

"그럼 선크림을 발라드릴 테니까 다 벗으세요."

"됐어, 혼자 할게! 애초에 바다라고 꼭 수영복을 입고 놀아야 한다는 규칙은 없잖아! 난 그늘에서 계속 책을── 앗! 다가오지 마, 옷 잡아당기지 마! 잠깐, 그만해! 이 변태 메이드────, 아."

철퍽.

내가 들고 있던 아이스크림이 빌의 가슴에 직격했다. 끈적끈적한 것이 흰 살에 들러붙는다.

"……코마리 님."

"미, 미안."

"음식을 함부로 다루면 안 되죠. 핥아주세요."

"핥겠냐!!"

이미 인내의 한계에 도달한 나는 잽싸게 그 자리를 벗어났다. 그런데.

"꺄악."

"우왁?!"

부드러운 뭔가와 충돌해 엉덩방아를 찧고 말았다. 대체 무슨 일인가 싶어 시선을 든다. 그곳에 서 있는 건 백은색 머리의 소녀 사쿠나 메모아였다.

여지없이 사쿠나도 수영복을 입고 있다.

게다가 뭔가 팔랑팔랑한 장식이 달린 엄청나게 기합이 들어가 보이는 수영복이다.

"괘, 괜찮으세요? 설 수 있어요?"

"아아……, 미안해."

나는 사쿠나의 도움으로 일어났다. 그리고 그녀의 몸을 물끄러미 바라본다.

희다. 모든 게 희다.

너무 아름다워서 나는 여름의 더위도 잊고 잠깐 넋을 잃고야 말았다.

문득 떠오른 것은 지난번의 소동이다.

그녀는 정부 고관 연속 살인사건을 일으켜서 벌을 받았다. 하지만 정신적인 문제로 참작의 여지가 있었기에 큰 벌은 아니었다. '일주일 동안 뮬나이트 궁전의 욕 나오게 긴 복도를 걸레로 닦아야 하는 벌', 그리고 '다른 나라와 지겹도록 전쟁해야 하는 벌'이다. 걸레질은 둘째 치고 후자는 정신이 나갔다고 표현할 수밖에 없다. 황제는 사쿠나가 이끄는 제6부대를 외국의 군대와 지겹도록 싸우게 했다. 의미를 모르겠다. 본인 왈, 요 일주일 사이 다섯 번 싸워서 세 번 이겼단다. 즉 두 번은 죽었다는 것인데 너무 스파르타인 황제의 소행에 항의라도 해주겠다고 나는 펄쩍 뛰었지만, 사쿠나 본인이 '괜찮아요'라면서 막는 바람에 분노를 거두었다. 정말 착실하다니까.

그건 그렇고 갑자기 사쿠나가 창피하다는 듯 뺨을 붉히며 시선을 피했다.

"코마리 씨. 그…… 같이 놀지 않으실래요?"

"응?"

"기껏 왔는데 바다를 즐기지 않으면 조금 아깝잖아요."

"…………."

객관적으로 생각하면 사쿠나 말에는 일리가 있다. 굳이 핵 영역의 리조트까지 왔는데 책만 읽고 있는 건 싱겁게 느껴지기도 했다.

"코마리 씨는 수영을 잘 못하죠? 괜찮으시면 헤엄치는 법을 알려드릴까요?"

"끄응……. 언젠가 배워야겠다고 생각은 했는데……."

"그럼 잠깐 바다에 들어가 보죠. 무리하지 않아도 되니까요."

"하지만……."

"괜찮아요. 제가 계속 지켜볼게요."

사쿠나는 얼굴을 붉힌 채 그렇게 말했다.

그건 좀 반칙이지. 그렇게 나오면 거절하는 게 잘못 같잖아.

"……하, 하는 수 없지. 뭐든 경험이니까. 괜찮으면 나랑 같이 놀아줄래?"

"네, 기꺼이! ——그럼 옷 좀 벗길게요."

사쿠나의 손이 내 웃옷 지퍼에 닿았다. 그러나 나는 주저하고 말았다.

"자, 잠시만. ……사쿠나는 창피하지 않아?"

"수영복이요? 그, 그러게요. ……저 혼자는 창피하니까 코마리 씨도 같이 벗지 않으실래요?"

솔직히 너무 싫다. 하지만 사쿠나의 부탁이라면 거절할 수 없다.

뭐, 모처럼 온 바다니까. 바다 하면 수영복이고. 물에 적응하는 것도 중요하니까——. 에잇, 어쩔 수 없지. 가보자고!

나는 결의를 다지고 천천히 지퍼를 내렸다.

래시가드가 모래 위에 떨어진다. 노출된 피부에 바닷바람이 닿아 묘하게 기분이 좋았다.

그 순간, 어디선가 환호성이 터졌다. 무슨 일인가 싶어서 소리가 난 쪽을 본다. 부하들은 내 쪽은 거들떠보지도 않고 비치발리볼을 즐기고 있었다. ……? 뭐 됐나.

"자, 자. 벗었어. 이제 똑같지."

"네. 수영복이 정말 잘 어울리네요."

얼굴이 화끈거린다. 칭찬해 줘도 전혀 기쁘지 않다. 이러면 속옷을 입고 돌아다니는 거랑 다를 게 뭐지. 변태 메이드와 동급 아닌가? 바보 같지 않나?

"히약?!"

그렇게 생각하다가 이상한 소리가 튀어나왔다. 갑자기 사쿠나가 내 배를 손가락으로 쿡 찔렀기 때문이다. 사쿠나는 장난이 통했다는 듯 키득거리며 웃고 있었다.

"……후후. 역시 코마리 씨도 저랑 같네요."

나는 살짝 반항심을 느꼈다. 갑자기 건드리다니 배짱 한번 좋은데?

"너, 너어──! 내가 간지럼 잘 타는 걸 알면서──!"

"어, 그래요? ───꺅."

"복수다! 눈물 나게 웃다가 행복해져랏~!"

"앗, 코마리 씨, 간지럽히지 마요~! 아하하하하하하."

사쿠나는 몸을 비틀며 달리기 시작했다. 놓칠 거 같냐! ──나는 사쿠나를 쫓았다.

평소의 나라면 절대 이러지 않는다. 텐션이 이상해져 있었던 거다. 수영복 때문에 드는 수치심을 얼버무리기 위해 자포자기로 한 행동이었겠지——. 그렇게 냉정하게 자신을 분석하는데 갑자기 뒤에서 차가운 시선을 느꼈다. 빌이 게슴츠레한 눈으로 이쪽을 보고 있었다.

"……코마리 님. 왜 메모아 님에게는 그렇게 쉽게 넘어가시는 거죠?"

정신이 퍼뜩 들었다. 내가 뭐 하는 거지.

"따, 딱히 넘어간 건 아니야. 그냥 사쿠나에게 맞춰주는 거지."

"그럼 저한테도 맞춰주실 수 있잖아요? 이건 엄연한 차별이에요. 아, 스마일."

찰칵 소리가 난다.

"그만해, 찍지 마! 카메라는 어디서 나오는 거야! 그런 창피한 짓을 서슴없이 하면 경계할 수밖에 없잖아!"

"코마리 씨~! 바닷물이 시원해요~!"

멀리서 사쿠나가 손을 젓고 있었다. 만면의 미소다. 너무 예뻐서 눈앞이 아찔하다.

"……후배가 나를 부르는데 흔쾌히 가줘야지."

"뭐, 됐어요. 코마리 님이 노는 데 흥미를 갖게 된 건 기쁘니까요."

"아니, 그러니까 흥미 있는 게 아니라고. 실은 그늘에서 계속 책이나 읽고 싶어. 하지만 사쿠나가 놀자니까 별수 없이——."

"변명은 됐으니까 물로 가죠. 저하고도 놀아주세요."

"아, 이봐, 잡아당기지 마! 잠시만, 튜브 챙겨올게!"

"튜브라면 여기 있으니까 괜찮아요!"

"준비성 한번 좋네?!"

공기가 **빵빵**하게 들어간 튜브를 건네받는다. 이게 있으면 물에 빠질 걱정도 없겠지. 빌과 함께 가볍게 스트레칭부터 하고 그녀가 이끄는 대로 순순히 바닷물에 발을 담갔다.

차가워. 기분 좋아. 미지의 감각이야. 바다는 이런 느낌이구나.

"코마리 님, 여기 보세요."

"어? ──히야아아악?!"

갑자기 물세례를 받은 난 엉덩방아를 찧어 버렸다.

온몸이 흠뻑 젖었다. 잠깐 무슨 일이 벌어진 건지 이해가 안 됐다. 하지만 빌이 싱글벙글 웃으면서 이쪽을 바라보고 있어서 모든 걸 짐작했다. 그 순간 분노가 타오르는 걸 느꼈다.

이 녀석── 잘도 이런 짓을!

"받아라──!"

난 복수라도 하듯 물보라를 일으켰다.

빌은 어째서인지 피하지 않았다. 비명 한 번 지르지 않고 바닷물을 뒤집어쓴다.

응? 왜지? ──의아해하는데 빌이 "후후후" 하고 대담하게 웃으며 말한다.

"이제 반격할 권리를 얻었네요."

"뭐⋯⋯. 먼저 공격한 건 너잖아!"

"상관없어요. 전쟁은 시작됐어요! 패자는 승자에게 무조건 복종해야 합니다!"

"승패의 기준을 전혀 모르겠——, 와아아아아! 뭐야, 물총은 반칙이지! 사쿠나, 도와줘! 힘을 모아서 저 녀석을 이기자!"

"네, 네! 죄송해요, 빌헤이즈 씨!"

"2 대 1?! 좋아요——, 제 마법으로 사이좋게 수영복을 벗겨드리죠!"

이렇게 해서 전쟁이 시작됐다.

굳이 말할 것도 없지만 나는 희대의 현자다. 지금은 칠홍천 대장군이라는 무시무시한 일을 하고 있지만, 장래 재미있는 소설을 완성해서 작가로 데뷔할 예정이다.

작가가 되기 위해서는 다양한 경험이 필요하다. 바다에서 논적이 없으면 작가가 될 수 없겠지. 그러니까 이건 장래를 위한 투자다. 결코 신이 난 게 아니다.

사쿠나나 빌과 놀아줘야 하기도 하고. 응.

그러니까 신이 난 게 아니다.

신이 난 게, 아닐, 텐데…….

……어라?

조금 재미있는 것 같기도…….

☆

핵 영역. 여섯 마핵의 영향 범위가 겹치는 특수한 지대다. 여기서는 모든 종족이 마핵의 혜택을 볼 수 있기에 각국이 엔터테인먼트(웃음)를 개최할 때 종종 이용한다. 뭐, 이번엔 전쟁하러 온 게 아니지만. 리조트에서 속 편하게 노는 것만 봐도 '이제부터 살육전을 벌이겠다'라는 분위기와는 거리가 멀다.

솔직히 말하자면 나는 다과회에 초대받았다.

그것도 한 번도 만난 적 없는 타국의 장군에게.

초대장을 보낸 사람은 겔라 알카 공화국의 팔영장 중 하나인 네리아 커닝엄. 여섯 나라의 장군 중에서도 꽤 강한 부류라는 소문이 있는 전류종 소녀로, '월도희'라는 거창한 이명을 가진 모양이다. 어찌 된 영문인지 이 네리아라는 소녀는 면식도 없는데 나와 제7부대를 리조트에 초대했다(참고로 사쿠나는 멋대로 따라왔다). 게다가 대절이다.

처음에는 무슨 함정이 아닐까 했다. 빌도 함정이라고 했다. 하지만 황제가 이렇게 말했다.

「겔라 알카와의 관계는 지난 일 때문에 악화했어. 이 초대장은 언뜻 보면 양국의 관계를 회복하기 위한 것 같지만, 다른 사람도 아니고 저 괴물이니 속으로는 무슨 생각을 하고 있을지 모르지. 아마 네리아 커닝엄인지 뭔지는 이제부터 죽일 상대의 실력을 확인할 생각인 거야. 좋아, 코마리. 가겠다고 해. 그리고 역으로 적의 실력을 관측하도록.」

결국 함정에 전력으로 뛰어들라는 거다.

바보냐! 나는 방에서 아이스크림을 먹으면서 책이나 읽고 싶거든! ——그렇게 호소해봤자 아무 의미도 없을 것은 뻔하다. 나는 칠홍천 대장군. 황제의 명령을 거역하면 폭사할 위험성이 있다. 슬슬 진지하게 전직을 고려해 봐야겠군. 역시 내가 소설가로 데뷔하면 황제 녀석도 '양립하기는 힘들 테니까 그만둬도 된다'라고 할지 모른다.

어쨌든 그런 사정으로 핵 영역의 바다까지 왔다.

덧붙여 네리아 커닝엄은 아직 못 만났다. 그쪽 메이드 말로는 '준비가 될 때까지 바다에서 쉬고 계세요'란다. 듣자 하니 그 월 도희는 꽤 잠꾸러기라는 듯하다. 왠지 친근함이 샘솟는걸. 뭐, 그건 둘째 치고──.

"──아하하하하하하! 빌, 어딜 보는 거야! 그쪽으로 갔는데~!"

나는 신나 있었다. 나잇값도 못하고 신나 있었다.

하지만 이건 소설 취재의 일환이다. 진짜 신이 난 게 아니라. 재미있냐 없냐를 따지면 재미있지만 마음속에는 얼음 같은 냉정함이────.

"코마리 씨! 패스예요!"

"응! 와앗."

나는 날아온 수박 무늬 비치볼을 간신히 튕겨냈다.

바다에 떨어지면 패배. 그런 룰이다.

튕겨 나간 공은 교묘하게 빌 쪽으로 갔다. 빌 녀석은 평소처럼 민첩함을 발휘해 공 쪽으로 달려갔지만 직전에 발이 미끄러졌는지 첨벙! 하고 바다에 얼굴부터 처박혔다.

나는 소리 내어 웃고 말았다. 빌 너 의외로 덜렁거리는 면이 있구나.

"자, 빌이 졌어~! 벌칙 당첨!"

"분해요……."

빌이 물에서 고개를 쑥 내밀었다. 정말 납득이 안 간다는 표정이다. 빌의 그런 얼굴은 쉽게 볼 수 없기에 왠지 기뻐졌다.

좋아, 좋아. 이런 식으로 변태 메이드를 꺾어버리자고.

다음은 수박 깨기로 할까? 모래성 쌓기 대회도 열고 싶다. 운동은 젬병이지만 비치 발리볼도 해보고 싶고……. 아니, 아니. 승부가 다는 아니지. 튜브를 잡고 느릿느릿 파도를 타는 것도 재미있을지 모른다——. 왠지 너무 즐거워서 설레는걸!

"코마리 씨, 벌칙은 어떻게 하실 건가요?"

"응? 으음——."

아무 생각 없었다. 참고로 지면 이긴 사람 말을 뭐든 듣는 벌이다. 냉정하게 생각해 보면 위험성이 너무 큰 조건이었지만, 내가 이겼으니까 아무 문제 없지.

"그렇지, 주스 좀 사 와. 복숭아 맛이 좋겠어."

"아. 그럼 전 우롱차로……."

"알겠습니다. 사 올게요."

그렇게 말한 빌은 자리에서 일어났다.

위쪽 수영복이 사라지고 없었다.

나와 사쿠나는 비명을 지르며 빌 쪽으로 달려갔다.

"잠깐아아아안! 벗겨졌어! 벗겨졌다고!"

"어, 얼른 입으세요! 저기에는 제7부대 사람들도 있으니까……."

"하지만 벌칙이니까 주스를 사 와야 해요."

Illustrations copyright © riichu

"그건 나중에 해도 되잖아! 사쿠나, 수영복을 찾아줘!"

"네!" 사쿠나가 황급히 주변을 둘러봤다. 대신 나는 빌 눈앞에 서서 앞을 가로막는다.

"이봐, 멈춰! 창피하잖아――, 아니, 멈추라고! 뭐 하는 거야!"

나는 빌에게 매달리듯 빌의 움직임을 막았다.

"말리지 마세요! 저에게는 주스를 사 온다는 중요한 사명이 있다고요!"

"그런 사명은 버려! 명령 변경이야, 얼른 가려!"

"명령을 바꿀 수 있다는 룰은 없어요. 그렇게 바꾸고 싶다면 제 명령을 들어주세요."

"완전히 억지네! 좋아, 말해봐!"

"방금 그 승부는 없었던 걸로 하고 한 번 더 승부하죠."

대체 얼마나 지는 게 싫길래.

"찾았어요!!" 사쿠나가 매장된 금이라도 찾은 듯 힘껏 소리쳤다. "빌헤이즈 씨, 얼른 이걸……!"

"그걸 입는 데는 조건이 있어요."

"알았어! 한 번 더 승부해 줄게!"

"아니요, 그건 가리기 위한 조건이고 입는 조건이 아니에요."

"아아아아아아아아아, 귀찮게 구네! 뭘 원하는데?!"

"원하는 건 단순해요. ――코마리 님, 슬슬 수영 연습을 하는 게 어떨까요?"

뭐? ――말문이 막혀 버렸다. 빌은 가슴을 훤히 드러낸 채로 담담히 말했다.

"전에 강에 빠져서 헬데우스 헤븐 님이 구해주셨죠? 다음에도 누가 구해줄 거라고 할 순 없으니까 수영은 배워둬서 나쁠 게 없을 거예요."

"…………."

참고로 내가 수영을 못한다는 건 공공연한 사실이다. 헬데우스가 말한 것은 아니다. 그 강에서 있었던 일을 통행인이 본 것이다. 실망한 부하들이 하극상을 일으키지 않을까 했지만 그런 일은 전혀 없었고, '결점이 있는 게 더 친숙하다', '오히려 귀엽다' 같은 의견이 다수 나왔다. 수영을 못하는 게 귀엽다는 감성은 전혀 이해가 안 된다. 어쨌든 이러니저러니 해도 착하다니까, 제7부대 사람들은. 아니, 그건 그렇고.

"헤엄치라고 해도…… 나는 물에 고개를 대지도 못하는데?"

"괜찮아요, 코마리 씨. 제가 알려드릴게요. 계속 손을 잡고 있을 거예요."

사쿠나가 내 손을 잡는다. 그렇게 반짝반짝한 눈으로 보면 거절하기 힘들다. 뭐, 수영은 배워두는 게 좋기는 해. 더 다양한 방법으로 놀 수도 있고──. 아니, 아니지. 말이 헛나왔네. 놀고 싶은 게 아니라 자기 발전을 위해서야. 언젠가는 돌고래 무리와 함께 헤엄칠 수 있게 해보자.

"……알았어. 사쿠나, 괜찮다면 나한테 이것저것 알려주지 않을래?"

"네, 그럴게요!"

"잠시만요!" 빌이 끼어들었다. 그 전에 수영복부터 입어. "메

모아 님을 번거롭게 할 순 없죠. 코마리 님께는 제가 가르쳐드릴
게요."

"하, 하지만 전 가르치는 건 자신 있어요."

"제가 더 적임이에요. 괜히 '코마리 님의 튜브'를 자칭하는 게
아니라고요."

자칭한 적 없잖아.

"그럼 저는 '코마리 씨의 스노클'이에요!"

미안, 사쿠나. 뭔 소린지 모르겠어.

"튜브든 스노클이든 코마리 님이 필요로 하는 게 중요해요.
자, 코마리 님, 저와 메모아 님 중 누구에게 배우고 싶으세요?"

"사쿠나."

"정말요?!"

사쿠나는 펄쩍 뛸 것처럼 기뻐했다. 그에 반해 빌은 여우에게
물어뜯기기라도 한 듯한 표정으로 멀뚱멀뚱 서 있다. 이봐, 최
소한 앞은 가려.

"왜, 왜죠……? 저한테 배우면 하루 만에 날치를 능가하는 힘
을 얻을 수 있는데……."

"그런 문제가 아니야. 난 사쿠나가 낫겠다고 생각했어. 잘 부
탁해, 사쿠나."

"네, 잘 부탁드려요."

"다시 생각해 보세요, 코마리 님!"

힘껏 팔을 잡아당긴다. 그만해, 힘 싣지 마. 가슴으로 짓누르
지 마!

"메모아 님은 위험인물이에요. 수영을 가르치는 김에 코마리 님의 몸을 구석구석 만질 뿐만 아니라 틈을 봐서 수영복을 뺏으려 들 게 뻔해요! 실제로 제 건 뺏겼고요!"

"빼, 뺏은 적 없어요! 돌려드릴게요! 또 코마리 씨는 제가 가르칠게요!"

휙 팔을 잡아당긴다. 이봐, 사쿠나. 빌과 경쟁할 필요는 없거든?!

"빌헤이즈 씨야말로 수상해요. 어차피 이상한 생각 중인 거 아니에요?"

"근거도 없이 의심하다니 정상은 아니네요. 그렇죠, 코마리 님?"

"근거도 없이 사쿠나를 의심한 건 너잖아! 그보다 얼른 놔!"

"근거는 있어요. 메모아 님은 코마리 님 굿즈를 불법으로 만든 위험인물이니까요."

"윽――. 아, 악의는 없어요. 요즘은 굿즈 제작도 삼가는 중이고요."

"하지만 아직 도촬은 하고 있죠?"

"……………………………………………………아닌데요?"

"응? 사쿠나? 뭐야, 그 텀은."

"저는 다 알아요. 메모아 님은 베개 밑에 몰래 찍은 사진을 놓고 코마리 님과 이런 짓 저런 짓 하는 꿈을 꾸려고 노력하고 계시잖아요."

"어떻게 그런 것까지……?! 아니요, 하지만 그건 코마리 씨를 좋아해서 하는 거예요! 빌헤이즈 씨가 나설 권리는 없다고 보는데요!"

"물론 그럴 권리는 없죠. 저도 하고 있으니까요. 코마리 님을 좋아해서요."

"하고 있다고?!"

"그게 다가 아니에요. 코마리 님의 베개에도 제 사진을 넣어 두고 제 꿈을 꾸게 하는 작전을 결행 중이에요. 아무래도 이건 메모아 님도 따라 할 수 없겠죠?"

"요즘 네가 꿈에 나오는 게 그것 때문이었냐—!"

"윽……. 그, 그게 뭐요? 저도 마법을 써서 코마리 씨 뇌를 조작하면 확실히 제 꿈을 꾸게 할 수 있거든요."

"…………."

요즘 들어 사쿠나의 브레이크도 맛이 간 것 같다. 나는 둘의 팔을 뿌리치며 소리쳤다.

"에잇! 진짜! 아까부터 뭐라는 거야! 나는 사쿠나에게 배우기로 했어! 빌은 가까이에서 지켜봐 주면——."

"오, 오오. 테라코마리! 몸은 좀 어때?!"

갑자기 누가 불러서 깜짝 놀랐다.

서핑 바지 하나만 입은 금발의 남자가 모래사장 쪽에서 우리를 내려다보고 있다. 나는 빛의 속도로 빌 쪽을 봤다. 빌은 빛의 속도로 수영복을 착용한 상태였다. 크, 큰일 날 뻔……. 뭐, 그건 그렇고 금발의 남자는 요한 헬더스다. 그는 긴장한 듯한 걸음으로 다가왔다.

"그 뭐냐, 오늘은 날씨가 좋네."

"뭐, 그렇긴 한데……. 왠지 너 수상해 보인다?"

"따, 딱히 그렇진 않은데. 그런데 테라코마리."

"왜?"

"그 수영복, 잘 어울리네!"

"응? 고마워⋯⋯."

갑자기 무슨 소리래. 조금 멋쩍은데── 그렇게 생각했다.

퍼엉! 뭔가가 부서지는 폭발음이 났다. 빌이 수박 비치볼을 맨손으로 터뜨린 모양이다──. 아니, 뭔데?! 물건은 소중히 다뤄야지!

"맞다. 모처럼 바다에 왔으니까 수영 연습이라도 해. 혹시 괜찮으면 내가 가르쳐줄 수 있는데헥?!"

요한이 손을 잡으려고 한 순간, 그의 몸은 잔상을 남기며 날아갔다.

꼭 물수제비처럼 해면을 총 세 번 바운드하더니 첨벙! 소리와 함께 파도에 잠겨 모습을 감췄다. 무슨 일인가 싶어서 뒤를 돌아본 순간, 꼭 식인 상어 같은 형상을 한 흡혈귀들이 그런 요한에게 달려들었다.

"너 이 자식, 뭘 각하께 말을 걸고 자빠졌냐아아아!!" "장난하나⋯⋯. 장난하나아아아아!!" "새치기하는 녀석에게는 정의의 철퇴를!!" "죽어, 세 번 정도는 죽어!!" "'그 수영복, 잘 어울리네'⋯⋯? 당연한 소릴 하고 있어, 이 얼간이가아아아아아!!"

게다가 초고속으로 떡메라도 치듯이 도끼며 해머로 해면을 내리친다. 저 정도면 요한은 죽겠네──. 아니, 아니, 아니, 아니! 왜 그러는 건데?!

"이봐, 너희들! 아무리 그래도 너무 갑작스럽잖아?!"

"각하! 다친 곳은 없으십니까?!"

카오스텔이 초조한 표정으로 말을 걸었다. 그러나 10m 정도의 거리가 있다.

"아니, 멀쩡한데. 왠지 좀 멀어 보인다?"

"각하의 반경 10m 내에 들어가선 안 된다. 그런 규정이 있거든요."

"어, 어째서? 그러면 다 같이 못 놀잖아……."

"?!?!?! ——아, 아니요. 정말 감사한 말씀이지만……, 그래도 우선 단독으로 변태 짓을 한 발칙한 야수부터 사형에 처해야겠죠!"

카오스텔이 뜬금없는 말을 외친 것과 거의 동시에 퍼어어엉! 하고 해면에 불기둥이 치솟았다. 불덩어리가 된 흡혈귀들이 "앗, 뜨거. 앗, 뜨거" 하고 바다로 들어간다. 그리고 그 불기둥의 중심에 선 것은——.

"——아프잖아, 빌어먹을! 뒈지고 싶냐, 엉?!"

요한 헬더스다. 화가 날 만도 하다.

"그건 우리가 할 말이에요. 수영복 차림의 각하께 서슴없이 말을 걸다니 뻔뻔스럽기 짝이 없네요. 게다가 저 작고 부드러운 손을 만지려 들다니 말도 안 돼요!"

"난 테라코마리에게 수영을 가르쳐주려고 했을 뿐이야! 그런데 사람을 꼭 변태 취급하듯이……. 오히려 이상한 규정을 만들고 멀리서 바라보는 게 더 불쾌하지!"

"이봐, 너희들……."

"불쾌하니까 거리를 두는 겁니다! 우리처럼 미천한 하층민이 허가도 없이 소녀들의 대화에 끼어들면 예술품 위에 앉은 파리 내지는 바퀴벌레 같을 뿐이에요! 그렇죠? 벨리우스."

"네가 할 말이냐?"

"어쨌든 요한, 당신은 자기가 오물의 일종이란 걸 자각해야 합니다!"

"뭐라고?! 제7부대의 본분은 테라코마리에게 도움이 되는 거잖아! 테라코마리가 헤엄칠 수 있게 돕는다! 이게 어딜 봐서 잘못됐다는 건데!"

"이봐, 내 얘기를——."

"흥, 머릿속은 온통 발칙한 생각뿐이면서 무슨 소리인지? 욕망이 빤히 보이거든요? 애초에 수영을 가르칠 거면 달리 적임자가 있을 텐데요. 화염술사 따위를 왜 부릅니까!"

"헹, 너 같은 변태가 그 적임자라 이거냐? 절대 그렇게는 안 돼!"

"그렇게 호언장담한다면 살육전으로 승부를 내보지요. 그게 뮬나이트의 방식이니까…… 어떻습니까? 여기 있는 사람들끼리 배틀 로열 매치를 벌여서 이긴 사람이 각하께 헤엄치는 법을 가르치는 겁니다. 물론 각하가 허가하실 경우의 얘기지만요."

"오오." "명안이네." "그러면 아무도 불평할 일 없지." "해보자고!" "아아아아, 불타오른다아아아아아!" "이거 참, 내 오른손이 당장에라도 폭주할 것 같군."

부하들이 흥분하는 기색을 보이기 시작했다. 늘 보는 그거다.

무기를 든다. 마력이 소용돌이치기 시작했다. 살의가 사방을 메운다.

그 광경을 본 나는.

"……이, ……이놈들————————————!!"

용기를 쥐어 짜내 소리쳤다.

부하들이 어리둥절한 표정으로 주목한다. 아주 잠깐 기가 죽었지만 그럴 때가 아니다. 이런 데서 싸움을 벌이면 휘말려서 죽는다. 내가.

하고 싶은 말은 산더미처럼 많다. 나는 심호흡을 한 뒤 단숨에 쏟아냈다.

"————왜 바다까지 와서 싸우는 거야! 뭘 정할 때마다 매번 살육전을 벌이면 진짜 위험할 때 대응할 수 없거든! 지난 칠홍천 투쟁 때도 그랬잖아! 여기가 핵 영역이란 걸 잊은 건 아니겠지?! 언제 적이 쳐들어올지 모르는데 부대원을 줄이는 건 바보나 할 짓이야!"

"""""……………………."""""

자리가 쥐 죽은 듯 잠잠해졌다.

그렇게 나는 전무후무한 실수를 저질렀다는 걸 깨달았다.

어라. 잠깐. 평범하게 혼내 버렸는데……? 빌, 어떡해야 하지?

"훌륭한 정론이네요. 코마리 님도 장군으로서 성장하신 것 같아서 안심했어요. 하지만 제7부대에게는 정론으로 맞서면 적반하장으로 하극상을 일으킬 가능성이 있어요."

아아아아아아아아아아아아!! 어쩌지, 어쩌지이이이이이이이!!

일단 과자를 나눠주고 비위를 맞추는 수밖에! ──그렇게 생각하는데 갑자기 부하들이 """"죄송합니다!!""""라며 일제히 고개를 숙였다.

당황해서 꼼짝도 할 수 없었다. 카오스텔이 면목이 없다는 듯 입을 열었다.

"배려가 부족했군요. 모든 걸 무력으로 정하는 건 야만스러운 짓이죠. 깊게 반성하겠습니다."

"그, 그래. 알았다면 기쁘군."

"이봐, 테라코마리! 그럼 누가 너한테 헤엄치는 법을 알려주는데!"

"응? 아니, 그건 사쿠나가."

"각하, 이건 어떨까요? 전투 이외의 것으로 경쟁을 벌여 우승한 사람이 각하께 수영 강습을 하는 건."

여전히 남의 말을 안 듣는 녀석들이다. 왠지 슬슬 귀찮아졌다.

"……알았어. 그럼 가장 수영을 잘하는 녀석이 알려줘."

"어? 정말?" "어쩌지……. 난 수영 못하는데." "나도…….""이하동문." "이래서는 못 이겨." "이래선 각하께 헤엄치는 법을 가르칠 수 없잖아."

이놈들 바보인가? 자기가 무슨 말을 하는지는 아는 건가?

"그럼 깃발 뽑기 같은 건 어때? 마침 모래사장에 있으니까."

벨리우스가 팔짱을 끼면서 말한다. 이 개 머리 수인은 처음부터 바다에 들어갈 생각이 없었는지 내 웃는 얼굴이 프린팅된 각하 티셔츠 제2탄을 입고 있었다. 저 녀석한테도 나중에 한마디

해야겠다.

"명안이군요. 하지만 깃발이 없어서요. 어디 적당해 보이는 게——." 카오스텔이 두리번거리며 주변을 둘러보다가 이렇게 말했다. "——오. 저런 건 어떨까요?"

그는 검지로 바다 정반대 쪽을 가리켰다.

산 너머에 거대한 탑 같은 게 서 있다. 한여름의 태양 빛 때문에 검게 빛나는 모습을 보고 다른 차원의 존재 같은 인상을 받는다——. 하지만 저건 겔라 알카에서 준비해 준 호텔이잖아. 근미래적 느낌이 들어서 저기서 묵는 걸 기대하고 있었는데.

"저기 가장 먼저 도착한 사람이 우승하는 걸로 해도 되겠죠?"

"""""좋았어어어어어어어어어어어어어어어어어어어어어어어어어어어어어어어어어어!!"""""

부하들은 모래먼지를 일으키며 달려갔다.

아니, 이건 어딜 보나 깃발 뽑기가 아니잖아——. 그런 태클을 걸 필요는 없었다. 우리는 부하들을 잊고 셋이서 사이좋게 놀면 그만이니까.

나는 빌과 사쿠나를 돌아보며 미소 지었다.

"……좋아! 수영 연습은 미뤄두기로 하고, 우선은 빌이 원하는 대로 한 번 더 승부할까? 뭐, 몇 번을 해도 내가 이기겠지만!"

"네. 이번에야말로 안 져요————. 아니, 잠시만요."

빌이 오른손을 귀에 대었다. 통신용 광석으로 누군가와 연락 중인 듯하다.

잠시 기다리는데 빌이 "그렇군요" 하고 고개를 끄덕이더니 통화를 끊었다.

"코마리 님, 노는 시간은 끝났어요."

"엥—?! 왜~! 좀 더 놀자~!"

"떼쓰지 마세요. 정찰 중인 멜라콘시 대위의 연락이에요. 아무래도 네리아 커닝엄이 일어났나 봐요. 슬슬 누가 데리러 올 거예요."

응? 네리아? 그게 뭐더라——, 잠깐 넋을 놓았지만 다 기억났다.

맞아. 나는 놀려고 여기 온 게 아니다. 적의 정보를 찾으러 온 거지……!

"어, 어쩌지. 빌! 마음의 준비가 덜 됐는데!"

"안심하세요. 제【판도라 포이즌】이 있으니까요."

"오오……!"

그러고 보니 빌에게는 미래를 보는 특수 능력이 있다. 지난 칠홍천 회의도 그 판도라 어쩌고로 넘겼으니까 이번에도 기대해도 되려나……?

"……빌, 나는 이제 어떻게 될까?"

"죄송해요. 노는 데 푹 빠져서 발동하는 걸 깜빡했어요. 지금 볼게요."

"윽……. 하는 수 없지. 바다에서 노는 게 재밌었으니까. 지금 잠깐 봐줄래?"

"네. 하지만 다과회 당사자 중 누군가에게 제 피를 먹여야 해요. 원래 상대측인 겔라 알카 사람에게 먹이는 게 바람직하지만 현재로서는 불가능하고요. 물론 코마리 님께 먹일 수도 없어요."

"그럼 어쩌게."

"간단해요. 마침 메모아 님이 계시니까요."

빌이 사쿠나 쪽을 봤다. 사쿠나는 "응?" 하고 고개를 갸웃했다.

"메모아 님. 제 피를 마셔 주세요."

"어, ……어? 어어어어어어?! 빌헤이즈 씨……?!"

"뭘 부끄러워하시는 거죠? 이건 어디까지나 일이에요. 코마리 님을 위한 일이죠."

"그, 그렇긴 한데…… 하지만 피를 마시라니…… 빌헤이즈 씨는, 괜찮겠어요……?"

"괜찮아요. 자, 부탁드립니다."

"으으……. 하지만."

빌이 사쿠나 쪽으로 한 걸음 다가갔다. 사쿠나는 한동안 시선을 갈팡질팡하면서 당황했지만, 변태 메이드의 표정을 보고 농담이 아닌 걸 안 모양이다. 작은 소리로 "실례합니다"라고 양해를 구하더니 뒤에서 빌을 끌어안은 자세로 빌의 목에 이빨을 댔다.

푸욱.

빌이 짧게 소리를 냈다. 상처에서 흘러나온 피를 사쿠나의 혀가 핥을 때마다 그녀는 몸을 비틀면서 헐떡였다. 한편 사쿠나는 사냥감을 놓치지 않으려고 빌을 단단히 끌어안더니 뺨을 붉히면서 정신없이 피를 탐했다.

흡혈귀란 본능적으로 피를 탐하는 생물이다——. 일단 피를 마시기 시작하면 묘하게 불이 붙는 것이다——. 피를 못 먹는 나로서는 절대 맛볼 수 없는 세계가 펼쳐져 있었다——. 아니, 이 녀석들 백주대낮에 당당히 뭘 하는 거야?!

"너, 너희들! 그건 연인들끼리나 할 짓이잖아?!"

나는 양쪽 손가락 틈새로 두 사람의 행위를 바라보며 간신히 말을 꺼냈다.

그러나 녀석들에게 내 목소리는 들리지 않았다.

나는 멍하니 상황을 지켜보는 수밖에 없었다. 약 15초라는 영원 같기도 한 시간이 지났을 때, 갑자기 사쿠나가 빌의 목덜미에서 입을 뗐다.

빌은 원망스러운 눈으로 뒤에 있는 사쿠나를 노려봤다.

"너, 너무 많이 빨았어요…….."

"죄송해요! 무심코…….."

"아니요. 하지만…… 잘하셨어요."

"네, 네. 저도…… 맛있었어요."

……이게 뭐야. 내가 뭘 본 거지.

왠지 엄청나게 찜찜하다. 뭐지, 이 감정은. 뭐지, 이 절망적인 소외감은. 꼭 지금까지 평범하게 함께 놀던 친구가 내가 모르는 사이 어른의 계단을 올랐다는 걸 알게 된 듯한 느낌이다. 아니, 그냥 그거 아닌가?

"코마리 님, 왜 그러세요? ——아, 코마리 님께서는 자극이 너무 강했군요."

"뭐, 뭐?! 나랑 너는 동갑이잖아! 오히려 내가 2월생이라 언니거든!"

아무 말 없이 빌은 키득거리며 웃었다.

찜찜한 기분이다. 애 취급하고 있어. 그러나 나는 문득 깨달 았다.

빌의 두 눈이 피처럼 붉은빛으로 빛나고 있다. 아마 열핵해방 이겠지.

"보였어요. 네리아 커닝엄——, 사쿠나 메모아——, 제7부대——. 괜찮아요, 코마리 님은 죽지 않으니까요. 이번에는 손을 쓸 필요도 없겠네요."

"그, 그렇겠지. 다들 같이 있으니까."

나는 동요를 억누르면서 말했다. 그래, 지금은 어떻게 살아남 을지를 생각하는 게 중요하다. 다과회를 무사히 마치고 한 번 더 다 같이 노는 거야……!

"아, 사람이 온 것 같네요."

갑자기 사쿠나가 중얼거렸다. 그때였다.

누군가가 사뿐히 땅에 내려서는 기척을 느꼈다.

나는 무의식중에 시선을 돌렸다.

흰 모래사장 위에 고딕풍 메이드복을 입은 소녀가 서 있었다. 앳됨이 남은 명랑한 미소가 눈부신 전류종이다. 리조트에 도착 한 우리를 가장 먼저 맞아준 아이였다.

"즐기고 계시는 중에 실례합니다!"

그녀는 세련된 동작으로 우아하게 인사를 하더니 보는 이로 하여금 친근감이 들게 하는 미소를 잃지 않은 채 이렇게 말했다.

"자, 네리아 님이 겨우 기침하셨어요. 이쪽으로 오시죠!"

☆

"……저기, 빌. 네리아 커닝엄은 어떤 사람이야?"

"살인을 사랑하는 사람이에요."

"와, 해변에 두고 온 게 있네. 금방 올 테니까 기다려."

빌이 팔을 덥석 붙들었다.

"이—거—놔—! 이제 새로운 살인귀를 만나는 건 지긋지긋해!"

"남들이 보기엔 코마리 님도 살인귀니까요. 살인귀는 서로에게 끌린다……, 오래전부터 제기되었던 정설이에요."

"그런 정설 처음 들어봐! 그보다 말이 안 돼! 내가 아무리 살인을 사랑한다고 어필해도 내면에서 흘러넘치는 선의 오라는 감출 수 없다고!"

"제가 악의 오라를 뿜어낼 테니까 괜찮아요."

"그냥 악담으로 분위기를 어지럽히는 거잖아! 오늘은 얌전히 있어, 부탁이니까."

"네. 하지만 걱정하실 거 없어요. 【판도라 포이즌】으로 봤으니까요."

"끄응…….."

"괘, 괜찮아요. 코마리 씨. 이렇게 근사한 곳에 초대해 주신 걸 보아 네리아 커닝엄 씨는 분명 좋은 사람일 거예요……!"

"좋은 사람일 수도 있지만! ……하지만 내 예감상 네리아란 사람도 위험한 느낌이 들어서 못 견디겠어. 장군이 된 후로 제대로 된 사람을 만난 적도 없고…….”

“하지만 전 제대로 된 사람인데요?”

“응?”

“……어? 아, 아닌가요?”

“아니, 응, 그러네. 네리아도 사쿠나처럼 착한 아이일지 몰라.”

분위기가 미묘해졌다.

샤워하고 늘 입는 군복으로 갈아입은 우리는 해안에 자리한 거대한 저택의 방을 안내받았다. 아까 메이드가 말하길 ‘금방 준비되니까 잠시만 기다려 주세요’란다. 넓은 방 중앙에 커다란 원탁이 놓인 모습이 전에 있었던 칠홍천 회의를 연상케 한다. 그렇게 목숨을 건 대화는 두 번 다시 하고 싶지 않다.

뭐, 빌의 말을 그대로 믿는다면 죽는 일은 없다는 것 같으니까……, 일단은 얌전히 있자.

“……저기, 빌. 근본적인 걸 물어봐서 미안한데, 전류종은 어떤 녀석이야?”

“쉽게 말하면 ‘도검술사’예요. 신체 일부도 금속으로 되어 있다는 얘기가 있어요. 그들이 자주 ‘고철’이라는 야유를 듣는 건 이것 때문이겠죠.”

그러고 보니 들어본 적 있다. 겔라 알카의 국민은 항상 날붙이를 상비하고 다닌단다. 총안법 위반은 아닌가? 아니겠지——, 그렇게 벌써 신변의 위기를 느끼는데 사쿠나가 생각났다는 듯 중얼거렸다.

"그러고 보니 오늘 다과회는 공식적으론 비밀인가요?"

"? 그런 것 같지. 통보했더라면 날조 신문의 기자가 하나둘쯤 찾아와도 이상할 게 없는데."

"그럼 완전히 개인적인 초대네요. 네리아 씨가 보낸 편지에도 겔라 알카의 국장(國章)은 없었어요. 국가 간의 정식 문서라면 대통령의 봉랍이 되어 있었을 테고요."

그게 뭐 어쨌다는 거지.

사쿠나는 묘한 걸 신경 쓰네――. 무심코 그런 생각을 하고 있을 때였다.

벌컥! 방문이 힘차게 열렸다.

너무 놀라서 심장이 튀어나오는 줄 알았다.

입구 부근에 소녀가 서 있었다.

첫인상은 '핑크'. 투 사이드 업으로 묶은 분홍색 머리카락이 창문을 통해 들어오는 바닷바람에 흔들리고 있다. 옷은 겔라 알카의 군복이지만, 이상할 정도로 색 조합이 소녀틱한 걸 보아 특별 주문한 거겠지.

"――전류 다과회에 온 걸 환영해. 테라코마리 건데스블러드 씨."

자신감이 넘치는 눈으로 날 바라본다.

아마 나이는 열대여섯 정도. 그러나 그녀가 풍기는 분위기는 나와 전혀 다르다. 좋게 말하면 역전의 용사, 나쁘게 말하면 전쟁 바보, 더 나쁘게 말하면 전쟁광 같았다. 왜냐하면 허리춤에 두 자루의 검을 장비하고 있으니까. 보통 다과회에 그런 건 안 가져오지.

네리아 커닝엄──, '월도희'라는 이명을 마음껏 내세우는 전류종 소녀는 빠릿빠릿하게 움직여 우리 맞은편에 앉았다. 그녀의 대각선 뒤에는 조금 전에 본 메이드가 싱글벙글 웃으며 대기 중이다. 그걸 본 빌이 황급히 일어나더니 내 대각선 뒤에 섰다. 아니, 기 싸움할 일은 아니잖아.

"만나서 반가워, 나는 네리아. 15살이야. 젤라 알카 공화국의 팔영장 중 하나지. 먼 길을 와준 테라코마리 씨에게 정말 감사한 마음이야."

"음. 나는 테라코마리다. 나야말로 불러줘서 고맙다."

"후후후……, 그렇게 딱딱하게 굴지 마. 오늘은 격식에 얽매이지 말자고. 우리나라와 뮬나이트 제국의 미래를 함께 의논해보자."

묘하게 관록이 있는 말투라고 생각했다.

그도 그럴 것이 이 아이는 나 같은 사이비 장군과 다르다. 실제로 군대를 이끌어 종횡무진 적을 무찌르는 진짜 살인귀다. 행동거지만 참고로 해볼까.

네리아는 시험하는 듯한 눈으로 우리 얼굴을 순서대로 바라봤다.

"자, 바로 다과회를 시작하려고 하는데──. 그런데 저기 흰색 머리 아이는?"

"죄, 죄송해요. 칠홍천 사쿠나 메모아입니다. ……저기, 초대

받지 않고 왔는데 안 될까요?"

"뭐……, 안 되는 건 아니야. 당신은 테라코마리 씨의 일부 같은 거지?"

"네, 네. 그렇긴 한데요."

아니잖아.

"그럼 별 상관 없어. 다른 칠홍천은 별개지만, 당신은 테라코마리 씨에게 절대 복종한다──. 그런 본질이 비쳐 보이거든. 게다가 파티는 참석자가 하나라도 더 많을수록 즐겁지. ──자, 게르트루드, 이 아이들에게 비장의 홍차를 내어줘!"

"알겠습니다, 네리아 님!"

게르트루드라고 불린 메이드는 서둘러 달려가다가── 털퍽! 하고 요란하게 넘어졌다.

침묵이 그 자리를 지배했다. 그러나 그녀는 기죽지도 않고 느릿느릿 자리에서 일어나더니 웃으며 우리를 돌아보고는 "에헤헤" 하고 뺨을 긁적였다. 그리고 아무 일도 없었다는 듯이 방을 나간다.

……뭐, 뭐라고 할까. 씩씩한 애네. 우리 집 메이드하고는 정반대야.

"소란스러워서 미안. 저 녀석은 옛날부터 덜렁거려서. 오늘도 6시에 깨우라고 했는데 본인이 8시까지 늘어져라 자는 바람에 결국 난 10시에 일어났어……. 아, 이런 이야기는 아무래도 상관없지?"

네리아는 나를 향해 대담하게 웃어 보였다.

"다시 한번 인사할게. 전류 다과회에 온 걸 환영해. 사실 겔라 알카로 와줬으면 했지만 역시 국제 정세가 이래서는 힘들 테니까."

"아니, 초대해 줘서 기뻐. 제7부대 사람들도 크게 기뻐했고. ……그런데 이런 걸 묻기도 좀 그렇지만 왜 나한테 편지를 보낸 거지? 처음 보는 거 맞지?"

"전에 만난 적이 있잖아?"

"응?"

기억을 더듬어 본다. 겔라 알카 공화국과는 딱 한 번 싸운 적이 있는데, 그때의 상대는 눈앞에 있는 분홍색 소녀가 아니라 무섭게 생긴 아저씨였다. 대체 어디서 만난 거지──. 머리를 싸매는데 네리아는 "역시" 하고 쓸쓸하게 말했다.

"어차피 기억 못 할 줄 알았지만── 아주 오래전에 뮬나이트 제국에서 교류 파티를 열었을 때 만난 적이 있어. 거기서 푸딩 이야기를 했었지."

"흐음. 그러고 보니 그런 적이 있는 것 같기도 하고……."

전혀 기억 안 난다. 은둔하기 전의 기억은 안개처럼 흐릿해서 떠올릴 수 없다.

나는 얼버무리듯 화제를 바꿨다.

"그, 그건 일단 됐고. 그래서 왜 나를 초대한 거야? 물론 기쁘긴 한데."

"불러다가 암살하려고── 그렇게 답하면 어떡할래?"

머리가 얼어붙었다. 메이드에게 옆구리를 찔려서 뇌를 재기동했다.

"어, 어떻게 하긴 당연히 반격해야지! 순식간에 바다의 해초로 만들어서 식초에 버무려 저녁 반찬으로 먹어주마!"

"후훗, 재미있는 말을 다 하네. ——농담이야, 그렇게 힘줄 거 없어. 내가 당신을 부른 이유는 코마리, 그냥 당신과 얘기해 보고 싶었기 때문이야."

수상하다. 젤라 알카 공화국은 뮬나이트 제국과 어깨를 견줄 정도로 싸움밖에 모르는 국가다. 암살쯤이야 숨 쉬듯이 할 게 뻔하다. 그렇게 생각하자 조금 전까지 바다에서 신나게 놀던 나 자신이 바보의 화신처럼 느껴졌다.

"아, 코마리라고 불러도 돼? 나도 네리아면 돼."

"음. 상관없어."

"고마워. 사이가 가까워진 느낌이 드네." 네리아는 싱긋 웃더니 말했다. "하지만 당신과 더 가까워지고 싶어. 그러기 위해서 뭘 어떻게 해야 할까?"

"그렇지. 서로 치고받는 게 어떨까요."

"이봐, 빌. 그만해. 괜한 소리 하지 말라고! ——아니야, 친해지고 싶으면 얘기를 나누는 게 어떨까? 함께 세계 평화 이야기나 해볼까."

"그래. 무기를 맞대지 않아도 대화를 통해 상대를 잘 알 수 있으니까——. 자, 그럼 여섯 나라에 이름을 떨치는 신진기예(新進氣銳)의 칠홍천 대장군 테라코마리 건데스블러드. 그 눈부신 무명(武名) 뒤에 감춰진 정체는 과연 뭘까?"

응? 감춰진 정체……?

식은땀이 흘렀다. 설마 이 녀석——.

"이 다과회는 명목상 알카와 뮬나이트의 관계를 회복하기 위한 것이지만, 내 진짜 목적은 따로 있어. 테라코마리 건데스블러드의 힘과 본질을 확인하는 거야."

"그렇군, 그렇군. 뭐, 나만큼 단순한 흡혈귀도 또 없을걸. 나는 남들에게 '살육의 패자(覇者)'라거나 '최강의 흡혈귀' 같은 식으로 불리고 있지만 솔직히 다 진실이야. 굳이 얘기할 필요도 없이 남들의 평가를 그대로 받아들이면 돼. 응."

"남들의 평가는 도움이 안 돼. 사람의 본질은 대화를 거듭함으로써 보이니까. 하지만 분명 당신은 단순하네. 잠깐 얘기만 나눠도 바로 알겠어."

"와하핫! 그래, 그래. 전부터 생각했지만 이 세상은 너무 평화로워. 조금 더 싸움이 빈번하게 발생해도 될 텐데."

"정말 훌륭해, 코마리."

"엥?"

"당신 말 곳곳에서 관록이 느껴져. 살육의 패자가 가진 관록 말이야."

노——.

농담하는 거지이이이이이이이이이?! 그냥 속고 있는데?!

"그, 그런가? 숨기고 있었는데 들켰나?"

"그렇고말고. 당신만큼 아름다운 살의를 뿌리는 인간은 처음 봐!"

"그만해. 부끄럽게."

"부끄러워할 거 없어. 왜냐하면 당신은 아무리 봐도 사람을 죽이고 싶단 얼굴을 하고 있거든."

푸욱. 마음에 꽂히는 말이었다.

1억 년에 한 번 태어나는 미소녀가 사람을 죽이겠냐! ──그렇게 말해 주고 싶지만 조금 전에 살인귀의 가면을 쓰고 네리아를 대했으니까. 이제 와서 '죄송합니다. 실은 평화주의자예요'라는 말을 꺼낼 수도 없다. 살육주의자 노선을 미는 수밖에.

"……코마리 님. 저쪽에서 착각하고 있다면 아무 문제도 없어요. 원래 허풍으로 남을 속이는 게 코마리 님 방식이니까요."

"아니, 뭐 그렇긴 한데……. 남을 죽이고 싶은 얼굴이라는 말은 처음 들어봐……. 그보다 그렇게 말하지 마……. 사기꾼 같잖아……."

충격이었다. 여러모로.

"마음에 들었어──. 나중에 알카의 기지를 안내해 줄게. 이 주변에 있거든."

"그, 그래. 핵 영역에 기지 같은 게 있구나. 뮬나이트 제국에는 없는데."

"멋대로 만들었어. 따로 사는 사람이 없길래."

"그건 위법 아닌가……."

"분명 위법 행위일 수도 있지. 하지만 실제로 만들고 나면 아무도 참견할 수 없어. 무력으로 실효 지배한다, 그게 겔라 알카의 방식인걸. 당신의 나라도 그렇잖아. 핵 영역의 성채도시 폴만 해도 군사기지는 없지만, 뮬나이트가 힘으로 지배하는 영토지?"

전혀 모르겠다. 그게 어딘데?

"어쨌든 이 세상은 전국시대야. 자국 마핵의 영향 범위 밖은 예외지만, 핵 영역 같은 곳은 어떤 수단을 써서라도 손에 넣어야지. ──당신도 공감하지?"

공감이 안 된다는 건 두말하면 잔소리다. 내 얼굴을 보고 있던 네리아가 잠시 "응?" 하고 재미있다는 듯 눈을 내리떴다. 혹시 허세란 걸 들켰나? ──그렇게 생각했지만 기우였나 보다.

"저기, 코마리. 당신은 지금까지 몇 명이나 죽였어?"

"5천 명 정도려나?"

"우연이네! 나도 그래."

누가 경찰 좀 불러. 이 여자는 사람을 5천 명이나 죽인 대역죄인이니까.

"그만큼 죽였다면 합격이네. 내가 당신을 부른 건 본질을 확인하기 위함이지만──, 그게 다는 아니야. 혹시 그 본질이 내 기대에 부합한다면 권유를 하려고 했거든."

"무슨 권유?"

"세계 정복 계획에 함께하자고."

우쭐한 얼굴로 네리아는 말했다. 큰일 났다. 평범한 사람의 사고 회로가 아니야.

나는 모든 게 최악의 방향으로 흘러가고 있다는 걸 깨달았다. 게다가 지금까지와는 타입이 다른 최악. 좀 더 질이 나쁜 최악이다.

"나와 당신이 손을 잡으면 천하무적이야. 백극 연방도 천조낙토도 적수가 못돼. 뮬나이트와 겔라 알카, 동서의 대국끼리 세계를 지배하는 거야."

"아니, 세계까지는 힘들지 않을까?"

"왜 겸손해지고 그래? 아까까진 자신만만했잖아."

"무, 물론 내가 본래 실력을 발휘하면 천상천하를 초토화하는 것쯤이야 식은 죽 먹기, 껌이지만 세계 정복처럼 거창한 생각을 할 정도로 난 야심가가 아니야."

"숨겨도 소용없어. 여기 당신의 적나라한 본심이 쓰여 있는걸." 네리아는 어디서 신문을 꺼냈다.

익숙한 문장이 내 눈에 들어왔다.

[전 세계를 오므라이스로 만들어 주마]

나는 진심으로 그 날조 신문기자를 원망했다. 네리아는 내 기사를 스크랩한 모양이다. 오므라이스 말고도 [적군은 햄버그 재료로 쓰겠다], [오늘 저녁은 침팬지!] 같은 영문 모를 기사까지 있다. 난 저딴 거 몰라, 완전히 날조잖아!

"아무리 착한 사람이라고 어필해도 내면에서 넘쳐흐르는 악의 오라는 숨길 수 없어. 나에게 협력해 줄 거지?"

"자, 잠깐. 세계 정복 계획이 뭔지 모르겠어. 그게 무슨 계획인데?"

"우선 요즘 들어 설치는 천조낙토를 없애버릴 거야. 이어서 시건방진 백극 연방을 없애고 또 중립인 척하는 요선향을 없애야지. 하는 김에 라페리코 왕국도 없앨 거야. ──완벽하지 않아?"

허점투성이인 것 같은데.

"애초에 왜 세계를 정복해야 하는지……."

"나의 무명을 세계에 떨치기 위해! 그것 말고 다른 이유가 있겠어?"

"뭐, 뭐 그렇겠지. 무명은 중요하니까. 하지만 내가 도울 필요는 없잖아?"

"있어. 아무리 겔라 알카가 강국이라지만 다른 나라와 싸우는 동안 뮬나이트가 쳐들어오면 성가셔지는걸. 게다가 코마리와 함께하면 어떤 일이든 완수할 수 있을 것 같아. 당신과 함께라면 세계를 노릴 수 있다……. 그런 느낌이 들어."

그야말로 꿈꾸는 소녀 같은 표정이었다. 꿈이 너무 살벌해서 전혀 공감은 못 하겠지만.

그렇다고 섣불리 거절하면 '내 부탁을 못 들어주는구나…… 그럼 죽일래'가 될 게 뻔하다. 우선 답을 미루는 수밖에 없다. 일단 뮬나이트로 가서 황제에게 상담하고 나서 편지를 보내자. 성가신 일은 뒤로 미루기 작전. 이게 정답이다.

"그래. 세계 정복도 하나의 재미겠지. 생각을 좀 해볼 테니까 답은 나중에——."

"세, 세계 정복은 안 돼요!"

방에 울려 퍼지는 높은 목소리. 나는 눈을 크게 떴다.

백은의 흡혈귀——, 사쿠나가 자리에서 일어나 네리아를 노려보고 있었다.

"역시 평화가 최고예요. 무익한 싸움은 증오의 연쇄를 낳을 뿐이에요!"

"어머, 사쿠나 메모아. 나와 코마리의 야망에 참견하겠다고?"

"코마리 씨는 가능한 한 대화로 해결하려고 하는 사람이에요. 네리아 씨의 야망에 협력할 수 없다고요! 그렇죠, 코마리 씨?"

어. 사쿠나. 잠시만. 네 말은 진리 중의 진리지만 나한테도 작전이라는 게 있거든──. 저기, 빌. 사쿠나 좀 막아줘. 교섭이 결렬돼서 살해당하겠어.

"맞아요, 커닝엄 님. 코마리 님은 혼자 세계를 정복하실 거예요. 당신처럼 그렇게 강하지도 유명하지도 않은 장군 A와 굳이 손을 잡을 필요가 없다고요! 그렇죠? 코마리 님."

다른 각도에서 방해하지 말라고오오오오!! 누가 봐도 지금 싸우자는 거지?! 저런 타입을 그렇게 도발하는 건 나를 예로 들면 '너 키 작구나(웃음)'라고 부추기는 것과 동급으로 잘 먹힌다고! 분노의 도화선에 불을 붙인 거나 다름없어!

자, 봐. 네리아의 얼굴이 금세──.

"──흥, 내 힘은 필요 없다고? 서운하네. 정말 서운해."

그냥 화내고 있잖아!! 완전히 불쾌하다는 얼굴로 뺨을 부풀리고 있잖아!!

"자, 잠깐. 딱히 그럴 의도는 없어. 오해야."

"……그러게. 확실히 경솔했을지도 몰라. 우선 차라도 마시면서 서로를 더 느긋하게 이해해 보자? 자, 게르트루드."

"네, 오래 기다리셨죠─! 맛있는 홍차를 따라드릴게요!"

씩씩한 답변과 함께 메이드가 돌아왔다. 게르트루드는 컵에 여과지를 대고 홍차를 따랐다. 좋은 향이다──, 하지만 나는 절망적인 사실을 깨달았다. 흡혈귀인 나는 이 냄새에 민감하다.

네리아가 "어때?"라고 두 손으로 턱을 괴면서 묻는다.

"피가 들어간 플레이버 티야. 흡혈귀인 당신이라면 마음에 들어 할 것 같아서."

"…………누구 피인데?"

"내 피!"

활짝 웃는 얼굴로 네리아는 말했다. 남에게 대접하는 차에 자기 피를 섞는 정신세계를 이해할 수가 없다. 아니, 뮬나이트 제국에는 그런 풍습도 있는 것 같지만.

"그걸 마시고 나랑 얘기하자. 그러면 서로의 생각을 이해하게 될 거야."

"그, 그래! 내키면 말이지."

"……왜 그래? 안 마셔?"

"아니, 뭐, 잠깐 마음의 준비가…….."

"준비 같은 건 됐어. 아니면 내 피를 못 마시겠다 이거야?"

우물거리고 말았다. 그 말처럼 난 피를 못 마신다. 무리하면 마실 수야 있을지도 모르지만, 토해낼 가능성이 있다. 네리아 앞에서 그럴 수는 없다. 하지만 거절하는 건 실례고, 그렇다고 정직하게 '피는 못 마시는데요'라고 자진 신고하면 최강의 흡혈귀라는 허세에 의문을 품고 날 죽일 수도 있다.

그런 이유로 나는 빌에게 도움을 청하기로 했다. 눈짓(윙크)을 보내자, 그녀는 "저한테 맡기세요, 코마리 님"이라고 중얼거리더니 내가 든 찻잔을 빼앗았다.

"커닝엄 님. 코마리 님이 당신 피가 든 홍차는 불쾌해서 못 마시겠다고 하시네요."

"너무 직구 아니야?!"

"부, 불쾌하다고……?! 코마리, 사실이야?!"

"사실이 아니야!"

"사실이에요."

"사실이 아니라잖아!"

"사실이구나……. 좋아, 게르트루드. 다른 차를 준비해줘."

"네. ……저 같으면 네리아 님의 피를 기꺼이 마실 텐데."

게르트루드가 원망스레 나를 노려보면서 방을 나갔다.

왜 처음 보는 상대에게 미움을 사야 하지. 다 빌 때문이잖아──. 나도 원망스러운 심정으로 옆에 있는 메이드를 노려본다. 그녀는 나에게서 빼앗은 컵에 입을 댔다.

"피와 홍차가 잘 매칭되지 않네요. 40점."

"이봐, 쓸데없는 품평은 하지 마. 네리아가 들으면 어쩌려고."

"다 들리거든! ……나도 알아. 흡혈귀 사회에서는 자기가 인정한 상대의 피만 마시는 풍습이 있다는 것 같더라. 즉 이건 그런 뜻이야? 나 같은 장군 A는 테라코마리 건데스블러드와 손을 잡을 자격이 없다?"

"자, 잠깐. 분명 너와 손을 잡을 생각은 없어. 하지만 그건 네 실력을 의심하기 때문이 아니라 나에게 세계를 정복하겠다는 뜻이 전혀 없기 때문이야!"

"거짓말! 하지만 신문에 당신이 한 말이 나와 있는걸! '──예언하지. 세계는 케첩이 될 거야'라고."

"세계가 케첩이 될 것 같아? 상식적으로 생각해서! 당연히 거짓말이지!"

"하지만 아까 당신이 '세계 정복도 하나의 재미겠지'라고 했잖아!"

"그것도 거짓말이었어, 미안!"

"순 거짓말쟁이잖아 너! 끄으응······. 저기, 다시 생각해 봐. 당신 같은 존재를 묻어두기는 아까워. 일전의 칠홍천 투쟁을 보고 확신했어──. 당신에게는 살육의 대선풍을 일으킬 자질이 있다고!"

"그런 선풍은 또 난생처음 듣네! ──잘 들어, 상황이 이러니까 진실을 말할게. 설령 나에게 세계를 정복할 힘이 있다고 해도 함부로 쓸 생각은 없어! 난 평화주의자니까! 애초에 힘이란 건 남을 복종시키기 위해 쓰는 게 아니라 세계 평화를 위해 써야 해! 내 주변에는 그걸 모르는 녀석이 너무 많아!"

"윽······."

네리아가 잠시 움츠러들었다. 아주 조금──, 그녀의 입꼬리가 올라간 듯했다.

그러나 역시 기분 탓이었나 보다. 그녀는 불만스레 팔짱을 꼈다.

"당신 입으로 그런 말을 듣다니 아쉽네! 신문이 거짓말이라는 건 백 보 양보해서 이해할 수도 있지만, 당신이 전쟁을 마구 일으키는 건 사실이잖아! 이건 어떻게 설명하려고?!"

"그건 메이드랑 침팬지 때문이지 내가 원해서 하는 게 아니야! 나는 전쟁이 너어무 싫어."

"또 그런 거짓말을! 싸우기 싫은 사람이 왜 장군 자리에 올라 있는데?!"

"그렇게 의심되면 내 전적을 조사해 봐. 사람 하나 죽인 적 없으니까!"

"5천 명을 죽였다는 것도 거짓말이었어?!"

"그것도 당연히 거짓말——."

"——각하! 갑자기 죄송합니다. 서둘러 전해드릴 말씀이……."

"그래——, 죽였지. 5천 명이 아니라 5억 명 정도였을지도?"

"어느 쪽인데!"

"5억 명이야!"

"그게 아니라아아아아아아!!"

타앙! 네리아가 테이블을 내리쳤다.

그러나 내 의식은 갑자기 방에 난입한 벨리우스에게로 향했다. 꼭 마라톤을 풀로 뛰고 온 것처럼 기진맥진한 모습이다. 도대체 무슨 일이 있었던 거지? 너도 깃발 뽑기에 낀 건 아니지? ——의아해하는데 벨리우스가 우리에게만 들릴 정도로 목소리를 낮춰 말했다.

"저희가 목표로 정한 호텔 말입니다." 벨리우스가 창밖의 검은 건물을 가리키며 말했다. "아무래도 그 앞에 겔라 알카군의 주둔지가 있었나 봅니다."

"엥?"

"제7부대의 돌격을 진군으로 오인해서 전투가 벌어졌습니다."

"엥??"

"뭐, 이미 전멸시켜 버렸지만요⋯⋯. 왜인지 적이 약해서⋯⋯."

" "

그⋯⋯ 그 자식드으으으으으으으으으으으으으으으으으으으으으으으으을!!

내가⋯⋯ 내가 기껏 일을 평화롭게 매듭지으려고 노력하고 있었는데에에에에에에에에에!!

"잠깐 코마리! 그 수인은 누구야? 당신 종?"

"아, 아니. 부하야. 벨리우스라고 해."

"아, 그래⋯⋯. 우수해 보이는 개네. 거기 있는 메이드도 그렇지만, 당신은 인복도 타고난 것 같아. 부럽네! 왜 그 최강의 제7부대를 적절히 운용하지 않는 거야?!"

"적절하게 운용하고 있어! 이제부터 다 같이 비치 발리볼도 할 거고⋯⋯."

"그게 부적절하단 거야!! 정말!! 아주 잘 알았어!! 당신은 힘을 가졌지만 쓰는 법을 모르는구나! 좋아, 알카의 관습을 따르도록 하겠어──. '원하는 게 있으면 엉망으로 만들어서라도 갖는다'라는 오랜 관습을 말이지! 내가 이기면 당신은 내 종이야! 종!"

"잠깐, 무력으로 싸우는 건 야만적이야! 끝말잇기로 승부하자."

"끝말잇기는 무슨 끝말잇기! 테라코마리 건데스블러드! 나는 당신에게 전쟁을 신청하겠어! 지금 여기서 내가 통솔하는 겔라 알카 공화국 제1부대와 승부해!"

"바라던 바입니다! 자, 코마리 님. 콧대를 꺾어버리자고요!"

"왜 네가 나서는데! 전쟁 따위 하기──."

힐끗 뒤를 살핀다. 개가 이쪽을 보고 있다.

"──싫을 리가! 오히려 케첩 비를 내리게 해주고 싶은 기분인걸! 좋아, 받아주지!"

"잘 말했어! 내 제1부대는 겔라 알카에서도 최강의 정예들이야. 그렇게 쉽게 이길 순 없을걸──. 지금 부를 테니까 기다려."

그렇게 말한 네리아는 주머니에서 통신용 광석을 꺼냈다.

어라? 잠시만……?

"저기, 네리아. 네 부대가 어디 있는데?"

"주둔지에. 왜, 창밖에 커다란 검은 건물이──, 당신들이 오늘 묵게 될 호텔 보이지? 저 바로 근처에 기지가 있어. 다들 지금쯤 저 주변에서 훈련을──."

방 안에 있는 모든 사람이 멀리 있는 호텔을 돌아본 그 순간이었다.

호텔 한가운데쯤에서 어마어마한 폭발이 발생했다.

""응?""

나와 네리아의 목소리가 겹쳤다. 심장을 무겁게 짓누르는 듯한 폭음이 리조트 지대에 울려 퍼진다. 그것도 한 번으로 그치지 않았다. 꼭 호텔을 에워싸듯 여러 번 작은 폭발이 발생했고, 파편이 튀며 폭염(爆炎)이 피어올랐다──. 이윽고 기둥이 뚝 부러진다.

검은 탑이 휘청하고 기운다. 그대로 땅으로 끌려가듯이 쓰러진다.

난 벌어진 입을 다물 수가 없었다. 쿠구우우우우우웅! ──화려한 소리를 내며 탑이 절반이 땅에 충돌했다. 모락모락 피어오르는 모래 먼지 때문에 멀찍이 있는 풍경이 새하얘진다.

웅? 뭐야, 이거. 꿈인가?

"……벨리우스, 저건."

"멜라콘시겠죠. 녀석은 높은 건축물을 폭파하는 게 취미니까요."

"…………."

역시 꿈이구나. 그럼 이제 바다로 가자. 꿈속이라면 나도 헤엄칠 수 있을 테니까 물고기들과 함께 대해를 모험하는 거야.

"네리아 님! 큰일 났습니다!"

메이드――, 게르트루드가 안색이 달라져선 뛰어왔다. 손에는 포트와 컵이 있는 쟁반을 들고 있다. 이미 다과회를 즐길 분위기는 아니다.

"저, 저기! 차를 다시 다시 끓이는 것과 보고 중에 뭘 우선시해야 할까요?!"

"보고해! 저건 뭐야! 왜 몽상낙원이 폭파된 건데?!"

"폭파 정도가 아닙니다! 흡혈귀들이 쳐들어와서 제1부대는 괴멸 상태예요! 시체가 곳곳을 나뒹굴고 있어요!"

부릅! 네리아가 노려봤다.

꼬집! 빌이 뺨을 꼬집었다.

그렇게 해서 나는 정신을 차렸다. 이런. 싸움을 걸었다는 정도가 아닌데. 핵 영역, 그것도 적국의 시설을 선제공격하다니 뭐 이런 미친 짓이 다 있을까. 엔터테인먼트가 아닌 진짜 전쟁이 시작될 가능성도 있다.

"……코마리. 선수를 쳤겠다!"

"미안."

"미안하다는 말로…… 끝날 거 같아아아아아아아아아아!!"

네리아가 쌍검을 뽑아 들고는 달려들었다. 죽는다──, 그렇게 생각했을 때는 이미 빌이 내 몸을 공주님처럼 안아 들고 있었다. 질주하는 변태 메이드와 쫓아오는 네리아. 반대쪽으로 달아나는 사쿠나──, 빌이 마력을 써서 통신용 광석을 기동했다.

"테라코마리 각하를 대신해 메이드 빌헤이즈가 전달합니다. 전원 대피. 전원 대피. 즉시 자리를 떠나 뮬나이트로 귀환할 것. 겔라 알카는 완전한 적국이 됐습니다."

"──아니, 잠시마아아아안! 도망치면 안 되잖아?! 최소한 저 탑이라도 변상하지 않으면 국제 문제로 발전할걸?!"

"이미 발전했어요. ──자, 대피로는 확보했으니까 갑니다!"

"역시 준비성이 좋구나, 너?!"

"미래를 봤으니까요."

"미래를 봤으면 좀 더 나은 해결책이 있었을 거 아니야아아아아아아아아!!"

빌은 연막을 뿌리면서 바람 같은 속도로 달리기 시작했다.

이제 뭐가 뭔지 모르겠다.

나는 속수무책으로 메이드에게 운반되었다.

☆

"아아아아아아아아아아아아아아아아아아아아아아아아아아아아아아아

아아아아아아아아아!!"

나는 머리를 싸매며 통곡했다.

핵 영역 훌랄라주의 해안 지대—— 그러나 조금 전의 리조트와는 멀리 떨어진 곳이다. 적이 쫓아오는 기색은 없다. 아마 성공적으로 뿌리쳤겠지.

목숨을 건진 건 다행이지만, 그렇다고 무작정 기뻐할 수만도 없었다.

여태껏 해온 것 중 가장 큰 실수다. 지금까지는 부하가 폭주해도 정리되는 문제여서 다행이었다. 하지만 이번엔 다르다. 이번에는—— 대립한 나라와 트러블을 일으킨 것이다.

"이거 내 책임이지……?"

"객관적으로 보면 그렇죠. 칠흥천에서 잘릴지도 몰라요."

"좋았어—! 아니, 하나도 안 좋아!!"

잘리면 폭발해서 죽는다. 첫 죽음이 폭사라니 웃기지 말라지. 아니, 처음이든 뭐든 평생 죽고 싶지 않다. 나는 그 자리에서 무릎을 끌어안고 아득히 먼 수평선을 바라봤다.

"다들 잘 도망쳤을까……."

"완벽해요. 누구 하나 빠지지 않고 성공적으로 도망쳤거든요. ……조금 부자연스럽지만요."

"부자연스러워? 어디가."

"의도를 모르겠어요. 네리아 커닝엄 개인의 실력이라면 흡혈귀 하나둘쯤 잡는 건 일도 아니겠죠. 이건 '놓아줬다'라고 봐야 해요."

"용서해 준 건가?"

"그런 짓을 했는데 용서할 리가 없죠. ——코마리 님, 앞으로의 예정 말인데요."

"바다가 예쁘네~! 둘이서 표류 놀이나 하자~!"

"저도 정말 그러고 싶지만 현실 도피할 때가 아니에요. 아마네리아 커닝엄은 후일 정식으로 선전포고를 할 거예요. 그 전류종은 호락호락하지 않아요——. 제대로 대책을 세울 필요가 있어요."

나는 가능하다면 모든 인류와 사이좋게 지내고 싶다. 그런데 왜 일이 이렇게 된 거지.

한탄이 극에 달했을 때, 갑자기 빌의 주머니에서 희미한 빛이 뿜어져 나왔다.

아무래도 통신용 광석에 연락이 들어온 모양이다.

"네, 빌헤이즈입니다……. 네, 알겠습니다. ……코마리 님, 황제 폐하세요."

빌이 광석을 내 쪽으로 건넸다. 반사적으로 받아든 뒤 귀에 댄다.

바로 벼락같은 소리가 고막을 뒤흔들었다.

[여어, 코마리! 리조트는 즐기고 있나? 가능하다면 짐도 동행하고 싶었지만 정무 때문에 나라를 비울 수가 없어서. 이런 부당한 일을 그냥 넘길 순 없지. 귀국하면 같이 궁전 수영장에서 한창때의 소녀답게 서로 선오일이나 발라주면서 놀까? 아주 질척질척하게.]

"그딴 거 안 해! 볼일이 없으면 그만 끊는다!"

[와하핫, 농담이다. 짐이 일방적으로 발라줄 테니까 힘을 빼고 몸을 맡기면——. 아니, 잠깐. 끊지 마라, 볼일이 있으니까. 실은 말이다. 사흘 후에 천조낙토에서 사자가 오게 됐거든. 여섯 나라의 장래에 대해 상담할 게 있다나 보더구나.]

잇달아서 너무 전개가 빠르다. 난 이미 지쳤다고.

"아, 그래. 나한테는 세계보다 오늘 저녁 메뉴가 중요해."

[저녁 메뉴 못지않게 중요한 얘기니까 잘 들어라. ——그 사자는 아마츠 카루라라는 자인데, 이 녀석이 꼭 코마리와 회담하고 싶어 한다는 모양이야. 갑작스레 미안하지만 돌아와 주지 않겠냐?]

"……네리아와의 다과회는 어쩌고?"

원래 1박 2일 예정이었다. 그러나 황제는 소리 내어 크게 웃었다.

[원시 마법으로 봤다만 그만큼 난리를 쳐놓으면 더는 다과회를 열 분위기도 아닐 텐데. 네리아 커닝엄 따윈 잊고 미련 없이 귀국하거라.]

"알고 있었냐고!"

나는 절망했다. 왜 이렇게 잇달아 성가신 일이 벌어지는 건지. 그 아마츠 카루라라는 사람도 어차피 '주먹으로 이야기하자' 같은 분위기로 나올 게 뻔하지 않은가.

"으, ㅇㅇㅇㅇㅇㅇㅇㅇㅇㅇㅇ…………."

"괜찮아요, 코마리 님. 네리아 커닝엄이 공격해 오더라도 제가 독살할 테니까."

메이드가 다정한 손길로 내 머리를 쓰다듬어 주었지만 아무 위로도 안 됐다. 고양이처럼 민첩하게 일어난 나는 무한히 펼쳐진 대해에 대고 온 힘을 다해 절규했다.

"아아아아아아아아아아아아아아아아아아아아아아아아앗! 왜 이렇게 되는 거냐고오오오오오—! 좀 더 바다에서 놀고 싶었는데에에에에에! 불꽃놀이도 하고 싶었고 바비큐도 하고 싶었고 사쿠나와 천체 관측도 하고 싶었는데에————!"

"진정하세요, 코마리 님. 바다라면 언제든 올 수 있어요."

"하지만 오늘은 오늘밖에 없잖아! 나는 청춘의 하루하루를 소중히 여기고 싶다고—!"

"매일 방에 축 늘어져 있는 분이 무슨 말씀이세요. 자, 가시죠."

"바다아아아아아아아아아아아아아아아아아아아아아아아!!"

나는 메이드에 의해 강제송환됐다.

☆

인기척이 전혀 없는 막연한 모래사장이다.

분홍색 머리카락을 바람에 나부끼는 소녀—— '월도희' 네리아 커닝엄은 양손에 든 쌍검을 검집에 넣더니 크게 한숨을 내쉬며 하늘을 올려다봤다.

시원할 정도로 맑은 하늘. 그리고 네리아의 마음 역시 이 하늘처럼 활짝 개어 있었다.

"······후후. 후후후후. 역시 저건 보통내기가 아니야. 내 눈이 틀리지 않았어."

호텔은 파괴당했다. 제1부대는 몰살당하고 말았다. 완벽하기까지 한 패배다──. 하지만 네리아의 마음에 솟구치는 것은 기쁨뿐이었다. 그만한 인재를 얻는다면 세상이 달라질 것이다. 겔라 알카의 쓰레기들에게 복수할 수 있다.

"네리아 님! 테라코마리 건데스블러드는 지독한 녀석이에요! 모처럼 네리아 님이 다과회에 초대해 주셨는데! 저런 짓을 하다니!"

게르트루드가 툴툴거리면서 다가왔다. 난투 때문에 메이드복은 엉망이 됐고 뺨에 모래가 묻었다. 네리아는 그 모래를 손가락으로 닦아주며 말했다.

"저건 코마리가 하고 싶어서 한 게 아니야. 아마 부하의 폭주겠지. 아니면 매드할트의 목적을 간파당했거나."

"어······. 저희가 테라코마리를 죽이려 한다는 걸 들킨 건가요?"

"그럴지도 모르지." ──네리아는 분홍빛 머리카락을 빙빙 감으면서 생각한다.

겔라 알카 측에 평화로운 다과회를 개최할 의사가 있을 턱이 있나. 네리아에게 내려온 명령은 '테라코마리 건데스블러드 장군을 불러내서 살해 혹은 포획하는 것'이다.

하지만 네리아는 처음부터 그녀를 죽일 생각 따윈 없었다.

지긋지긋한 대통령의 명령에 따를 이유가 없기 때문이다.

"······그 녀석은 쓸 만해. 매드할트의 야망에 찬물을 끼얹을 수 있다고."

"틀렸어요. 저렇게 고삐 풀린 망아지 같은 흡혈귀는."

"아니, 그 녀석의 본질은 살육의 패자 따위가 아니야. 좀 더 부드러운 마음의 소유주라고."

"저게요……?"

게르트루드는 이해할 수 없다는 눈치다.

"저만한 힘을 가졌다면 자만해도 이상할 게 없어. 하지만 전혀 그러지 않았지. 그날과 달라진 게 없어——. 선생님의 뜻을 제대로 계승한 것 같은데, 코마리 녀석."

"선생님? ——잘은 모르겠지만 아무리 봐도 테라코마리는 위험해 보여요."

"위험하지 않아. 그 녀석은 나의 세계 정복 계획에 아무 관심도 보이지 않았어. 매드할트 따위와는 달라. 하물며 아버지와도 달라——, 진정한 의미의 평화주의자라고."

"세계 정복 계획이 너무 설렁설렁이어서 무관심했던 건 아니고요?"

"뭐야, 완벽한 계획이잖아."

"하지만 설렁설렁이죠."

뭐, 그렇지. 네리아는 웃었다. 세계 정복의 야심 따윈 네리아에게 없다. 입에서 나오는 대로 뱉은 계획은 코마리의 성질을 확인하기 위한 허세에 불과했다. 네리아 자신이 그랬듯, 사람은 세월에 따라 변화한다. 그 소녀가 지금도 평화주의자이리란 보증은 아무 데도 없었다. 실제로 육국 신문에는 그녀가 한 방약무인한 폭언이 여럿 실려 있다.

그래서 네리아는 확인했다. 세계를 정복하자는 유혹에 넘어온다면 그 정도밖에 안 되는 것이다. 결국 그 녀석이 난폭하게 자랐다는 뜻이다. 반대로 넘어오지 않는다면 겁쟁이. 세계라는 단어에 위축된다면 네리아의 파트너로 부적합하다.

"……어느 쪽도 아니었어, 그 녀석은."

——애초에 힘은 남을 종속시키기 위해 쓰는 게 아니라, 세계 평화를 요구하기 위해 써야 한다고!

그건 그녀의 본심임이 분명했다. 진심으로 세계 평화를 바란다, 그런 표정과 말투였다. 하지만 본격적인 동맹 얘기를 꺼내기 전에 한 방 먹고야 말았다.

쫓아가서 잡을 걸 그랬나, 네리아는 살짝 후회했다.

"게르트루드. 나는 코마리를 종으로 삼겠어."

"네에……."

"그 녀석은 내 계획에 필요해. 그 흡혈귀라면 세계를 바꿔줄지도 몰라."

"저기……, 동료나 친구가 아니라 종인가요?"

"코마리에게 메이드복을 입히고 싶어. 너처럼 충실한 종으로 삼을 거야."

네리아는 게르트루드의 턱에 손가락을 얹었다.

전류의 메이드는 살짝 뺨을 붉히며 똑바로 주인의 눈을 바라본다.

"저, 저는 네리아 님에게 최고의 종이에요."

"……후후, 질투할 필요 없어. 그런 건 누구보다 내가 잘 아니까."

"네리아 님……."

그때였다. 네리아의 통신용 광석이 빛을 발한다.

무심코 혀를 차고 싶어졌다. 이 광석은 평범한 광석이 아니다. 젤라 알카의 팔영장에게 반드시 지급되는 대통령 직통 특별 광석이었다.

손가락을 가볍게 저어 마력을 담는다. 돌 내부에서 증폭된 마력이 빛이 되어 확산했고, 해상의 허공에 즉석 스크린을 만들어 낸다.

정장 차림의 남자가 나타났다. 꼭 바다에서 튀어나온 바다 괴물 같다.

[——커닝엄. 네놈은 대체 뭘 하는 거냐?]

"어머, 매드할트 대통령. 오늘도 뻗친 머리가 한층 멋있네요."

젤라 매드할트. 젤라 알카 공화국의 수장이다.

민중의 절대적인 지지를 얻어 초대 대통령이 된 후에, 다양한 혁신적 정책을 추진하여 국력을 배로 키운 희대의 영웅.

하지만 그건 표면적인 경력에 불과하다. 이 녀석 때문에 네리아는 모든 걸 잃었다.

[——레인즈워스에게 들었다. 건데스블러드를 죽이지 못했다던데.]

네리아는 속으로 혀를 찼다. 역시 감시당하고 있었나 보다.

"무슨 문제라도?"

[당연히 있지. 솔직히 말해 외면하고 싶어지는 실태로군. 넌

국가 이익이란 걸 전혀 모르고 있어. 왜 바로 죽이지 않았지? 왜 놓친 거냐?]

놓아줄 생각이었기 때문── 이라고는 입이 찢어져도 말할 수 없다. 반항적으로 나가면 반의가 있는 것으로 간주당해 투옥되고 만다. 그렇게 되면 모든 게 끝난다.

"최대한 노력했는데요. 하지만 건데스블러드가 한 수 위였나 봅니다."

[분명 녀석은 강해. 하지만 '반드시 완수하겠다'라고 자신만만하게 선언하며 임무를 받아들인 건 너잖냐? 녀석을 죽여서 데려오는 게 네 사명이었을 텐데.]

"그렇죠. 죄송합니다."

[게다가 제7부대 대원을 한 사람도 죽이지 않은 이유는 뭐지? 너도 알겠지만 요즘은 국경 인근의 화혼(和魂) 사냥도 대대적으로 하지 않게 됐어. 5백 명의 흡혈귀를 잡아두면 터무니없는 이익을 얻을 수 있을 텐데──.]

"이익? 비인도적인 실험으로 얻은 이익에 무슨 의미가 있다는 거죠?"

[서운한걸. 이 몽상낙원에 수용된 자들에게는 멋진 나날을 제공하고 있다 생각하는데.]

"당신도 곱게 죽긴 힘들겠네요."

매드할트는 재미없다는 듯 코웃음을 쳤다.

[할 말은 하게 되었군. ──하지만 기억해 둬. 네놈이 소중히 여기는 건 내 손가락 하나로도 없앨 수 있다는 걸. 설령 네가 아

무리 울며 발버둥 쳐도 용서란 없어——. 겔라 알카에 불필요한 것은 하나도 빠짐없이 제거해야 하니까.]

"네, 그러게요. 예를 들어 백성을 쓸데없이 다치게 하는 바보 같은 위정자라거나——."

[네리아 커닝엄. 얼굴이 새파란데.]

냉소가 가슴에 꽂혔다. 네리아는 무심코 주먹을 힘껏 움켜쥐었다.

이 남자는 만악의 근원이다. 5년 전, 힘으로 네리아의 나라를 빼앗고 네리아의 가족을 지옥에 떨어뜨린 장본인. 용서할 수 없다. 용서할 수 없지만—— 지금의 네리아에겐 아무런 수가 없다.

"——걱정하지 마시죠. 당신의 난폭한 행동에 질려버렸을 뿐이니까요."

[억지도 적당히 부려야지. 아버지처럼 되고 싶은 건 아니잖나?]

"················."

[흠, 뭐 됐어. 피해는 숙박시설뿐이니까. 레인즈워스가 보고하기론 지하의 비밀이 발각된 건 아니야. 이번 사건은 오히려 전쟁을 일으킬 좋은 구실이 되겠지. 아무쪼록 내게 도움이 되어다오. 네리아 커닝엄.]

스크린이 훅 사라졌다.

근처에 남은 것은 온화한 파도 소리뿐이다.

네리아는 심호흡했다. 과거 아버지에게 배운 것을 떠올린다——. 마음을 안정시키기 위해서는 손바닥에 '△' 문자를 써서 먹으면 좋다고 한다. 쓰고 먹어봤다. 분노가 솟구쳤다.

"————아, 열받네. 그 망할 영감탱이!!"

뻐어엉! 네리아는 모래사장 위를 굴러다니던 비치볼을 걷어찼다. 갑작스러운 고함에 놀란 게르트루드가 "히에엑, 네리아 님. 화내지 마세요~" 하고 비명을 질렀다.

어떻게 화를 안 내겠는가. 어떻게든 매드할트에게 죄를 물어 죽여야 한다.

세계를 바꿀 수 있는 건 강한 마음을 가진 자뿐이다.

그래서 네리아도 불굴의 마음으로 노력해야 했다.

"——알카를 바꿔놓겠어. 그게 내 사명이니까."

네리아는 파괴된 호텔로 눈길을 돌렸다. 표면상으로는 겔라 알카가 개발 중인 리조트 시설이지만, 그런 호락호락한 것일 리 없다. 매드할트와 그 심복만이 출입할 수 있는 군사 시설. 이 세계의 지옥이다.

기왕이면 지하까지 파괴해 주면 좋았을 텐데, 네리아는 생각한다.

그래——. 그 흡혈귀의 힘을 얻으면 알카를 변혁할 수 있다.

네리아는 그런 느낌을 받았다.

사흘 후. 방. 침대 위.

악몽 때문에 잠에서 깼다.

죽도록 무서운 꿈이었다.

복수귀로 변한 네리아에게 잡힌 나는 거꾸로 매달리고 말았다.
녀석은 '코마리를 찻잎 대신 우려 만든 홍차를 마시자'라는 바보
같은 소리를 하며 나를 티백 속에 욱여넣고 부글부글 끓는 물 속
에 떨어뜨렸다. 단물이 빠진 나는 일단 싱크대에 내버려졌지만,
완성된 홍차를 마신 네리아가 '맛있네. 한 번 더 우리자'라며 나
를 빼내 다시 뜨거운 물 속으로——.

"안녕하세요, 코마리 님."

"으히익?!"

너무 놀라서 침대에서 굴러떨어지고야 말았다.

변태 메이드가 서 있었다. 나를 홍차로 만든 위험한 소녀가 아
니다.

"뭐야, 빌이야? 사람 놀라게 하지 마……."

"악몽이라도 꾸셨나요?"

"뭐 그렇지. 하지만 어차피 꿈이야. 나는 한숨 더 잘래."

"그럼 이리 오세요. 자장가를 불러드릴게요."

"응."

빌이 담요를 들어 올리며 손짓한다. 나는 순순히 그녀 옆에 누웠다.

이대로 오후까지 자자. 여름휴가는 어제까지였던 것 같지만 한 번 더 여름휴가를 보내자고———— 어라? 왠지 무시해서는 안 될 걸 무시하는 것 같은——.

"——아니, 네가 여기 있는 것도 이상하잖아?!"

나는 빌을 밀치고 침대에서 빠져나왔다.

이래서는 꿈속에 있는 게 백 배는 더 낫다. 하지만 깨지 않았다면 그건 그것대로 이상한 짓을 당했을 테니—— 전혀 방심할 수 없는 메이드로군, 이 녀석은!

"내 침대에서 나가! 지금 당장!"

"네. 나갈 수야 있지만 일하실 시간이에요."

"…………."

나는 절망적인 기분을 느꼈다.

지금부터 일해야 한단 걸 생각하면 너무 우울해서 이불을 뒤집어쓰고 싶어진다. 즐거웠던 여름휴가는 이제 끝났다. 아니, 마지막 사흘 정도는 재미는커녕 위가 욱신거리는 나날이었지만.

그 다과회가 끝나고 뮬나이트에 귀환한 이후, 딱히 아무런 사건 없이 제도에 있는 자택에 틀어박혀 있긴 했지만 언제 적이 덮쳐들지 모르는 상황에서 여유를 부릴 수만도 없었다. 거듭되는 심적 피로 때문에 요 며칠 동안은 변변히 낮잠도 못 잤다.

"네리아에게 사과해야겠네……."

생각해 보면 다과회에 초대해 준 상대에게 너무 심한 짓을 했다.

게다가—— 살해당할 뻔하긴 했지만, 어째서인지 그녀를 미워할 수 없었다.

뭐라고 할까, 노력하는 분위기가 전해진다고 할까. 방향성은 잘못된 것 같지만.

"사과는 다음에 만났을 때 하면 되죠. 그보다 일하세요."

"일 같은 건 하기 싫어! 어차피 침팬지랑 싸우는 거잖아!"

"그럼 한숨 더 주무실래요? 여기 안는 베개가 있는데요."

"있기는 무슨! 애초에 왜 너는 늘 내 침대에 있는 거야. 자기 집에서 잔다는 발상은 못 해?!"

"없거든요."

"어째서."

"제 집이 없으니까요."

"그럼 어디 사는데!"

"이 방이요."

빌은 바닥을 가리키면서 말했다. ……뭐? 이 녀석 무슨 소리지?

"농담이지?"

"농담 아니에요. 제 짐도 저기 있는 옷장에 들어 있고요. 사복 구경하실래요?"

진정하자. 냉정하게 생각해 보는 거야.

분명 이 녀석은 평일, 휴일, 공휴일 구분 없이 내가 일어나서 잘 때까지 빨판상어처럼 들러붙어 있다. 아침이나 점심이나 저녁도 함께 먹고, 가만 보면 씻는 것도 내가 씻은 후다. 하지만 내가 잠들면 집으로 가겠지? 내가 깨기 전에 출근하는 거겠지? 나도 모르는 사이 동거하고 있었다니 완전 호러인데.

"한숨 더 주무실 게 아니면 일하세요. 오늘은 아마츠 카루라 님과의 회담이 예정되어 있어요."

"잠깐, 빌. 네 사생활에 대해 묻고 싶은 게 있는데."

"저한테 흥미를 가져주신 건 기쁘지만 그럴 때가 아니에요. 아마츠 카루라 님은 이미 세 시간이나 기다리셨어요. 너무 방치하면 화나서 코마리 님을 죽일지도 몰라요."

"대체 왜 안 깨운 거야?!"

"하지만 안심하세요. 조금 전에 시간이나 죽이시라고 코마리 님의 소설을 건넸거든요."

"쓸데없는 짓 하지 마아아아아아아아아아!!"

이봐, 우쭐한 표정 짓지 마! 능력 있는 메이드라는 어필은 됐다고!

나는 한탄하면서도 잠옷을 벗고 군복을 입었다. 빛을 능가하는 속도로 갈아입으면 메이드가 간섭하지 못한다는 걸 최근 깨달았기 때문이다. 세수하고 양치하고 볼일을 보고 나온 뒤 빌이 건네는 식빵을 문 나는 전속력으로 방을 뛰쳐나왔다.

"역시 코마리 님이세요! 완전히 사회생활이 몸에 익었네요!"

"세 시간이나 늦은 시점에서 사회인 실격이지! ――아―, 정말 처음 보는 사람을 기다리게 하다니 최악이야! 게다가 내 소설을 읽게 하다니……, 아아아아아아아아아아아아아아아아!!"

"그렇게 남이 소설을 읽는 게 싫으세요?"

"창피하거든! 이번에는 좀…… 도덕적인 문제가 있는 내용이라."

"연속 살인사건이 벌어지는 미스터리물이라거나?"

"아니야……. 제목은 '황혼의 트라이앵글'이야. 이걸로 예측해 봐."

"예측 못 해요. 트라이앵글을 연주하는 음악 소설인가요?"

이 녀석은 안 되겠어. 연애의 연도 모르는 애송이야. 빌이 이렇게 순수할 줄은 몰랐는데. 그건 둘째 치고 얼른 가야지. 사과도 해야 하고 소설도 되찾아 와야 한다. 결말까지 읽었다면 큰일이다. 혹시 아마츠 카루라 씨가 엄청나게 성실한 사람이라면 '우와, 이딴 걸 쓰다니 기분 나빠'라고 할지도 몰라……!

"저기, 빌. 아마츠 카루라는 어떤 사람이야?!"

"살인을 사랑하는 사람이에요."

유턴했다. 갑자기 뒤에서 고속으로 끌어안는 바람에 구속당하고 말았다.

"이―거―놔―! 새로운 등장인물이 다 살인귀라니 이상하잖아! 좀 더 밸런스를 생각하라고! 나였다면 죽어도 그런 소설은 안 써!"

"괜찮아요. 성실한 살인귀라고 들었거든요."

"더 싫어!!"

"그래도 그분이 장군으로서 적군과 싸우는 모습을 본 사람은 없대요. 본진에 앉은 채로 지시만 내린다나 봐요."

"어라? 나랑 똑같아?"

"비슷하죠. 다만 그분은 어릴 적에 '살인 전국대회'에서 우승했지만요."

"다시 자야겠다."

"게다가 아마츠 씨는 가문도 훌륭하다네요. 수많은 기업을 통솔하는 거대 재벌가 아가씨라나요. 그야말로 힘과 지위와 권력을 겸비한 괴물이에요. 그분이 손만 살짝 흔들면 여러 명을 육체적으로 사회적으로 살해할 수 있——."

"싫어! 무서워! 집에 갈래!"

"오히려 집에 가시면 살해당할걸요."

"끄으…….."

배에서 난 소리가 아니다. 넘을 수 없는 벽에 부딪혔을 때 나오는 신음이지.

하는 수 없지. 이건 일단 나에게 주어진 일이다. 일을 팽개치고 가면 부하에게 본보기가 될 수 없다. 본보기가 되지 못하면 살해당한다. 살해당하면 아프다.

"……빌, 무슨 일이 있어도 쓸데없는 소리만 하지 마."

"네, 쓸데 있는 소리만 할게요."

"…………."

믿을 수 없지만 뭐 됐다.

우선 서둘러 아마츠 카루라에게 가보자. 서두르기 싫지만.

☆

이직할까? 티오는 생각한다.

육국 신문에 입사한 지 벌써 석 달. 지금까지 몇 번을 '그만둘까' 했는지 모르지만, 이번만은 진심이었다. 생명의 위기를 느끼는 직업은 아무도 하고 싶지 않을 거다.

"크크크……. 냄새가 나. 특종 냄새가 풀풀 난다고!"

그런 냄새 안 나거든요. 티오는 생각한다.

육국 신문 뮬나이트 지국의 문제아 콤비—— 창옥종 메르카와 고양이 귀 소녀 티오는 현재 뮬나이트 궁전 안뜰의 산울타리에 몸을 숨긴 채 숨을 죽이고 있었다. 벌써 그럭저럭 다섯 시간은 이러고 있다. 메르카 왈 '사냥감이 특종을 들고 나타나길 기다리는 거야!'라는데 솔직히 티오는 그런 건 관심 없다. 얼른 집에 가서 자고 싶다.

"……메르카 씨~. 이제 그만하죠. 오늘의 특종은 복통으로 휴식이에요."

"앗! 저건 제2부대 대장인 헬데우스 헤븐이야! 얼른 취재하자."

"잠깐만, 기다려 보세요. 메르카 씨!"

덥석! 티오는 반쯤 광란 상태인 메르카의 허리에 매달렸다.

"앗, 이거 놔! 사냥감이 도망치잖아!"

"직접 얘기하면 화낼 거예요! 궁전에서 쫓겨나는 게 문제가 아니라 사형이라고요~!"

"음……, 듣고 보니 그러네."

메르카는 묘하게 고개를 끄덕이더니 산울타리 뒤쪽으로 돌아갔다. 티오는 살아도 산 것 같지 않았다.

원래 외부인은 허가 없이 뮬나이트 궁전 부지 내로 들어올 수 없다. 관계자만 들어올 수 있는 특수한 장벽이 쳐져 있기 때문이다. 그러나 빠져나갈 길은 얼마든지 있다. 예를 들어 얼마 전에 테러리스트가 이용한 【전이】 마법을 사용할 수도 있고, 장벽은 생물만 막기 때문에 일단 '사물'이 되어 침입한 후 생물로 돌아오는 무리수도 있다.

이번에 메르카와 티오는 전자와 후자를 섞어서 썼다. 육국 신문 소속 흡혈귀에게 협력을 요청해 싫다고 아우성치는 그녀를 죽여 말 못 하는 물건으로 바꾼 후, 궁전을 드나드는 마차에 시체를 싣고 침입한다. 잠시 후 마핵의 효과로 부활하면 【전이】의 문을 구축하게 해서 메르카와 티오는 멋지게 침입한다── 라는 범죄 행위다.

참고로 그 흡혈귀는 울면서 집에 갔다.

곧 그만둘지도 모른다. 내일은 내 차례겠지.

"그런데 티오, 카메라는 어때?"

"네? 네, 그럭저럭 완벽해요."

티오는 목에 건 카메라를 만지작거린다. 메르카 왈 '너도 코 이외의 기능을 익히도록 해! 이번에는 카메라맨으로서 경험을 쌓아줘! 전장 카메라맨 티오의 탄생이야!'란다. 그저 민폐일 뿐인 이야기다. 티오는 카메라를 메르카 쪽으로 내밀었다.

"나비 사진을 찍었어요."

"나비가 밥 먹여주냐!"

철썩. 머리를 얻어맞았다. 부당하다. 나비로 끼니를 때울 생
각은 하지도 않았다.

"잘 들어? 네가 찍는 건 특종이야! 혹시 아마츠 카루라의 사진
을 찍지 못하면 네 귀와 꼬리를 일주일 동안 주물주물할 거야!"

"아마츠……? 아마츠……."

"카루라! ──설마 잊었어? 천조낙토 지국의 정보에 따르면
오검제(五劍帝) 아마츠 카루라가 뮬나이트 제국으로 출발한 건 확
실해. 분명 세기의 밀약이 오가겠지! 이런 일대 특종을 놓치면
기자로서 아니, 생물로서 실격이야!"

그러고 보니 그런 말을 했었지. 티오는 생각한다.

"아, 맞다."

티오는 촬영한 사진을 투사 마법으로 공중에 띄웠다. 이러니
저러니 해도 카메라 조작이 재미있어서 잔뜩 찍었다. 궁전 뒤뜰
에서 입맞춤 중인 법무대신과 교육대신 사진, 돌풍에 치마가 말
려 올라간 순간의 프레어쩌고 하는 장군의 사진, 나무 그늘 아
래서 몰래 가면을 벗은 델 어쩌고 하는 장군의 사진. 뭐, 이건
쓸모없으니까 지우자.

아마 중요한 건 이거다──. 그렇게 생각한 티오는 한 사진을
메르카에게 보였다.

"이 사람인가요, 혹시?"

"응?"

메르카의 눈이 점처럼 동그래졌다. 화혼종인 듯한 소녀를 순
간 포착한 것이다.

"세 시간쯤 전에 저 건물로 들어갔는데요…….."

"──바보야! 찾으면 말을 해야지! 하지만 잘했어!"

철썩, 머리를 맞았다. 칭찬하면서 때리는 건 부당하다. 좋아, 그만두자.

"사진 배경에 궁전 기둥이 찍혀 있네. 이로써 아마츠 카루라가 사자로 뮬나이트에 왔다는 증거는 잡았어! 남은 건 목적인데──."

그때 궁전 복도를 서둘러 달려가는 소녀의 모습이 보였다.

붉은 군복을 입은 작은 흡혈귀. 아무리 남에게 관심이 없는 티오라도 안다. 최근 세상을 떠들썩하게 만든 살육의 장군 테라코마리 건데스블러드다. 좋아하는 것만 하며 돈을 벌 수 있다니 부럽다, 티오는 생각했다. 메르카가 씩 웃는다.

"그래, 역시 테라코마리 건데스블러드가 얽혀 있나. 질리지도 않네, 저 흡혈귀! 자, 티오 가자. 전 세계 사람들의 혼을 쏙 빼놓을 사진을 몰래 찍는 거야!"

"몰래 찍는 건 범죄 아닌가…….."

의아해하는 티오였지만 깊게 생각할 시간은 없었다.

메르카에게 억지로 끌려가 산울타리 뒤를 더듬으며 회의가 있을 건물로 다가간다. 화장실에 가고 싶은데 갈 수 없다. 어쩌지.

☆

아마츠 카루라라는 소녀는 내가 처음 보는 타입의 소녀였다.

뮬나이트 궁전 '피바다실'의 고급 소파에 검은 머리의 소녀가 앉아 있다. 팔랑거리는 옷은 천조낙토의 민족의상 '기모노'겠지. 조용히 원고를 넘기는 모습은 한 폭의 그림처럼 아름답다. 의연한 눈동자를 보고 살짝 차가운 인상을 품었지만——.

아니. 관찰할 때가 아니다. 미안하다고 해야지.

문득 깨닫는다. 그녀 맞은편에—— 즉 내 앞에 등을 돌린 형태로 익숙한 금발이 앉아 있다.

"황제……? 왜 여기 있어?"

"오오! 겨우 왔구나, 코마리. 너무 오래 기다려서 아마츠 카루라 씨와 함께 코마리의 침소로 쳐들어갈까 하던 참이다."

뮬나이트 제국의 황제 카렌 님이다. 외모만 보면 대국의 주인 느낌이 나지만 속 알맹이는 변태 메이드나 제7부대 사람들을 훨씬 능가하는 기인이기에 가까이하는 건 추천하지 않는다.

하지만 황제는 조금의 염치도 없이 다가와서는 내 손을 주물러대기 시작했다.

"이런, 조금 탔나? 바다가 상당히 즐거웠나 본데."

"그 정도는 아니야. 나만 빼고 다들 난리도 아니었지만. 그리고 손 놔."

"코마리도 무척 신이 났었다고 들었다만?"

"난 언제 어느 때나 냉정한 현자인데? 고작 바다 좀 갔다고 들떠 할 리 없지."

"그래, 그래. 실은 빌헤이즈에게 부탁해서 코마리 사진을 찍어 달라고 했거든."

황제는 여러 장의 사진을 나에게 보였다.

활짝 웃는 얼굴로 튜브를 들고 뛰어다니는 내 사진. 활짝 웃는 얼굴로 사쿠나에게 물을 마구 끼얹는 내 사진. 활짝 웃는 얼굴로 사쿠나에게 안겨 있는 내 사진. 활짝 웃는 얼굴로 브이하고 있는 내 사진——.

"·····················하하핫. 이건 날조네."

"날조라면 남들에게 보여줘도 되겠지?"

"하지 마아아아아아아아아아아아아아아아아아!!"

나는 황제에게 달려들었다. 달려든 순간 끌어안는 바람에 움직임이 막혔다. 그렇게 악랄한 덫에 걸려들었단 걸 이해했다.

"갑자기 안겨들 정도로 짐이 그리웠느냐? 너는 참 귀엽구나."

"아니, 그게 아니야! 이, 거, 놔아아아————!"

"이런."

나는 황제를 필사적으로 밀치며 최대한 거리를 뒀다. 변태 황제는 히죽히죽 웃으면서 사진을 팔랑팔랑 흔든다. ······제길, 왜 저딴 사진이 남아 있는 거야!

"이봐, 빌. 어느 틈에 찍은 거야? 초상권이란 건 알지?"

"죄송합니다. 하지만 정신이 팔려서 눈치채지 못한 코마리 님 잘못이에요. 또 브이 한 사진은 '찍을게요~'라고 했더니 웃는 얼굴로 포즈를 잡아주신 거고요."

"난 바보야아아아아아아!"

정말 바보다. 이래서는 희대의 현자라는 이미지가 망가지지 않나.

어떻게든 사진을 회수해야 한다—— 그렇게 생각했다.

"——건데스블러드 씨는, 재미있는 분이네요."

꼭 방울처럼 청량한 목소리——, 그러나 명백히 비꼬는 기색을 머금은 목소리였다.

무심코 뒤를 돌아봤다. 아마츠 카루라가 진지한 표정으로 이쪽을 보고 있다. 왠지 가시가 느껴지는 시선이었지만, 그야 그렇다고 할 수밖에 없다. 세 시간이나 늦은 데다 상대를 제쳐두고 난리법석을 피웠으니까. 얼굴이 화끈거린다.

화혼의 소녀는 테이블 위에 놓인 내 수치스러운 사진을 보고 웃었다.

"어머, 귀여워라. 여행 가신 건가요?"

"그런 거지. 핵 영역의 바다에 갔었어."

"흐음. 이렇게 귀여우니까 창피해하실 거 없어요. 소란을 피우면서 저와의 회의에 늦을 필요도 없고요."

"……그, 그래. 그랬지. 미안하다."

"후후. 정말 유쾌한 분이네요. 건데스블러드 씨는."

"그렇죠? 코마리 님은 정말 유쾌하고 귀여운 분이에요."

비아냥이거든, 변태 메이드. 기모노 차림의 소녀는 굳은 미소를 지었다.

"실례했네요. 건데스블러드 씨가 상상했던 것과 달라서 그만."

"그, 그래? 상상보다 패기가 넘치지?"

"네, 그러네요."

카루라는 냉랭하게 말하고는 일어났다.

짤랑, 시원한 소리가 났다.

그녀가 손목에 감은 리스트 밴드에 방울이 달려 있기 때문이다.

외국에서는 저런 게 유행하나?

"――인사가 늦어서 죄송해요. 저는 천조낙토 오검제 중 하나인 아마츠 카루라. 열다섯 살이에요. 겔라 알카 공화국의 동향에 관해 논의하려고 왔답니다. 잘 부탁드려요, 건데스블러드 씨."

기품 있는 동작으로 인사한다.

오검제. 즉 핵 영역에서 사람을 마구 죽이는 인종이라는 뜻이다.

아무래도 상관없지만 장군의 호칭은 나라별로 다른가 보다. 팔영장(八英將), 칠홍천(七紅天), 육동량(六凍梁), 오검제(五劍帝), 사성수(四聖獸), 삼룡성(三龍星). 앞에 붙은 숫자가 크면 클수록 국가가 보유한 장군 수가 많다는 것, 즉 군사력이 높다는 것이며 여기서 추론할 수 있는 것은 '팔'이나 '칠' 같은 숫자가 붙은 곳은 빼도 박도 하지 못할 군사 국가라는 것이다――, 얼마 전에 책에서 봤다.

일단 선 채로 얘기하긴 그러니까 난 소파에 앉는다.

정면에 카루라, 옆에 황제 폐하, 뒤쪽에 빌. 나는 장군 오라와 함께 입을 열었다.

"자, 그럼. 오랫동안 기다리게 해서 미안하군. 이쪽에도 여러 사정이 있어서."

"수면은 중요하죠. 하지만 당신과의 만남을 애타게 기다리는 사람 마음도 조금은 고려해 주셨으면 해요."

"죄송합니다……."

아무 대꾸도 못 했다. 네리아와는 다른 의미로 무섭다. 카루라는 불쾌하다는 듯 미간을 찡그렸다.

"그렇다지만 지난 일에 연연하는 건 건설적이지 못해요. 세 시간이나 낭비했으니 단도직입적으로 말씀드리죠——. 제가 이 나라를 찾은 목적은 동맹 때문이에요."

"동맹……?"

"네. 우리 천조낙토와 뮬나이트 제국의 이해는 일치해요. 얼마 전 있었던 칠홍천 투쟁을 떠올려 보세요. 그 이벤트 종반에 건데스블러드 씨는 겔라 알카에 불법 입국해서 영토 일부를 불모지로 만들었잖아요."

"그건 운석 짓이잖아."

"운석이 아니에요. 신문을 통해 여섯 나라에 널리 알려졌다고요. ——그건 건데스블러드 씨가 한 짓이 틀림없죠, 황제 폐하?"

"틀림없지."

분명 뭐가 잘못됐다. 이놈이고 저놈이고 육국 신문을 지나치게 신용한다.

그래도 뭐, 내가 최강의 흡혈귀라는 소문이 퍼지는 데 공헌하고 있으니 너그럽게 봐주자……. 아니, 너그럽게 봐줘도 되나……?

"즉 뮬나이트 제국과 겔라 알카 공화국의 관계는 최악의 상태예요. 전부터 양국 간의 분위기에 긴장감이 돌았는데, 건데스블러드 씨 덕에 방아쇠를 당겼다고 해도 과언이 아니죠. 엔터테인먼트가 아닌 전쟁이 벌어지는 것도 시간문제일 듯해요."

"듣고 보니 그렇군. 뮬나이트 제국과 그 나라는 매우 사이가 나쁘거든. 녀석들이 '알카 왕국'에서 '겔라 알카 공화국'으로 변한 이후부터, 즉 매드할트가 대통령이 된 후로 물밑에서 영토 쟁탈전이 일상화하고 있어. 정말 건방지기 짝이 없다니까."

엥? 겔라 알카가 왕국이었어? ——내 의문을 정확히 내다본 건지 빌이 귓가에 대고 설명해 주었다.

"그 나라는 5년 전에 공화제로 전환했어요. 현 대통령 매드할트가 혁명을 일으킨 거죠. 당시 알카 왕국의 장군이었던 그는 군대를 이끌고 왕족이나 귀족을 포박했고 대규모 선거를 열어 멋지게 당선. 그 이후 대통령으로서 국정을 자기 뜻대로 하고 있다나 봐요. 참고로 겔라 알카의 '겔라'는 매드할트 대통령의 퍼스트 네임이에요."

오. 또 하나 배웠다. 그나저나 자기 이름을 국명에 넣다니 굉장한데. 만약 내가 황제가 되면 코마리 황국 같은 이름이 되는 걸까? 너무 싫은데.

"어쨌든 충돌은 피할 수 없어요. 아마 겔라 알카의 매드할트 대통령은 가까운 시일 내에 뭔가 수를 쓸 거예요. 손 놓고 있으면 수많은 국민이 희생되겠죠——, 그래서."

짤랑, 방울 소리가 울렸다. 카루라는 자기 오른손을 가슴에 대며 이렇게 말했다.

"우리 천조낙토와 동맹을 맺지 않겠어요? 든든한 아군——, 이라고 자신 있게 자부할 순 없지만 분명 귀국에게 이득이 될 거예요."

"재미있군……. 하지만 무슨 생각이지? 우리와 동맹을 맺는 게 너희 조국에 무슨 이득이라고."

"황제 폐하도 아시겠지만 천조낙토도 겔라 알카 공화국과는 견원지간이에요. 그들은 핵 영역에 군대를 풀어 호시탐탐 우리나라를 노리고 있죠. 그냥 둘 순 없어요."

"그렇군. 손을 맞잡고 공공의 적에게 맞서겠다는 건가."

"네. ——아니요, 솔직히 말씀드리자면 맞설 필요는 없어요. 우리나라는 무익한 싸움을 하지 않는 주의거든요."

엥? 방금 뭐라고 했지?

"그보다 싸움 그 자체가 무익해요. 사람과 사람이 서로를 다치게 하는 건 야만적이고 저속하며 무의미한 일. 그리고 무엇보다 볼품없을 뿐이에요. 우리가 왜 말을 할 수 있죠? 자신의 무위를 떨치기 위해? 상대를 갖은 욕설로 깎아내리기 위해? 아니에요. 남과 서로를 이해하기 위함이에요."

이봐. 설마 이 사람——.

"즉 우리가 공격할 일은 없어요. 천조낙토와 뮬나이트 제국이 동맹을 맺음으로써 겔라 알카가 쉽게 나설 수 없도록 견제하는 거죠. 상대를 섬멸하기 위한 동맹이 아니라 전쟁을 일으키지 않기 위한 동맹이에요. 살육만큼 헛된 짓은 없거든요."

"꽤 재미있는 생각이로군. ……하나 걸리는 게 있는데, 넌 그렇게 싸움을 싫어하면서 왜 장군처럼 피비린내 나는 일을 하는 거냐?"

"그건…… 사정이 있어요. 모두가 좋아서 장군 일을 하는 건 아니에요."

"그렇지!!"

나는 전력으로 동의하고 말았다. 카루라가 "네?" 하고 놀란 듯 눈을 깜빡였다.

아차. 내가 장군을 그만두고 싶어 한다는 걸 들키면 위험하다. ──하지만. 하지만 말이다. 이 아마츠 카루라라는 소녀는 어쩌면 보기 드물게 말이 통하는 타입의 사람일지 모른다. 좀 더 주의 깊게 관찰한 후 판별해야겠어. 빤─.

"어, 어쨌든. 천조낙토는 뮬나이트 제국과 겔라 알카를 견제하는 동맹을 체결하고자 합니다. 기본 전략은 '상대를 견제하는 것', '유사시에는 서로 협력하는 것'. 상대가 무리하게 쳐들어왔을 경우, 서로 연계하여 적을 무찌르는 거죠."

"선제공격은 안 하겠다는 건가."

"엔터테인먼트 전쟁도 아닌데 선제공격하면 분명 저희가 나쁘게 인식되겠죠."

"그래, 그렇군. ──그렇다는구나. 어쩔 것이냐, 코마리."

"흐에?" 갑자기 화살이 나에게 돌아오자 난감해졌다. "어, 어쩔 거냐니. 이건 황제가 정할 일 아닌가?"

"물론 그렇지만 말이다. 이 정도 이야기라면 코마리가 정해도 문제가 없거든. 이번 기회에 본인의 결단 하나에 국가의 운명이 좌우되는 상황에 적응해 두도록."

"그런 중대사를 나한테 맡기지 마!"

"뭐든 경험이지. ──그러니까 아마츠 카루라여, 교섭은 코마리에게 넘기마."

"알겠습니다." 카루라는 내 눈을 똑바로 바라보며 말했다. "건데스블러드 씨, 이번에 제가 당신에게 면회를 요청한 이유는 당신 힘이 필요하기 때문이에요. 당신의 인성이나 취향, 기호는 몰라요——. 하지만 당신에게는 절대적인 힘이 있어요. 나와 비슷할 만큼 절대적인 힘이."

"카루라는 그렇게 강해?"

"…………."

잠깐의 텀. ……왜 침묵하지?

"……갑자기 이름으로 부르는 건가요?"

"미, 미안."

"뭐, 상관없지만요. ——저는 강해요. 허세나 과장이 아니라 객관적인 사실로서 이 세상 누구보다 강하다고 남들이 평가했거든요. 하지만 건데스블러드 씨도 강하죠. 손을 잡을 만큼 강한 열핵해방을 가졌어요. 당신 힘이 있으면 막강한 억제력을 얻을 수 있어요."

"그, 그렇겠지. 나도 최강이니까."

"최강은 저지만요. 어쨌든 다시 한번 부탁드릴게요. 저와 함께 세계를 평화롭게 하지 않겠어요?"

방울 소리와 함께 오른손이 내밀어진다.

나는 고민했다. 국가의 명운을 좌우한다니까 당연히 주저할 만도 하다.

하지만—— 카루라의 진지한 표정. 그리고 '싸움은 무익'이라고 단언하는 정의감. 겉보기에는 살짝 차가운 분위기지만, 이 아이는 진심으로 세계 평화라는 야망에 불타오르고 있다.

"카루라는…… 싸움이 사라졌으면 하는 거지?"

"당연하죠. ……남들이 잘 이해해 주지 않는 사상이긴 하지만요."

"알았어."

나는 그녀의 손을 맞잡았다. 왜냐하면 난 평화를 사랑하는 정의의 흡혈귀이기 때문이다. 싸움이 싫다고 주장하는 사람이 있다면 당연히 온 힘을 다해 찬동할 것이다. 설령 그녀 뒤에 있는 높으신 분들이 음모를 꾸미고 있더라도, 우선은 이 소녀를 믿어보자.

"카루라의 생각은 훌륭한 것 같아. 함께 노력해 보자."

"어……. 네, 네. 감사합니다."

짤랑, 짤랑. 방울이 두 번 울렸다.

동맹 성립이다. 새삼스럽지만 난 터무니없는 결단을 한 것이다──. 갑자기 위가 아파 오는 듯했다. 하지만 후회는 하지 않는다. 그래야 한다고 생각해서다.

"그, 그럼! 새 동료가 생긴 기념으로 밥이라도 먹으러 갈래? 괜찮은 오므라이스 가게를 알거든. 기다리게 한 사죄라고 하긴 뭣하지만 내가 살게."

"고맙습니다. 하지만 그 전에 작전을 짜죠."

그렇게 말한 카루라는 보자기 속에서 앨범 비슷한 것을 꺼냈다.

"여기에는 겔라 알카 공화국과 관련된 기밀정보가 들어 있어요. 동맹이 성립했으니 공유하는데……, 아무쪼록 기밀로 해주세요."

"으, 응."

"겔라 알카에는 여덟 명의 대장군이 있어요. 그중에서도 가장 주의해야 할 분이 이분."

카루라가 꺼낸 것은 낯익은 소녀의 사진이었다.

분홍색 투 사이드 업 헤어가 인상적인 '월도희'다. 분수 앞에 서서 웃으며 두 손으로 브이자 포즈를 취하고 있다. 무슨 상황이지. 귀엽지만 그 녀석의 캐릭터성을 모르겠다.

"네리아 커닝엄. 아마 공화국에서 최강일 전류예요."

"그렇게 강해?"

"싸워본 적이 없어서 잘 모르겠지만 엔터테인먼트 전쟁에서는 무패였다나요."

"나, 나랑 똑같네!"

"저하고도 같아요. ――어쨌든 이 월도희의 동향은 주의해야해요. 그녀는 매드할트의 충실한 부하라나 봐요. 무슨 움직임을 보인다면 가장 먼저 움직일 사람은 분명 네리아 커닝엄이겠죠. 우리나라의 닌자가 조사했으니까 확실해요."

"그렇군. 하지만 움직인다면 구체적으로 뭘 하는데?"

"평범하게 전쟁을 걸어올 거라고 보긴 힘들겠죠. 이걸 봐주세요."

다른 새로운 사진이 테이블 위에 놓인다.

또 낯이 익은 것이었다. 푸른 하늘 아래 우뚝 솟아나 있는 새카만 탑……, 응? 이건 멜라콘시가 폭파한 호텔 아니야?

"겔라 알카 공화국이 핵 영역 훌랄라주에 지은 리조트 시설

'몽상낙원'이에요. 이 검은 탑은 호텔이지만 달리 카지노나 온천도 있는 듯해요. 오픈은 올해 겨울."

그럼 우리는 오픈 전에 초대받은 건가. 이득 본 기분인데. 아니, 냉정하게 생각하면 큰 손해지.

"겔라 알카의 관광청 말로는 몽상낙원은 '여섯 종족이 동등하게 우아한 시간을 보낼 수 있는 꿈의 낙원'이라나 봐요. 하지만 속아서는 안 돼요. 늘 전쟁의 불씨를 뿌리는 야만 국가가 이런 평화롭기 그지없는 농담을 하다니, 팥으로 메주를 쑤는 얘기죠. 애초에 핵 영역을 점거하고 멋대로 행락지를 만드는 것 자체가 위법이니까요."

"위법은 안 되지. 모두에게 확실히 허가를 받아야 해."

"위법 리조트를 개발하는 건 분명 문제지만, 그것 자체는 크게 중요하지 않아요. 주의할 점은 몽상낙원 근처에 겔라 알카군의 기지가 있다는 점이에요."

그렇게 말한 카루라는 새 사진을 꺼냈다. 분명 기지 같은 게 찍혀 있다. 제7부대 녀석들이 기습한 곳이겠지. 왜 기습한 건지는 조금도 이해가 안 된다.

"이 기지를 어떤 부대가 관할하는지 알 수 없지만 요즘은 네리아 커닝엄 장군의 부대가 주둔하고 있다나 봐요. ——어쨌든 관광지에 이런 걸 만들 필요는 없어요. 녀석들은 분명 뭘 꾸미고 있는 거예요. 그리고 우리는 꼬리를 잡았어요. 닌자가 목격한 바에 따르면 전류종 일당이 이 몽상낙원에 대량의 무기를 옮겨놨다나요."

"무기?"

"네. 아마 신구(神具)일 거예요." 카루라는 위협하는 투로 말했다. "아시겠지만 신구란 마핵의 효력을 무시하고 인간을 살상하는 비인도적인 도구예요. 이런 걸 소리 없이 준비하는 시점에서 겔라 알카 측에 '놀이 아닌 전쟁'을 할 의도가 있다는 건 명백해요."

"……정말 신구냐?"

"우리나라의 닌자가 조사한 거니까 확실해요. 겔라 알카는 리조트를 방패 삼아 뭔가를 실시하고 있어요. 그리고 그 뭔가는 우리에게 분명 해가 되겠죠. ——제 예상에 따르면 이 몽상낙원을 군사 거점으로 삼고 핵 영역을 지배하려 들지 않을까 하는데요."

그럼 네리아는 왜 우리를 그런 사연 있는 시설로 초대한 걸까.

아무리 생각해 봐도 국가 기밀일 텐데. 게다가 꽤 어두운 부류의.

"우리가 우선해야 할 건 이 몽상낙원의 조사예요. 천조낙토와 뮬나이트가 협력해서 척후 부대를 보내 시찰하는 거죠. 그리고 그들이 살육 병기를 모았다는 걸 밝혀내 여섯 나라에 폭로하는 거예요——. 겔라 알카는 이런 위험한 걸 숨기고 있었다고. 그러면 실제로 매드할트는 비난의 대상이 될 거고 사퇴해야 하겠죠."

"파괴 같은 건 안 해도 돼?"

"우리의 기본 방침은 선제공격이 아니라 전수방위인데요? 선불리 자극해서 녀석들에게 반격할 대의명분을 주면 다 헛수고잖아요. 아무 소용도 없어져요."

"하, 하하하하! 그렇겠지! 먼저 공격하는 건 바보나 할 짓이야! 우리 목적은 세계 평화니까!"

"바로 그거예요. 건데스블러드 씨는 의외로 말이 통하는 분이네요."

식은땀이 주르륵 흘렀다. 혹시── 내가 터무니없는 짓을 한 건 아닐까?

어쩌지. 시치미 떼면 나중에 혼나려나. 그 호텔이 엉망이 된 건 태풍이 상륙해서 그런 걸로 해둘까.

카루라는 조용히 녹차를 마시고 나서 내 눈을 바라봤다.

"──솔직히 신문에서 보도되는 당신 정보를 보다 보면 호전적이고 살의가 넘치는 만족이라는 인상밖에 안 들었어요. 하지만 실제로 만나보니 그렇지 않은 것 같네요. 당신은── 혹시 저보다 더 '화(和)'를 사랑하는 분일지도 몰라요."

나는 주변을 두리번거렸다. 귀를 세우고 있는 부하는 아무 데도 없다.

"그, 그래. ……실은 말이지, 나는 평화를 사랑하거든. 세상은 날 전쟁을 사랑하는 사람으로 보지만. ……사실 난 평화를 사랑해. 실은 분쟁 같은 건 사라지면 좋겠어."

"그렇군요. 역시 사람의 본질은 얘기를 나눠보기 전에는 모르는군요. 앞으로도 좋은 관계를 쌓아 가고 싶어요."

"음! 나야말로 잘 부탁──."

"각하!!"

쾅! 문이 열렸다. 나는 잠깐 사이에 흐름이 바뀌었다는 걸 이해했다.

거기에 나타난 것은 제7부대의 자칭 참모 카오스텔이다. 이 녀석 때문에 몇 번이나 죽을 뻔했는지 모른다. 그는 오른손에 편지 같은 걸 들고 내 쪽을 봤다.

"겔라 알카에서 제7부대 앞으로 서한을 보냈습니다. 어서 확인해 주십시오."

"기, 기다려라. 지금은 외국의 요인과 회담 중이야. 나중에 확인하지."

"하지만 보낸 사람은 네리아 커닝엄입니다. 아마 복수전을 요청하는 것 아닐까요."

"——복수전?"

카루라의 눈썹이 꿈틀했다. 나는 황급히 수습했다.

"시, 실은 네리아하고 아는 사이거든. 지난번에 같이 트럼프를 했는데 진 게 어지간히 분했던가 봐. 그 녀석은 지기 싫어하는 면이 있으니까."

"그런 것 같군요. 저희 제7부대의 활약으로 네리아 커닝엄의 부대는 괴멸한 거나 다름없으니까요. 하지만 각하, 두려워하실 거 없습니다! 다음에도 녀석들의 군대를 산산조각 내서 뮬나이트 제국 제7부대의 무서움을 깨닫게 해주죠!"

나는 미소 지은 채로 굳어버렸다. 카루라도 미소 지은 채 굳어 있었다.

"……건데스블러드 씨? 이게 무슨 소리죠?"

"펴, 평범한 전쟁이야. 지난번에 네리아의 부대와 맞붙었거든."

"그런 공식 기록은 존재하지 않는데요? 또 트럼프 얘기는 뭐고요?"

"하하핫. 사태가 너무 복잡해서 말로 표현할 수 없겠는걸. 하지만 여기 있는 메이드 빌헤이즈는 엄청나다는 수식어가 붙을 정도로 똑똑하니까 요점을 잘 정리해서 설명해 줄 거야. 좋아, 빌. 잘 설명해줘, 잘."

"코마리 님은 얼마 전 네리아 커닝엄의 부대를 기습해 괴멸시키셨어요."

"좀 더 잘 설명해 보라고오오오오오오오오오오!!"

너무 직설적이잖아?! 아니, 말하는 건 단순한 사실이지만 그러면 내가 전쟁광 같잖아! ——그런 기우는 현실이 되었다. 카루라의 이마에서 '빠직' 하는 소리가 났다. 끊어져선 안 될 무언가가 끊어진 소리다.

"……건데스블러드 씨. 당신, 저를 속인 건가요?"

"속인 게 아니야! 빌, 이번에야말로 잘 설명해 줘, 부탁이니까!"

"알겠습니다." 빌은 우아하게 한 번 인사하더니 이야기를 시작했다. "——얼마 전 코마리 님이 이끄는 제7부대는 네리아 커닝엄 님에게 핵 영역 홀랄라주의 리조트 지대, 몽상낙원으로 초대받았습니다. 상대의 목적은 '코마리 님을 세계 정복 계획에 끌어들이는 것'. 놈들은 뻔뻔스럽게도 여섯 나라를 정복해 세계를 혼돈에 빠뜨릴 셈이었던 거죠. 물론 저희가 이런 사악한 꼬임에 넘어갈 리 있나요. 공노한 코마리 님께서는 부대를 움직여 녀석들의 기지로 진군하셨어요."

"진군?! 진군했다고요?!"

카루라가 눈이 동그래져선 일어났다. 나는 밭에 꽂힌 허수아비 같은 기분이었다. 이제 틀렸다.

"네. 그리고 적의 부대를 몰살하셨죠."

"몰살?!"

"하는 김에 몽상낙원의 호텔을 폭파했고요."

"포, 폭파…."

"그렇게 저희는 격노한 네리아 커닝엄의 추격을 화려하게 피하면서 뮬나이트 제국으로 돌아왔습니다. 이상."

"……………………."

카루라는 매우 놀라며 할 말을 잃었다. 황제는 아무것도 모른다는 얼굴로 녹차를 입에 머금었고, 카오스텔이 만족스레 가슴을 폈으며 나는 화장실에 가려고 자리에서 일어난 건데 변태 메이드가 어깨를 단단히 붙들고 강제로 소파에 앉히더니 "진정하세요" 하고 어깨를 주물러 주었다.

카루라도 앉았다.

그녀는 한동안 와들와들 떨고 있었지만 갑자기 탕! 하는 소리를 내며 일어났다.

"──다, 당신은 대체 무슨 생각인 거죠? 하필이면 선제공격을……! 평화주의자라는 건 거짓말이었나요?!"

"거짓말 아니야! 나는──."

아니, 잠시만. 카오스텔이 이쪽을 보고 있는데. 이대로 본심을 털어두면 하극상이 발발할 가능성을 버릴 수 없다. 아니, 잠시만. 여기서 '나는 전쟁을 사랑해요'라고 허세를 부리면 카루라와의 관계가 최악이 되지 않을까? 냉정해지자, 테라코마리. 우선 평화주의자인 척하고 나중에 카오스텔에게 '그건 적을 속이기 위한 연기였다, 후후후' 같은 식으로 설명하면 되지. 완벽해. 너무 완벽하다.

"진정해, 카루라. 나는 평화를 사랑하는——."

"실례합니다, 각하!" "알카가 싸움을 걸었다는 게 사실인가요!" "바로 출전이군요!" "좋아, 좀이 쑤시는걸!" "전의를 북돋우는 춤을 추자." "윽! 내 왼손이 욱신거려."——.

…………

……

숨을 가다듬은 나는 카루라 쪽을 응시했다.

"——난 평화를 사랑하는 사람의 마음 따윈 이해할 수 없는 살육주의자다!"

"역시 그랬나요?!"

"그게 아니야! 그렇긴 한데 그게 아니야!"

"육국 신문에 나와 있었어요. 당신은 정말 전 세계를 토마토 주스에 수몰시킬 셈이었군요……."

"오므라이스면 또 모를까 그런 말 한 적 없거든?! 당연히 거짓말이지!"

"각하, 거짓말인가요?"

"당연히 사실이지! 세계는 언젠가 토마토 주스에 휩쓸릴 거다!"

"무슨 소린지 모르겠어요!"

"나도 몰라! ──그렇지, 네리아의 편지를 아직 안 읽었어! 어쩌면 '용서할게'라고 적혀 있지 않을까! 잠깐 줘봐."

카오스텔의 손에서 편지를 빼앗는다. 빌이 준 가위로 짤각짤각 조심스레 봉투를 자른다. 편지지를 펼쳐 남들이 볼 수 있도록 테이블 위에 두었다.

[테라코마리 님께. 용서 못 한다.]

"그렇겠지, 역시!!"

"이것 보세요! 역시 당신은 겔라 알카와 전면으로 승부하기 위해 네리아 커닝엄을 도발한 거죠?! 아니면 이렇게 예의도 뭣도 없이 증오로 가득한 편지가 올 리 없어요! 즉 당신은 전쟁을 바라는 거예요!"

"잘 들어, 카루라. 여기에는 사정이 있어. 나중에 단둘이 느긋하게 얘기하지 않겠어?"

"다, 단둘이?" 어째서인지 카루라는 희한하게 놀란 표정을 지었다. "……대체 무슨 생각인 거죠? 네리아 커닝엄에게 기습을 감행하는 분이……."

"──급습, 이려나요."

"이봐, 카오스텔 닥치고 있어!! 아니야, 오해라고!"

"네. 완전한 오해였던 것 같네요." 카루라가 냉정하게 쏘아붙였다. "당신은 평화주의자 따위가 아니었어요. 본심이 어떻든 결과만 두고 보면 당신 자신이 싸움을 초래한다는 건 분명하니까요."

"윽……."

그 얘기라면 아무 대꾸도 할 수 없다. 직접적인 계기는 내가
아니지만.

카루라가 갑자기 귀에 손을 댄다. 어딘가에서 통신이 들어온
거겠지.

"──방금 막 보고가 들어왔어요. 아무래도 몽상낙원의 호텔
은 정말 파괴된 모양이군요. 이로써 진위를 확인했네요. 죄송하
지만 동맹 얘기는 백지로 돌리겠습니다."

"어, 어째서……? 함께 세계 평화를 노리는 거 아니었어……?!"

"이미 우리의 기본 방침인 전수방위 작전은 끝장났어요. 몽상
낙원의 경비도 강화될 테니 조사하기도 힘들어지겠죠. 귀국과
한편이 되면 천조낙토까지 피해를 입어요. 그리고 무엇보다──
당신처럼 앞뒤 생각 없이 돌진하는 흡혈귀와 협력할 수 있을 것
같지는 않네요. 뮬나이트 제국은 야만적인 국가라는 걸 알았거
든요."

절망하고 말았다. 뭐지, 이 파멸적인 엇갈림은.

굳이 설명할 것도 없지만 나는 전쟁이 너무 싫다. 그리고 카루
라 역시 아마 나와 같은 마음일 것이다. 그런데 주변 녀석들 때
문에 서로 마음을 열고 얘기할 수가 없다니. 이런 부당한 일이
또 어디 있겠는가──. 그렇게 안타까움을 맛보고 있는데.

"──흘려들을 수 없겠군."

카루라의 온몸이 움찔하더니 떨렸다. 나는 놀라서 옆쪽을 돌

아본다.

금발 거유 미소녀가 평소처럼 대담하게 웃으며—— 동시에 번개를 연상케 하는 위압감을 띠고 카루라를 응시하고 있었다. 누가 봐도 화가 나 있다.

"갑자기 동맹 얘기를 꺼내더니 막상 결렬되니 야만국 취급인가? 꽤 제멋대로인걸, 천조낙토의 사자여."

"아, 아니요. 딱히 그러려던 건…….""

"그렇게 무서워할 거 없다. ——하지만 동맹을 백지로 돌린다는 건 즉, 천조낙토는 우리를 적대할 생각이라고 봐도 되겠지?"

"으음, 그, ——적대는 아니지만, 저희는 당신들과 한편에 설 수 없습니다."

"그렇군. 분명 모욕을 준 시점에서 동맹이고 뭐고 없지——, 자 그럼. 아무리 무례하기 짝이 없는 짓을 저지른 세상 물정 모르는 계집이라지만, 외국의 사자를 함부로 대하고 함부로 돌려보내는 건 얼토당토않은 야만 행위지. 하지만 아마츠 카루라 씨왈, 뮬나이트 제국은 야만인의 나라라는군. 그렇다면 본인이 원하는 대로 야만적으로 대접해야 하지 않을까?"

황제가 격노의 파동을 띠고 있다는 건 알겠다. 그러나 하는 말이 너무 장황해서 이해할 수 없었다. 카루라의 얼굴이 금세 파랗게 질린다.

"그, 그런가요. 하지만 대접은 충분히 받았습니다. 저는 이만 실례하도록 하죠."

"그래, 그래. 손님이 가신단 말이지. ——코마리."

"흐에? 왜?"

"보내버려."

응? 어떻게 보내주면 되는데? 선물이라도 주면서 보내면 되나──, 그렇게 생각했다.

덜컹!! ──엄청난 기세로 카루라가 일어났다.

"자, 자자, 잠시만요. 여기서 분쟁을 일으키면 국제 문제로 발전할걸요. 게다가 이곳은 천조낙토의 마핵 효과 범위 밖이에요. 죽으면 정말 죽기 때문에."

"넌 최강이잖냐? 죽을 걱정이 어디 있지?"

"걱정 따윈 전혀 할 거 없죠. 하지만 분쟁을 일으키는 것 자체가 문제고──."

"코마리, 한 번 더 명령하마. 뮬나이트를 모욕한 저 멍청이를 죽여라."

"엥? ……뭐어어어어?!"

죽여? 죽이는 거야?! 무슨 소리야, 이 변태 황제가?!

아무리 생각해 봐도 야만적 행위이고 애초에 나에게 죽일 만한 힘이 있을 리 없는데?!

"자, 코마리 님! 죽여버리죠!"

"너까지 무슨 소리야! 내가 어떻게 죽여!"

"자, 각하! 죽이시죠!"

"좋아, 해보자고. 각오해라, 카루라!"

나는 부하들에게 떠밀려 그대로 앞으로 나왔다.

이런. 너무 위험해. 상대는 여섯 나라 중에서도 톱클래스로 강하다는 오검제다. 나처럼 허세 하나로 살아온 흡혈귀가 당해 낼 것 같지 않다. 그보다 이 상황은 뭐지. 갑자기 죽이라니, 황제도 제정신이 아니야! 의견이 좀 엇갈렸을 뿐인데!

"지, 진심이에요? 건데스블러드 씨."

카루라가 경직된 표정으로 나를 노려본다. 뭔가 엉거주춤한 자세지만 속아서는 안 된다. 아마 저건 천조낙토에 전해져 내려오는 '맹호(猛虎)의 자세'임이 분명하다.

제길. 지금 당장에라도 도주하고 싶다. 하고 싶지만 부하들이 "코마링! 코마링!" 하고 떠들어대서 도망칠 수 없다. 여기서 도망치면 나에게 실망해 하극상을 일으킬 것이고 결국 죽는다. 사면초가다.

에잇, 이렇게 된 이상 강자라는 걸 어필해서 상대에게 겁을 주는 수밖에!

"카루라여, 말해두겠지만 나는 5초 만에 5백 명을 죽일 수 있거든?"

"그, 그게 뭐 어쨌는데요? 저는 5초 만에 5천 명을 죽일 수 있거든요."

어쩌지, 빌. 대항하는데. 못 이길 것 같아.

"실수했군! 나는 5초 만에 5백 명을 죽이고 추가 효과로 5만 명을 죽일 수 있어!"

"추가 효과?! 그런 마법이……. 아니, 그렇다면 저도 궁극의 황급(煌級) 마법을 발동해서 5초 만에 5천 명을 죽이는 사이 덤으로 5만 명을 죽이고 하는 김에 뮬나이트 제국을 초토화한 뒤 인구 5천만 명을 죽일 수 있어요! 자, 그렇다면 저는 과연 몇 명을 죽였을까요?!"

"그딴 거 알 게 뭐야! 하지만 황금 마법은 발동하는 데 당연히 시간이 걸릴 테고, 나 정도 흡혈귀쯤 되면 손가락 하나만 닿아도 적의 온몸을 타르타르소스로 바꿔서 새우튀김에 끼얹어 먹을 수 있어! 어때, 무섭지? 내 손가락을 만져봐!"

"무서울 거 없죠! 과거 '살인 전국대회'에서 우승한 저에게 걸리면 그 정도 정체 모를 마법 따위는 단숨에 날려 버릴 뿐만 아니라, 즉석에서 반격해 당신의 몸을 메밀가루처럼 잘게 빻고 밀가루와 반죽해 국수로 만들어서 맛있게 먹어 치울 수 있다고요!"

"무슨 소리야! 그렇게까지 말할 거면 어디 해보든지! 자!"

"하. 손가락 하나로 절 죽일 수는 없을걸요! 당신이야말로 제 손가락을 만져보세요!"

"네가 먼저 만져!"

"당신이 먼저 만지세요!"

"아니, 네가──. 앗."

등을 떠밀렸다. 떠밀 사람은 변태 메이드 말고는 없다.

중심을 잃은 나는 자세를 바로잡지 못하고 엎어질 뻔했다. 내가 엎어지려는 곳에는 흥분해서 얼굴이 새빨개진 카루라가 있었다.

"어? ──."

쿠웅──! 하는 효과음이 들린 듯했다. 그만큼 큰 충격이었다. 정신을 차리고 보니 나는 카루라를 덮치는 형태로 그녀를 짓누르고 있었다.

숨이 닿을 만큼 가까운 거리에 전통 복식을 입은 미소녀의 당황한 얼굴이 있다.

잠깐 사고가 정지했지만 내 뇌는 금방 다시 작동했다.

이런, 메밀가루가 되겠어! ——그렇게 생각하며 황급히 떨어지려 한 순간.

"꺄…… 꺄아아아아————————————!!"

"으엑."

갑자기 카루라가 떠밀었다. 그대로 뒤쪽으로 엉덩방아를 찧었지만 딱히 아프지는 않다. 몸이 메밀가루가 되지도 않았다. 대체 무슨 일이 벌어진 건가 해서 날 밀친 장본인을 보니, 그녀는 꼭 쏜살처럼 소파로 뛰어들었다. 쿠션 밑으로 들어가 부들부들 떨기 시작했다. 영문을 모르겠다.

"다, 다가오지 마세요! 새우튀김이 되고 싶지 않아요!"

"무슨 소리야, 너."

너는 새우가 아니니까 튀겨도 새우튀김이 될 수 없거든.

황제가 어이없다는 듯 한숨을 내쉬며 말했다.

"진정해라. 너는 천조낙토의 명운을 짊어진 사자잖냐."

"진정은 무슨! 당신들은 절 죽이고 싶은 거죠?! 뭐 이런 난폭한——."

"잘 들어라, 아마츠 카루라여. 죽기 싫다면 뮬나이트와 동맹을 맺도록."

"…………."

카루라는 소파에 고개를 묻은 채로 침묵했다.

10초가 지난 후에 천천히 몸을 일으킨다. 그 10초 사이 안정을 되찾은 거겠지. 그녀의 표정은 처음 봤을 때처럼 늠름해져 있었다. 그러나 겁을 먹고 내 쪽을 힐끗힐끗 바라보는 이유는 뭘까. 꼭 살인귀라도 보는 듯한 눈이다.

그녀는 "어흠" 하고 기침하더니 이렇게 말했다.

"——하는 수 없죠. 전쟁은 할 게 못 되지만 피할 수 없는 일도 있으니까요. 또 방금 떠올렸는데 애초에 겔라 알카 공화국과 전면적인 전쟁을 벌이더라도 전류의 군세 따위는 이 아마츠 카루라의 적수가 못 돼요. 왜냐하면 저는 최강이니까요."

"그럼 어느 쪽이냐."

"알겠습니다. 천조낙토는 뮬나이트 제국의 전쟁에 협력할게요."

이렇게 동맹이 성립됐다.

왜 그렇게 됐는지 전혀 모르겠지만, 뭐, 세계 평화를 위해 한 걸음 전진했으니 기뻐하기로 하자. ……정말 왜 이렇게 된 거지?

☆

"냐아아아아아아아아아아아앙! 왜애 이렇게 되는 거야아아아아아아앙!"

카루라는 외쳤다.

침대 위에서 영혼의 절규 중이었다.

외국의 요인은 기본적으로 뮬나이트 궁전에 머물게 된다. 마핵의 혜택을 받을 수 없는 사람은 가장 안전한 곳에 머물러야 한다는 뮬나이트 측의 배려였다. 솔직히 말해 지금 당장 【전이】로 돌아가고 싶다. 하지만 그 무서운 황제가 '뭐, 편히 쉬다 가라'라고 협박하는 바람에 편히 쉬는 수밖에 없었다.

이러저러해서 카루라는 사치스럽기 짝이 없는 방을 안내받았지만, 안내받자마자 침대로 뛰어들어 크게 절규하는 기행을 저질렀다. 그럴 수밖에 없었다.

"이대로 가면 천조낙토가 전쟁에 말려들 거예요! 분명 죽을 거라고요! 아니요, 그 전에 칙명을 똑바로 수행하지 못한 죄로 사형당할지도……."

천조낙토 국왕 '오오미카미'가 내린 칙명은 단순하다.

──「뮬나이트 제국과 동맹을 맺어 겔라 알카에 대한 포위망을 완성해라. 단 뮬나이트 측이 우리의 기본 방침을 따르지 않는 경우엔 예외다」.

완전한 실패였다. 녀석들이 벌써 겔라 알카에 시비를 걸었다는 걸 안 시점에서 즉시 돌아가야 했다. 그러나 흡혈귀들의 협박에 굴해 동맹서에 날인하고 말았다. 오오미카미에게 받은 이 등 옥쇄를 부지런히 찍고 왔다. 이제 돌이킬 수 없다. 아니, 사형당할지도 모른다.

카루라는 베개에 고개를 묻고 훌쩍훌쩍 울었다.

왜 내가 이런 꼴을. 학교를 졸업하면 미야코에서 화과자점을 열 생각이었는데. 천조낙토에서 으뜸가는 과자 장인으로서 이름을 떨치려고 했는데. 이제 인생이 엉망이 됐다.

"왜 내가 사자 같은 걸 맡은 거야! 애초에 왜 장군 같은 걸 맡은 거냐고~!"

"——아마츠가는 '사(士)'의 일족이니까."

어느새 침대 옆에 사람이 서 있었다. 그림자 같은 검은 복장이 특징적인 소녀다. 카루라가 거느린 닌자 집단 '귀도중(鬼道衆)'의 수장 코하루였다.

"코하루! 주인이 죽을 것 같은 때 어딜 돌아다니고 있었던 거예요?!"

"제도. '피바다 만주' 맛있어."

"그런 거 먹지 마요! 만주라면 제가 만들어 줄 테니까!"

카루라는 코하루의 손에서 만주를 가로챘다. 작은 닌자는 "에이——" 하고 불만스러워하는 눈치다. 그러나 불만스러운 건 이쪽이다. 이 아이는 카루라가 만든 과자는 전혀 먹지도 않으면서 싸구려만 즐겨 먹는다. 미각이 이상한 걸지도 모른다.

"……카루라 님. 동맹, 맺었어?"

"네, 맺고말고요. 최악의 형태로 말이죠!" 카루라는 손목의 방울을 짤랑짤랑 울리면서 "정말 최악이었어요. 내 감이 잘못됐던 가 봐요——. 테라코마리 건데스블러드는 평가처럼 살인귀였어요! 세계를 토마토 주스로 휩쓸겠다니 말도 안 돼!"

"토마토 주스, 좋아."

"당연히 말장난이죠. 테라코마리는 세계를 피바다로 만들겠다고 했어요. 정말 너무너무 무서웠어요! 그 살의에 찬 새빨간 눈동자! 갑자기 덮쳐들었을 때는 죽는 줄 알았어요. 운 좋게 살긴 했지만 분명 수명이 줄어들었다고요."

카루라는 한숨을 금할 수 없었다. 테라코마리만은 이야기가 통할 줄 알았던 것이다.

결정적 근거는 없다――. 그러나 그녀의 발언에서 자신과 상통하는 것을 느꼈다. 뭐라고 해야 하나, '한껏 허세를 부리고 있다' 같은. 하지만 조금 전 덮쳐졌을 때 그 녀석은 완전히 살인귀의 눈을 하고 있었다. 이쪽이 일방적으로 친근감을 느끼고 있었던 것뿐인 듯하다.

"……하아. 테라코마리는 나와 같다고 생각했는데."

"평화주의?"

"맞아요. 예를 들어 저 원고."

카루라는 푸른 머리의 메이드에게 넘겨받은 원고를 떠올린다. 기다리는 시간이 따분해서 독파했는데, 놀랍게도 저건 테라코마리가 쓴 소설이었다나 보다.

"저렇게 달콤하고 애절하고 다정한 글을 쓰는 사람을 살육의 패자로 볼 수는 없어요. 그 정도로 감동했다고요. 주인공 소녀를 둘러싼 삼각관계가 아주 훌륭해서……."

"말이나 문장은 얼마든지 속일 수 있어."

"그렇죠. 하지만 그녀는 행동도 나와 통하는 점이 있어요. 엔터테인먼트 전쟁에 있어 테라코마리는 단순한 인형. 스스로 싸우지 않을 뿐만 아니라 부하에게 지시조차 내리지 않아요. 틀림없이 쓸데없는 다툼을 싫어하는 줄 알았어요."

"하지만 테라코마리는 엄청난 열핵해방을 가졌어."

"으——, 알아요! 지난 칠홍천 투쟁 때 봤으니까."

"카루라 님 같은 송사리가 아니야."

"그것도 알아요! 말 안 해도 되잖아!"

아마츠 카루라는 천조낙토에서도 손에 꼽는 명문가 출신이다.

차기 리더로서 어릴 적부터 영재교육을 받아온 카루라는 갖은 분야에서 우수한 성적을 거둬왔다—— 라고 알려져 있다. 그리고 그건 90는 사실이지만 사실이 아닌 10가 치명적이었다. 카루라에게는 전투 재능이 조금도 없다. 약한 것이다. 약한데 장군 같은 역할을 맡은 것이다. 하기 싫은데 부모가 '아마츠가는 사의 일족이다'라면서 연줄의 힘으로 오검제로 올린 것이다.

참고로 '살인 전국대회'에서 우승했다는 얘기는 거짓말이었다. 그런 대회는 세상에 없다.

권력 따윈 쓰레기라고 카루라는 생각한다.

"……정말 쓰레기네. 오빠가 나간 것도 이해가 돼."

"카쿠메이 아빠?"

"아빠가 아니라 오빠! 정말."

카루라의 오라버니(정확히는 사촌)도 '하기 싫다, 하기 싫어'라고 푸념하며 장군 일을 했다. 그의 경우엔 카루라와 달리 사에 부합한 실력을 가지고 있지만, 그래도 싫은 일을 계속하면 정신적으로 타격이 오는지 어느 날 갑자기 도망쳐 종적을 감추고 말았다. 그렇게 해서 카루라의 첫사랑은 머릿속에서 모락모락 피어오른 안개가 되었다. 지금도 쌓여 있어서 처치하기 힘들다. 아니, 그런 소녀 같은 감정을 곱씹을 때가 아니다.

"……뭐 됐어. 비록 뮬나이트와 겔라 알카 사이에서 전쟁이 벌어졌다고 해도 문제 될 건 없어요. 나에게는 이게 있으니까요."

카루라는 그렇게 말하며 자기 머리를 통통 쳤다.

코하루가 카루라 머리를 똑똑 쳤다.

"잘 울리네. 텅 비었어."

"비었다는 건 메울 것이 많다는 거예요. 내 머리에서는 무한한 책략이 솟아난다고요──. 아마 겔라 알카는 맨 처음 뮬나이트 제국을 노리겠죠. 당연히 우리는 동맹에 따라 뮬나이트와 함께 싸워야겠지만, 함께 싸워야 한다는 룰은 아무 데도 없어요."

"????"

"뮬나이트가 원군을 요청해도 '지금은 바쁘다'라고 무시하면 돼요."

"……카루라 님, 역시 든 게 없네."

"후후후. 평화주의자는 어떤 사태를 직면하더라도 전투를 회피하려는 노력을 게을리하지 않아요. 이 난세를 헤쳐나가기 위해서는 현명함과 뻔뻔함이 필요해요."

"하지만. 겔라 알카는 쓰러뜨려야 해."

코하루의 말은 진지한 빛을 띠고 있었다. 카루라는 무심코 생각에 잠긴다.

그래──. 천조낙토에게 겔라 알카는 해악일 뿐이다.

그 나라와의 국경 부근에서는 최근 '화혼종 실종 사건' 같은 괴이가 발생하고 있다.

그러나 이건 결코 괴이가 아니다. 그 철의 나라가 쳐놓은 장대한 음모지. 왜냐하면 오오미카미의 예언으로 드러났기 때문이다──. '젤라 알카 녀석들이 무법으로 움직이고 있다'라고. 그렇다면 젤라 알카가 사건의 범인임이 분명하다. 분명한 것으로 해야 한다.

"알아요, 코하루. 천조낙토의 백성은 반드시 되찾겠어요."

"몽상낙원. 수상해."

"그러게요──."

카루라는 희미하게 한기를 느낄 수밖에 없었다. 황제와의 회담에서는 굳이 언급하지 않았지만, 그 리조트 지대에는 또 하나의 수상한 소문이 있었다.

잠시 대기하고 있던 닌자 왈── '밤이 되면 지하에서 사람 소리가 들린다'라고 한다.

아마 실종된 화혼종은 몽상낙원에 수용되어 있는 게 아닐까?

하지만 그런 비도덕적인 짓을 정말 젤라 알카 공화국이 하고 있을까?

카루라는 자신의 불안을 떨치려는 듯 코하루의 머리를 쓰다듬었다.

"걱정하지 않아도 돼요, 코하루. 나는 최약이지만 어리석진 않으니까. 싸우는 것만이 싸움은 아니에요. 나에게는 나의 방식이 있어요."

"제멋대로 굴면 안 돼. 오오미카미 님께 혼나."

"혼나면 정색하면 돼요. ──자, 관광이라도 한 뒤에 갈까요. 뮬나이트에 어떤 과자가 있을지 기대되네요."

짤랑짤랑, 방울 소리가 울린다.

카루라는 태평하게 웃었다. 안 좋은 일이 있더라도 바로 전환할 수 있다는 게 카루라의 장점이다——. 카루라 자신은 그렇게 생각한다. 실제로 싫다고 하면서도 장군직을 맡고 있는 건 이 장점 덕이니까 쓸모는 있다. 코하루는 분명 '이 녀석 바보 아니야?' 하는 식으로 우습게 보지만 신경 써선 안 된다.

이래 봬도 일단 세계 평화를 위한 작전은 생각해 보려 노력하고 있다.

그러나 이미 사태는 카루라의 예상을 초월해 있었다.

뮬나이트 궁전에는 거친 흡혈귀만 있는 게 아니었다.

창밖. 궁전 정원을 뛰어넘을 기세로 뛰어가는 2인조가 보인다.

새하얀 소녀와 고양이 귀 소녀——, 육국 신문의 기자들이었다. 그녀들의 집념 깊은 작전은 마침내 공을 거두었다. 세상을 뒤흔들 일대 특종을 입수한 것이다.

육국 신문 7월 22일 조간

[뮬천 동맹 성립, 겔라 알카 기지에 진군 개시

【제도— 티오 플랫, 동도— 알 메이요우】뮬나이트 제국 카렌 엘베시아스 황제는 21일, 천조낙토 특사 오검제 아마츠 카루라 장군과 비밀 회담을 가졌다. 아마츠 장군은 핵 영역으로 세력을 펼친 겔라 알카 공화국의 과격행위에 대항하기 위해 뮬나이트 제국에 동맹을 요청. 테라코마리 건데스블러드 칠홍천 대장군을 비롯한 제국 상층부는 이것을 승낙, 사상 첫 뮬나이트—천조낙토 동맹이 발족했다. ……(중략)……핵 영역 훌랄라주에 짓고 있는 리조트 시설 '몽상낙원'에 대량의 위법 신구가 운반되고 있다고 단정한 뮬천 동맹은 공동 군을 편성하고 침공을 개시하겠다는 뜻을 발표할 가능성이 매우 큰 것으로 보일지도 모른다. 가까운 시일 내에 기습을 시도할 듯하므로 겔라 알카 공화국 분들의 주의가 필요하다.]

※

겔라 알카 공화국 대통령 관저.

원수(元首) 매드할트가 정무를 보는 건물이자 평소부터 관리의 출입이 끊이지 않는 떠들썩한 곳이지만, 현재는 우는 아이도 울음을 그칠 듯한 살벌한 분위기를 띠고 있었다.

공화국의 무를 상징하는 최강의 전류 · 팔영장——그중 일곱이 한자리에 모여 있다. 관저의 대회의장 '섬검실(閃劍室)'에 죽 늘어선 것은 핵 영역에서 수많은 적병을 쓰러뜨려 온 역전의 용사들이었다. 네리아는 정중하게 의자에 앉으면서 동료들의 얼굴을 돌아본다.

제2부대 넬슨 케이즈. 제3부대 오디셔스 클레임. 제4부대 파스칼 레인즈워스. 제5부대 애버크롬비. 제6부대 메어리 프래그먼트. 제7부대 솔트 아퀴나스. 제8부대 대장은 부재중. 만난 적조차 없었다.

이런 녀석들의 얼굴이나 이름 따위는 기억할 것 없다. 뇌의 기억 영역 낭비다.

"——그렇다는 거다. 뮬나이트 제국과 천조낙토는 손을 잡고 '몽상낙원'을 파괴하려는 모양이다. 이거 유감의 뜻을 표한다는 말만으로는 끝낼 수 없겠는걸. 그렇게 생각하지 않나, 제군?"

상석에 앉은 남자—— 매드할트 대통령은 일동을 둘러보며 미소 지었다.

대통령이 팔영장 회의를 소집한 건 7월 22일 새벽. 의제는 물론 육국 신문에 보도된 뮬천 동맹 건이었다. 매드할트가 어떤 결단을 내릴지 기대되기도 했지만 역시라고 할까, 그는 '당하기 전에 때려눕힌다'라는 정신을 밀어붙이나 보다.

팔영장들은 하나같이 '이의 없다'라는 듯 고개를 끄덕인다. 이 녀석들은 대통령의 꼭두각시에 불과하다. 겉만 번지르르하게 칠해놓은 가짜 카리스마에 감복하고 있는 변변찮은 놈들이다.

"──대통령! 녀석들의 목적은 몽상낙원입니다. 그렇다면 몽상낙원을 관리하는 우리 제4부대가 출동하는 게 도리겠죠! 이제가 흡혈귀도 화혼도 모두 섬멸해 보이겠습니다."

소리 높여 선언한 건 도마뱀처럼 생긴 남자── 제4부대 대장 파스칼 레인즈워스. 꼭두각시 주제에 공명심과 자기 과시욕 하나는 강한 철면피였다.

"……레인즈워스군. 하지만 네놈은 몽상낙원의 관리자면서 호텔이 파괴되게 됐는데 그건 어떻게 설명할 거지?"

"하……. 여러 번 말씀드렸지만 그건 네리아 커닝엄의 책임입니다."

어이가 없었다. 레인즈워스는 당당하게 책임을 회피하기 시작했다.

"애초에 테라코마리 건데스블러드 암살 작전은 제가 실행하려고 했는데, 모든 책임은 본인이 지겠다면서 작전 주도권을 빼앗아간 건 그녀입니다. 네리아가 표적을 리조트로 불러내서 암살하고 제가 그 시체를 지하로 옮긴다. 하지만 네리아는 녀석을 죽이는 데 실패했어요. 그 탓에 몽상낙원이 피해를 입은 겁니다──. 분명 저도 흡혈귀들의 침공을 막지 못한 책임은 있지만 과실의 책임 9할은 네리아에게 있습니다."

이 남자── 레인즈워스는 툭하면 시비를 건다. 게다가 툭하면 네리아를 실각시키려 든다. 예를 들어 지난번, 흡혈귀들이 도주하기 시작했을 때 이 녀석은 자기 부대를 움직이려 하지 않았다. 모든 책임이 네리아에게 돌아갈 것을 알았기에 그들을 놓아준 것이다.

"──그런 이유로 저에게 책임은 없습니다. 네리아의 뒤치다꺼리를 겸해 제가 군을 통솔해 적을 상대하죠. 반드시 테라코마리 건데스블러드를 살해해 보이겠습니다."

"잠시만요, 매드할트 대통령." 네리아는 차가운 태도를 가장하며 입을 연다. "테라코마리 건데스블러드를 놓친 건 사죄드리죠. 하지만 제게 오명을 만회할 기회를 주지 않으시겠어요? 다음엔 꼭 그 흡혈귀를 잡겠습니다."

"대통령님. 네리아는 저렇게 말하지만 솔직히 말해 실력이 부족하다고 생각합니다. 테라코마리 건데스블러드의 열핵해방에 맞설 수 있을 것 같지 않습니다."

"해보기 전에는 모릅니다. 열핵해방은 마음의 힘에서 비롯된다고 들었습니다. 저도 의지라면 지지 않아요."

"하지만 커닝엄. 네놈은 열핵해방이 없잖냐?"

"그, 그렇긴 한데. 알카를 위해 몸을 바칠 각오는 그 누구보다도──."

"──흠, 알카는 무슨. 이미 멸망한 나라잖냐."

팔영장 중 누군가가 중얼거렸다. 그에 호응해서 잇달아 험담이 날아든다.

"비극의 공주님인 척할 셈인가." "저 녀석도 백성을 학대하던 왕족 중 하나잖냐." "대통령께서는 왜 저런 계집을 팔영장으로 임명하셨는지." "책임을 물어 죽였더라면 좋았을걸."

네리아는 이를 깨물었다. 이런 녀석들에게 그런 말을 듣기는 싫었다. 남의 생명을 비웃으며 소비하는 악마들에게는━━.

"공주님 얘기는 이제 됐습니다. ━━매드할트 대통령님, 부디 결단을 내려주십시오. 우리 4부대에 출동 명령을 내려주십시오."

"대통령! 레인즈워스 경은 감당할 수 없습니다. 지금은 저한 테 맡겨주십시오."

"조용히. 파스칼 레인즈워스와 네리아 커닝엄은 둘 다 출동시 킬 셈이다."

긴장감이 퍼졌다. 매드할트는 추가로 뜻밖의 말을 했다.

"그것만이 아니야. 이번에는 팔영장 전원이 움직인다. 몽상낙 원에 진을 치고 있다가 적을 상대한다는 물러터진 작전이 아니 라━━ 먼저 적을 치는 거다."

"대체 무슨 말씀을 하시는 겁니까! 그랬다간 완전히 전쟁에 돌입할 겁니다. 엔터테인먼트 전쟁 같은 게 아니라 진짜 전쟁이 시작될 거라고요."

"그게 목적이야, 커닝엄. 내 생각에 여섯 나라는 평화에 취해 있어. 애초에 이 세계는 약육강식의 난세였을 텐데. 녀석들에게 그것을 깨닫게 해줄 필요가 있어."

"뭐……."

팔영장들은 잠시 어안이 벙벙하다는 듯 침묵했다. 그러나 금 방 대통령의 말이 머릿속에 침투한 건지, 살인에 어울리는 새빨간 고양이 그들의 눈 속에 깃들기 시작했다.

"훌륭하십니다, 대통령님! 알카가 최강이라는 걸 전 세계에 보여주시죠!"

"바로 그거야, 레인즈워스. 모든 것을 파괴할 준비는 되어 있어. 이번 기회로 뮬나이트나 천조낙토를 철저히 혼내줘야지. 목표는—— 마핵이다."

자리가 술렁였다. 외국의 마핵을 노리다니 평범한 사고가 아니다.

"대, 대통령. 아무리 그래도 그건."

"안심하도록. 나는 그 테러리스트 그룹처럼 마핵을 파괴할 생각은 없으니까. 어디까지나 마핵의 정체에 관한 정보를 알아내려는 거야."

"그, 그래……! 마핵의 정보를 파악하면 우리를 거스를 수 없으니까. 그 나라는 겔라 알카의 노예가 되는 수밖에 없지……!"

"그래. 우리는 황제나 오오미카미에게서 마핵의 위치를 알아내기 위해 진군할 거다. 우선 녀석들의 핵 영역상 지배 영역을 공격하는 게 좋겠지."

"그럼—— 목표는 어디쯤이죠."

"성채도시 폴. 그곳뿐이야."

유명한 도시였다. 폴은 뮬나이트 제국 사람들이 핵 영역으로 나가기 위한 항구 같은 곳이다. 내부에는 제국으로 통하는 '문'이 여럿 구축되어 있는데, 이것들을 손에 넣고 능숙하게 【전이】 사용 권한을 갈아치우면 뮬나이트 제국에 자유롭게 출입할 수 있다.

"우리는 전군을 폴로 보낸다. 그리고 성을 침략한 후 제국 황제에게 항복을 권고하는 거지. 이대로 제도를 파괴당하기 싫으면 마핵의 위치를 말하라고."

"오오……."

역시 대통령, 생각도 못 했다. 희대의 명재상이다──, 그런 찬사가 난무했다.

네리아는 다시 혀를 찼다. 마핵은 무슨. 설령 폴을 점거하더라도 그런 국가 기밀을 쉽게 끌어낼 수 있을 리가 없는데.

주변에서는 매드할트나 팔영장들이 작전에 관해 논의하기 시작했다.

그러나 네리아의 머리에는 들어오지 않는다. 오른쪽 귀로 들어와 왼쪽 귀로 그냥 빠져나간다.

이런 장소에 있어야만 한다는 게 굴욕이었다.

다시 생각해 보면 자신의 인생은 정말 파란으로 가득했다.

국왕의 외동딸로 태어나 아무 불편 없이 자랐지만, 딱 5년 전 당시 장군이던 매드할트의 반역으로 군주제가 무너지고 가족은 체포당해 투옥되고 말았다. 아이라는 이유로 간과된 네리아는 복수를 맹세했고, 게르트루드와 함께 와신상담의 나날을 보낸 지 5년. 겨우 팔영장까지 올라왔다.

조금만 더. 조금만 더 하면 되는데── 매드할트를 이길 수가 없다.

녀석은 몽상낙원이라는 리조트 시설의 탈을 쓴 '수용소'를 운

영하고 있다. 자기 정치에 반기를 드는 반역자를 잡아다가 가둬둔 것이다. 네리아는 팔영장이지만 이 시설에 들어갈 수 없다. 단순 무력만으로는 어찌할 수 없는 벽이 거기 있었다.

저 시설에 아버지가 있을 텐데. 이제 곧 만날 수 있을 텐데.

"코마리······."

네리아에게 남은 수단은 외부에서 온 구세주에게 거는 것뿐이었다.

얼마 전 게르트루드에게 코마리 앞으로 편지를 보내라고 했다. 네리아의 본심을 적나라하게 드러낸 편지다. 몽상낙원에서 한 대화는 거의 거짓이었다는 것. 겔라 알카의 바보들이 세계 정복을 꾸미고 있다는 것. 코마리의 협력이 필요하다는 것——. 그 편지를 읽으면 마음씨 착한 그녀는 반드시 네리아를 도와줄 것이다.

코마리만 있다면 사태는 호전할 것이다. 코마리만 있다면——.

"——네리아. 터무니없는 실태로군."

갑자기 누가 말을 걸어서 고개를 든다. 파스칼 레인즈워스가 기분 나쁜 미소를 띠며 이쪽을 내려다보고 있었다. 네리아는 황급히 주변을 둘러본다——. 생각하는 사이 회의가 끝난 모양이다. 이 자리에 있는 것은 네리아와 레인즈워스, 게르트루드뿐이었다.

"······레인즈워스 경. 회의는 끝난 것 같군요. 가보지 그래요?"

"딱딱하게 부르지 마. 나랑 너 사이잖냐."

레인즈워스는 허물없이 어깨를 만졌다. 오싹 소름이 돋았다.

네리아는 무심코 자리에서 일어나 반걸음 물러난다.

"——무슨 볼일이야? 널 상대해 줄 시간은 없는데."

"하하핫! 역시 너는 허세 부리는 게 더 귀여워. ——하지만 그 허세가 언제까지 갈지 기대되는걸. 네 처지는 바람 앞의 등불이야."

"너하고는 상관없어. 더러운 손으로 만지지 말아 줄래?"

"……이봐, 네리아. 이제 왕국 부흥 따위는 포기하면 어때?"

손가락이 떨린다. 허리춤의 검으로 손을 뻗는다.

"아무도 알카 왕국의 부활 따위는 바라지 않아. 특권 계급이라는 건 백성을 착취하는 인류의 암 같은 존재야. 이제 와서 환영받을 리 없지."

"지금도 비슷하잖아. 매드할트는 터무니없는 폭군이야."

"바보냐? 너희 아버지가 훨씬 더했잖아. 그 녀석이 백극 연방에 나라를 팔았다는 건 모두가 아는 사실이야. 아무도 원하지 않을걸, 왕가의 부활 따위는."

"알아! 그러니까 나는 왕국 부활을 꿈꾸는 게 아니야. 좀 더 다른 식으로——."

"아—, 아쉽게 됐군! 넌 이렇게 예쁜데 말이지! 과거의 왕후 귀족은 지금쯤 몽상낙원에서 지옥 같은 나날을 보내고 있거든? 고집만 부리다간 너도 노예로 전락할걸. 매드할트 대통령은 잔인하니까."

"…………."

"뭐, 안심해. 너는 책임 지고 돌봐줄 테니까. 장군 같은 건 그만두고 내 아래에서 평생 평화롭게 살아. ——뭐, 불편하게 하진 않을게. 흡혈귀의 나라를 정복하면 녀석들을 노예로 삼아서 봉사시킬 거거든. 평생 일하지 않아도 돼. 그게 공주님에게 어울리니까."

"윽——, 이!!"

반사적으로 검을 뽑으려고 했지만 그럴 수 없었다. 게르트루드가 저지해서다.

대신 분노를 폭발시키며 네리아는 절규했다.

"——나는! 나는 썩어빠진 인간들에게 굴복하지 않아! 반드시 너희 악행을 폭로해서 알카를 변혁하겠어! 매드할트를 날려버리겠어! 다음 대통령은—— 바로 나야!!"

레인즈워스는 소리 내어 웃었다. 너무 화가 나서 한 대 때려줄까 했다. 하지만 게르트루드가 팔을 단단히 붙들고 있어서 꼼짝할 수 없다.

"놔줘, 게르트루드! 저 녀석은 죽어 마땅한 놈이야!"

"안 돼요! 죽이면 네리아 님이 살해당해요……!"

"하하핫! 아무쪼록 힘내봐. 네가 운명해 굴복해서 쓰러졌을 때—— 그때는 책임지고 귀여워해 줄 테니까."

"죽어! 꺼져! 이 인간쓰레기!"

레인즈워스는 웃으면서 방을 나갔다.

남겨진 네리아는 이를 갈면서 주먹을 움켜쥐었다. 매드할트가 민중에게 지지를 얻고 있다는 건 이해하고 있다——. 하지만 그건 허상에 불과하다. 무력으로 민중을 억압하고 있을 뿐이다. 그런 걸로는 진짜 평화는 찾아오지 않는다. 전쟁의 불꽃이 끊이지 않을 것이다.

──'사람은 사람을 위해 행동해야 한다.'

그건 선생님의 가르침이었다.

네리아는 품에서 펜던트를 꺼냈다. 거기에는 사진 한 장이 들어 있다. 과거 네리아가 왕족의 일원이었을 무렵, 궁정 전속 사진가가 찍어준 것이다.

사진 속에 있는 것은 어린 시절의 네리아.

그리고── 그 옆에서 웃고 있는 것은 반짝이는 금색 머리카락이 인상적인 흡혈귀 여성이다.

유린 건데스블러드, 칠홍천 대장군이다.

"……선생님. 저는 안 져요."

"네리아 님." 게르트루드가 걱정스러운 얼굴로 바라본다. "무슨 일이 있어도 저는 네리아 님 편이에요. 힘들면 저를 의지해 주세요."

"고마워, 게르트루드. 네가 있으면 나는 몇 번이고 다시 일어날 수 있어."

네리아는 충실한 종의 머리를 부드럽게 쓰다듬었다.

이 소녀는 네리아가 가족을 잃었을 때부터 곁에 있었다. 늘 네리아 곁에 있어 준다. 따스한 말을 건네 준다. 이 소녀의 헌신에 보답해야 한다. 결코 포기할 수는 없었다. 매드할트의 야망을 망쳐놓기 위해── 가족을 되찾기 위해.

"……그런데 네리아 님, 조금 전 회의에서 들으셨죠?"

"뭘? 전군이 출격한다는 거잖아. 너무 황당해서 우스운걸."

"그것도 그렇지만." 게르트루드는 울 듯한 목소리로 말했다. "이번 전쟁은 단순한 일대일이 아닌 것 같아요. 팔영장뿐만 아니라 이쪽도 상대와 같은 수를 쓴다나요."

"상대와 같은 수……?"

"……네. 저기. 이건 상당히 난처하지 않을까요?"

"무슨 소리야? 그 녀석이 뭘——."

그렇게 네리아는 깨달았다. 그 남자는 정말 세계를 혼란에 빠뜨리려 하고 있다는 걸 알았다. 네리아는 분노에 몸을 맡기며 의자를 걷어찰—— 뻔했지만 직전에 참았다. 물건에 화풀이하면 안 된다. 그 대신 탄환처럼 벽까지 달려간 뒤 활짝 열린 창문에 대고 온 힘을 다해 소리쳤다.

"매드할트 이 똥멍청이————————————!!"

"그만하세요, 본인이 들으면 큰일이니까!"

게르트루드가 말렸지만 무시했다. 그런 놈은 분명 똥멍청이다.

왜 그렇게까지 사태를 키우는지 모르겠다. 괜히 희생자만 늘지 않는가.

이 나라는 변해야 한다——. 네리아는 진심으로 그렇게 생각했다.

요즘 들어 왠지 많은 사건이 있는 것 같다. 바다에서 빌, 사쿠나와 함께 놀질 않나 네리아가 세계 정복을 제안하질 않나, 적국의 기지를 실수로 폭파하질 않나, 천조낙토의 사자에게 동맹 권유를 받질 않나──. 파란만장하다고 할 수밖에 없는 여름이다.

그렇다지만 나하고는 아무 상관 없는 일이다. 상관없다고 생각해야 한다. 그러니까 오늘도 마음껏 기분 좋게 자야 하지 않을까──. 그렇게 생각하며 조는데 변태 메이드가 억지로 깨웠다.

"코마리 님, 일어나세요. 일하셔야죠."

"이일~?! 바보야! 오늘은 일요일이잖아아…….."

"자, 돌고래에 달라붙어 있을 때가 아니에요. 겔라 알카가 선전포고해 왔으니까 대책을 세워야죠. 황제 폐하나 칠홍천분들이 기다리세요."

"알 게 뭐야, 그런 거……. 모두에게 늦잠 잔다고 전해줘."

"그럴 필요 없어요. 다들 여기 모여 계시거든요."

"무슨 잠꼬대 같은 소리를……."

나는 졸린 눈을 비비면서 몸을 일으켰다. 오늘은 일요일이다. 일요일 아침에 깨어 있는 사람은 사람이 아니다. 잔소리 많은 메이드를 어서 돌려보낼 수 없을까──. 그렇게 생각하며 주변을 둘러본 순간.

"어라? 꿈인가?"

나를 에워싸는 형태로 낯익은 얼굴이 늘어서 있다. 바로 옆에 메이드 빌헤이즈. 그 너머에 황제 폐하. 그 옆에 크레이지 신부 헬데우스 헤븐. 그 옆에 살짝 화난 얼굴인 프레테 마스카렐. 그 옆에 가면을 쓴 미스터리어스한 델피네. 한 자리 건너뛴 곳에 있는 백은색의 사쿠나 메모아. 한 자리를 더 건너뛴 곳에 이번에는 낯선 얼굴이 있다. 기모노를 입은 남자. 기모노를 입은 여자. 그리고 냉철한 표정으로 이쪽을 바라보고 있는 아마츠 카루라. 또 그 옆에는 처음으로 돌아가 황제 폐하가 있다.

……어? 이게 뭐야. 역시 꿈인가? 왜 다들 모여 있는 거지?

"코마리 님이 너무 안 일어나셔서 침대를 통째로 회의장 테이블 위로 옮겼어요."

"뭐 하는 짓이야?!"

"그건 우리가 할 말이에요, 건데스블러드 씨!!"

부릅! 그런 효과음이 들릴 만큼 날카로운 안광과 함께 이쪽을 노려본 사람은 프레테였다. 무심코 어깨를 움찔하고 말았다. 지난 칠홍천 회의에서 시시하다고 폄하당한 탓에 본능적으로 트라우마가 된 걸지도 모른다.

"작전 회의가 시작됐는데 테이블 위에서 잠이라니, 기가 막혀서! 역시 당신에게는 칠홍천이라는 자각이 부족한 것 같네요!"

"자, 자각은 있어! 꿈속에서 작전을 생각해 왔거든."

"호오—. 그거 아주 훌륭한데요! 그럼 꼭 들어보고 싶네요! 눈앞까지 다가온 적군을 어떻게 무찌를 셈이죠?!"

"빌, 내가 꿈에서 본 작전을 발표해."

"주먹으로 해결하겠습니다."

"주먹으로 해결한다는군!"

"주먹으로 해결되면 이 고생을 왜 하겠어요!"

"주먹으로 해결하는 게 칠홍천의 업무일 텐데!"

"그렇긴 한데! 이번에는 머리도 써야 이길 수 있는 전쟁이에요!"

"엥? 다 같이 장기라도 두게?"

"그럴 리가 있냐——————————————!!"

"진정하도록, 프레테. 코마리는 방금 막 깬 참이라 아무것도 모르는 게야."

황제가 나무라듯 말했다. 프레테는 무슨 말을 하고 싶어 하는 눈치였지만, 결국 "죄송합니다"라고 하고는 입을 다물었다. 아니, 냉정하게 생각해 보면 사과해야 할 건 내 쪽이다. 회의용 탁자 위로 침대를 가져와 자고 있다니 이게 무슨 일인지. 우습게 보는 정도가 아니다. 그보다 난 여전히 잠옷 차림이잖아. 다들 보고 있으니까 어서 갈아입어야 해——. 새삼스레 수치심을 느끼는데 황제가 아무 일 없었다는 듯 설명하기 시작했다.

"다시 확인하지. 겔라 알카는 우리 뮬나이트와 천조낙토의 동맹에 선전포고를 해왔다. 게다가 이건 단순한 엔터테인먼트 전쟁이라고 하기 어려워. 녀석들은 핵 영역에 있는 뮬나이트 제국령을 약탈할 셈인 것이다. 그리고 척후병의 정보에 따르면 팔영장 대부분이 실제로 움직이고 있어. 녀석들은 평범한 전쟁이 아

니라 피로 피를 씻는 총력전을 원하는 모양이야."

응? 전쟁이란 말이 들렸는데? 이건 도망치는 게 답이겠네.

나는 슬쩍 침대에서, 테이블에서 내려와 그대로 방을 나가려 했다.

하지만 메이드에게 잡혀 의자에 앉고 말았다. 일어나려고 해도 괴력이 움직임을 막아서 꼼짝할 수 없다. 옆에 앉아 있던 사쿠나가 나지막한 목소리로 "안녕하세요"라고 인사를 건넸다.

"아, 안녕. 사쿠나. ……참고로 묻겠는데 무슨 상황이야?"

"으음, 황제 폐하께서 말씀하신 대로예요. 겔라 알카 공화국이 선전포고해 와서 급하게 다 같이 회의를 열게 되었어요. 천조낙토 사람들도 참가했고요."

"여기 뮬나이트 궁전 맞지?"

"핵 영역 메트리오주의 성채도시 폴이에요. 지난번 칠홍천 투쟁이 있었던 고성 부근이요. 황제 폐하 왈, 여기를 가장 먼저 노릴 거라나요."

자는 사이에 터무니없는 곳으로 옮겨진 모양이다.

"……뭐야, 전장 한가운데잖아."

"아니요, 아직 싸움은 시작되지 않았어요. ——아, 초콜릿 드실래요? 아침은 아직이시죠? 자, 아—."

"고마워." 넘겨받은 초콜릿을 덥석 문다. 맛있어. 행복해. "……역시 전쟁이 벌어진 건, 나 때문인가……?"

"코마리 님 때문이 아니에요. ——아, 초콜릿 드실래요? 아침은 아직이시죠? 자, 아—."

"고마워." 이번엔 빌에게서 초콜릿을 받아든 뒤 직접 입에 넣었다. 맛있다. 좀 더 행복하다. "……나 때문이 아니라니 무슨 뜻이야?"

빌은 어째서인지 뺨을 부풀리며 말했다.

"원래 겔라 알카는 뮬나이트에 쳐들어올 셈이었던 것 같거든요. 분명 코마리 님이 몽상낙원의 호텔을 파괴한 게 직접적인 계기이긴 하지만, 파괴하지 않았더라도 언젠가 이렇게 됐을 게 분명해요."

"뭐? 결국 그건 나 때문이잖아?"

"참고로 이게 겔라 알카에서 보낸 성명문을 발췌한 내용이에요."

겔라 알카 공화국 대통령이 뮬천 동맹의 맹주 테라코마리 건데스블러드에게 통보한다.

귀 동맹의 난폭한 행동을 더 이상 두고 볼 수 없다. 우리나라가 평화를 위해 끊임없이 노력하고 있다는 걸 알면서 귀 동맹의 군, 특히 테라코마리 건데스블러드 칠홍천 대장군이 이끄는 뮬나이트 제국 제7부대는 야만적인 불법 행위만을 반복하고 있다. 이 폭거를 막기 위해선 한번 무력으로 결판을 낼 필요가 있다고 판단했다. 그러므로 겔라 알카 공화국은 뮬나이트 제국—천조낙토 동맹에 선전을 포고한다.

"……역시 나 때문 아니야?"

"보기에 따라서는 그렇죠."

"그리고 왜 내가 맹주가 된 건데?"

"아마츠 카루라 씨와 함께 찍힌 사진이 나돌고 있으니까요. 겔라 알카 공화국은 코마리 님의 목숨을 노리고 있나 봐요."

"뭐야아아아아아아아아아아아아아아아아아아?!"

나는 일어났다. 빌이 넘겨준 육국 신문(!)에는 나와 카루라가 밝게 웃으며 악수하는 사진이 실려 있었다. 이러면 완전히 내가 동맹을 주도하는 것 같잖아!

"일이 왜 이렇게 된 거지?! 뭔가 여러모로 뒤죽박죽이라 뭐부터 처리해야 할지 모르겠어! 내가 뭘 어째야 하는데!"

"살육이죠."

"당연히 싫지! 오늘은 슬쩍 수영장에서 놀려고 했는데!"

"꼭 함께하고 싶네요. 그나저나 코마리 님, 주목받고 있어요."

나는 놀라서 주변을 둘러봤다. 칠홍천뿐만이 아니다. 이곳에는 천조낙토에서 온 오검제들도 있다. 나는 헛기침하고 나서 다시 말했다.

"오늘은 슬쩍 적병의 피로 수영장을 만들어서 놀려고 했는데!"

"——그렇다는군! 우리 맹주는 적군을 무찌르겠다는 의욕으로 차 있다고."

기쁘다는 듯 그렇게 말한 것은 금발 거유 미소녀 황제다. 나는 머리를 싸맸다. 왜 나를 리더처럼 대하는 거지. 참고로 테이블 한가운데 침대가 있어서 맞은편에 있는 황제 얼굴은 보이지 않는다. 저 침대는 누가 정리하지.

"자, 겔라 알카의 군은 슬슬 움직임을 보이겠지. 녀석들은 우리가 핵 영역에 가지고 있는 지배 구역을 가로챌 생각이야. 목적은 거의 100% 이 성채도시 폴이다. 이 도시를 점령하면 뮬나이트 제국이나 천조낙토 일부에 쉽게 【전이】할 수 있거든. ——하지만 그렇게 둘 수 없지. 동맹의 힘으로 반드시 무찔러야 해."

"카렌 님. 그냥 격퇴만 하는 건 약해요. 알카의 고철들에게 뮬나이트의 우아함과 무서움을 뼛속까지 깨닫게 해주자고요!"

"바로 그거야, 프레테. 우리에게는 두 가지 달성 목표가 있다. 하나는 진군하는 적을 격퇴하는 것. 또 하나는 반대로 우리가 녀석들의 군사 거점을 파괴하는 것. 이에 관해서는 천조낙토가 더 자세히 알지 않을까? 아마츠 카루라여."

짤랑, 방울이 울렸다. 카루라가 청초한 동작으로 일어났다.

"네. 이건 건데스블러드 씨가 자는 틈에 얘기한 건데요."

그렇게 운을 뗀다. 내가 테이블 위에서 자고 있는데 회의를 했어? 아무도 이상하단 생각 안 했냐고?

"겔라 알카 공화국에는 불법 군사 시설을 지었다는 의혹이 있어요. 핵 영역 홀랄라주에 존재하는 리조트 에어리어—— '몽상낙원'이 그거죠. 우리나라의 닌자가 입수한 정보에 따르면 이 땅에 불법으로 신구를 반입한 흔적이 있다나 봐요. 그 증거를 잡아서 여섯 나라에 폭로하면 매드할트 대통령은 전쟁보다 큰 문제를 떠안게 될걸요."

"그 신구가 이번 전쟁에 사용될 가능성은 있나요?" 그렇게 질문한 것은 헬데우스다. "적이 불법 무기를 사용한다면 긴장해야 하니까요."

"가능성은 제로예요. 신구는 자기 자신을 해칠 수도 있는 양 날의 검. 만약 어쩌다가 적에게 빼앗기면 그건 자신들에게 돌아 올 거예요. 집단 전투에서 쓰기에는 매우 위험성이 크다고 할 수 있죠. 신구를 활용할 수 있는 건 암살 등의 특정 상황에 한정 되어 있어요."

"그렇군, 그렇군! 방심은 치명적일 것 같지만요."

카루라의 표정이 조금 굳었다. 헬데우스의 말은 지당하다. 상 대가 정체 모를 무기를 가지고 있다면 당연히 경계해야 한다.

"어, 어쨌든 달성해야 할 목표는 두 가지예요. 따라서 여기 있 는 총 여덟 명의 장군을 두 그룹으로 나누어서 작전에 들어가려 고 해요."

나는 자연스레 원탁을 둘러봤다. 이곳에는 빌과 황제를 빼면 여덟 명뿐이다. 칠홍천과 오검제니까 7+5, 총 12명이 있어도 이 상할 게 없는데——. 아니, 칠홍천은 그만둔 녀석이 있긴 하지 만. 그렇게 생각하는데 빌이 설명해 줬다.

"천조낙토의 오검제는 두 사람 비어요. 본국을 방어하는 데 반드시 두 사람을 배치하는 게 관습이라나요."

"흐음——. 우리는 왜 다섯 명이지?"

"제1부대 대장 페트로즈 카라마리아는 이미 독단으로 싸우고 있다나 봐요. 제5부대는…… 오디론 메탈이 빠져서 공석입니다."

이해했어. 아니, 이해한 게 아니다. 이미 싸우고 있다니 뭔데? 사는 세계가 다른가?

짤랑, 방울이 울렸다. 카루라가 사람들의 주의를 끌듯이 팔을 뻔었다.

"겔라 알카 군을 상대할 방어 그룹. 그리고 몽상낙원을 침공할 공격 그룹——. 이 두 가지가 독립해서 활동하는 게 최선이 겠죠. 알겠어요, 건데스블러드 씨?"

"엥. 왜 나한테 물어봐?"

"당신이 동맹의 맹주가 되었으니까요."

"……카루라, 대신해 주지 않을래?"

"적들은 당신을 맹주로 인식하고 있어서 내부에서 변경해도 아무 의미 없어요. 아아, 정말 유감이네요. 실은 최강인 제가 맹주를 맡는 게 맞는데."

"끄으응……."

못 해 먹겠다. 하지만 이 자리에서 "싫어, 싫어. 집에 가고 싶어~!"라고 떼를 써도 프레테가 격노하며 죽이려 들 게 뻔하다. 너무 싫지만 참는 수밖에 없다.

"자, 건데스블러드 씨. 두 그룹으로 나뉘어도 되겠죠?"

"그, 그러게. ……저기, 빌. 어느 그룹이 더 힘들까?"

"분명 공격이겠죠. 방어라면 성에 앉아서 부하에게 지시를 내리면 어떻게든 되겠지만, 공격하는 쪽은 그럴 수도 없어요. 스스로 앞장서서 적의 그물망을 파고들어야 하니까요. 그 대신 적군의 기지를 파괴하면 어마어마한 명예를 얻을 수 있어요."

명예 따위는 됐다. 내가 원하는 건 몸의 안전이다. 제7부대는 방어 그룹에 들어가자. 나는 성에 틀어박혀 과자를 만들며 철저히 후방을 지원할 것이다. 그렇게 하면 싸우지 않아도 될 테고 말이다.

"좋아. 내가 맹주니까 내가 그룹을 나눠도 되지? 우선, 우리는——."

"아니, 이미 그룹은 다 나눴다."

침대 너머에서 목소리가 들렸다. 황제다.

"나라의 운명을 좌우할 중요한 싸움이니까. 이것만은 짐이 정했지. ——헬데우스, 발표해라."

"알겠습니다."

황제는 헬데우스에게 한 장의 메모를 건넸다. 헬데우스가 자리에서 일어나 낭독한다.

"그럼 황제 폐하 대신 발표하겠습니다. 우선 방어 그룹은——천조낙토 군 제1부대 대장 야마테라 호무라, 마찬가지로 제3부대 대장 레이게츠 카린, 뮬나이트 제국군 제2부대 대장 헬데우스 헤븐, 마찬가지로 제3부대 대장 프레테 마스카렐. 이상."

엥? 이상? 방어 그룹은 그게 끝이야?

"계속해서 공격 그룹입니다. 천조낙토 군 제5부대 대장 아마츠 카루라, 뮬나이트 제국군 제4부대 델피네, 마찬가지로 제6부대 대장 사쿠나 메모아. 그리고 제7부대 대장 테라코마리 건데스블러드."

"아니"는 내가.

"잠시"는 카루라가.

그러나 다음 순간 누가 탕! 하고 테이블을 힘껏 내려치는 바람에 나와 카루라의 말이 막혔다. 프레테다. '검은 섬광'은 불만스러운 표정으로 황제 쪽을 바라봤다.

"잠시만요, 카렌 님!! 제가 방어 그룹이라니, 어떻게 된 거죠?!"

엄청난 고함에 깜짝 놀란 사쿠나가 의자에서 굴러떨어질 뻔했다.

황제는 "자, 진정해" 하고 여유로운 태도로 프레테를 바라봤다.

"공격에는 속도와 공격력이 중요해. 네가 이끄는 제3부대는 파워보다는 테크닉 타입이잖냐?"

"저는 파워 타입이에요!!"

전적으로 동감하지만 본인이 할 말은 아닌 것 같다.

"다시 생각해 주세요, 카렌 님. 공격 그룹에 힘이 필요하다면 테라코마리 건데스블러드를 내보내는 건 잘못됐어요. 테라코마리는 검도 제대로 못 드는 약자라고요!"

"그, 그렇지 않아! 나만큼 힘이 넘치는 흡혈귀는 없을걸! 하지만 프레테가 그렇게까지 말한다면 바꿔줄 수도——."

"잠시만요." 짤랑, 방울 소리를 내면서 카루라가 입을 열었다. "아마츠 카루라 대는 힘이 아니라 기능이나 두뇌를 구사해서 싸우는 부대예요. 공격에는 맞지 않아요. 제가 마스카렐 씨 대신 방어 그룹으로 들어가죠."

"이런? 아마츠 카루라여, 너는 코마리보다 강하다고 호언장담하지 않았나?"

"네, 네. 그렇죠. 강해요. 하지만 적재적소라는 게——."

"아마츠 카루라 씨는 공격이 알맞아요! 제가 불만을 느끼는 건 건데스블러드 씨예요! 그녀에게 군사 시설 습격 같은 중대한 일을 맡길 수는 없어요!"

"아니요, 마스카렐 씨. 저는 딱히 방어라도——."

"그래! 카루라는 공격에 알맞아! 그러니까 나는 프레테를 위해 물러나야 하지 않을까? 가끔은 공을 양보해 주는 것도 강자의 역할이지."

"아니요, 건데스블러드 씨. 굳이 사퇴하지 않아도——."

"공을—— 양보한다고요오오오오오오오오오오오?!"

아, 아차. 쓸데없는 말을 했다.

"왜 화를 내시는 거죠, 마스카렐 님. 코마리 님이 양보해 주겠다고 하셨으니까 감사히 받아들이는 게 예의 아닌가요!"

"그만해, 빌! 과자 줄 테니까 조용히 해!"

"당신은—— 당신은 정말 무례한 흡혈귀예요! 예전부터 생각은 했지만, 그 시건방진 시선이 마음에 안 들어요! 실력도 없는 주제에 허세만 가득해선! 이런 칠홍천은 존재만으로도 제국의 간판이 1초마다 썩어들어갈 거예요!"

"야, 양보 정신은 중요할 텐데!"

"그런 건 양보받아 봤자 하나도 안 기뻐요! 정말 마음에 안 들어요——. 당신은 늘 그래요! 지난 칠홍천 투쟁도 그래요! 겔라 알카의 테러리스트 기지를 황급 마법으로 불모지로 바꿨다느니 어쩌니 하는 이야기 말인데, 그런 건 당연히 거짓말이죠! 육국신문을 매수해서 자기한테 이로운 기사를 쓰게 한 거죠?!"

"뭐어어어어?! 그것만은 온후한 나라도 역시 못 참겠는데! 이롭기는커녕 오히려 민폐거든! 누가 그딴 신문을 매수한다고! 차라리 매수해서 정정시키고 싶을 정도다!"

"말다툼은 그만두세요! 우선 아마츠 대가 얼마나 방어에 적합한지를 나타내는 데이터가 여기 있으니까 이쪽을——."

"정정이라고요?! 그렇게 멋대로 뜯어고쳐 놓고 아직도 부족하단 건가요!"

"이미 충분해! 애초에 뜯어고친 적도 없어!"

"무시…… 하지 마세요……."

"그럼 왜 신문에 그런 내용이 있는 건데요!"

"당연히 날조지! 넌 육국 신문을 과신하고 있어!"

"육국 신문이 왜 날조 같은 짓을 하겠어요! 그런 참극을 건데스블러드 씨가 일으킬 리도 없고요——. 그건 자연 현상일 게뻔해요! 운석이나 다른 이유가 있겠죠!"

"오히려 운석으로 정정해 달라고 하고 싶을 정도야!!"

"자기가 운석을 조종하는 최강의 흡혈귀라고 하고 싶은 거예요?!"

"운석 같은 걸 어떻게 조종하냐!! 이 답답아————————!!"

"…………훌쩍."

——가장 먼저 알아챈 것은 사쿠나였던 듯하다. 창옥종의 피를 이은 그녀는 자기와 똑같은 종족이 쓰는 마법을 0.1초 만에 빠르게 알아차렸다. 나는 프레테와의 말싸움에 열중해 있었고, 다른 장군들도 설마 이 타이밍에 공격을 받을 줄은 꿈에도 모르고 있었다.

사쿠나가 팔을 잡아당겼다.

"엥?"——그런 내 짧은 목소리는 아무에게도 들리지 않았을 거다.

갑자기 운석이 떨어졌다.

그렇게 생각할 만큼 엄청난 충격이 퍼졌다. 천장은 보기에도 무참하게 날아갔고. 갑자기 떨어진 화염의 탄환이 침대에 떨어져 큰 폭발을 일으켰다. 비명이 울려 퍼지고 타는 듯이 뜨거운 열풍이 불어 들어 멍하니 서 있는 내 시야를 낯익은 메이드복이 감쌌다.

그 직후 어마어마한 마력이 공간을 전율케 했다. 프레테가 암흑 마법을 쏜 것이다. 모든 것을 빨아들이는 블랙홀은 화염에 의한 충격을 남김없이 흡수해 상쇄해 나갔다.

나는 속수무책으로 변태 메이드의 가슴에 고개를 묻고 있었다.

뭐야. 뭔데, 이건——.

곧 주변에 소리가 돌아온다. 누군가가 매우 당황해서 회의장으로 뛰어 들어왔다.

"폐하! 백극 연방의 군세입니다! 아무래도 겔라 알카와 손을 잡은 모양입니다!"

나는 메이드 아래에서 기어 나와 주변 상황을 확인했다.

회의장은 새카맣게 그을려 있었다.

테이블 위의 침대는 재가 되었다.

아빠가 사준 안는 돌고래 베개도 흔적도 없이 사라졌다.

장군들은 '당했다' 하는 표정으로 벽 쪽에서 몸을 웅크리고 있었다. 다행히 각자 무슨 방어책을 쓴 것인지 큰 외상은 없어 보이는데——. 아니, 잠깐.

"빌! 괜찮아?!"

"괜찮아요. 코마리 님이야말로 다치지 않으셨어요?"

"아, 안 다쳤는데……. 하지만 이건."

바깥이 소란스럽다. 사람들의 고함과 절규가 들린다. 폴은 뮬나이트 제국이 실효 지배하는 곳이긴 하지만, 그 이전에 핵 영역의 도시다. 흡혈귀 말고도 다양한 인종이 있다. 즉 전류종도 창옥종도 있을 것이다. 그런데 이렇게 공격해 오다니——.

헬데우스나 프레테를 비롯한 장군들이 방을 나갔다. 자기 군대를 이끌고 백극 연방에 맞설 생각이겠지.

"폐하! 겔라 알카와의 핫라인이."

황제의 호위인 흡혈귀가 외쳤다. 황제는 숯덩이가 된 방 한가운데 우두커니 서서 얼음장처럼 무표정한 얼굴로 주머니에서 통신용 광석을 꺼냈다.

[안녕하신가, 뮬나이트 제국 황제 폐하.]

남자 목소리가 들린다. 스피커 모드가 되어 있다.

[이미 천조낙토의 오오미카미에게는 전했지만, 우리는 정의의 군대를 움직이기로 했다. 네놈들의 행동은 육국의 평화를 어지럽히는 것이니까. 그렇기에 하나 본때를 보이려고 말이다.]

나는 깨달았다. 상대는 아마 겔라 알카의 높으신 분—— 매드할트겠지.

"본때를 보인다고? 영토를 공격한 보복이냐?"

[보복 같은 단순한 얘기가 아니야. 뮬나이트 제국은 세계 평화를 어지럽히고 있지. ──겔라 알카의 영토는 네놈들 덕에 얼어붙어 버렸고 말이야. 우리가 평화 우호 시설로 짓고 있던 몽상낙원도 비열한 공격을 받았어.]

"다 공격당할 만한 이유가 있는 곳 아닌가?"

[뮬나이트의 만행은 물리적인 공격에만 그치지 않아. 네놈들은 말로도 세상을 어지럽히고 있지. 일부 무투파 칠흥천의 문제 발언── 안이한 세계 정복 선언에서 비롯된 인심 교란, 오므라이스 수요를 증폭시켜 달걀 가격이 폭등하게 만든 비열한 경제 조작, 상투적인 침팬지 차별 발언으로 인한 침팬지 차별 심화.]

"무슨 소린지 정말 모르겠는데."

[그뿐만이 아니야. 네놈들은 테러 그룹 '뒤집힌 달'과 이어져 있다는 의혹도 있지. 칠흥천 오디론 메탈은 뒤집힌 달의 간부였지. 게다가 테러 활동에 일조해온 사쿠나 메모아를 극형에 처하지 않고 장군직에 두고 있어. 이러한 위험 국가를 그냥 둘 수는 없지. 우리가 고삐를 매어둘 필요가 있다는 거다.]

"그게 정말 가능할 것 같나?"

[이미 타국에도 통보를 마쳤다. 백극 연방, 라페리코 왕국은 우리 제안을 흔쾌히 승낙했지. 남은 건 요선향이지만 그들도 좋은 답을 들려줄 것이라고 확신하고. ──즉 뮬나이트 제국과 천조낙토는 네 국가를 적으로 돌렸단 말이야.]

"그렇군. 네놈들의 목적은 뭐냐?"

[뮬나이트 본국 정복.]

황제의 안색이 달라졌다. 그녀의 두 눈동자가 얼어붙은 빛을 띤다.

[――그렇게 말하고 싶지만 나도 그렇게까지 잔인하진 않거든. 이대로 폴을 함락당하고 싶지 않으면 뮬나이트 제국 마핵의 정체를 밝혀라.]

"시끄러워. 알려달란다고 알려줄 리가 있냐?"

[알려주지 않으면 제도가 불바다가 될 뿐. 이건 교섭이 아니라 협박이다. 제아무리 뮬나이트나 천조낙토의 장군이 정예라지만 네 국가를 당해낼 리가 있나. 지금은 순순히 내 말에 따르는 게 안전할 것 같은데.]

"말이 안 통하는군." 황제는 어이가 없다는 듯 한숨을 내쉬었다. "꼭 뮬나이트 제국을 궁지에 몰아넣었다는 식으로 말하는데―― 그 정도로는 끄떡도 안 해."

[뭐야?]

"오합지졸로는 짐의 국가를 이길 수 없어. 조금 더 현실을 보도록."

[……흥. 허세도 적당히 부려야지.]

"넌 지금 어디 있지? 수도의 대통령 관저?"

[그게 뭐? ――잘 들어라, 네놈에게 주어진 선택지는 딱 두 가지. 내 제안을 승낙하고 마핵의 위치를 알려주거나 멸망할 각오로 우리 연합군에게 대항하거나――.]

황제는 남자의 목소리 따위는 완전히 무시했다. 품에서 또 하나의 통신용 광석을 꺼냈다.

번개 같은 색의 마력을 담자 금방 통신이 이어졌다. 그리고 황제는 조금도 주저하지 않고 말한다.

"페트로즈. 폭파해라."

[——폭파? 무슨 소리를. 너.]

뚜욱.

남자와의 통신이 끊겼다. 황제가 일방적으로 끊은 게 아니다. 상대가 끊은 것이다.

뭐가 뭔지 모르겠다. 황제는 두 광석을 품에 넣더니 내 쪽을 돌아봤다.

아주 멋진 미소였다.

"들었나, 제군! 겔라 알카는 뮬나이트와 천조낙토를 정복하겠다는군! 이대로 둘 수 없지. 얕보이면 죽이는 게 뮬나이트 제국의 방식이니까."

"자, 잠시만요!" 카루라가 황급히 말했다. 조금 전의 영향으로 머리가 죽순처럼 변했다. "네 국가를 상대하겠다니 무모해요! 이럴 땐 겔라 알카와 평화를."

"평화를 제안하는 건 곧 패배를 뜻한다. ——게다가 이건 이길 싸움인데? 최강을 자칭하는 주제에 뭘 두려워하는 거냐, 아마츠 카루라여."

"네? 이기나요……?"

"겔라 알카의 내정이 어떻게 돌아가는지는 모르겠군. 허나 백극 연방이나 요선향의 원수는 매드할트만큼 어리석지 않아. 거기에 파고들 틈이 있겠지. ——그걸 위해 우선 당초의 계획대로 몽상낙원의 정체를 파헤쳐야겠어."

"몽상낙원에…… 뭐가 있나요?"

"'화혼종 실종 사건'――, 확증은 없지만 아마 귀국과도 연관이 있는 이야기일걸."

카루라의 눈썹이 움찔했다. 싸늘해진 눈동자에 진지한 빛이 깃들었다. ――그렇게 보였지만 폭발 때문에 자기 머리가 죽순처럼 변했다는 걸 알고 당황하기 시작했다.

황제는 방에 남아 있는 장군들을 둘러봤다. 대국의 주인답게 거만한 시선이 우리를 꿰뚫는다. 그런 다음 그녀는 과장된 말투로 결정적인 명령을 내렸다.

"델피네. 사쿠나. 아마츠 카루라. 그리고 코마리여. 너희는 협력해서 훌랄라주의 몽상낙원으로 향해라. 겔라 알카를 파괴하기 위한 중요한 수가 되겠지."

델피네는 여전히 말없이 서 있다.

사쿠나가 긴장한 표정으로 내 옷을 잡았다.

나는 현실에서 도피해 오므라이스 생각을 하고 있었다.

카루라는 얼굴을 새빨갛게 붉히며 무너진 머리카락을 손으로 고치고 있다.

"걱정하지 마라. 여기 쳐들어오는 적군들은 방어 그룹이 알아서 처리할 테니까. ――자, 가라. 용사들이여! 악랄한 공화국의 야망을 박살 내는 거다!"

마침내 시작되고 만 엔터테인먼트 아닌 전쟁.

우선 불타버린 침대는 어쩌지. 저러면 오늘 잘 곳이 없는데. 아빠에게 말하면 새 걸 사줄까? 그보다 오늘 집에 갈 순 있을까?

나는 앞으로 닥쳐들 고난을 예상하며 절망의 파도에 휩쓸렸다.

☆

요즘은 며칠씩 걸려 대대적인 원정을 떠나는 고풍스러운 짓은 하지 않는다. 핵 영역 곳곳에는 여섯 나라가 관리하는 '문'이 설치되어 있다. 【전이】를 쓰면 순식간에 이동할 수 있다.

네리아 커닝엄이 이끄는 겔라 알카 공화국 제1부대는 매드할트 대통령의 명령에 따라 핵 영역에 있는 뮬나이트령을 방문했다. 네리아가 해야 할 일은 도시를 습격해 점거하는 것. 맹공을 가하면 뮬나이트 제국이나 천조낙토가 두 손 들고 마핵의 위치를 불 것이라는, 안일한 생각에 근거한 작전이다.

바보 아니야? 네리아는 생각한다.

"네리아 님! 보여요, 저곳이 성채도시 폴이에요!"

게르트루드가 흥분한 목소리를 냈다.

초원 너머에 도시가 펼쳐져 있다——. 그러나 곳곳에서 연기가 피어오르고 있었다. 보고에 따르면 백극 연방의 군이 불을 질렀다나 보다. 정말 불쾌하기 짝이 없는 이야기다.

"정말 다른 나라도 뮬천 동맹을 공격하고 있구나. 어떻게 녀석들을 끌어들인 거지."

"글쎄요……. 돈이나 영토 같은 걸 제시한 거 아닐까요?"

네리아는 일단 겔라 알카의 장군으로서 적지에 온 것이다. 하지만 싸울 의미를 찾지 못하겠다. 매드할트의 꼭두각시가 되어 부당한 전쟁을 하는 데 무슨 의미가 있지? 이대로 무시해 버리는 게 낫지 않을까? ──하지만 대통령의 명령은 절대적이다. 팔영장이라는 자리에 있는 이상, 거절할 수는 없었다.

"네리아 님, 어쩔까요? 저희도 갈까요?"

"──당연히 가야겠지?"

네리아 대신 답한 것은 겔라 알카의 군복을 입은 파충류 같은 전류── 팔영장 파스칼 레인즈워스다. 겔라 알카 공화국의 여덟 부대 중 네리아와 레인즈워스의 부대만 먼저 적지로 온 것이다.

"대통령이 내린 임무는 폴 습격. 그 성을 빼앗으면 뮬나이트 제국은 우리를 건드릴 수 없게 돼. 흡혈귀나 화혼들의 마핵은 손에 넣은 거나 다름없지."

"녀석들이 마핵의 정보를 불 것 같아? 뮬나이트 제국이나 천조낙토도 그렇게까지 바보는 아니야. 바보는 매드할트뿐이지."

"너는 대통령님의 생각을 몰라. ──봐, 이미 백극 연방의 부대가 성을 공격하기 시작했지. 추월당하긴 했지만 우리도 진군해야 하지 않을까?"

게르트루드의 정보에 따르면 현재 폴에는 뮬나이트 제국과 천조낙토의 군이 집결해 있다고 한다. 그리고 저 성을 공격할 군세는── 백극 연방의 3부대, 라페리코 왕국의 2부대, 겔라 알카 공화국의 8부대. 격전은 예정되어 있었다.

레인즈워스가 팔을 휘저으며 호령한다. 군복 차림의 전류들이 적지로 천천히 행진하기 시작한다. 네리아는 혀를 찼다. 본인의 의지로 검을 휘두르는 것이면 아무 문제 없지만, 매드할트의 말로서 타국을 침략해야 한다니 화가 난다. 다음 선거 때 당선되기 위해서는 민중들에게 인기를 끌어야 하기에 팔영장으로서 전과를 올려야 하는데——.

"네리아 님, 저, 저기! 저걸 봐주세요!"

게르트루드가 가리키는 쪽을 본다.

성채도시 뒷문에서 사람이 잇달아 나온다. 펄럭이는 군기를 통해서도 알 수 있듯 그들은 민간인이 아니다. 천조낙토와 뮬나이트 제국의 군세다. 게다가 선두에 있는 것은 최근 여섯 나라를 떠들썩하게 만든 젊은 장군들—— 아마츠 카루라와 테라코마리 건데스블러드다.

길이 확 트이는 듯했다. 저 흡혈귀라면 이해해 줄지도 모른다. 선생님의 뜻을 이어받은 저 소녀라면, 이 부패한 상황을 바꿀 수 있을지도 모른다.

"코마……."

"——테라코마리 건데스블러드다! 죽여서 생포해라!"

레인즈워스가 소리쳤다. 전류들이 우렁찬 소리와 함께 돌격한다.

네리아는 무심코 얼굴을 찌푸렸다. 정말 거슬리기만 하는 남자다.

"우리도 움직이자! 어떻게든 코마리를 잡아주겠어!"

☆(조금 거슬러 올라가)

공격 그룹이라는 정체불명의 그룹에 들어오고야 말았다.

나에게 '공격' 같은 공격적인 말은 안 어울리지만, 뭐, 이번은 불행 중 다행으로 생각하자. 왜냐하면 방어 그룹에 들어가면 좀 더 위험해질 것 같으니까.

"저기, 빌! 프레테의 군대가 습격당하고 있어! 저거 괜찮은 거야?!"

"글쎄요. 프레테 마스카렐은 썩어도 칠홍천이지만, 뒤집어 보면 칠홍천인데도 썩은 거라서요."

"뒤집을 필요 없잖아?!"

콰과아아앙! 뒤에서 대폭발이 일어난다. 무심코 비명을 지르며 고개를 숙였다.

현재 나는 빌에게 공주님처럼 안긴 채로 빠른 속도로 이동 중이다. 폴에【전이】해 온 제7부대 녀석들도 의욕 만만한 모습으로 나를 뒤따랐다.

공격 그룹의 역할은 적의 군사기지를 치는 것이다.

그걸 위해서는 우선 이 성채도시를 탈출해야 하는 듯하다.

"젠장……. 거리가 점점 파괴되어 가잖아! 저 녀석들 완전히 폭도 아니야!"

뒤에서는 콰앙콰앙, 하고 무식하게 폭발이 이어지고 있다. 아까 갑자기 공격해 온 백극 연방 군이 성문을 강제로 비집어 열고 돌입한 것이다.

"와하하하! 우민 여러분 안녕하신가! 나는 백극 연방 최강의 육동량 프로헤리야 스타즈타스키 각하시다! 자, 친애하는 창옥들이여. 돼지들을 피로 물들여라!!"

쓸데없이 텐션이 높은 소녀가 공중에 둥실둥실 떠서 명령을 내리고 있다.

그 명령에 따라 흰 군복을 입은 남자들이 난동을 부리기 시작했다.

근처 건축물에 불을 붙이고 날뛰는 모습은 그야말로 야수 같았고, 저게 사쿠나와 (4분의 1은) 같은 종족이라고는 도저히 볼 수 없었다. 헬데우스 군의 유도 덕에 민간인은 뮬나이트 제국령으로 차례차례 【전이】되고 있지만, 이런 의미를 알 수 없는 전쟁 때문에 자기들이 사는 마을이 엉망이 된다니 참담한 심정이겠지——, 그렇게 생각하는데 민간인들 사이에서 환성이 터져나왔다. 창문에서 손을 흔들거나 폴짝폴짝 뛰는 등 난리도 아니다.

"뭐야, 저게……. 기뻐할 요소가 어디 있다고."

"핵 영역에 사는 인간은 혈기 왕성한 전쟁 마니아가 태반이니까요. 눈앞에서 살육전을 볼 수 있어서 크게 흥분한 거겠죠."

아무래도 정신 구조가 일반인의 그것과는 다른 듯하다. 나였다면 우는데.

아니, 진짜로 침대가 불타버려서 살짝 울었거든. 안는 돌고래 베개에는 애착이 있었다. 용서 못 한다, 백극 연방……. 잠시만, 애초에 침대를 전장으로 옮겨 온 변태 메이드 탓 아닌가?

"코마리 님, 잃어버린 건 한탄해도 어쩔 수 없어요. 전쟁에서 이기면 배상금을 뜯어내서 다 다시 장만하죠!"

"지면 어쩌게!"

"질 리 없어."

그렇게 중얼거린 건 빌과 나란히 달리는 가면 쓴 칠홍천 델피네다. 그녀(?)는 감정을 엿볼 수 없는 담담한 음색으로 말했다.

"정말 내키지 않지만 객관적인 사실로서 네 힘을 이용하면 외국의 장군 따위는 쉽게 끝장낼 수 있겠지. 알카의 정예 따윈 적수가 못돼. 정말 내키지 않지만."

갑자기 웬 칭찬. 무서운데요.

"여차하면 그 힘을 써. 내가 서포트하지."

"알았어. 그 힘 말이지."

"그래, 그 힘이다."

어떤 힘인데?! ──그렇게 태클을 거는 건 촌스럽겠지. 분명 지난 칠홍천 투쟁 때 영문도 모른 채 폭사했으니 그 후유증으로 기억이 혼란스러운 것이리라.

"앞이에요! 앞을 보세요!"

부하가 짊어진 가마에 올라탄 카루라가 전방을 가리키며 소리쳤다.

그쪽을 보니 뒷문에서 진짜 야수들이 파도처럼 밀려들고 있었다.

라페리코 왕국의 수인 부대다. 녀석들도 이 성을 공격하러 온 것이다──.

"기, 기린이에요……!"

사쿠나가 두려움에 떨면서 외쳤다. 우리를 발견한 야수들은 우렁찬 함성을 내지르며 덤벼든다. 사쿠나 말처럼 부대의 태반 이상이 기린으로 구성되어 있었다. 긴 목을 붕붕 휘두르고 박치기로 건축물을 부수며 돌격하는 모습이 꼭 세상에 종말이 온 것만 같았다──. 아니, 정신 나간 거 아니야? 여러 의미로?!

"라페리코 왕국군 제2부대 돗키린 맛키린 중장의 군대로군요. 녀석들에게는 이성이 없어요. 목뼈가 부러질 때까지 모든 걸 목으로 파괴하죠."

"대체 뭔 소리야! 어쩔 건데, 이대로 가면 정면충돌이거든!"

"우회전입니다, 우회전! 지금 당장 집에 가서 양갱이라도 먹죠!"

"그럴 거 없어! ──특급 응혈 마법【인피니트 선혈임리】!"

델피네가 나이프로 자기 손목을 그었다. 분출된 혈액이 채찍이 되어 기린들을 쓰러뜨린다. 가면 군대도 자기들의 장군에게 합세하여 공격 마법을 잇달아 발사했다. 하지만 적의 기세를 꺾을 수가 없다. 기린들은 땅을 뒤흔들면서 이쪽으로 다가온다.

"각하! 저희에게 맡기십시오!" "가면 쓴 놈들이 공을 가로채게 둘 거 같으냐!" "각오해라, 기린 놈들!" "오늘 밤은 기린 고기로 잔치다아앗!"

제7부대 녀석들이 뛰어나왔다. 제지해도 의미가 없다. 녀석들은 차례차례 질주해 기린의 군세와 격돌했다. 사방으로 튀는 선혈, 흩날리는 모래 먼지, 폭발하는 마력── 내 눈앞에서 현실과 동떨어진 격전이 펼쳐지고 있다. 눈먼 탄에 내 뒤에 있던 선

Illustrations copyright ⓒriichu

물 가게가 폭발했다.

"큭······! 기린 주제에 끈질기네!"

델피네가 신음했다. 사쿠나도 황급히 자기 군대를 움직이려고 부관에게 명령하고 있다. 카루라는 왠지 "도망쳐요, 도망치자고요"라면서 울상으로 닌자 소녀에게 애원하고 있다.

그리고 나는—— 집에 갈 준비 중이었다.

"뒷일은 부탁하마."

"집에 가면 직무 방임으로 칠홍천 사임과 함께 폭사해요."

"어느 쪽이든 폭사하잖아! 저게 뭐야! 기린이 저렇게 흉포하다는 말은 처음 듣거든! 이제 순수한 마음으로 동물원에 갈 수도 없겠어! 무섭다고!"

"그렇게 말씀하실 것 같아서 대책을 준비했어요. 이 버튼을 눌러주세요."

빌이 수수께끼의 버튼을 내민다. 불길한 예감만 든다.

"이게 뭐야."

"됐으니까 눌러 주세요."

달칵, 하고 눌렀다.

대폭발이 일어났다.

천지가 뒤집힌 줄 알았다. 내 눈앞—— 즉 기린과 제7부대가 대격투를 펼치고 있던 곳이 폭발한 거다. 폭풍(爆風)에 날아간 잔해나 무기의 파편이나 누군가의 하반신이 내 뺨을 스치며 뒤에서 대기 중이던 가면 부대로 쏟아졌다. 델피네는 멍하니 그 자리에 섰고, 사쿠나도 멍하니 그 자리에 섰으며, 카루라는 가마에서 떨어져 지면에 얼굴을 부딪쳤다. 모락모락 피어오르는 모래 먼지. 순식간에 조용해진 전장이다. 뭐가 뭔지 모르겠다.

기린은 한 마리도 남김없이 죽어 있었다. 겸사겸사 흡혈귀들도 죽었다. 요한도 죽었다.

"……응? 이게 뭐야?"

"지뢰예요."

"왜 지뢰가 있어?"

"제가 묻었으니까요."

"뭐어어어어어어?!"

"어젯밤 메모아 님 댁에 가서 피를 먹었어요. 【판도라 포이즌】에 따르면 녀석들이 뒷문에서 공격해 올 것이 확실했기에 어제 미리 파묻어 놨죠."

"그 지뢰 때문에 아군도 죽었는데?! 그보다 또 사쿠나에게 피를 먹었어?!"

"둘 다 사소한 문제예요. ——자, 가시죠!"

"와, 잠깐——."

빌은 나를 안은 채로 달리기 시작했다. 시체를 폴짝폴짝 뛰어넘어 뒷문 쪽으로 달려간다. 사쿠나나 델피네도 황급히 진군을 재개했다. 발밑에는 완전히 변해버린 모습의 기린과 흡혈귀가 데굴데굴 굴러다닌다. 가볍게 세어봐도 제7부대의 손해는 2백 명 정도겠지. ——아니, 아니, 아니! 이제부터 적의 기지로 쳐들어갈 건데 뭐 하는 거야?!

그러나 항의할 새도 없었다.

그대로 성의 뒷문을 지나 밖으로 나온다. 그러자 끝이 보이지 않는 널따란 초원이 펼쳐져 있었다. 그래——, 기억났다. 여긴 뮬나이트 제국의 군이 전쟁할 때 늘 【전이】하는 곳이잖아. 왜 몰랐지.

"코마리 님! 뮬나이트 제국군 제4부대, 제6부대, 제7부대 및 천조낙토의 제5부대, 합쳐서 약 2천 명이 성에서 탈출했습니다. 여기서 【전이】를 쓸게요."

그렇게 말한 빌은 품에서 빛나는 돌을 꺼냈다. 군대 이동용 【대량 전이】 마법석이다. 참고로 한 개에 5백만 멜이다. 이런 걸 전쟁이 날 때마다 소비하고 있으니 제정신 같지 않다. 자연을 지키는 단체 같은 데 모금하는 게 5백만 배는 유익하다.

"잠시만, 어디로 【전이】하려고?!"

"뻔하죠. 몽상낙원에 좀 더 가까운 '문'이에요."

"자, 잠시만요. 코마리 씨! 새로운 적이에요!"

이번에는 또 뭐야?! ——그렇게 생각하며 뒤를 돌아본다. 아찔한 현기증을 느꼈다. 초원 너머에서 무시무시한 기세로 돌격하는 군대가 보였다. 이번에는 기린이 아니다. 겔라 알카 공화국 군복을 입은 전류들이었다. 저건 누가 봐도 우리 부대를 노리고 있다.

"이봐, 빌! 도망치자! 얼른 【전이】해 줘!"

"【대량 전이】에는 시간이 걸려요. 전이하는 동안 잘게 다져져서 살점만 전송될걸요."

"살점만 전송되면 아무 의미 없잖아——!"

"아, 저건——!"

어느새 곁에 와 있던 카루라가 외쳤다. 코피 흘리고 있는데 괜찮은 거냐, 너?

"저건 매드할트 대통령의 심복 파스칼 레인즈워스의 군대와 공화국 최강의 팔영장 네리아 커닝엄의 군대예요! 이대로는 전멸할 테니까 후퇴하죠!"

뭐? 네리아? ——허를 찔린 심정으로 먼 곳을 내다봤지만 이미 전쟁은 시작되어 있었다. 제7부대 녀석들이 악마 같은 함성을 지르며 진군하기 시작한 것이다. 장군인 나를 버려둔 채 말이다.

"이봐, 다들 진정해——."

"테라코마리 건데스블러드를 죽여라!"

선두에 있는 남자—— 카루라 왈, 레인즈워스인지 뭔지 하는 도마뱀처럼 생긴 사람이 외쳤다.

젤라 알카 군이 일제히 마법을 날린다. 그러나 그들의 마법은 나의 군에 명중하는 일 없이 사쿠나의 부대에 떨어져 대폭발을 일으켰다. 꼭 바람에 날리는 솜털처럼 흡혈귀들이 날아간다. 내 눈앞에 시체가 떨어졌다. 무서운 나머지 지릴 뻔했다.

"사쿠나 님! 저희도 움직이죠!"

"네? 아, 알겠어요! 전군 돌격입니다!"

사쿠나의 명령을 받은 제6부대도 함성을 지르며 돌격했다. 그러는 사이 델피네의 군도 서서히 행동을 개시한다. 각자 마력을 담은 검을 들고 적군에게 돌격한다. 초원 곳곳에서 마법이 난무하고 폭발이 일어나고 피가 튀고 팔이 날아가고 누군가의 목이 날아갔다.

갑자기 쿠웅! 하고 내 눈앞에 거대한 구체가 떨어졌다.

"윽! ——코마리 님, 폭탄이에요!"

"뭐? 엇."

갑자기 빌이 태클을 날렸다. 그대로 둘이 함께 풀 위를 데굴데굴 구른다. 다음 순간 귀를 찢는 듯한 폭파음과 함께 내가 있었던 곳이 흔적도 없이 날아갔다. 나는 벌어진 입을 다물 수가 없었다. 열풍 때문에 눈에서 눈물이 난다.

더는 참을 수 없었다. 나는 메이드 품에 안긴 채로 소리쳤다.

"더는 싫어어어어엇! 집에 가고 싶어, 가고 싶어, 가고 싶어, 가고 싶어! 왜 이렇게 위험한 일을 겪어야 하는데! 내가 대체 뭘 어쨌다고오—!"

"아무것도 안 하셨지만 전쟁이니까 어쩔 수 없어요."

"전쟁 같은 걸 생각해 낸 놈은 바보야! 왕바보라고! 매드할트인지 뭔지 하는 녀석은 진짜 바보바보 왕바보오오오오!!"

"——흘려들을 수 없겠군."

바늘처럼 날카로운 살기가 피부를 찔렀다. 어느새 바로 옆에 적장이—— 레인즈워스라는 전류가 서 있다. 그는 분노 어린 눈빛을 띠며 나를 내려다봤다.

"대통령님을 우롱할 셈이냐? 고작 흡혈귀 주제에."

"윽——." 나는 빌을 밀치고 일어났다. "그, 그래! 얼마든지 우롱해 주마! 늘 하는 전쟁이라면 이해하지만, 아니, 모르겠지만. 이번에는 전혀 이해 못 하겠어! 너희처럼 썩어빠진 녀석들이 있어서 세상이 불행해져 가는 거야!"

"크—— 크하하하하하하하! 말은 잘하는군, 계집!"

기분 나쁜 웃음소리가 내 귓불을 때린다. 주변에서는 수많은
비명과 폭발음, 고함이 울려 퍼진다. 이런 바보 같은 짓을 벌인
장본인이 바보가 아닐 턱이 없다.

남자는 나를 찌릿 노려보며 말했다.

"그분은 세계 정복을 이룰 희대의 영웅. 풋내기 계집이 이러
쿵저러쿵할 분이 아니다——. 하지만 군소리가 많으면 죽이는
수밖에. 그게 우리 방식이니까."

"하, 할 수 있으면 어디 해봐! 나는 최강의 흡혈귀야! 아무한
테도 안 져."

"풉." 레인즈워스가 웃음을 터뜨렸다. 조소 어린 시선이 나를
꿰뚫는다. "최강의 흡혈귀라고……? 우물 안의 개구리 주제에
태평한 소리를 하는군."

"뭐라고……?"

"말이 안 통하는군, 건데스블러드여. ——말해두겠지만 흡혈
귀 따위는 전류를 이길 수 없어. 종족 차라는 거지. 세상에는 여
섯 가지 종족이 있고 여섯 나라가 있지. 그리고 각자의 나라는
꼭 대등한 것처럼 굴고 말이야——. 하지만 이건 큰 착각이야.
이 세상에서 가장 우수한 종족은 전류. 그 이외에는 그냥 쓰레
기에 불과해."

이 녀석은 무슨 소리를 하는 거지. 진심으로 그렇게 생각하는
건가?

"우리 전류는 철벽같은 육체와 우수한 공격력, 또 도검을 자유자재로 다루는 능력까지 겸비한 만물의 영장. 그에 비해 흡혈귀는 피를 빨 생각밖에 없는 열등한 종족이잖나."

"…………."

"너는 쓰레기 중에서도 어느 정도는 나은 부류에 속하는 것 같지만, 쓰레기라는 사실은 변함이 없어. 아무리 발버둥 쳐도 나는 못 당해내."

"………………."

"크크크, 언젠가 뮬나이트 제국은 겔라 알카가 지배해 주마. 흡혈귀는 하나도 남김없이 전류의 노예야. 그게 분수에 맞겠지? ──그래, 너도 죽여서 노예로 삼아주마. 외모만은 일등품이니까, 다른 팔영장에게 자랑할 수 있겠군."

"너……."

나는 슬퍼졌다. 이 녀석의 말은── 내 주변에 있는 수많은 사람을 멸시하는 비겁한 중상모략인 동시에 나나 카루라가 바라고 있을 세계 평화 사상을 정면에서 부정하는 최악의 선전포고였다. 지금의 겔라 알카 공화국 정부의 생각을 언뜻 엿본 듯했다.

이 녀석들은 정말 자기들 생각만 하는 것이다.

"──해볼 테면 해봐." 나는 레인즈워스를 똑바로 바라보며 말했다. "나는 최약의 흡혈귀야. 하지만 너 따위 놈에게는 안 지거든."

"호오……. 아주 재미있는 농담이로군. 고작 흡혈귀 주제에 뭘 할 수 있다고?"

그 순간 날카로운 칼끝이 빛을 발했다. 묵묵히 내 옆에 서 있던 빌이 갑자기 쿠나이를 던진 것이다. 쿠나이는 그대로 빨려들듯 레인즈워스의 목 쪽으로 날아—— 갔으나 직전에 검에 튕겨 나갔다.

반격으로 위쪽에서 참격이 날아든다.

이번에는 옆에서 도끼가 나타나 레인즈워스의 공격을 막았다. 개 머리 수인—— 벨리우스 이누 케르베로가 간발의 차로 끼어든 거다.

"각하! 다치신 곳은 없습니까!"

"그, 그래! 괜찮아."

"윽, 어째서 수인이——?!"

벨리우스의 등장이 레인즈워스의 사고에 잠깐의 공백을 가져다준 모양이다. 그에게 라페리코 왕국의 수인은 동맹을 맺은 아군이었기 때문이다.

그렇게 해서 몇 가지 일이 연속으로 일어났다.

즉시 생각을 바꾼 레인즈워스가 땅을 박차며 후퇴한다.

그걸 뒤쫓듯 벨리우스와 빌이 앞으로 나선다.

내 주변에는 부하가 하나도 남지 않았다. 카오스텔은 군사(軍師)를 자칭하는 주제에 적군에게 돌격했다. 멜라콘시는 어디론가 가버렸다. 요한은 죽었다.

그 틈을 노리고—— 분홍빛 선풍이 초원을 가로질렀다.

누군가가 바로 옆에 서는 기척이 났다.

"——코마리. 겨우 만났네."

나는 경악하며 눈앞을 올려다봤다. 어느새 쌍검을 든 소녀가 이쪽을 내려다보고 있었다. 분홍빛 투 사이드 업 헤어가 인상적인 '월도희'── 네리아 커닝엄이다.

　근처에 있던 모든 사람이 네리아의 등장에 의식을 빼앗겼다.

　빌이 크게 당황하며 내 쪽으로 돌아온다. 왠지 그 너머에 있는 레인즈워스가 매우 초조해하는 표정을 짓는다. 네리아는 그들이 그러든 말든 주머니에서 마법석을 꺼냈다. 그것을 내 쪽으로 내밀며 대담하게 웃는다.

　"여기서는 천천히 이야기할 수 없으니까 나와 함께 멀리 가야겠지?"

　아, 이거 큰일 났다──. 본능적으로 그렇게 생각한 직후, 내 시야는 마법석에서 흘러나온 빛으로 채워졌다.

☆

　성채도시 폴은 안에서나 밖에서나 피의 항쟁이 벌어지고 있었다.

　게다가 북방에서 백극 연방의 새로운 부대가 참전한 탓에 싸움은 격렬해지고만 있다.

　그런 가운데── 겔라 알카 공화국 제4부대 대장 파스칼 레인즈워스는 장검을 쥔 채 멍하니 서 있었다.

　"도망쳤다……. 아니, 네리아가 배신했어……."

　레인즈워스의 목적은 성채도시 폴을 함락하는 것── 이기도 하지만, 무엇보다 중시하는 것은 테라코마리 건데스블러드를 잡아다 수용소에 넣는 것이다.

뮬천 동맹의 맹주는 건데스블러드다. 그뿐만이 아니다――레인즈워스의 추측으로는 뮬나이트 제국은 그 계집을 중심으로 움직이는 느낌마저 든다. 그 건방진 흡혈귀를 처리하면 완전한 승리를 거둘 수 있을 터였다.

하지만 레인즈워스가 건데스블러드에게 집착하는 이유는 또 하나 있었다.

네리아다. 네리아는 저 흡혈귀에게서 희망 같은 것을 발견한 모양이다.

"……방해만 하는군, 흡혈귀들은."

테라코마리 건데스블러드에게 매드할트를 쓰러트릴 힘이 있을 것 같진 않다. 하지만 네리아가 활력을 되찾고 있다는 점이 거슬렸다. 저 소녀에게는 절망이 어울린다.

절망의 밑바닥까지 떨어지고, 그녀 혼자 힘으로는 어찌할 수가 없어졌을 때 살그머니 손을 뻗는다.

그렇게 하면 그 철과 같은 마음을 손에 넣을 수 있을 것이다――.

"레인즈워스 님! 백극 연방의 원군입니다! 저희도 폴로 돌입할까요?!"

"아니――, 우리는 테라코마리 건데스블러드를 쫓자."

레인즈워스는 힐끗 전장을 돌아봤다.

네리아가 이끌고 있던 제1부대는 당황하면서도 계속 싸우고 있었지만, 가면을 쓴 흡혈귀들에게 보기 좋게 농락당하고 있다.

저 군대는 매드할트가 네리아에게 준 무능아 집단이다. 이런 점으로 봐도 얼마나 네리아가 공화국 내에서 무시당하는지 짐작할 수 있을 것이다.

레인즈워스는 부관에게 철수를 명령하고 발길을 돌렸다. 네리아가 【전이】한 곳은 짐작이 가지 않는다. 하지만 짐작하는 방법은 얼마든지 있다.

갑자기 통신용 광석으로 연락이 들어왔다. 마력을 담아 응답한다.

[레인즈워스 경. 잠깐 상담하고 싶은 게 있는데.]

"애버크롬비인가. 무슨 일이냐?"

겔라 알카 공화국의 여덟 부대가 동시에 폴을 목표로 하는 것은 아니다. 제5부대 대장 애버크롬비는 레인즈워스와 네리아가 성 공격을 개시하고 나서 수도를 떠나는 계획이었을 것이다. 혹시 무슨 문제라도 생겼나— 했다.

[아뇨……, 수도 상황이 좀 번거로워져서요]

"번거로워?"

[대통령 관저가 폭파되었습니다.]

☆

뒤집힌 달의 간부 로네 코르네리우스는 당황하고 있었다.

한동안 겔라 알카 공화국의 대통령 관저 지하실에 틀어박혀 표고버섯 재배(와 불법 신구 제조)에 종사하고 있었는데, 잠깐 경마장에 다녀온 틈에 표고버섯 원목(과 만들다 만 불법 신구)이 대통령 관저와 함께 산산조각 나 있었던 것이다.

"아아아아아아아아아아아아아아아아아아아아아아아?!?!?!"

무시무시하게 장렬한 폭발이었던 것 같다. 십이 층짜리 대통령 관저는 보기에도 끔찍한 잔해로 변했고, 자연의 아름다운 부분만 인위적으로 베어버린 듯한 멋없는 정원도 황량해졌다. 광장 중앙에 우뚝 솟아 있던 매드할트의 동상으로 말할 것 같으면 하반신만 남아 있었다.

수도 방위를 맡은 제8부대와 경비대가 바쁘게 오간다. 심심함을 주체하지 못하던 구경꾼들이 흥미롭다는 듯 대통령 관저의 참상을 바라보고 있다.

그야말로 청천벽력이었다.

가뜩이나 코르네리우스는 기분이 별로다. 신구 제작을 위해 열핵해방을 지나치게 발동해서 지친 데다 기분 전환 삼아 간 경마는 손해만 봤고, 오늘 아침 아마츠는 '네 소설, 재미없어'라며 코웃음을 쳤다. 그것도 모자라 대통령 관저가 폭발해서 표고버섯(과 불법 신구)이 증발했다.

"왜 이렇게 된 거야······, 조림을 안주 삼아 한잔하려고 했었는데······."

"너 무슨 소리를 하는 거야?"

뒤에서 누가 말을 걸어와서 뒤를 돌아본다.

기모노 차림의 남자──, 아마츠 카쿠메이가 붕어빵을 먹으면서 이쪽을 노려보고 있었다.

"아마츠! 봐봐, 저기! 대통령 관저가 박살 나 버렸다고!"

"그래, 박살 났군."

"내 표고버섯도 박살 났다고!"

"알 바 아닌데. 붕어빵 먹을래?"

"먹을래."

종이봉투를 넘겨받은 뒤 거침없이 붕어빵을 꺼냈다. 깨물자 커스터드 크림이 주륵 흘러나왔다. 팥소를 기대하고 있었는데 실망이다.

"그나저나 장관이로군. 그토록 훌륭하던 대통령 관저가 이 꼴이 되다니. 꼭 전쟁 같군——, 아니. 그러고 보니 지금은 전쟁 중이지." 크크크, 아마츠는 웃는다.

"……이봐, 아마츠. 이게 어떻게 된 거야? 반체제파의 소행인가?"

"고작 재야의 테러리스트 따위가 이런 짓을 어떻게 하겠어. 대통령 관저는 여러 겹의 마법 장벽으로 보호되고 있는걸. 거기 잠입할 수 있는 건 마법의 이치를 무시하는 물리적인 수단 혹은 열핵해방뿐이야."

"열핵해방……, 아아. 그렇구나. 이건 페트로즈 카라마리아 짓인가."

뒤집힌 달은 세계에 존재하는 열핵해방의 데이터베이스를 갖고 있다. 이런 비범한 재주를 가진 것은 뮬나이트 제국군 제1부대 대장밖에 없다.

즉 대통령 관저 폭발 사건은 뮬나이트 제국의 '공격'이었다는 것이다.

"매드할트는 죽은 건가? 장례식이라도 올려 줄까?"

"살아 있겠지. 왕제를 타도한 영웅께서는 이깟 일로 죽지 않아."

"그렇겠지. 그 남자는 끈질겨 보이니까."

"하지만 사람은 물리적인 공격만으로 죽는 게 아니야. 마핵이 생명을 지켜주고 있는 이 시대에서는, 그야말로 말이 무한한 살상력을 내포한 황급 마법이 되니까."

"확실히 그렇지. 집필 중인 소설을 재미없다고 하면 자살하고 싶어지더라고."

"남의 평가에 일희일비하는 것은 인간적이라 바람직하지만, 한 번밖에 없는 인생을 그렇게 망치는 건 멍청이나 할 짓이야."

"헐뜯은 네가 할 말은 아니잖아!"

"재미없는 걸 재미없다고 말하는 게 뭐가 잘못이라고. ──어쨌든 뮬나이트는 진심인 것 같군. 아무래도 힘뿐만 아니라 말로도 겔라 알카를 파괴할 생각인가 봐."

아마츠는 한 장의 종잇조각을 보여줬다. 무슨 전단 같다.

쓸데없이 음산한 서체로 다음과 같은 내용이 적혀 있었다.

[매드할트는 국민을 억압하고 있다. 조금이라도 반항적인 의사를 보이면 수용소로 직행. 비밀경찰의 순회 때문에 밤에도 안심하고 잘 수 없다. 이런 일이 있어도 될까? 침묵하며 간과해도 될까? 지금이 바로 일어날 때다! 매드할트의 악행에 종지부를 찍자!!]

"──이런 게 대량으로 뿌려져 있어. 겔라 알카의 국민이 말

하고 싶어도 말할 수 없었던 것을 당당히 말하는 시원함. 효과
는 뛰어나겠지."

코르네리우스는 통행인들을 둘러봤다. 전류들은 희미한 희망
의 빛을 찾아내었다는 듯한 얼굴이었다. 겔라 알카 공화국은 여
섯 나라 중 유일하게 선거로 원수를 선택하는 나라다. 정식 절
차를 밟아 대통령으로 취임한 전류는 모든 권리를 손에 넣는다.
매드할트는 그 권리를 행사해 경비대나 비밀경찰을 이용, 자기
에게 반항하는 자를 차례차례 감옥에 던져 넣고 있다.

억압된 사람들은 무슨 생각을 하고 있을까.

어쨌든 코르네리우스와는 무관한 일이다.

정신을 차려 보니 강가에 우뚝 서 있었다.

시냇물 소리와 작은 새의 지저귐이 듣기 좋다. 주변은 녹음이
가득한 숲이다. 조금 전까지 폭음과 비명이 들리던 것과는 거리
가 먼 이세계——, 그런 인상이 드는 곳이었다.

그렇게 나는 깨달았다. 네리아가 발동한 것은 【전이】 마법이
었다.

"——코마리 님, 다치신 곳은 없으세요?"

누가 말을 걸어와서 뒤돌아본다. 그곳에는 변태 메이드가 경
계하는 표정으로 서 있었다. 이 녀석도 말려든 모양이다.

"괜찮아. 너도 괜찮냐?"

"네, 그런데 저기 쓰러져 있는 분은 방치해도 되죠?"

빌의 시선 끝을 무심코 눈으로 좇는다.

눈을 의심했다. 기모노 차림의 소녀가 눈도 제대로 못 감은 채 쓰러져 있었다.

"카, 카루라?! 괜찮아?!"

"코마리 님, 진정하세요. 저분은 세계 최강의 오검제니까 걱정해 봤자 헛수고예요. 분명 천조낙토에 전해지는 특별한 수법을 쓰고 계신 거예요."

"하지만 기절한 거 아니야?"

"이건 동국에 전해지는 좌선이겠죠. 제가 듣기로는 마음을 비우고 잡념을 뿌리쳐 심안으로 세상의 이치를 구분하며 활로를 연다나 봐요."

"그걸 이 타이밍에 할 필요가 있나? 그리고 머리 뒤에 혹 생긴 거 같은데?"

"원래부터 저렇게 생긴 거 아닐까요?"

"그런가……. 분명 그랬던 것 같기도 한데……,"

뭐 고민해도 어쩔 수 없나. 생명에 지장은 없을 것 같으니까. 게다가 카루라는 자기 입으로 세계 최강을 자칭할 만한 실력자다. 【전이】의 충격으로 머리를 부딪쳐 기절하다니, 나조차도 피할 얼빠진 상황에 처할 리 없다. 그냥 내버려 두자── 하는데.

"어라, 쓸모없는 게 따라온 것 같네."

소녀의 목소리가 들렸다. 갑자기 강변 바위 위에 분홍빛 소녀가 【전이】했다. 네리아 커닝엄. 우리를 이곳까지 날려 보낸 겔라 알카의 장군이었다.

빌이 쿠나이를 겨눈다. 나도 일단 주먹을 쥐고 포즈를 취했다.

"이, 이봐. 네리아! 도대체 무슨 생각이야! 여기가 어디야!"

"몽상낙원 근처── 일 텐데, 아무래도 바보 매드할트가 '문'을 부쉈나 봐. 잘 모르는 곳으로 와 버렸어."

네리아는 훌쩍 바위에서 뛰어내린 뒤 다가왔다.

자세히 보니 그녀 뒤에는 싱글벙글 웃는 얼굴의 메이드, 게르트루드도 있다.

"그렇게 경계할 거 없어. 난 당신을 적대할 생각은 없으니까."

"거짓말하지 마."

"거짓말 아니야. 편지 못 봤어? 내 사정이나 알카의 현재 상황 같은 걸 적어둔 편지 말이야."

나는 빌의 얼굴을 봤다. 그녀는 도리도리 고개를 가로저었다.

아니, 그런 건 온 적 없는데? 용서하지 않겠다는 살해 예고라면 왔지만. 그것 때문에 제7부대 녀석들은 '월도희 암살 계획' 같은 위험한 계획을 짜기 시작한 모양이다.

"……어? 정말 안 왔어?"

"본 기억이 없어……."

"이상하네. 배달 사고인가……. 뭐, 됐어. 어쨌든 나에게 적의는 없어. 그것만은 알아줘."

"하지만 군을 이끌고 습격했잖아."

"그건 팔영장이니까 어쩔 수 없었어. 실은 그럴 생각 없었다고."

"그럼 나를 종으로 삼아서 세계를 정복할 셈이지?"

"좋은 사실이지만 세계 정복은 거짓말이야."

"좋은 사실이냐?!"

"당신 같은 부하가 있으면 하루하루가 즐거울걸. ——그건 둘째 치고 나에게는 세계를 정복할 마음이 없어. 그런 거창한 생각을 하는 것은 매드할트 쪽이지. 뭐, 내가 한다고 하면 '평화를 위한 세계 정복'이려나."

네리아는 허리에 차고 있던 쌍검을 땅에 내려두었다. 빌이 어안이 벙벙하다는 표정을 짓는다. 전류의 목숨이라고 해도 과언이 아닌 무기를 내려둔 것이다. 그건 분명 '나는 적대하지 않는다'라는 의사를 표현하는 것이었다.

"저기, 코마리. 지난번 다과회에서 당신이 평화주의자라는 건 알았어. 힘에 취한 바보가 아니라는 건 잘 알았다고. 당신은 매드할트 같은 짐승하고는 달라."

"확실히 나는 힘의 사용법을 잘 아는 현자이긴 한데……."

"나는 당신 본심을 알아. 쓸데없는 싸움은 하고 싶지 않은 평화주의자라는 건 눈치챘어. 정말 많이 닮았네. 우리 선생님하고 말이야."

"선생님? 그게 누구신데?"

"당신 어머니야."

모든 소리가 멈춘 듯한 느낌이 들었다. 자신감 넘치는 눈이 나의 마음을 꿰뚫어 봤다.

"거래하지 않을래? 당신은 매드할트의 과격한 행동에 분노하고 있잖아. 나도 물론 화나 있어. 힘을 모아 덤비면 무서울 게 아무것도 없어."

"하, 하지만."

"무서워할 필요 없어. 코마리와 함께라면 어떤 일이든 이룰 수 있을 것 같으니까. 당신과 함께라면 세상을 바꿀 수 있어……. 그런 느낌이 들어."

꿈꾸는 소녀의 표정은 결코 아니다. 막막한 현실을 냉정하게 분석하고 무슨 일이 있더라도 무너지지 않을 굳은 결의로 가득한, 그건 희대의 혁명가의 표정이었다.

「상냥한 사람이 되거라. 그 누구보다도.」

아버지의 가르침은 간결했다.

이런 간결한 가르침이라도 자꾸만 듣다 보면 반항하고 싶어지는 게 당연하다고 네리아 커닝엄은 곰곰이 생각했다.

네리아에게 형제자매는 없었다. 세상이 뒤집히지 않는 한, 다음 국왕은 '월도희'가 틀림없다——, 모두가 그렇게 말했다. 그렇기에 아버지인 국왕이 딸을 엄격하게 교육하는 건 당연한 일이었고, 네리아도 머리로는 이해하고 있었지만, 그렇다고 해서 '평화가 제일', '맞아도 가만히 있어라.' '계속 저항하지 마라'라는 교육 방침은 좀 그렇지 않은가.

무엇보다 네리아를 분노케 한 것은 '전투 금지 명령'이다.

아버지의 허락 없이는 만족스레 검을 휘두를 수조차 없다. 전류란 싸움에서 삶의 의미를 찾아내는 종족이다. 아버지의 지나친 전투 혐오는 네리아가 반감을 품기에 충분했다.

"너를 어머니처럼 되게 둘 순 없으니까."

그게 아버지의 변명이었다. 지금은 모르는 것도 아니다. 네리아의 어머니는 네리아가 태어난 직후에 돌아가셨다. 팔영장으로서 전장을 이리저리 누비던 그녀의 심장을 웬 장군이 불법 신구로 도려냈고, 다시는 돌아오지 못할 사람이 되어 버렸다.

그 후로 아버지는 정말 전쟁을 싫어하게 되었다고 한다. 팔영장을 이영장으로 감축하고, 군사비를 다른 예산으로 돌렸으며 엔터테인먼트 전쟁을 일으키는 횟수도 극단적으로 줄었다.

"아버님. 어째서 전쟁을 일으키지 않으세요?"

"필요 없으니까. 너도 싸울 것 없다."

"……저는 세상에서 가장 강해지고 싶어요. 그러면 아무도 거스를 수 없잖아요. 알카는 세계 최강의 나라가 될 거예요."

"너 또 매드할트를 만난 거냐?"

"뭐 어때요. 그 사람은 세계를 지배하기 위한 방법을 알려주는걸."

아버지는 기가 막힌다는 듯 한숨을 내쉬었다.

네리아는 이 무렵 매드할트의 과격한 사상에 물들어 있었다. 그는 이영장 중 한 명이자 최강의 전류라 일컬어지는 거물이다. 또 진정한 자국 지상주의자로서도 알려졌으며, '전류 이외의 종족은 모두 알카 왕국에 복속해야 한다'라고 주창하는 위험인물이기도 했다.

──전류는 최강의 종족입니다. 다른 종족은 열등 종에 불과해요.

──알아주셨다니 영광일 따름입니다. 세계는 전류에게 독점되어야 합니다.

──네리아 전하께서 국왕으로 즉위한다면 알카는 부흥하겠지요!

아무짝에도 쓸모없는 평화주의를 표방하는 아버지와는 정반대. 매드할트 장군의 말은 하나하나가 자극적이라 어린 네리아의 마음을 휘저었다.

그런 딸을 걱정했던 것일지도 모른다. 네리아가 처음으로 그 사람과 만난 것은 잊을 수도 없다. 지금으로부터 6년 전 봄, 네리아가 아홉 살 때 일이었다.

오후에 갑자기 국왕의 호출을 받은 네리아는 하는 수 없이 지금까지 읽고 있던 책을 내려두고 귀찮다고 푸념하면서도 아버지에게로 향했다.

아버지 옆에는 낯선 여성이 서 있었다.

"새로 네리아 네 가정교사가 되어 줄 선생님이다. 많이 배우도록 해라."

"가정교사……?"

네리아는 깜짝 놀랐다. 거기 있던 것은 금빛 머리카락과 상냥한 눈이 특징적인 흡혈귀였다.

"유린 건데스블러드 칠홍천 대장군 각하시다. 네리아, 인사하려무나."

네리아는 꼼짝할 수 없었다. 그 대신 금빛 흡혈귀—— 유린이 갑자기 미소 지었다.

태양 같은 미소라고, 네리아는 생각했다(진부한 표현이지만).

"네리아, 잘 부탁해."

상대가 부드럽게 손을 내민다. 하지만 네리아는 그녀의 손을 잡을 수 없었다. 전류 말고는 열등한 종족에 불과하다——. 매드할트의 말이, 네리아 속에 작게 차별 의식을 싹틔운 것이다.

예를 들어 첫 수업 때. 네리아는 유린에게 불손한 태도로 물었다.

"——이타? 그게 뭐야?"

"남의 마음을 잘 생각해서 행동하는 거야. ——예를 들어 여기 맛있는 푸딩이 있다고 해보자?"

"없는데."

"있다고 생각하고 대답해봐. ——자, 여기 푸딩이 있어. 하지만 한 개뿐이야. 그리고 네리아 옆에도 이걸 먹고 싶어 하는 흡혈귀 아이가 있다고 치자. 네리아 넌 어떡할래?"

"그 흡혈귀를 죽이고 푸딩을 먹을래."

유린은 쓰게 웃었다.

"왜 그렇게 생각했니?"

"세계는 투쟁으로 이뤄졌어. 힘이 강한 자가 이기는 거야. 그리고 전류는 모든 종족의 정점에 선 초(超)종족. 흡혈귀 정도는 한 방에 끝장낼 수 있다고 판단해서 죽이기로 한 거야."

"그렇구나. 하지만 그렇게 생각하면 안 돼. 함부로 적을 만들면, 자기가 정말 위험에 처했을 때, 아무도 구하러 오지 않거든."

네리아는 발끈했다. 흡혈귀 따위에게 설득당하는 것이 불쾌했다.

"그럼 어떻게 하라고? 설마 양보하라는 거야?"

"절반씩 나누면 돼."

바보 같다고 네리아는 생각했다.

푸딩을 절반으로 나누면 엉망으로 망가지지 않나?

하지만 이때부터 네리아의 가치관이 조금씩 바뀌어 갔단 것만은 확실하다.

유린은 어린 소녀의 고집을 능숙하게 무너뜨려 갔다.

그녀가 가르치는 것은 무의미한 예법이나 역사학이 아니다. 그런 건 왕궁의 서기관에게 배우면 돼, 그게 그녀의 말버릇이었다. 그녀는 싸우는 법이나 올바른 마음가짐에 관해 설명해 주었다. 그게 네리아에게는 신선했다. "너희 아버님께는 비밀이지만, 적을 죽이는 법을 알려줄게."──조용히 웃는 그녀의 모습이 지금도 잊히지 않는다.

네리아는 곧바로 마음을 열었다. 전투 훈련 때 가차 없이 두들겨 맞은 적도 있다. 다른 종족에게 무신경하게 폭언을 뱉고 혼난 적도 있다. 그러나 유린은 다정했다. 실수하면 자상하게 가르쳐 주었고, 가르치는 대로 잘 해내면 무조건 칭찬해줬다.

어머니가 살아 있었다면 이랬으려나, 네리아는 생각했다.

아마 네리아는 이 가정교사에게 죽은 어머니의 환영을 겹쳐보고 있었을지 모른다.

그래서 유린이 자기 딸 이야기를 할 때, 네리아는 살짝 언짢아졌다.

"나에게는 네 아이가 있는데, 그중 제일가는 문제아는 셋째야. 이 아이가 정말 상당한 문제라서── 분명 착한 아이인데, 오빠나 언니를 쩔쩔매게 만드는 데다 잠깐 방심하면 사람을 죽이거든. 정말 난감하다니까."

"내가 더 나아 보이네."

"맞아. ──하지만 그 아이는 언젠가 뮬나이트를 이끌어 갈 존재가 되겠지. 아니, 뮬나이트뿐만 아니라 세상을 재미있게 만들어 줄지도 몰라."

질투심을 느끼고 말았다. 경애하는 선생님이 다른 아이를 칭찬하는 게 마음에 들지 않는다. 그런 제자의 마음을 헤아렸는지 금빛 흡혈귀는 "미안해"라고 웃으며 말했다.

"네리아도 굉장해. 머지않아 알카를 짊어질 사람이 될 거야."

"하지만 알카는 썩어 있다고 했어. 매드할트 아저씨가."

"나는 좋아하는데. 이렇게 평화로운 나라."

선생님은 온화하게 미소 지었다.

지금 생각하면── 일부 인간에게는 분명 알카 왕국은 썩어 보였을지 모른다.

당시 왕궁에서는 민중의 데모가 빈번했다. 전류란 '적을 죽이기 위한 무기'라는 뜻이다. 알카의 국민이 국왕의 지나친 평화주의를 좋게 볼 리 없었고, 어린 네리아가 보기에도 부왕의 행동은 어딘가 잘못되어 보였다.

사람들은 소리 높여 정부를 비난했다. 우리는 투쟁을 바란다, 군사를 줄이다니 무슨 소리냐, 다른 나라가 얕보지 않느냐, 왜 분쟁을 마다하는 것이냐, 사람과 사람이 서로 죽이기 위해 마핵이 있는 것 아니냐──. 그런 풍조가 만연했다.

그들의 말이 지당하다고 네리아는 생각했다. 그러나 매드할트가 주장하는 과격한 사상에도 고개를 갸웃할 수밖에 없었다. 유린은 '상대에 대한 경의가 없는 투쟁은 낭비'라고 단언했다. 그리고 매드할트가 주장하는 것은 말 그대로 '경의 없는 투쟁'일 뿐이었다.

네리아가 유린에 감화됨에 따라, 매드할트는 점점 실망의 눈길을 보내게 되었다.

──이타라느니 융화라느니 안이하기 짝이 없군.

──전류야말로 최고인데, 네리아 전하께서는 그걸 모르시나.

그는 네리아를 '강한 군주'로 키울 생각이었던 모양이다. 하지만 그렇게 되지 않았다. 흡혈귀 스승을 둔 네리아에게 그가 표방하는 '전류 말고는 노예다', '전류가 세계를 독점해야 한다'라는 사상은 실체 없는 망상 같아 보였다.

그 결정적 계기가 된 것이 바로 알카와 뮬나이트의 사이에서 개최된 교류 파티에서 있었던 사건이었다. 아버지에게 이끌려면 뮬나이트 제국의 궁전을 찾았다. 처음 와본 외국이라 긴장될 따름이었지만, 그래도 선생님의 고향을 볼 수 있어 기뻤다.

궁전의 대형 홀에는 많은 사람이 모여 있었다. 뮬나이트 제국의 흡혈귀들. 알카 왕국의 전류들. 네리아는 따분함에 주위를 둘러봤다. 가능하다면 선생님이 있는 곳으로 가고 싶었지만, 그녀는 많은 사람에게 둘러싸여 엄청난 인기를 누리고 있었다. 저기 끼어들 용기는 없다.

"네리아 전하. 적국의 장군은 잘 관찰해 두는 게 좋습니다."

호위로 온 이영장 매드할트가 싸늘한 표정으로 말했다. "곧 그들을 굴복시키기 위해서라도 전력 분석이 필요합니다. 아무리 상대가 열등 종족이라지만 방심하면 한 방 먹게 될 테니까요."

"그러게……."

매드할트 말이 옳을까? 분명 민중은 전쟁을 원하고 있다. 하지만 이 남자의 주장은 날이 선 칼날처럼 위험하게 느껴졌다.

그냥 전쟁을 원하는 것 같지도 않다. 명확히 다른 종족을 향한 모멸이 포함된 시선.

불편함을 느낀 네리아는 요리가 진열된 테이블 쪽으로 갔다. 기왕 온 거 뭔가 먹고 싶었다. 아직 점심도 먹지 않았고 말이다.

접시 위에 푸딩이 딱 하나 남아 있었다.

아, 맛있겠다──, 네리아는 그렇게 생각하며 무심코 손을 뻗었다.

누군가의 손과 부딪쳤다. 네리아는 놀라서 옆을 봤다.

"어……."

그리고 더욱더 놀랐다. 선생님── 이 아니다. 닮았지만 아무리 봐도 네리아 또래의 여자아이였다. 아름다운 금발과 아름다운 붉은색 눈동자를 가진, 네리아가 지금껏 봐온 것 중 가장 아름다운 소녀였다.

소녀도 놀란 듯이 눈을 동그랗게 뜨고 있었다. 그러나 곧장 "미안" 하고 활짝 웃는다.

"자. 먹어도 돼."

"하지만 네가 더 빨랐는데."

"그럼 반씩 나눠 먹자."

그렇게 말하며 소녀는 푸딩에 스푼을 꽂았다.

정확히 절반으로 나눌 수는 없었다. "어라, 이상하네."——마구 쑤시는 바람에 푸딩은 엉망진창이 되었다. 엉망이 된 푸딩은 접시에서 미끄러져 바닥으로 떨어졌다.

"와아아아악!" 하고 소녀가 비명을 질렀다. 뭐 하는 거지? 했다. 하지만 네리아는 미소를 짓고 말았다. 이 소녀는 대체 누구일까——. 아니, 이때 이미 예상하고 있었다. 소녀에게서는 선생님과 같은 냄새가 났으니까.

"오, 네리아! 잘 왔어."

쩌렁쩌렁한 목소리가 울렸다. 소리가 난 쪽을 보니 선생님——유린 건데스블러드가 수많은 사람을 거느리고 (아니, 멋대로 따라온 거겠지) 이쪽으로 다가온다.

눈앞에 있는 소녀가 잽싸게 뒤를 돌아본다.

"엄마……! 푸딩이……."

"응? 큰일이네. 하지만 거기 냅킨이 있잖니."

"아. 응."

소녀는 테이블 위에 있던 냅킨으로 엉망이 된 푸딩을 줍는다. 그걸 확인한 선생님이 무슨 마법을 발동시켜 바닥의 얼룩을 흔적도 없이 제거했다. '엄마'. 역시 이 아이는 선생님 딸이었다. 비교해 보면 분명 이목구비가 비슷했다.

유린은 네리아에게 부드럽게 웃어 보였다.

"네리아, 뮬나이트에 온 걸 환영해. 오늘 수업은 쉬니까 즐기다 가렴."

"호오호오! 이 아이가 차기 알카 국왕인가!"

선생님 뒤에서 금발 소녀가 나타났다. 네리아는 깜짝 놀라서 반걸음 물러났다.

번개 같은 박력을 가진 소녀——, 아니, 성인 여성인가? 잘 모르겠다. 그녀는 머리부터 발끝까지 네리아를 꼼꼼히 관찰했다.

"그래, 그래! 좋은 왕이 될 것 같군! 만나서 반갑다, 나는 뮬나이트 제국군 제3부대 대장 카렌 엘베시아스다! 잘 부탁하마."

"네, 네에."

"이야, 너희 어머니와는 전장에서 몇 번 만난 적이 있는데 정말 쏙 빼닮았구나. 특히 그 아름다운 분홍빛 머리카락이 닮았어. 이거 장래가 기대되는걸, 미인이 되겠어."

살짝 주춤했다. 텐션이 너무 높다.

선생님이 네리아를 감싸듯 카렌 장군의 앞에 섰다.

"……렌, 네리아가 무서워하잖아."

"아니, 하지만. 네 제자라고 하니까 궁금하잖냐."

"그보다 푸딩부터 채워놔."

"음? 정말이네. 그렇게 많던 푸딩이 벌써 없네! 이봐, 페트로즈! 네가 다 먹었지?!"

"뭐? 그렇게 많이 먹진 않았는데……."

"입에 묻은 캐러멜 소스가 확실한 증거지! 아이들이 못 먹으면 파티를 연 의미가 없잖냐. 그러니까 오디론, 추가분을 가져오도록."

"왜 나한테 명령하는 건데! 이봐, 그만둬! 차지 마!"

무섭게 생긴 아저씨가 카렌 장군에게 엉덩이를 걸어차여 주방

으로 달려갔다.

뮬나이트의 흡혈귀는 재밌는 사람들뿐이네——, 네리아가 그렇게 넋을 놓고 있는데 선생님이 네리아보다 더 넋을 놓은 표정으로 "미안" 하고 입을 열었다.

"우리 군 사람들은 다 소란스럽다니까. 정신없지?"

"아니야. 하지만 별난 나라네, 뮬나이트는."

"그럴지도 몰라. ——미안, 잠깐 네리아의 아버지와 논의할 게 있거든. 잠시 코마리와 함께 있어 주지 않을래?"

논의할 게 무엇이었는지 지금으로서는 알 수 없다. 다만 이때의 유린 건데스블러드는 이미 차기 뮬나이트 제국 황제로 전 세계 사람들에게 인식되고 있었다. 아마 국가의 장래 같은 심각한 주제를 논의했겠지.

그건 그렇고, 네리아는 소녀—— 코마리 쪽을 봤다.

역시 아름다운 아이였다. 1억 년에 한 번 나올 미소녀라고 해도 과언이 아니다.

"그럼 코마리, 함께 수다나 떨자."

코마리는 고개를 끄덕였다. 의지가 약해 보이는 아이네——, 그렇게 생각했다.

하지만 그건 착각이었던 모양이다. 어른들이 떠난 후, 네리아와 코마리는 회장 구석에 있는 의자에 앉아 파스타를 먹었다. 테라코마리 건데스블러드라는 소녀는 이상한 아이였다. 네리아의 마음에는 매드할트가 심어놓은 차별 사상이 조금 남아 있었다. 선생님은 예외지만, 어차피 흡혈귀는……. 그런 마음이 있었던 게 분명하다.

하지만 코마리와 함께 있으면 그런 의식이 완전히 사라진다.

그건 아마 이 흡혈 공주가 한없이 평등하고 다정한 마음을 가졌기 때문일 것이다.

"코마리의 엄마는 굉장하네. 여섯 나라에 이름을 떨치는 대장군이잖아?"

"굉장한 건가? 잘 모르겠어. 집에 잘 있지도 않고."

"굉장하지. 코마리도 나중에 장군이 될 거지?"

"아니……. 나는 싸우는 걸 별로 좋아하지 않아서."

네리아는 놀랐다. 틀림없이 이 소녀도 어머니와 같은 길에 뜻을 둔 줄 알았는데.

잠깐 시험해보고 싶어졌다. 네리아는 굳이 매드할트의 입장에서 이런 질문을 던졌다.

"하지만, 싸우지 않으면 세계를 정복할 수 없는데?"

"세계 정복?" 코마리는 아리송해했다. "……아니, 싸우지 않아도 세계는 정복할 수 있어."

"어떻게?"

"모두 사이좋게 지내면 세계는 평화로워져. 이게 바로 세계 정복이지."

"…………."

"그러니까 난 너하고도 사이좋게 지내고 싶어."

"그, 그래."

"그런데…… 혹시, 내가 싫어?"

가슴이 철렁했다. 네리아 안에 다른 종족을 업신여기는 마음이 있었단 건 부정할 수 없다.

"……아니야. 나는 너를 좋아해."

"그래? 다행이다."

네리아는 파스타를 우물거리며 먹기 시작한 금발 소녀를 뚫어져라 바라봤다.

아무래도 이 소녀는 매드할트와 정반대되는 사고방식을 가진 모양이다. 진심으로 '너도나도 사이좋은 세계 정복'을 꿈꾸고 있는 것 같다. 매드할트 같은 인간이 하나라도 있다면 파탄 날 게 뻔한데. 아마 이 아이는 세상 물정을 모르는 거겠지.

하지만 소녀의 생각이 네리아의 마음을 울린 것도 사실이다.

전류가 아니라고 해서 업신여기는 것은 잘못됐다. 이 아이는 하나뿐이던 푸딩을 나눠 먹으려 하는 선량한 흡혈귀 아닌가. 이런 소녀를 해하면서까지 자국의 이익을 추구하는 놈들——매드할트 같은 차별주의자는 잘못되었단 생각이 들었다.

좀 더 이 소녀에 관해 알고 싶다고 생각했다.

"저기, 코마리. 흡혈귀는 피를 빠는 거지? 내 피를, 마셔볼래?"

"어……."

"흡혈귀는 서로의 피를 나눔으로써 신뢰 관계를 확인한다고 선생님께 들었어. 나와 너는 잘 맞을 것 같은데, 어때? 친해진 기념으로 마셔보지 않을래?"

네리아는 소매를 걷어붙이고 팔을 내밀었다.

코마리는 살짝 주저하는 기색을 보였다. 혹시 전류의 피는 맛이 없나? ――그렇게 불안함을 느끼는데 뒤에 누가 서는 기척을 느꼈다.

"네리아 전하. 흡혈귀와 가까워지는 건 별로 추천드리지 않는데요."

매드할트였다. 그는 네리아의 팔을 붙잡고 강제로 일으켜 세웠다.

"아야……, 뭐 하는 거야!"

"죄송합니다. 하지만 흡혈귀에게 피를 줘선 안 됩니다. 왕가의 피를 굳이 이국의 종족에게 줄 순 없으니까요."

"뭐? 나는 코마리와 친해지려고――."

"제 말뜻은 친해질 필요가 없다는 겁니다."

"친목을 위한 파티잖아, 이건."

네리아는 허를 찔린 듯한 기분으로 돌아본다.

코마리가 매드할트를 똑바로 바라보고 있었다.

"기왕 온 거 사이좋게 지내면 되잖아?"

"……이미 사이좋게 지내고 있을 텐데요. 하지만 절도를 지키는 게 중요합니다. 원래 전류와 흡혈귀 사이에는 장벽이 있으니까요."

"장벽을 만든 건 아저씨잖아."

매드할트가 눈을 깜빡였다. 네리아는 웃을 뻔했다. 용케도 최강의 이영장을 상대로 이렇게 의견을 표현했네. 아무것도 몰라서 용감해진 건가.

"계―속 다른 사람들을 보고 있었지? 혹시 재미없어?"

"당치도 않은 말씀을. 이렇게 호화로운 파티에 초대해 주셔서 기쁠 따름입니다. 소박한 게 잘 어울리는 흡혈귀치고는 조금 지나치게 호화로워 보이지만요."

물끄러미, 코마리가 매드할트의 얼굴을 바라봤다.

"독점하면 안 된다고 엄마가 그랬어."

"······네?"

"아저씨, 이 궁전을 원하지? 하지만 여긴 모두의 것이거든."

"·····················."

"사이좋게 지내자, 아저씨. 재미없어 보이니까 내 푸딩을 줄게."

매드할트의 눈에 핏발이 섰다. 네리아는 참지 못하고 웃음을 터뜨렸다. 이 소녀는 정말 매드할트를 걱정해서 푸딩을 나눠주려는 것이다.

"계집이······."

매드할트가 무슨 말을 하려고 했을 때였다. 험악한 분위기를 감지한 듯한 제복 차림의 흡혈귀가 난데없이 와서는 "안녕하십니까, 매드할트 님. 신에 관한 이야기를 하지 않겠습니까?!" 라고 소리치면서 폭발 직전인 장군을 데리고 가 버렸다.

끝내 네리아는 소리 내어 웃고 말았다. 다 큰 어른이 어린아이에게 당하는 꼴이 우스워서 참을 수가 없었다. 그러나 정작 코마리는 머리 위에 "?"를 띄운 채 고개를 갸웃하고 있다. 이 녀석은 정말 거물일지도 모르겠다고 네리아는 생각했다.

"역시 재미있네, 너는. 과연 선생님의 아이야. 내 피를 마셔보지 않을래?"

"아니, 그건 좀."

거절당했다. 울상을 지었다.

어쨌든 이렇게 네리아는 어떤 종족이든 차별 없이 대하는 마음을 배웠다. 그리고 이 만남은 어떤 의미로 보면 네리아에게 파멸적인 불행을 가져왔다고 할 수 있겠지.

☆

그 이후의 전개는 비가 내린 후의 급류처럼 어지러웠다.

이미 네리아에게 갱생의 여지가 없다고 판단한 매드할트가 쿠데타를 일으킨 거다. 그는 비밀리에 모으던 군대를 보내 왕궁을 포위했다. 당황해서 왕좌에서 굴러떨어진 왕에게 모멸 어린 시선을 보냈다.

"투쟁을 꺼리는 마음은 이해 못 할 것도 없지. 하지만 분쟁을 피하다 못해 영토를 외국에 파는 게 국왕으로서 할 일인가? 왜 백극 연방의 협박에 굴복한 거지? 계속 그랬다간 알카 왕국은 끝장이야!"

국왕은 전쟁을 피하기 위해 핵 영역의 지배 지역을 외국에 양도한 모양이다.

이게 매드할트가 봉기하게 된 계기였던 듯하다.

국왕의 매국 행위가 밝혀진 뒤로, 몰락은 언덕길을 구르는 것처럼 빨랐다. 왕족과 부패한 귀족들은 '국가에 대한 죄'를 물어 감옥에 갇혔고, 왕권은 순식간에 무너졌다. 공화제 수립이 선언

되었고 매드할트가 초대 대통령으로 취임했다.

네리아는 조용히 상황을 지켜볼 수밖에 없었다. 선생님은 쿠데타가 일어나기 며칠 전, 전장에서 모습을 감췄다. 편지를 써도 답은 없었다. 나중에 알았는데 이때 유린 건데스블러드는 누군가에 의해 목숨을 잃은 상태였다.

매드할트는 네리아 앞을 가로막으며 이렇게 말했다.

"네리아 전하——. 아니, 네리아 커닝엄. 너는 어려서 책임 능력이 없지. 그러므로 부왕처럼 투옥하지는 않겠지만 왕족의 권리는 모두 박탈한다. 앞으로는 일개 서민으로서, 하나의 전류로서 삶을 살도록 해라."

절망한 나머지 실성할 것 같았다. 의지할 만한 사람은 거의 없었다. 왕궁 직속이던 메이드 게르트루드만이 네리아 편을 들어주었지만, 그 외에는 모두 적이었다. 나라를 팔아먹은 국왕의 딸은 미움받는 게 당연했다.

그렇게 매드할트가 지배하는 겔라 알카 공화국이 막을 열었다.

처음에는 분명 국민의 환영을 받았겠지.

하지만 매드할트는 터무니없는 남자였다. 요약하자면 어떤 방향으로든 도가 지나치면 민중이 따라오지 못하는 것이다.

게다가 매드할트는 자기에게 맞서는 자는 용서하지 않았다. 비밀경찰을 이용해 반대파 사람을 단속할 뿐만 아니라, 조금이라도 거스르려는 낌새를 보이면 곧바로 잡아 수용소로 보냈다. 그래, 수용소다——. 매드할트는 자기 권력을 남용해 이러한 지옥을 만들어냈다. 몽상낙원. 요즘은 휴양지로서 지상층을 증설

했지만 그 시설의 진가는 지하에 있다.

네리아의 아버지도 몽상낙원 지하에 있을 것이다.

그러니까 만회해야 한다.

남을 쓰레기로만 보는 그런 놈은 대통령직을 맡을 수 없다.

네리아는 노력했다. 팔영장까지 올라갔고, 앞으로 얼마 남지 않았다. 매드할트가 공화제를 유지하려는 것이라면 잘됐다. 그의 악행을 밝혀내고—— 몽상낙원의 비밀을 전 세계에 폭로해 매드할트의 정권을 파괴한다.

그리고 네리아가 차기 대통령이 되어, 알카 공화국을 개혁하는 것이다.

그걸 위해—— 선생님의 아이, 코마리에게 협력을 요구해야 했다.

※

"그러니까 함께 매드할트를 쓰러뜨리지 않을래?"

"……어? 우리가 아는 사이였어?"

"바다에서도 말했잖아. 기억 못 하는 것 같아서 충격받았지만."

"……미안."

정말 나와 네리아가 면식이 있었다는 충격적인 사실은 둘째 치자. 이 소녀 말이 맞는다면 매드할트 대통령은 터무니없는 폭군이다. 그 녀석을 막으려고 해도 네리아 혼자서는 어떻게 할 수 없어서 내게 도움을 요청했다—— 는 것 같다.

다과회에서 내게 세계 정복 이야기를 꺼낸 건 내 반응을 보고 본질을 판별하기 위해서였다고 한다. 너무 빙빙 돌렸잖아. 나라면 '당신은 살인귀인가요?'라고 직접적으로 물을 거다.

어쨌든 맥락은 대체로 이해했다. 하지만 하나 큰 문제가 있다. 협력 여부 이전에 애초에 네리아의 기대에 부응할 만한 힘이 나에게 없다.

이 녀석은 내가 최강의 흡혈귀라고 착각하고 있다. 그야 전쟁에서는 무패고 지난번 칠홍천 투쟁에서도 우승했으니 결과만 보면 최강의 흡혈귀라고 해도 과언은 아니지만——. 그런 식으로 침묵을 지키는데 네리아가 "홋" 하고 웃으며 말했다.

"고민할 필요 없어. 전류와 흡혈귀는 힘을 합쳐야 해."

"……너는, 엄마를 아는 거지?"

"당연하지. 그 사람에게는 신세 진 게 있거든."

네리아는 품에서 펜던트를 꺼냈다. 안에는 사진이 들어 있다. 어릴 적의 네리아와—— 그 옆에는 내 어머니가 찍혀 있었다. 그리움에 눈물이 날 뻔했다.

"이 쌍검도 선생님께 받은 거야. 마지막 수업이 끝났을 때 지금까지 열심히 했다고 선물해줬어. ——어때? 조금은 나를 신용할 마음이 들지?"

"…………."

나는 네리아의 눈동자를 가만히 응시했다. 어머니의 제자라면 나쁜 사람은 아니겠지. 그녀에게서는 나쁜 생각을 하는 사람 특유의 사악한 기색을——, 적어도 표면상으로는—— 느낄 수 없었다.

"홀리지 마세요, 코마리 님." 빌이 경계심을 드러내며 네리아를 노려봤다. "월도희의 말을 믿어서는 안 돼요. 방심하게 해서 나중에 찌르려는 게 뻔해요."

"어머, 신용이 없나 보네. 찌를 바에야 차라리 종으로 삼아줄게."

"들으셨어요? 코마리 님. 이분은 흡혈귀를 노예로만 보고 있어요."

"잠깐! 거기 있는 메이드 씨! 그건 터무니없는 편견이에요!"

네리아의 직속 메이드 게르트루드가 외쳤다. 여전히 감정 표현이 풍부한 아이다.

"분명 매드할트나 레인즈워스 같은 바보들은 다른 종족을 쓰레기로만 보겠지만! 네리아 님은 다르거든요! 이분만큼 박애 정신이 넘치는 분은 또 없어요! 흡혈귀 같은 쓰레기와는 정신 구조가 다르다는 겁니다!"

"박애 정신이 넘치는 분이라면 남에게 '종으로 삼겠다' 같은 말은 안 할 것 같은데요? 그 점은 어떻게 생각하시나요? 게르트루드 씨."

"네리아 님의 종이라면 정말 행복할걸요! 제가 보증합니다! 왜냐하면 네리아 님은 제 생일을 축하해 주시기도 하거든요! 지난 6월 3일, 제가 15살이 되었을 때는 요선향산 향수를 주셨다고요! 엄청 향기가 좋은!"

"향수로 만족하다니 참 싸구려 메이드네요. 그렇다면 코마리 님의 종이 되는 게 1억 배는 더 이득이에요. 코마리 님 종이 되면 매일 밤 코마리 님 침대로 들어가서 향기로운 향을 온몸으로 만끽할 수 있다고요."

"엇……(말문이 막힘)."

"이봐, 그만해. 거짓말하지 마! 게르트루드가 질겁하잖아!"

"거짓말이 아니라 사실이에요."

"사실이었냐?!"

"아하하핫! 재미있네, 너희들."

네리아가 웃었다. 창피함이 밀려들었다.

자기 부하가 변태라면 상사인 나까지 변태 취급당할 것 같아서다.

"뭐, 그건 그렇다 치고. ——코마리, 나에게 협력해 줄 거지?"

"코마리 님은 협력하지 않아요. 전류는 저희를 음식물 쓰레기 정도로만 보니까——."

"이봐, 빌. 그건 편견이야. 종 얘기는 별개로 치고."

나는 끼어들었다. 역시 가만있을 수 없었다.

"분명 젤라 알카 공화국 상층부는 쓸모없는 사람투성이일지도 몰라. 아까 레인즈워스라는 녀석 말투만 봐도 잘 알겠어. 하지만 반드시 네리아까지 그렇다고 할 순 없지. 너도 들었지? 이 녀석은 정말 나라를 바꾸려 하고 있어. 게다가—— 엄마의 제자니까. 조금은 믿어봐도 되지 않을까 해."

엄마는 사람 보는 눈만은 분명했던 것 같다.

이 소녀는 지금도 우리 엄마를 그리워하는 듯하다. 그렇다면 냉랭하게 대할 수 없었다. 내가 뭘 할 수 있을지는 모르겠지만 그녀에게 힘이 될 수 있다면 좋겠다.

"……빌. 이번만은 내 판단을 따라주지 않을래?"

"알겠습니다. 코마리 님이 그렇게 말씀하신다면 따르겠습니다."

"좋아, 그럼 네리아. 잘 부탁해——."

"고마워!"

토옹, 부드러운 무게가 온몸에 얹혔다.

분홍빛 머리카락이 내 뺨에 닿는다. 어느새 네리아가 날 끌어
안고 있었다. 너무 갑작스러워서 나는 얼음 조각상처럼 꽁꽁 얼
어붙었다. 응? 이게 뭐지? 갑자기 왜 끌어안는데? 문화 차이인
가? ——그렇게 생각하는데 충격적인 일이 벌어졌다.

네리아의 입술이 내 뺨에 붙은 것이다.

…………??

"뭐야아앗?! 네, 네리아 님?!"

"?!?!?! ——코마리 님, 위험하니까 떨어지세요!!"

"엥? 엥??"

빌이 무시무시한 속도로 팔을 잡아당기더니 품에 안았다. 뭐
가 뭔지 모르겠다. 모르겠지만 뺨이 뜨거워진다. 역시 뭐가 뭔
지 모르겠다.

네리아는 요염한 미소를 띠며 나를 바라봤다.

"후후, 왜 빨개졌어? 이게 알카식 인사야."

"그, 그래……. 뭐, 문화 차이겠지. 뮬나이트에서는 잘 안 하
지만……."

"네리아 님! 그런 인사법, 알카에는 없어요!"

"커닝엄 님, 너무 코마리 님에게 접근하지 말아 주세요. 코마리 님까지 녹이 슬어버리니까요."

"이봐, 그렇게 세게 안지 마! 뼈 부러져!"

"죄송합니다. 그런데 저도 알카식 인사를 시험해봐도 될까요?"

"안 돼!!"

"아하하하핫! 역시 재미있네──. 코마리, 이로써 거래는 성립됐어. 겔라 알카를 무너뜨리기 위한 알카와 뮬나이트의 동맹이야! 이번 계기로 다들 내 종이 되지 않을래?"

"될 리가 있냐!"

이렇게 새로운 동맹이 성립되고 말았다.

나는 메이드의 품을 벗어나려고 필사적으로 발버둥 쳤다. 실은 한가하게 놀 때가 아니다. 상대는 진짜 전쟁을 바라는 무시무시한 야만인. 앞으로 터무니없는 고난이 찾아올 게 거의 확실하다. 집에서 책이나 읽고 싶은데── 왜 이런 피비린내 나는 사건에 말려들어야 하는 건지.

"……어라? 여기가 어디야? 내가 뭘 하고 있었던 거지……? 안 돼, 모르겠어……."

뒤에서 누군가가 의식을 차렸다는 걸 알아차리지 못했다.

몽상낙원을 향해 떠나는 지옥 같은 여행이 막을 연 것이다.

　태양이 서쪽 하늘로 기울고 있었다.

　오전부터 시작된 성채도시의 공방은 겨우 진정되기 시작했지만, 그렇다고 결착이 난 건 아니다. 결착이 나지 않아서 상대가 철수하기 시작한 것이다. 단념했을 것 같진 않으니 내일이 되면 또 공격해 오겠지.

　영명한 칠홍천 '검은 섬광' 프레테 마스카렐은 성벽 위에 서서 땅거미 너머로【전이】하는 적군을 바라보고 있었다.

　성내의 상황은 참담하다. 곳곳에 흩어져 있는 여러 종족의 시체, 땅을 물들인 피 얼룩, 파괴된 건축물 잔해——, 엔터테인먼트 전쟁은 시가지에서 하는 일이 없기에 그 참상은 프레테에게 신선한 놀라움을 주었다.

　"이봐, 프레테. 수고했다."

　"카렌 님……!"

　프레테는 희색이 만면한 얼굴로 뒤를 돌아봤다.

　그곳에는 프레테가 존경해 마지않는 황제 폐하가 서 있었다. 전장임에도 불구하고 평소와 같은 드레스 차림이다. 그 일관된 모습이 프레테에게는 눈부셔 보였다. 변함없이 카렌 님은 멋있다니까——, 그렇게 넋을 놓고 있는데 황제가 갑자기 잔을 내밀었다.

"지쳤지? 잠깐 쉬어라."

"가, 감사합니다……. 하지만 임무 중이라서."

"마스카렐 님, 그건 그냥 사과주스입니다! 사양하지 않으셔도 됩니다."

황제 옆에는 크레이지 신부 헬데우스 헤븐도 있었다. 연이은 격전 때문에 제복은 피투성이가 되었지만 본인은 다친 곳이 없어 보인다. 괜히 오랫동안 칠홍천 자리에 있었던 게 아니다. 프레테는 순순히 주스를 들이켰다. 그 달콤함에 피로가 녹아내린다.

"──그나저나 매드할트 님도 꽤 하는군요. 외국을 침략하겠다는 야심을 키워 실행으로 옮겼다는 얘기는 처음 들어봅니다. 수도로 가서 설교라도 해줄까요?"

"그만둬. 그 남자에게는 종교조차 전쟁의 도구에 불과하니까."

황제는 성벽에 기대며 팔짱을 꼈다. 석양에 비추어진 옆모습이 늠름하다. 멋있다.

"흠, 그것도 그렇군요. ──이야, 그나저나 한 방 먹었습니다. 성채도시 폴은 뮬나이트 제국의 요충지. 이렇게 파괴해 놓으면 재건하는 데도 시간이 꽤 걸리겠어요."

"재건은 겔라 알카에게 하라고 하면 되지. 이 전쟁은 무슨 일이 있어도 우리가 이긴다."

"저기……, 카렌 님. 그 자신감은 어디에서 나오는 건가요?"

"간단해. 뮬나이트 제국이 강하니까."

답이 되지 않는다. 그러나 황제가 말하니 진리처럼 들린다는 점이 신기했다.

"사실 녀석들은 손을 놓고 있어. 아마 매드할트는 팔영장을 전원 투입할 생각이었겠지만, 실제로 여기까지 쳐들어온 건 여덟 부대 중 네 부대. 이건 우리 군의 작전이 공을 세운 덕이지."

"작전……?"

"대통령 관저를 폭파했거든."

무심코 잔을 떨어뜨릴 뻔했다. 방금 들은 말을 이해할 수 없었다.

"페트로즈가 말이야. 지금쯤 겔라 알카의 수도에 난리가 났을 걸. 척후에 따르면 팔영장 중 몇몇을 수도로 귀환시켜 방어를 굳건하게 했다던데. 설마 대통령도 자기 근거지를 공격당할 줄은 생각도 못 했겠지. 이대로 알카를 멸망시키는 것도 얼마든지 가능해."

"여, 역시 멸망시키는 건 좀."

"알아. 하지만 짐은 이번 일을 통해 알카를 바꿔놓을 생각이 거든. 그 열쇠는 이미 몽상낙원으로 향하고 있겠지."

"열쇠……, 아아."

황제의 말뜻을 이해했다. 이 사람은 테라코마리 건데스블러드를 이상하게 고평가하고 있다. 하지만 성채도시 폴을 나선 이른바 '공격 그룹'은 적의 습격에 분단되고 말았다. 테라코마리 건데스블러드, 아마츠 카루라 이 둘은 네리아 커닝엄의 【전이】에 의해 어딘가로 납치되었고, 델피네와 사쿠나 메모아가 그녀들을 찾고 있다.

그 운동신경이라곤 영 꽝인 봐줄 거라곤 가문뿐인 열등한 흡혈귀가 알카를 바꿀 '열쇠'가 될 것 같진 않았다. 황제는 프레테의 심정을 헤아린 듯 갑자기 의미심장하게 웃는다.

"코마리도 그렇지만, 중요한 것은 네리아야."

"네리아……?"

"그 전류는 매드할트 같은 바보와는 다르거든. 알카를 내부부터 부수기 위한 열쇠가 되겠지. 지금쯤 코마리와 결탁해서 알카 방면으로 진군하고 있지 않을까?"

"폐하, 그 열쇠는 아마 소수로 행동하고 있을걸요. 알카 부대에 습격당하면 잠시도 못 버틸 겁니다. 제 부대를 일부 수색대로 보내도록 하죠."

"그럴 거 없다. 사쿠나와 델피네가 움직이고 있고, 그 밖에도 수를 써뒀거든."

"수? 카라마리아 님 말입니까? 그분에게 맡기는 것은 조금 위험하지 않을까요."

"녀석은 지쳤으니까 잔다나 봐. 하지만 그 이외에도 뮬나이트에는 부대가 있잖냐. 장군이 부재중인 그 부대가."

제5부대 얘기인가? 무슨 뜻인지 잘 모르겠다.

황제는 프레테의 어깨를 툭툭 치며 웃었다.

"자, 오늘은 쉬도록. 내일이 되면 창옥종이니 수인이니 요선 같은 놈들이 대거로 밀어닥칠 테니까. 너희들이 분발하지 않으면 뮬나이트도 천조낙토도 알카에게 지배당할걸."

☆

테라코마리 건데스블러드가 사라진 후, 전장은 어수선해져 있었다.

우선 제7부대의 멤버들이 이성을 잃었다. 그들이 떠받드는 세계 최강의 코마링 각하가 네리아 커닝엄에게 납치되었으니까. 그 분노와 불만은 자리에 남은 적군── 커닝엄 대의 전류들에게로 향했고, 애써 먼 길을 온 고철들은 단 몇 분 만에 몰살당했다. 그것만으로도 부족한지 그들은 '각하가 납치된 게 누구 책임인가'라는 무의미한 논쟁을 시작했고, 논쟁이 곧 말다툼으로 바뀌었으며 말다툼은 살육전으로 발전해서 부대의 절반 정도가 죽었다. 코마리 대의 남은 인원은 겨우 백 명 남짓이다.

이것을 지켜보던 델피네는 어이없어서 한숨을 내쉴 수밖에 없었다.

제7부대는 최악의 좌천지라고 종종 듣긴 했지만 이 정도일 줄은 몰랐다. 자기가 지휘하는 제4부대가 멀쩡해서 다행이라고 그만 속으로 안심했다.

뭐 그건 그렇다 치고.

"폐하의 칙명이다. 우리는 몽상낙원으로 향하면서 테라코마리를 찾아야 한다."

"네, 네. 힘내자고요."

옆에서 밤하늘에 뜬 별을 올려다보던 동료── 사쿠나 메모아에게 말을 걸자 그녀는 온몸을 움츠리더니 주먹을 쥐었다. 아무래도 무서워하고 있는 것 같다.

"……그 흡혈귀라면 괜한 걱정일 수도 있겠지만."

"그래도 걱정돼요. 겔라 알카 사람들은, 심한 짓을 한다고 했거든요."

"그럼 빨리 되찾는 수밖에."

"네. 꼭 되찾을 거예요. 그리고…… 알카를 쓰러뜨리죠."

델피네는 조금 놀랐다.

제6부대 대장 사쿠나 메모아의 평판은 '심약한 미소녀'다. 평소의 의지 없는 말투로 보아, 장군으로서의 사명감은 수박씨만 할 것이라고 델피네는 멋대로 단정하고 있었다. 하지만 의외로 의욕적인 것 같다. 근본이 성실한 것이다. 뒤집힌 달에 소속됐었다는 흑역사가 있긴 하지만 이 흰 소녀는 어쩌면 정상에 속할지도 모른다. 다른 칠홍천은 죄다 기인뿐이니까.

"코마리 씨가 걱정돼요. 빨리 출발하죠, 델피네 씨."

"넌 테라코마리와 친한 것 같던데."

"네……. 그래서 침착할 수가 없어요. 다들 코마리 씨를 최강의 칠홍천이라고 하지만, 의외로 위태로운 면이 있으니까 제가 곁에 있어야 하는데……."

"그런가."

"저는 코마리 씨의 여동생이었어요. 하지만 요즘은 입장이 뒤바뀐 느낌이에요. 코마리 씨는 제가 지켜줘야 해요. 아까 백극연방이 공격해 왔을 때도 제가 없었다면 코마리 씨에게 큰일이 벌어졌을 거예요."

"그, 그래?"

"빌헤이즈 씨에게 맡길 수는 없어요. 그 사람은 코마리 씨에게 살짝 부정한 마음을 품고 있거든요. 그러니까 제가 쭉 함께 있어 줘야 해요. 원래라면 잘 때도 함께 자야 하지만 그러면 역시 절 꺼릴 테니까 참고 있어요. 그래도 파자마 파티 같은 걸 하자고 하면 괜찮지 않을까? 요즘 그런 생각이 들어요."

"…………"

제정신일까? 이 흡혈귀는.

"어쨌든 출발하자. 수색 계열 마법은 쓸 수 있어?"

"아니요. 코마리 씨에게는 발신기를 달아놨어요."

그렇게 말한 백은색 흡혈귀는 손바닥만 한 사이즈의 마도구를 꺼냈다. 대상에 붙여두면 위치를 특정할 수 있는 아이템이다. 참고로 사용하면 위법이다.

"상당히 준비성이 좋은걸. 꼭 납치될 걸 예상했던 사람 같아."

"에헤헤. 평소부터 붙여놓거든요."

"…………."

제정신이 아니라고 생각했다.

아무래도 칠홍천은 기인 집단인 것 같다.

☆

매드할트는 살아 있었다.

갑자기 발생한 대폭발은 대통령 관저를 산산이 날려버렸다.

평범한 인간이라면 즉사했겠지——, 매드할트는 일찍이 팔영장으로서, 아니, 이영장으로서 활약했던 무인이다. 이 정도 기습에 죽을 리 없었다.

그러나 문제는 대통령 관저 폭발로 민중의 의식이 변했다는 것이었다.

정권을 규탄하자는 전단은 뮬나이트 제국이 뿌린 거겠지. 감화된 민중이 매드할트 정권에 불만을 토로하고 있다. 경비대를 보내 억압하려 했지만, 오히려 그게 발단이 되었는지 수도에 숨어 있던 반정부 조직이 바퀴벌레처럼 나타나 '매드할트를 몰아내라!'라고 주장하기 시작했다. 민중 데모가 시작되는 것도 시간문제일 듯하다.

"……흠. 시건방진 짓을 다 하는군."

매드할트는 담백하게 중얼거린 뒤, 통신용 광석을 꺼냈다.

상대가 저렇게 나온다면 철저하게 쳐내야 한다. 겔라 알카 이외의 모든 나라는 모름지기 노예가 되어야 하니까. 모든 종족은 전류 앞에 무릎을 꿇어야 한다.

[대통령님! 무사하십니까!]

광석에서 목소리가 들렸다. 파스칼 레인즈워스다.

"괜찮다. 그것보다 네놈에게 명령할 게 있는데."

[예, 하지만…….]

"상황은 들었다. 네리아 커닝엄과 테라코마리 건데스블러드를 계속 쫓도록. ——그것과 함께 부탁하고 싶은 게 있다."

[뭐든지 명령하십시오.]

충견처럼 대기하는 레인즈워스의 모습이 눈에 떠올랐다.

매드할트는 살짝 입술을 일그러뜨리며 이렇게 말했다.

"지금부터 '낙원 부대'를 움직인다. 커닝엄과 건데스블러드를 몽상낙원에 던져넣은 뒤, 네놈에게 지휘를 맡기마. 준비하도록."

네리아 말로는 【전이】로 날아간 곳은 핵 영역 동쪽이었다는 모양이다.

지나가던 마차를 잡아서 동전을 쥐여주고 탔다. 이대로 하루 정도 가면 몽상낙원에 도착한다는 것 같은데, 역시 밤을 새워가며 행군하긴 불가능하기에 중간에 찾은 마을에서 하룻밤을 보내기로 했다. 성문에는 '카르나토'라는 간판이 걸려 있다. 계속 마차에 앉아만 있어서 지쳤다. 엉덩이가 아프다. 침대에서 자고 싶다.

그러나 네리아는 성에 들어가기 전에 우리를 붙들더니 이렇게 말했다.

"잠깐, 아까 성에서 나온 사람에게 이런저런 얘기를 들었는데, 이런 게 나돌고 있다나 봐."

팔랑, 한 장의 종이를 내민다. 어째서인지 나와 카루라 사진이 실려 있다.

사진 아래에는 손가락으로 피를 칠한 듯한 필체로 이런 게 적혀 있었다.

[WANTED 극악한 대장군 아마츠 카루라&테라코마리 건데스

블러드

이 얼굴을 보면 경비대로!]

""……이게 뭐야.""

나와 카루라의 목소리가 겹쳤다.

게르트루드가 '꼴좋다'라는 식으로 싱글벙글 웃으며 설명해 주었다.

"이 카르나토라는 마을은 젤라 알카 공화국의 직할지거든요. 두 분이 몽상낙원 쪽으로 가고 있다는 게 발각돼서 지명 수배됐다나 봐요!"

""왜 그렇게 되는데에에에에에에에에에에에?!""

다시 나와 카루라의 목소리가 겹쳤다. 잠깐이지만 옆에 있는 고풍스러운 소녀로부터 동족의 냄새를 맡았다. 뭐 평화주의자라는 관점에서 보면 비슷할 수도 있지만——, 아니, 그런 건 아무래도 상관없어!

"여기 적지였어?! 그럼 느긋하게 잘 수도 없잖아!"

"제 말이요! 저는 갈래요! 코하루~! 어디 있어요, 코하루~! 안미츠를 만들어 줄 테니까 내 쪽으로 돌아와요~!"

"걱정하지 않아도 돼. ——게르트루드, 그걸 준비해."

전류의 메이드가 싱글벙글하면서 내 앞으로 다가왔다.

곱게 개킨 옷을 내민다. 그것을 받아 펼친다.

젤라 알카의 메이드복이었다. ……엥?

"영문을 모르겠다는 얼굴이네. 하지만 그걸로 갈아입으면 아무 문제 없을 거야. 천하의 대장군이 메이드복을 입고 마을을 돌아다닐 줄은 아무도 모를걸."

"아, 아니……. 확실히 그럴 수도 있지만……."

"저한테 그런 이국풍 옷은 어울리지 않아요. 대신 변장할게요."

그렇게 말한 카루라는 품에서 선글라스를 꺼내 착용했다.

펑키한 기모노 소녀가 탄생했다.

"봐요, 완벽하죠?"

"빌! 나도 선글라스가 좋아!"

"잘 보세요, 코마리 님. 아무리 봐도 바보 같잖아요."

어딜 봐서 바보 같은데? 멋있지 않나? 나도 메이드는 되기 싫으니까 선글라스가 좋아! ——그렇게 필사적으로 호소했지만 네리아에게는 통하지 않았다. 그녀는 기쁘다는 듯 나의 손을 잡았다.

"알겠지? 당신은 내 메이드로서 마을에 들어가는 거다? 나를 '주인님'이나 '네리아 님'이라고 불러. 아니면 들켜서 큰일이 벌어질걸?"

"윽, 하지만…… 메이드 이외의 선택지는 없어?"

"없습니다! 순순히 네리아 님의 종이 되어 엎드리세요!"

"잠시만요, 코마리 님. 선글라스를 끼는 건 멍청하기 짝이 없는 짓이지만 이런 여자 말을 듣는 게 좀 더 멍청해요."

빌이 메이드복을 낚아채며 외쳤다.

"코마리 님은 천상천하를 지배하실 분이세요. 아무리 '척'이라지만 외국의 장군 앞에서 무릎을 꿇는다니, 신이 허락해도 이 빌 헤이즈가 허락할 수 없습니다. 대신 제 메이드가 되어 주세요."

"누가 네 메이드가 된다고! 그렇지, 빌. 너라면 다른 옷을 가지고 있잖아."

"제 옷을 벗으라는 말씀이세요?"

"아무도 네가 입고 있는 옷을 달라고 한 적 없어!"

"농담이에요. 여기에 여벌의 군복과 수영복이 있는데요. 어느 쪽이 좋으세요?"

"……………………………………………………하는 수 없지, 메이드복으로 할까."

"고마워! 이제 코마리는 나의 종이네!"

"종 아냐!!"

이러저러해서 난 네리아의 메이드(임시)가 되고 말았다.

밖에서 옷을 갈아입긴 싫었지만 어쩔 수 없는 일이다. 나는 나무 그늘에 몸을 숨긴 뒤, 변태 메이드가 따라오지 않는다는 걸 확인하고 메이드복으로 갈아입기 시작했다. 길이가 좀 남는 것 같기도 하지만 큰 문제는 없다. 이 정도면 들킬 걱정도——.

아니, 잠깐. 내 얼굴은 수배 이전에 육국 신문 덕에 전 세계에 알려졌다.

조금 더 대비해야겠군. 일단 헤어스타일만이라도 바꾸자——. 그렇게 생각한 나는 머리카락을 하나로 묶어 포니테일을 연출했다. 이 정도면 역시 괜찮겠지. 여기에 선글라스가 있으면 완벽하겠지만 떼를 쓸 수는 없다.

나는 손거울로 자기 모습을 확인했다.

……이거, 너무 창피한데.

"코마리, 다 갈아입었어?"

"히야아아아악?!"

갑자기 누가 말을 걸어서 넘어질 뻔했다.

네리아가 흥미롭다는 얼굴로 이쪽을 바라보고 있다.

"어머! 귀엽잖아. 1억 년에 한 번 나오는 미소녀라는 게 사실이었구나."

"사실이지만! 그, 그만해. 보지 마. 창피하잖아아……."

"하지만 그 모습이 아니면 마을에 못 들어가잖아? 숙소에서 편히 쉴 수 없는데?"

"윽……. 그, 그럴 수도 있지만."

"나를 '주인님'이라고 불러."

"그럴 필요까지는 없잖아! 어디까지나 메이드인 척이니까!"

"누가 어디서 귀를 곤두세우고 있을지 몰라. 만약 당신이 테라코마리 건데스블러드라는 게 들통나면 신고가 들어가서 살해당할 텐데 그래도 괜찮아? 자, 이건 연습이야."

왜 그런 바보 같은 걸 짓을 해야 하는데. 너에게는 게르트루드라는 훌륭한 메이드가 있을 텐데. 하지만 수치심과 생명을 저울질하는 짓은 어리석기 짝이 없는 짓이다. ……에잇, 어쩔 수 없지!

난 네리아의 앞에 서서, 강철 같은 의지로 부끄러움을 억누르며 중얼거렸다.

"주, 주인님……."

"윽——! 그, 그래. 조금 지쳤는데. 어깨 좀 주물러 줄래?"

"뭐?! 직접 주물러!"

"다, 당신이 주물러 줘! 이것도 연습이야. 신고당하고 싶어?"

차라리 내가 신고하고 싶은 기분이었지만 거스를 수 없다.

네리아는 공간 마법인지 뭔지로 나무 의자를 꺼냈고, 우아하게 엉덩이를 붙이며 다리를 꼬았다. 하는 수 없이 나는 그녀 뒤에 섰고 그 가냘픈 어깨를 주물주물했다.

"……어, 어때. 기분 좋아?"

"영 안 되겠어. 말투가 잘못됐잖아."

"기, 기분 좋으세요? 주인님……."

"……당신, 역시 내 종이 되지 않을래?"

"될 리가──. 되, 될 리가 있나요! 주인님!"

"딱히 게르트루드처럼 무리하게 부려 먹진 않을게. 코마리는 자기가 잘하는 것만 하면 되거든? 나쁜 조건은 아닐 것 같은데."

"잘하는 것?"

"코마리는 뭘 잘해? 역시 살육?"

"으음, 과자 만들기 같은 거나……."

"그럼 나에게 과자를 만들어 줘. 그것 말고는 아무것도 안 해도 돼. 내키지 않는다면 마음껏 쉬어도 된다고."

"뭐?"

"마음껏 책을 읽고 실컷 놀다가 내킬 때 전장에서 학살을 하면 돼. 그 외에도 필요한 것이 있으면 뭐든지 말해. 내가 사줄테니까."

"일하지 않아도 돼? 집에 틀어박혀 살아도 돼?"

"트, 틀어박혀 살아? ……뭐, 그래. 코마리의 수제 과자가 먹고 싶어지면 부를게."

"…………."

"나를 한 번 더 '주인님'이라고 불러 볼래?"

"……………………………주인님."

"윽?!?! 차, 착하지! 오늘부터 넌 내 메이드야, 코마리!"

머리를 쓰다듬었다. 무심코 '주인님'이라고 한 내 경솔함을 저주하고 싶다.

하지만 잘 생각해 보면 최고의 직장이 아닐까? 죽고 죽이지 않아도 되잖아? 부하의 하극상을 겁낼 필요 없잖아? 진짜로 메이드가 될까── 싶던 순간.

"코마리 님, 넘어가시면 안 돼요! 당장 이 녀석을 죽일게요!"

"멈추시죠, 흡혈귀 메이드! 네리아 님께는 손가락 하나 못 대요!"

조금 떨어진 곳에서 메이드끼리 죽어라 싸우고 있었다. 빌도 게르트루드도 충혈된 눈으로 무기를 들고는 가차 없이 참격을 날리고 있다──. 아니, 어째서?! 너희는 한편이잖아?!

"주인…… 이 아니라 네리아! 저 녀석들을 말리지 않으면 큰일 나겠어!"

"네리아가 아니라 주인님이지! 정말! ……흥, 뭐 일리 있네. 우물쭈물하면 해가 저물어서 성문도 닫히니까. ──이봐, 게르트루드! 놀이 시간은 끝났어!"

네리아는 의자를 마법으로 처리하더니 나의 팔을 잡아끌며 걷기 시작했다.

게다가 게르트루드의 목덜미를 잡아 힘으로 전투를 막았다.

나도 변태 메이드를 굴복시킬 만한 완력이 있으면 좋겠다. 오늘부터 팔굽혀펴기를 시작할까나. 하지만 두 번 정도 하면 근육통이 오니까 그만두자.

성의 위병은 네리아의 정체를 알아채지 못했다. 선글라스로 천재적인 변장을 마친 덕이다. 왜 그녀까지 변장했냐면, 네리아도 겔라 알카 정부의 수배자가 되었으니까. 몽상낙원으로 가고 있다는 사실이 레인즈워스를 거쳐 매드할트 귀에 들어갔는지 나나 카루라와 마찬가지로 지명 수배 전단이 나돌고 있단다.

위병은 네리아의 얼굴을 보고, 이어서 카루라의 얼굴을 보고, 게르트루드와 빌의 얼굴을 물끄러미 바라보더니 마지막으로 내 얼굴을 핥듯이 관찰했다. 그의 눈썹이 꿈틀했다.

"응? 거기 아가씨는 어디서 본 것 같은데……."

나는 당황해서 빌 뒤에 숨었다. 역시 안 통하잖아! 포니테일이 아니라 트윈테일로 할 걸 그랬어! ──그렇게 내 어리석음을 한탄하는데 갑자기 네리아가 주머니에서 금괴를 꺼내더니 탕! 하고 위병 앞에 내려두었다.

"이 아이는 부끄럼이 많거든. 너무 빤히 보지 말아 줄래?"

"하, 하지만…… 그 메이드는."

"기분 탓이겠지. 죽기 싫으면 이 뇌물을 받아."

위병은 입을 다물었다. 기가 막히는 뒷거래를 본 기분이다.

아무튼 이렇게 해서 우리는 '세 메이드와 정체를 알 수 없는 선글라스 소녀를 거느린 정체를 알 수 없는 부자 선글라스 아가씨 일동'으로서 마을 진입에 성공했다.

☆

해 질 녘의 카르나토는 다양한 종족으로 북적였다. 물론 젤라
알카 공화국의 직할 도시이기에 역시 전류종이 많았다. 길 곳곳
에 도검을 본뜬 석상이 놓여 있는 건 분명히 알카의 취향이겠지.

여관방을 잡고 나서 저녁을 먹으러 가기로 했다.

거리는 '일이 끝났으니 한잔하러 가자!' 같은 분위기인 사람들
로 넘쳐나서 우리처럼 '여행 왔답니다'라는 느낌의 여자 집단은
아무래도 눈길을 끈다. 누군가와 엇갈릴 때마다 호기심 어린 눈
길을 받았고, 그중에는 "거기 너희들, 우리랑 놀지 않을래~?"
라고 친구도 아니면서 놀러 가자고 꼬드기는 사람도 있어서, 빌
이나 게르트루드에게 살해당하는 살인사건이 발생했다. 두말할
것 없이 전력으로 도망쳤다.

이러저러해서 네리아가 추천하는 레스토랑에 도착했다.

뒷골목에 조용히 자리 잡은 숨은 맛집 같은 가게다. 여기라면
눈에 띄지 않겠지, 그렇게 생각했는데 가게 안은 의외로 사람이
꽤 많았다. 하지만 네리아 왈 '괜찮아'란다. 뭐가 괜찮다는 건지
는 모르겠지만, 메뉴에 오므라이스가 있는 걸 보고 아무래도 상
관없다는 생각이 들었다.

"──자, 상황을 정리해 볼까."

테이블에 앉자마자 네리아가 말문을 열었다.

하지만 나는 그럴 경황이 없었다. 이 가게에는 오므라이스가

열 종류 가깝게 있었기 때문이다. 전통적인 케첩 오므라이스, 제철 여름 채소를 쓴 데미글라스 오므라이스, 화이트소스를 쓴 버섯 오므라이스――. 아, 햄버그 오므라이스 같은 것도 있네!

"우리는 몽상낙원 코앞까지 와 있어. 조금만 더 걸으면 도착해. 솔직히 지금까지 적의 습격을 당하지 않은 건 운이 좋았다고 할 수밖에 없어. 앞으로도 세심한 주의를 기울여야 해."

"네리아 님. 몽상낙원에 다다르면 뭘 해야 할까요?"

"물론 지하의 비밀을 폭로해야지. 그곳에는 겔라 알카의 어둠이 응축되어 있어."

"어둠이란 게 도대체 뭔가요?"

"녀석들은 비인도적인 인체실험을 하고 있어."

"저기, 빌. 아무거나 시켜도 돼?"

"원하는 걸로 주문하세요. ――인체실험인가요? 그러고 보니 아마츠 님은 몽상낙원으로 신구가 운반되고 있다고 하셨어요. 그것과 연관이 있을까요?"

"그러게――. 아마도 그럴 거야. 나는 몽상낙원 지하에 들어갈 권리가 없었기 때문에 솔직히 잘 모르겠어. 하지만 신구를 이용해서 뭘 하고 있다는 건 분명해. 그렇지? 게르트루드."

"네……. 제가 몇 번 정찰한 적이 있는데 그때 들었어요. 몽상낙원 지하에서 사람 비명이 울려서…… 매우 괴로워 보였어요…….."

"버섯 오므라이스도 궁금하지만 평범한 것도 버리기 힘든데. 햄버그 오므라이스는 조금 사치스럽고……. 하지만 모처럼 여기까지 왔는데…….."

"심상치 않네요. 애초에 신구는 어디에서 구한 거죠?"

"글쎄. 하지만 비합법적인 테러리스트 그룹과 이어져 있을 가능성도 부정할 수 없어."

"저기, 빌. 두 개 시켜도 돼? 절반씩 나눠 먹지 않을래?"

"그렇네요, 반씩 나누죠. ──그나저나 기묘한 이야기네요. 매드할트는 왜 그런 국가 기밀 위에 리조트 시설 같은 걸 지으려고 했던 걸까요."

"천조낙토나 요선향이 의심 어린 눈길을 보내서 말이지. 관광지로 위장하려는 속셈 아닐까? 아무리 봐도 바보 같다는 생각이 들지만."

"하아……."

"어쨌든 매드할트는 짐승이야. 조금이라도 자기한테 반항하는 자는 당장에라도 낙원으로 보내거든. 경비대나 비밀경찰 같은 걸 마음껏 조종해서 말이지. 그래서 민중은 대놓고 정권을 비판할 수 없어."

"그렇군요. 겔라 알카는 공화제라는 이름의 독재 국가였단 뜻이네요."

"그래. 전류를 매드할트의 마수로부터 구해내기 위해서는 누가 나서서 어떻게든 하는 수밖에 없어. 몽상낙원의 비밀을 폭로해서 매드할트를 끌어내려야 해. 하지만 나 혼자 발버둥 쳐도 아무 수가 없어서──. 분하게도 적이 강하거든. 그래서 너희 힘이 필요한 거야, 테라코마리 건데스블러드와, 겸사겸사 아마츠 카루라의 힘이."

"정했다! 버섯 오므라이스랑 해산물 오므라이스로! 빌, 괜찮지?"

"……이봐, 코마리. 내 말 듣고 있었어?"

"응? 미, 미안. 오므라이스에 꽂혀 있느라…….'

"정말 당신은! 그런 점도 멋지긴 하지만! 빌헤이즈, 나중에 코마리에게 설명해 줘."

"당신 명령을 따라야 한다니 분하지만 알겠습니다."

"좋아. 카루라는 들었어? 들었지──?"

네리아의 말이 끊겼다.

나는 덩달아 맞은편에 있는 카루라를 봤다. 선글라스를 쓰고 있어서 알아보기 어렵지만 분명 졸고 있다. 입에서 침을 흘리며 등받이에 기대어 있다.

게르트루드가 차가운 눈으로 카루라의 머리를 냅다 후려쳤다.

덜컹! 흑발이 들썩였다.

"흐에?! 머, 먼가요?! 벌써 아침이에요?!"

"이 얼빠진 화혼종 같으니! 네리아 님이 중요한 이야기를 하고 계신데!"

"네? 네? ──아아, 그렇군요. 오늘 저녁 메뉴 말이죠? 괜찮다면 제가 만들까요? 된장국은 약간 진하게 해도 될까요?"

"여긴 레스토랑이라고!"

이번은 네리아가 톡, 하고 카루라의 머리를 주먹으로 쥐어박았다.

왠지 어렴풋이 알 것 같은데, 혹시 카루라는 꽤 나랑 비슷한 타입의 인간인 걸까? 아니, 뭐. 전투 능력은 하늘과 땅 차이겠지만.

어쨌든 두 사람 다 못 들었기 때문에 다시 요약해서 설명해 주었다.

미안한 마음이 가득하다. 하지만―― 나는 겔라 알카 공화국의 실정을 알고 조금 놀랐다. 매드할트가 상상 이상으로 엄청난 일을 벌이고 있었기 때문이다.

하지만 그들의 지향이 악랄한 쪽이라는 건 처음부터 알고 있었다.

예를 들어―― 팔영장 레인즈워스의 차별적인 발언.

황제와 대화하던 매드할트의 고압적이고 호전적인 태도.

그런 녀석들이 좌우하는 나라라면 분명 갑갑하겠지, 하는 생각이 들었다.

"――코마리 님, 오므라이스가 나왔어요."

"정말?! 신난다! ――아, 하지만."

주문한 요리가 잇달아 나온다. 모락모락 피어오르는 김. 부드러운 달걀. 꾸덕꾸덕한 화이트소스. 부드러워 보이는 버섯……. 딱 보기에도 맛있어 보였다.

그러나 나는 스푼을 든 채로 굳어 버렸다.

지금은 일단 전쟁 중이다. 게다가 엔터테인먼트가 아닌 진짜 전쟁이다.

"……폴에 남은 방어 그룹 사람들이 고생하고 있을지 모르는데, 나만 맛있는 걸 먹으려니 조금 그렇네. 그보다 제7부대 대원들은 다 무사할까?"

"멜라콘시 대위의 연락이 있었습니다. 메모아 대, 델피네 대에 합류해서 저희를 뒤쫓고 있다고 합니다. 적군과 몇 번 전투를 벌였다는 것 같은데요."

"그래……. 왠지 미안하네."

"무슨 말씀이세요. 먹을 때는 먹어둬야죠. 아니면 중요한 순간에 쓰러져요."

"뭐, 분명 오늘은 여러 번 죽을 뻔한 탓에 배가 꼬르륵거리지만."

"어차피 코마리 님은 내일도 사투를 벌이실 테니까 최후의 만찬인 셈 치고 맛이라도 보지 않으면 손해예요."

"……나 집에 가도 돼?"

"갈 곳이 있을 것 같으세요? 뮬나이트는 국난에 직면해 있는데요."

너무 부당하다. 일이 왜 이렇게 커진 거지.

지금 당장이라도 장군직을 그만두고 싶다. 때려치우고 네리아의 메이드가 되고 싶다. 그래, 만약 내일 전투가 벌어진다 해도 나는 응원을 맡자. 적재적소 아닐까?

"……저기. 얼마 전부터 생각한 건데, 코마리는 자기 힘을 모르는 거야?"

"글쎄? 그럴 수도 있겠네. 내 안에 잠들어 있는 힘을 끌어내면 좀 더 재미있는 소설을 쓸 수 있을 텐데. 평소부터 그렇게 믿으며 문장을 쓰려고 하고 있지."

"……소설? 아니, 그게 아니라——"

네리아가 무슨 말을 한 순간, 벌컥! 하고 레스토랑 문이 힘껏 열렸다. 나는 놀라서 스푼으로 떠낸 오므라이스를 바닥에 떨어뜨렸다. 슬퍼서 눈물이 날 뻔했다. 일단 바닥을 청소하려고 냅킨을 들고 몸을 웅크렸는데 갑작스러운 호통에 얼어붙어 버렸다.

"전원 꼼짝 마! 경비대다!"

레스토랑 내에 긴장감이 흐른다. 손님들은 하나같이 말없이 불청객을 바라봤다.

거기 있는 것은 겔라 알카의 관복을 입은 남자들이었다. 경비대——, 즉 범죄자를 단속하는 공조직이라는 것이다. 불길한 예감이 들었다. 설마 우리 정체를 들켰나?

전전긍긍하며 굳어 있는데 경비대의 사람들이 성큼성큼 걸어오더니 곧장 우리 쪽으로 다가왔다. 빌이 슬쩍 쿠나이를 든다. 게르트루드가 손을 뒤로 돌려 나이프를 만지작거린다. 네리아는 턱을 괴면서 적의 움직임을 가만히 관찰한다. 카루라는 어째서인지 테이블 밑에 몸을 숨기려 했다. 엉덩이가 삐져 나왔다.

"네놈들이구나! 매드할트 정권에 위협을 가하는 불한당이라는 게!"

아, 이런. 이거 완전히 들켰잖아——. 그렇게 생각했다.

"——아, 아니야! 오해라고! 우리에게 그럴 생각은 없다!"

옆자리 사람들이 크게 당황하며 일어섰다.

그러나 경비대는 인정사정 봐주지 않았다. 옆자리의 사람들이 혀를 차고 도망치려 하자마자, 무슨 마법을 발동해 철푸덕 넘어뜨렸다. 이어서 마력의 밧줄로 그들의 몸을 꽁꽁 묶는다. 너무나도 깔끔한 솜씨였다.

"그만해! 우리는 아무 짓도 안 했어!"

"헛소리는. 네놈들은 매드할트 정권을 비방하는 전단을 유포했지. 변명할 기회 따위 없다. 알카법 제20,503조에 따라 낙원행 형에 처한다."

"웃기지 마! 여기는 알카가 아니라 핵 영역이야! 도대체 무슨 권한으로——."

남자의 몸이 움찔했다. 꼭 전기에 감전된 듯했다. 그대로 의식을 잃었는지 털썩 바닥에 쓰러져서 말 못 하는 시체로 변해버렸다.

줄에 묶인 그들은 쓰레기처럼 끌려간다. 손님들의 겁먹은 시선에 전혀 아랑곳하지 않고 겔라 알카의 경비병들은 밤의 거리로 사라져 갔다.

나는 어처구니가 없어서 한마디도 못 했다. 네리아가 혀를 차더니 팔짱을 끼었다.

"……저런 게 통용되는 게 지금의 알카야. 말하기 조심스럽지만 잡혀간 녀석들은 대단한 죄를 지은 것도 아닐 거야. 하지만 겔라 알카의 법으로 금지되어 있어서 경비대가 오는 거지. 몽상낙원의 수용소로 보내지는 거야."

"뇌가 썩어버린 거 아닌가요, 이 나라?"

테이블 아래에서 나온 카루라가 투덜거렸다. 우리 모두가 그 불평이 정론이라고 생각했을 것이 분명하다. 말 그대로 뇌가 썩어버렸겠지. 나로서는 매드할트의 생각을 알 수 없고, 그에게도 무슨 생각이 있어서 디스토피아(비슷한 것)를 만든 것일지 모른다——. 하지만 역시 겔라 알카의 근본이 잘못된 듯한 느낌이 들어 견딜 수가 없었다.

"……결전이 머지않았어. 오늘은 일찍 쉬고 영기(英氣)를 모으자. 내일 새벽 다섯 시에 출발할 거야."

네리아는 진지한 표정으로 그렇게 말했다. 그녀의 눈동자 속에서 불길이 일렁이고 있다. 어떻게 해서든 겔라 알카를 끝장내겠다는 눈부신 분노의 불길이었다.

☆

이튿날 아침, 잠에서 깨어 보니 아침 열 시였다.

"——어째서?!"

나는 황급히 침대에서 벌떡 일어났다. 네리아는 다섯 시에 출발하자고 했다. 완전한 늦잠이다. 혹시 다들 나만 두고 갔을지 모른다. 그런 불안감을 느끼면서 주변을 둘러보는데 변태 메이드가 턱을 괴고 창밖을 바라보고 있는 게 눈에 들어왔다.

"여름 바람이 상쾌하네요……."

"상쾌하다는 건 알지만 깨웠어야지! 늦잠 잤잖아!"

"코마리 님도 이쪽으로 오실래요? 창밖에 재미있는 광경이 펼쳐지고 있어요."

"그럴 때가 아니잖아! 얼른 네리아한테 사과하러 가야 해……."

"그거야말로 그럴 때가 아니에요. 어쨌든 보세요."

"뭐야, 무슨 축제라도 하고 있어?"

나는 의아해하면서도 창문 밖을 바라봤다.

그야말로 축제였다. 겔라 알카 공화국의 군복을 입은 군인들이 여관 앞에 모여 있었기 때문이다. 순식간에 고개를 집어넣고 침대로 뛰어들어 담요를 뒤집어썼다. 아마 잠이 덜 깬 거겠지. 그래, 꿈을 꾸는 거다. 이런 현실은 인정할 수 없다.

"코마리 님, 적군에게 포위됐어요."

"그것도 꿈의 일종이겠지."

"아무래도 레인즈워스 장군이 여관에 들이닥친 모양이에요. 이미 우리를 찾고 있어요. 아, 방금 어디서 방문이 부서졌어요."

우직! 하는 파괴음과 함께 비명과 고함이 나에게까지 들려왔다.

더는 현실을 회피할 수 있을 수준이 아니다. 나는 스프링에 튕긴 것처럼 일어났고 메이드에게 다가가 절규했다.

"이봐, 어떻게 할 거야?! 왜 들킨 거야?! 빨리 도망쳐야……!"

"그렇게 말씀하실 것 같아서 미리 코마리 님을 군복으로 갈아입혀 두었어요."

"그럴 시간에 나를 데리고 도망쳐야지?! 뭐야, 정말로 군복이잖아!!"

벌컥! 문이 열렸다. 나는 공포의 절규를 지르며 빌 뒤로 숨었다. 아아, 끝났구나——. 그렇게 죽음을 각오했는데 방에 들어온 것은 알카 녀석들이 아니었다.

어제와 다른 무늬의 기모노를 깔끔하게 차려입은 소녀, 아마츠 카루라다.

"건데스블러드 씨! 창밖을 보시면 많은 적이……."

"알아! 어쩌지, 빌."

"아마츠 님의 압도적인 힘으로 쫓아 버리는 게 최선일 것 같은데요."

"자, 잠시만요. 제가 본 실력을 발휘하면 적뿐만 아니라 거리가 통째로 소멸될 거예요. 지금은 건데스블러드 씨가 싸우는 게 좋을 것 같은데……."

"바보 같은 소리! 내가 본 실력을 발휘하면 거리뿐만 아니라 핵 영역이 날아간다고!"

"말실수했네요! 제가 본 실력을 발휘하면 핵 영역뿐만 아니라 전 세계가 날아간다고요!"

"나도 잘못 말했어~! 내가 본 실력을 발휘하면 전 세계가 아니라 전 우주가 불에 타서 재가 될걸! 이제 전 우주보다 더 넓은 곳은 없어, 단념해!"

"흥, 전 우주라고요? 가소롭기 짝이 없네요! 제가 본 실력을 발휘하면 전 우주가 아니라 시공이 파괴돼서 이 세계가 어지러워질 테니까요! 어때요, 항복할 거죠!"

"그냥 본 실력을 발휘하지 않으면 그만 아닌가요?"

""……………………………….""

뻐엉! 뻐엉! 아래층에서 누가 날뛰는 소리가 난다. 레인즈워스 부대가 멋대로 숙소를 파괴하고 있다. 이 층으로 올라오는 것도 시간문제겠지.

짤랑, 방울이 울렸다. 카루라가 '하는 수 없다' 하는 표정을 지었다.

"우리끼리 싸우는 건 건설적이지 못해요. 우선 커닝엄 씨에게 상담하죠."

"마, 맞다! 네리아는 어떻게 된 거야?"

"아직 자고 있어요."

"그 녀석도 늦잠이냐아아아아!!"

'5시에 출발할게'라고 했었던 게 어디 사는 누구시더라! 아침에 약하다는 말은 들었지만 적지를 침공하는 날까지 늦잠을 자진 않잖아, 보통! 게르트루드는 뭘 하는 건데! ——아니, 태클 걸 때가 아니지. 나와 카루라는 매우 당황하며 네리아 방으로 달려갔다. 문을 똑똑 두드리지만 답은 없다. 정말 자는 모양이다. 젠장, 어떡하면 좋지!

"물러나세요, 코마리 님!"

"어? 우와아악?!"

갑자기 빌이 거대한 망치를 꺼내더니 문을 쳤다. 콰앙! 파괴음과 함께 나무 문이 휘어지며 날아간다. 누가 변상하는 거지. 겔라 알카의 녀석들 탓으로 돌리면 되나. 응, 그게 낫겠어.

그렇게 방으로 들어간 우리가 본 건 예상대로 놀랄 만한 광경이었다.

게르트루드가 침대 위에서 폭풍수면 중이었다.

네리아도 침대 위에서 폭풍수면 중이었다.

나는 비명을 지르며 자고 있는 네리아에게 달려들었다.

"이봐, 네리아! 곤히 자고 있을 때가 아니야. 적이 왔다고오!"

"으응……. 바나나는 껍질을 벗겨야 해……."

"뭔 소리야!! 일어나!!"

나는 네리아의 어깨를 잡고 이리저리 흔들었다. 눈꺼풀이 서서히 뜨인다.

"……흐에? 코마리? 왜, 왜 당신이 내 침대에?!"

"큰일 났어! 겔라 알카의 군대에 들켰다고."

"뭐, 뭐라고?!" 벌떡 일어난 네리아는 잠깐 생각에 잠겼다. "……아니야, 그럴 리 없어! 우리 위치는 아무도 모를 텐데! 변장도 했고."

"하룻밤이 지나니까 이성이 돌아와서 알았는데 그 변장 말이야, 너무 허접했어! 누가 신고했겠지! 빨리 도망치지 않으면 죽어!"

"변장만이 아니야! 실은 게르트루드가 인식 저해 마법을 걸었다고!"

"──이런! 네리아. 뭐야, 그 꼴은."

남자 목소리가 들렸다. 나는 오싹함에 뒤를 돌아본다. 도마뱀처럼 생긴 남자가 문 앞에 서 있다. 파스칼 레인즈워스. 어제 폴을 습격한 팔영장이었다.

"네글리제 차림도 귀여운걸. 뭐, 너에게는 하늘색보다 분홍색이 어울릴 것 같지만."

"닥쳐, 변태. 그 입을 베어서 덜어내 줄까."

"여전히 입이 험하군. 하지만 그 허세가 언제까지 갈까? 매드할트 대통령이 널 지명 수배했어. 국가 전복 공모 혐의야. 도망칠 곳 따윈 없어."

"그게 뭐? 난 이제 매드할트에게 돌아가지 않을 거야."

"하지만 내 곁으로 돌아오게 될걸. ──어쨌든, 죄인이 된 너를 무력으로 굴복시키는 건 합법이니까. 이 기회에 힘의 차이를 깨닫게 해주지."

무슨 돌파구가 없을까──, 주변을 둘러본 순간 네리아가 어디서 꺼낸 것인지 모를 단검을 던졌다. 내 뺨을 스치며 날아간 단검은 레인즈워스 쪽으로 돌진한다. 그러나 그는 물 흐르는 듯이 자연스럽게 검을 휘둘러 단검을 쳐냈다.

레인즈워스가 안으로 들어왔다. 네리아가 허리의 쌍검을 뽑더니 침대에서 점프했다.

날카로운 소리와 함께 불꽃이 튀었다.

동체 시력이 따라가지 못했다. 눈치챘을 때는 네리아와 레인즈워스가 거칠게 공격을 주고받고 있었다. 한 번, 두 번, 검이 맞부딪치는 사이 내 주변의 침대나 옷장, 샹들리에, 꽃병, 벽에 걸린 그림이 무참히 망가진다.

"하하하하하! 방금 일어난 것치고는 기운이 넘치는걸!"

"일어나, 게르트루드! 일단 후퇴하자!"

네리아가 자고 있는 메이드의 팔을 잡고 백스텝한다. 그대로 쨍그랑! 하고 창문을 깨뜨리며 여관 밖으로 뛰어내린다──. 저기, 여긴 3층이거든?!

"코마리 님! 저희도 도망치죠."

"뭐? ──잠깐."

빌이 연막을 터뜨렸다. 지난 칠홍천 투쟁 때 본 '남자만 죽이는 독가스'다.

퍼엉! 무시무시한 기세로 연기가 찬다.

한 치 앞의 어둠 속에서 "뭐야, 이게" "네놈!" "비겁하다!" 같은 욕설이 들려온다.

어떡해야 할지 알 수 없어서 제자리걸음 하는데, 갑자기 빌이 날 공주님처럼 안아 들더니 그대로 창문으로 뛰어내렸다.

"두, 두고 가지 마세요, 여러분! 그쪽이 출구인 거죠?!"

겸사겸사 카루라도 뛰어내렸다.

비명을 지를 틈도 없었다. 쿠웅! 중력을 저항하는 듯 빌이 화려하게 착지하자마자, 털썩! 하는 우스운 소리와 함께 카루라가 땅에 떨어졌다.

……어? 저거 괜찮은 거야? 얼굴부터 떨어졌지? 꼼짝도 안 하는데?

"자, 가죠. 코마리 님! 커닝엄 님을 쫓아가죠!"

"잠시만! 카루라를 두고 갈 수 없어!"

"죽었으니까 버리고 가죠."

"죽은 거야?!"

저 녀석은 도대체 뭐 때문에 따라온 거야. 세계 최강의 오검제 아니었어? ——그런 의문은 곧 사라졌다. 독가스로도 죽지 않은 레인즈워스와 그 부하들이 살의를 드러내며 잇달아 뛰어온 것이다. 이런, 저 녀석들 발이 빨라!

아침의 카르나토는 사람의 왕래가 적었다. 그러나 갑자기 시작된 술래잡기에 주민들이 잠에서 깬 것인지 집의 창문을 통해 우리를 바라보며 시끄럽게 떠들기 시작했다.

"코마링 각하다!" "네리아 장군도 있어!" "힘내라~!" "도망쳐라~!"

텐션 하고는. 그렇게 속 편한 상황이 아니거든.

"묘하네요."

"뭐가 묘한데! 저 녀석들이 남자가 아닐지도 모른다는 거야?!"

"남자를 죽이는 독가스에 죽지 않은 건 그냥 생명력이 강한 덕이겠죠. 그게 아니라—— 겔라 알카의 군이 이렇게 빨리 저희 위치를 알아낸 게 이상하다고요."

"그건 나도 몰라. 뭔가 찾는 마법이 있잖아! 뭐든 존재하는 합리주의적인 거니까, 마법이란 건!"

"그렇게 편한 마법은 없어요. ——어젯밤 게르트루드 님은 저희에게 인식 저해 마법을 거셨어요. 그게 잘 발동하고 있다는 건 확인했으니까 누가 저희를 군에 신고했다고 보긴 힘들어요."

"어라? 그럼 변장할 필요 없었잖아? 난 왜 메이드가 된 거야?"

"커닝엄 님의 변태적인 취미예요. 그리고 저도 보고 싶었거든요."

"역시 변태네, 그 녀석이나 너나!!"

그때 뒤에서 무시무시한 속도로 화염 마법이 날아왔다.

빌이 간발의 차로 피한다. 어제 라무네를 산 가게가 요란하게 폭발하더니 불타올랐다.

요즘 들어 뭐가 폭발하는 걸 자주 보는 느낌이다. 왜지? 답은 간단하다. 내 주변에는 폭탄마가 많으니까.

"코마리! 이 머릿수로는 레인즈워스의 제4부대를 상대할 수 없어! 따돌리자!"

앞서 달리는 네리아가 나를 향해 외쳤다. 따돌리자고 해도 어떻게 따돌려야 할지 영 모르겠다. 레인즈워스의 군대는 핏발이 선 눈으로 뒤쫓아 온다. 아마 우리를 잡아다 몽상낙원에 가둘 생각이겠지.

"받아라! 상급 도검 마법 【유격(劉擊)의 비】."

짙은 마력의 기색. 내가 깜짝 놀라서 뒤돌아본 것과 레인즈워스의 검에서 무수히 많은 참격이 날아온 것은 거의 동시였다. 빌이 순간적으로 몸을 비틀어 진행 방향을 바꾼다. 비처럼 쏟아지는 수많은 마력의 칼날은 표적을 잃었고, 인근 집이나 가로등, 가게, 통행인에게 박히거나 튕겨 나간다.

그러나 완전히 피하지 못한 하나가 빌의 발목을 스쳤다.

"윽."

"하하하하하! 뒈져라, 이 흡혈귀! 네놈들이 전류를 어떻게 당해낸다고!"

자세가 무너진다. 나는 빌의 팔에서 내던져져 포장된 도로 위를 데굴데굴 굴렀다. 아프다. 아프지만 나는 아무래도 상관없다. 빌은 괜찮을까──?

소리치려고 한 순간, 레인즈워스의 마법이 다시 덮쳐들었다.

빌은 땅에 꿇어앉은 채 쿠나이를 휘둘러 마력 칼날을 쳐낸다. 그 틈을 레인즈워스가 파고들었다. 위기를 느낀 그녀는 후퇴하려고 엉덩이를 뗐지만── 발목 통증을 견디지 못하고 그 자리에 쓰러져 버렸다.

"흡혈귀 놈, 우선 한 놈 잡았다──!!"

장검을 휘두른다.

빌이 살해당하려 하고 있다.

나는——, 나는.

"그렇게 둘까 보냐!!"

"이봐, 코마리! 뭐 하는 거야!"

멀리서 네리아가 노성을 질렀다. 하지만 내 몸은 멋대로 움직이고 있었다. 정말 멍청한 짓이다. 내가 앞으로 나선다고 해도 아무것도 달라질 건 없는데. 그런 건 충분히 알고 있을 텐데, 빌이 두 동강 나는 것만은 용납할 수 없었다.

나는 빌을 감싸듯 그녀 앞에 섰다.

눈앞에는 귀신같은 얼굴을 한 남자가 칼을 겨누고 있다.

빌이 뭐라고 외친다. 그러나 내 귀에는 들어오지 않았다. 아아——, 여기서 결국 첫 죽음을 맞는구나, 그런 비현실적인 느낌만이 머릿속을 빙빙 맴돈다.

그러나 아무리 시간이 지나도 고통은 찾아오지 않았다.

"큭……. 뭐야, 이게……?! 움직일 수 없어……!"

레인즈워스가 신음했다.

그쪽을 보니 그의 장검에 새빨간 채찍 같은 것이 감겨 있었다. 똑똑히 기억한다. 저런 살벌한 마법을 쓰는 건 그 사람뿐이다.

"——고철놈들. 네놈들이 더 이상 마음대로 설치게 둘 수 없지."

"데, 델피네?"

나는 경악했다. 무기를 파는 천막 위에 서 있는 건 가면 쓴 신비한 흡혈귀——, 칠홍천 델피네였다. 게다가 그녀가 이끄는 제

4부대의 대원까지 모여 있다. 여느 때처럼 다들 가면을 쓴 수수께끼의 서커스 집단이다. 그 너머에는 화혼종의 군대도 있었다. 카루라의 부하들이겠지.

"이게! 잇달아서 구더기처럼……!"

"구더기는 네놈이다. 죽어라."

델피네가 팔의 상처에서 나온 대량의 피의 나이프를 날렸다.

변함없이 아파 보이는 공격법이다——, 하지만 나이프의 위력이나 속도는 무시무시했다. 레인즈워스는 다가오는 응혈 마법을 쳐내느라 바빠서 나를 신경 쓸 틈이 없다. 그 대신 우왕좌왕하는 자기 부하들을 째려봤다.

"이봐. 뭐 하는 거야, 네놈들은! 테라코마리 건데스블러드를 죽여! 녀석은 뮬천 동맹의 맹주라고! 잡은 사람에게는 포상을 주마!"

전류들이 괴성을 지르며 덤벼들었다. 그러나 그들의 움직임은 순식간에 막혔다. 레인즈워스의 부대를 향해 거센 폭풍처럼 달려드는 집단이 있어서다. 원군은 델피네뿐만이 아니었나 보다.

다음 순간, 나에게는 민폐인——, 그러나 믿음직한 환호성이 울려 퍼졌다.

"각하!" "코마링 각하!" "겨우 따라잡았습니다!" "살육의 시간이군요!" "흐하하하하하하, 좀이 쑤시는걸!" "고철들을 다 죽여서 젓가락으로 만들어 버리자고." ——제7부대 바보들이다. 녀석들은 핏발이 선 눈으로 레인즈워스의 병사를 마구 죽이고 있었다. 그렇게 내 눈앞에서 피비린내 나는 대난투가 시작되었다.

한 걸음이라도 앞으로 나서면 즉사할 기세였다.

"각하! 무사하셨나요."

그렇게 말하고 내 앞에 나타난 것은 벨리우스와 카오스텔이었다. 피가 튀어서 새빨개져 있다는 건 뭐 허용할 수 있지만, 적의 팔이나 목을 들고 다가오지는 말았으면 한다.

"각하. 겔라 알카 정부의 발표에 따르면 네리아 커닝엄은 각하와 협력해서 국가 전복을 꾸미고 있다던데요. 그렇게 알면 될까요?"

"으, 음. 그렇게 알고 있도록."

"알겠습니다. 그럼 살육을 개시하죠. ──벨리우스! 누가 더 많이 죽일지 승부하지 않겠어요?"

"흥, 가끔은 괜찮겠군. 내가 이기면 술이나 사라."

그렇게 말한 두 사람은 난투의 소용돌이 속으로 뛰어들었다. 여전히 혈기 왕성한 녀석들이다. 그러고 보니 요한은 어떻게 된 거지. 죽었나? 아아, 그러고 보니 죽었었지.

"코마리 씨! 괜찮으세요?!"

추가로 익숙한 목소리가 나의 고막을 울렸다.

나는 놀라서 먼 곳을 바라봤다. 제7부대 너머에 서 있는 건── 백은의 흡혈귀다. 나의 후배이자 칠홍천 대장군인 사쿠나 메모아. 그녀는 애용하는 큰 매직 스틱을 끌어안으면서 빠르게 내 쪽으로 달려왔다.

"사, 사쿠나아……! 어떻게 여기에?!"

"서둘러 뒤쫓아 왔어요. 저나 델피네 씨나 공격 그룹이니까요."

"으, 으으으으. 고마워어어어어어어어, 사쿠나아아아아아아!"

"꺄악——. 저, 저기, 코마리 씨……?! 흐아암……."

나는 감격해서 사쿠나에 매달렸다. 이렇게나 기쁜 일이 또 있을까! 덕분에 살지 않았는가. 간발의 차로! 아슬아슬하게! 역시 신뢰할 만한 친구가 있어야 한다니까——. 그렇게 혼자 감동하고 있는데 뒤에서 싸늘한 시선이 느껴졌다.

빌이 냉랭한 표정으로 이쪽을 노려보고 있었다.

"……코마리 님, 저에게도 뭔가 할 말이 있지 않나요?"

"마, 맞다! 빌, 다리는 괜찮아?"

"네. 아니요, 마핵 덕에 나아서 괜찮지만요. 그보다 목숨을 걸고 주인을 살리려고 한 메이드도 당연히 보상으로 허그해 주셔야 하지 않을까요?"

"윽……. 그, 그러게. 하는 수 없지."

"코마리 씨, 그럴 때가 아닌 것 같은데요."

빌이 돌처럼 굳어 버렸다. 사쿠나는 머뭇거리며 말을 계속한다.

"다들 싸우는 중이고……. 게다가 코마리 씨에게는 해야 할 일이 있어요."

"해야 할 일?"

"몽상낙원이요. 이곳은 저희에게 맡기고 먼저 가세요. ——에헤헤, 이런 대사 한 번쯤은 해보고 싶었어요."

사쿠나는 만면의 미소를 지으며 지팡이를 다시 들었다.

저 말은 어떤 의미로 보면 사망 플래그 같기도 하다.

하지만 사쿠나 말이 옳다. 나는 네리아와 함께 가야 한다. 이 세상의 지옥이라고도 불리는 그 리조트—— 몽상낙원으로.

※

육국 신문 7월 26일 조간

[젤라 알카 공화국, 매우 위험한 상황에 처하다.

【제도—티오 플랫】뮬나이트 정부는 25일, 성채도시 폴을 기습한 젤라 알카 공화국군 제2부대와 제3부대를 처치, 생포했음을 발표했다. 폴에서는 카렌 엘베시아스 황제 폐하를 필두로 각국의 장군들이 맹렬한 활약을 보였다. 알카 공화국과 손을 잡은 백극 연방, 라페리코 왕국의 군대도 공성에 지쳤고……(중략)……대통령 관저가 폭파됨으로써 매드할트 수상은 핵 영역에 파견했던 부대 일부를 수도에 배치했다. 알카 국내외를 불문하고 매드할트 정권을 향한 불신이 계속 표면화되고 있으며, 수도에서는 과격파의 데모가 심각해지고 있다. 수도의 방어를 맡은 솔트 아퀴나스 장군은 경비대를 지휘해 민중을 탄압하고 있지만, 정권의 수명을 스스로 옭아매고 있다는 게 누가 보아도 자명해 보인다. 이대로라면 젤라 알카는 멸망할 가능성이 클 수도 있으니 긴장하도록 합시다.]

※

수도는 사람들의 열기로 가득하다.

매드할트 타도를 외치는 전단은 하루아침에 억압된 전류들의 감정을 자극했다. 거기에 겔라 알카 군이 뮬천 동맹에 밀리는 듯하다는 정보. 대통령 관저를 산산조각 내버린 정체 모를 테러리스트의 존재. 이렇게까지 심각한 사태임에도 모습을 드러내지 않는 대통령.

불만은 단번에 폭발했다. 사람들은 대거로 폭파된 대통령 관저로 들이닥쳤고 소리 높여 매드할트를 비판하는 말을 외쳤다.

——매드할트는 퇴진하라!

——무익한 전쟁은 필요 없다!

——과격한 법으로 사람들을 얽매지 마라!

"——장관이네. 이거 정말 겔라 알카가 멸망하는 순간을 볼 수 있을지도 몰라."

백은의 신문기자 메르카 티아노는, 민중과 경비대가 충돌하는 모습을 먼발치에서 바라보며 커피를 홀짝인다. 역시 소란이 중심인지라 커피 하우스에 있는 손님은 적다. 아니, 애초에 영업을 하지 않는다. 멋대로 들어와서 멋대로 원두를 우려 멋대로 마시고 있을 뿐이다.

이건 도둑질 아닌가? ——냉장고에 있던 치즈 케이크를 훔쳐 먹으면서 티오는 생각한다. 맛있다. 맛있지만 죄책감이 상당하다. 잡히기 전에 어서 돌아가고 싶다.

"저기, 메르카 씨. 저희는 왜 알카로 온 거예요? 뮬나이트 지국이 할 일은 아니잖아요? 새우튀김이나 먹고 집에 가죠."

"뮬나이트가 관련되어 있으니 우리 일이지. 겔라 알카 지국 녀석들은 문장도 제대로 못 쓰는 무능한 집단이니까. 우리 둘이 세계를 혼돈에 빠트릴 특종을 손에 넣는 거야."

"……메르카 씨는 목적이 뭔가요?"

"펜으로 세계를 만드는 것. 그게 다야."

세계를 만드는 건 기자가 아니라 당사자겠지, 그렇게 생각했지만 말로 하지는 않는다. 했다가는 혀를 찰 가능성이 50, 얻어맞을 가능성이 50이다.

얼른 이런 일은 관두고 고향으로 돌아가고 싶다. 귀향하면 적당히 사업이라도 벌이자. 사장이 되어 종업원들을 부리며 편하게 돈을 버는 것이다.

"자, 우리가 해야 할 일은 세상이 변하는 순간을 기록하는 거야. 겔라 알카 공화국이 멸망하는 영상을 전 세계에 전하자고."

"힘들지 않을까요? 육국 신문은 일부 사람들에게 날조 신문 취급당하는데……."

"안심해. 평소에는 아무 근거도 없는 엉터리 기사를 쓰고 있지만 이번에는 달라. 본사에서 비밀 병기가 왔거든."

그렇게 말한 메르카는 쿵! 하고 테이블 위에 무식하게 큰 카메라를 두었다.

뭐야, 이게. 티오는 눈을 동그랗게 뜬다.

"초고성능 카메라 《전영함(電影函)》. 이걸 쓰면 여섯 나라와 핵영역 주요 도시에 설치된 스크린에 라이브 영상을 내보낼 수 있어. 세상에 하나뿐인 엄청나게 레어한 신구라고."

그렇게 엄청나게 레어한 물건을 얼빠진 우리에게 빌려주는 이유를 모르겠다. 역시 육국 신문은 희한한 기업이다——. 티오는 어이가 없었다.

그러나 그녀는 모르고 있었다.

육국 신문의 기자 중에서도 메르카와 티오 콤비는 '행동력'이라는 관점에서 엄청나게 높은 평가를 받고 있으며, 사장이 사내 게시판에 게시해 놓은 '차세대 랭킹'이라는 뜻을 알 수 없지만 영예로운 랭킹에서 두 사람은 당당히 1위와 2위를 차지했다.

"……이건 어떻게 쓰나요? 부수면 변상해야 하죠?"

"이렇게 쓰는 거야."

메르카는 《전영함》을 어깨에 짊어지고 마력을 담았다. 렌즈 가장자리에서 빛이 번쩍인다.

그렇게 백은의 기자는 생긋 웃으며 말했다.

"네가 케이크를 훔쳐먹고 있다는 증거를 전 세계에 내보냈어!"

"와아아아아아아아아아아아, 뭐 하시는 거예요. 메르카 씨이이이이이이!"

그 순간 전 세계의 도시 내에 설치된 스크린에 케이크를 먹는 고양이 귀 소녀의 얼굴이 클로즈업으로 비추어졌다고 한다. 티오는 황급히 《전영함》을 다른 쪽으로 돌렸다. 메르카는 박장대소하며 마력을 끊는다. 렌즈가 뿜어내던 빛이 갑자기 사라진다.

"이제 시집도 못 가요! 감옥으로 보내질 거라고요오!"

"시집이나 감옥이나 다를 게 뭐 있다고. ——자, 슬슬 일할 시간이야."

"죄송한데 얘기는 케이크를 다 먹고 나서 해주세요."

"식사할 때가 아니야! 뻔뻔스럽기도 하다, 너는."

코옹! 머리를 얻어맞았다. 부당하다. 자기도 커피를 마시고 있었으면서.

"이제 우리는 결정적 증거를 잡으러 갈 거야! 케이크 같은 건 나중에 먹어!"

"데모라면 저기서 하고 있어요. 얼른 찍고 가죠."

"저딴 건 아무나 찍을 수 있어. 우리 목표는 좀 더 위험한 거야."

그렇게 말한 메르카는 한 장의 종이를 꺼냈다. 수도 전역에서 뮬나이트의 공작원이 뿌리고 있는 전단이다. 분명 '매드할트는 쓰레기다'라는 비판이 요란한 문체로 적혀 있었던 것 같다. 메르카는 그중의 한 문장을 손가락으로 가리키며 이렇게 말했다.

"'무고한 사람들이 몽상낙원에 수용되어 있다'. ──가지 않을 수는 없겠지?"

"가지 않을 수는 있다고 봐요."

"없어!!"

코옹! 또 머리를 얻어맞았다.

역시 부당하다. 오늘 내로 사직서를 쓰기로 했다.

※

"──오늘도 적들은 얄미울 정도로 팔팔하군."

성벽 꼭대기에서 전장을 내려다보며 뮬나이트 제국 황제는 기가 막힌다는 듯 중얼거렸다.

싸움이 시작된 지 하루 하고도 조금, 이미 겔라 알카의 부대는 두 개 정도 괴멸시켰다. 하지만 아군의 피해도 크다. 천조낙토의 부대는 알카의 도검 마법에 절반이 꼬치가 되어 버렸고, 프레테 군이나 헬데우스 군에도 하나둘씩 부상자가 눈에 띄기 시작했다.

"폐하. 천조낙토의 오오미카미가 친서를 보냈습니다. 적 부대의 정보인 것 같습니다."

호위인 흡혈귀가 봉투를 건넸다. 뜯어보니 먹으로 써 내려간 전통적인 편지가 나온다. 내용을 3초도 채 안 돼서 확인한 황제는 "흠" 하고 팔짱을 끼며 하늘을 올려다봤다.

겔라 알카의 수도에서 일어난 소동이 예상 외의 영향을 미친 것 같다.

겔라 알카 군의 상황을 정리하면 다음과 같다.

제1부대 네리아 커닝엄 대 → 공화국을 배신하고 코마리와 행동 중(부대는 전멸)

제2부대 넬슨 케이즈 대 → 폴 습격(전멸)

제3부대 오디셔스 클레임 대 → 폴 습격(전멸)

제4부대 파스칼 레인즈워스 대 → 카르나토에서 공격 그룹과 전투 중

제5부대 애버크롬비 대 → 몽상낙원 방어

제6부대 메어리 프래그먼트 대 → 폴 습격(전투 중)

제7부대 솔트 아퀴나스 대 → 수도 방어를 위해서 본국으로

귀환
제8부대 조사 중(수도 방어?)

　이상의 겔라 알카 공화국 군에 추가로 백극 연방과 라페리코 왕국의 몇몇 군대가 폴을 습격하고 있다. 상황적으로 보면 조금 힘들어 보인다──. 하지만 매드할트의 수상쩍은 소문을 알게 된 이상, 타국의 군대가 더 이상 맹공을 가할 것 같진 않다. 사실 요선향의 선인들은 겔라 알카의 권유에 완고하게 중립을 고집하고 있었다. 이제 코마리와 네리아, 아마츠 카루라가 몽상낙원의 비밀을 폭로해 준다면 모든 게 뒤집힐 것이다.
　"폐하, 우리 군은 괜찮을까요?"
　"그래, 이 이상 적이 늘어나면 성가셔지겠지만 늘어날 리도 없어."
　아래에서는 헬데우스가 주먹으로 수인들을 학살 중이다. 프레테도 특기인 암흑 마법을 아낌없이 발동해 적을 쓰러뜨리고 있었다. 오검제가 이끄는 화혼종 부대도 다치기는 했지만 무시무시한 기세로 전투 중이다.
　"──괜찮아. 아무 문제 없다. 사쿠나와 델피네가 레인즈워스 대를 격파하고 코마리와 합류하면, 더는 매드할트도 대응할 수 없겠지."

※

뮬나이트 제국 황제의 예상은 약간 나쁜 쪽으로 빗나갔다고 할 수 있다.

겔라 알카는 원하는 것을 싸워서 얻는 도검의 민족이다. 쾌락을 위해 툭하면 살인을 저지르는 흡혈귀와 달리 강철 같은 이성과 야망을 갖고 사람을 죽이는 게 그들의 전통이었다.

즉, 전류는 흡혈귀 이상으로 '살인'에 특화되어 있었다.

성채도시 카르나토는 정적에 휩싸여 있다.

창문을 통해 환호성을 지르던 구경꾼들도 거짓말처럼 침묵하고 있다.

주변에 자욱한 것은 숨이 막힐 듯한 죽음의 냄새.

포장된 길은 새빨간 피 때문에 원형을 찾아볼 수 없는 상태다. 곳곳에 수북하게 쌓여 있는 것은 시체뿐이다. 흡혈귀도 전류도 화혼도 다들 똑같이 죽어 있다. 가면 쓴 칠홍천도 백은의 칠홍천도 그 부하들도 다들 피 웅덩이 속에 가라앉아 있다.

그러나 혼자 참극 위에 자리한 남자가 있었다.

"애를 먹이는군……. 흡혈귀 주제에!"

남자——, 파스칼 레인즈워스는 피에 젖은 검을 닦은 뒤 검집에 넣었다.

그의 눈동자는 섬뜩한 붉은 빛으로 물들어 있었다.

피가 아니다. 열핵해방——, 이 세상의 물리 법칙을 무시한 비범한 이능.

레인즈워스는 가볍게 혀를 찬 뒤 걷기 시작한다. 겔라 알카 제4부대는 흡혈귀들의 맹렬한 공격 탓에 전멸해 버렸다. 살아남은 것은 레인즈워스뿐——, 그러나 그의 몸에는 찰과상 하나 없었다. 상처 없는 승리다.

조금 시간을 뺏기긴 했지만, 이제 네리아와 건데스블러드를 쫓으면 된다.

그 계집들은 몽상낙원으로 향했다고 한다. 그러나 그곳에는 팔영장 애버크롬비의 부대가 진을 치고 있다. 고작 몇 명이서 돌파할 순 없다.

갑자기 통신용 광석이 빛났다. 늘 있는 정기 보고겠지. 마력을 담아 응답한다.

"무슨 일 있었나?"

[아뇨. 이제 1시간 뒤면 네리아 커닝엄이 몽상낙원에 도착할 겁니다.]

"알았다. 나도 곧바로 뒤를 쫓으마."

그 말만 하고 통화를 끊는다.

해야 할 일은 간단하다. 애버크롬비의 군이 녀석들을 상대할 것이다. 레인즈워스는 나중에 기습할 것이다. 그러면 네리아는 끝이다. 모든 희망이 무너지고 살아갈 기력을 잃겠지. 그때 틈을 봐서 달콤한 말을 건네면 녀석의 마음 정도는 쉽게 녹일 수 있다.

그 후엔 군을 재정비해 뮬나이트 제국으로 쳐들어가면 된다.

수도에서 민중 데모가 빈발하고 있지만 그런 멍청이들은 무력으로 탄압하면 된다. 그들이 매드할트에 반발하게 된 건——, 물론 뮬나이트의 전단도 큰 영향을 미쳤지만——, 대통령 관저

폭발로 정권이 취약하다는 인상을 줬기 때문이다.

그렇다면 한 번 더 '힘'을 과시하면 아무 문제 없다.

뮬나이트 제국과 천조낙토를 정복해 겔라 알카의 힘을 과시하면——.

누군가가 발목을 꽉 붙들었다.

어느새 피범벅이 된 백발의 흡혈귀가 이쪽을 올려다보고 있었다. 칠홍천 사쿠나 메모아. 뒤집힌 달의 일원이었던 주제에 죄를 용서받고 장군직을 맡은 더러운 계집이었다.

"⋯⋯못 가요. 코마리 씨, 에게는⋯⋯."

"시끄러워."

"못 가요. 제가⋯⋯ 여기서⋯⋯."

"시끄럽다고 하잖아!"

레인즈워스는 검을 뽑아 소녀의 복부에 찔러넣었다. 입에서 엄청난 양의 피가 흘러나왔다. 그러나 그녀의 눈에서는 투지가 사라지지 않았다. 그게 거슬렸다.

"네놈들에게 희망은 없어! 왜냐하면 테라코마리 건데스블러드는 곧 살해당할 테니까! 몽상낙원에는 애버크롬비의 부대가 기다리고 있거든! 흡혈귀들은 전류의 노예가 되고 끝날걸. 이미 다 결정된 일이라고!"

"애버크롬비⋯⋯? 후후, 들어본 적 있어."

"그렇겠지. 녀석은 나와 네리아의 다음으로 우수한 팔영장이거든."

"그럴지도? 왜냐하면 강했으니까. 강했지만⋯⋯ 내가, 이겼어."

"뭐……?"

"나는 지지 않아. 죽어도 노력할 거야."

오싹한 느낌이 등골을 타고 흘러내리는 걸 느꼈다.

정체 모를 섬뜩함이 레인즈워스의 뇌를 흔들었다.

잠깐——, 아주 잠깐이었지만—— 사쿠나 메모아의 눈동자가 붉게 빛난 듯했다.

손이 순간적으로 움직였다. 거칠게 휘두른 검이 흡혈귀의 오른손을 베어 날린다.

고통스러운 비명이 터져 나왔다. 그런 걸 신경 쓸 여유는 없었다.

레인즈워스는 가슴속에 뭔가 응어리 같은 것을 느끼면서 카르나토를 뒤로했다.

"절대, 용서 못 해."

소녀의 중얼거림은 여름 바람에 휩쓸려서 사라졌다.

하나 더 그는 간과하고 있었다. 처음부터 시체인 줄 알았기 때문에 무시했던 모양이다. 하지만 그녀는 죽지 않았다. 마핵의 힘으로 아슬아슬하게 회복한 것이다.

여관 입구에서 쓰러져 있던 기모노 차림의 소녀 얘기다.

그녀는 벌떡 몸을 일으켰다.

그 눈동자는 별이 뜨지 않은 밤하늘처럼 공허했다. 온몸이 아프다. 머리가 무겁다. 시야가 흐릿하다. 꼭 꿈을 꾸는 것 같다. 주변은 피바다다. 인간은 왜 그렇게도 더러운 색을 띠고 있을까. 내 힘을 사용하면 좀 더 깨끗이 할 수 있는데. 깨끗하게 청소해 버릴까.

그때 소녀── 아마츠 카루라 옆에 작은 그림자가 나타났다.

카루라가 거느린 닌자 집단 '귀도중'의 수장 코하루였다.

"카루라 님. 방울이 떨어졌어."

"방울? ……아, 방울."

코하루 말에 겨우 깨닫는다. 오라버니께 받은 방울이 리스트 밴드에서 떨어져 땅을 뒹굴고 있다. 안 되지, 안 돼. 이게 어떻게 된 거지. 저게 없으면 나는 살 수 없는데.

카루라는 코하루가 건넨 방울을 장착했다.

짤랑, 시원한 소리가 울렸다.

세계가 반전한다. 새카만 눈동자에 빛이 돌아온다.

"……흐에? 어? 뭐, 뭐죠, 이건?! 꺄악, 기모노에 피가……!"

"알카의 장군이 모두를 죽인 것 같아. 피투성이야."

"코, 코하루?! 당신은 지금까지 어디 있었어요?!"

"카루라 님을 찾고 있었어."

"늦었잖아요~! 하지만 고마워요! 정말 좋아해요."

코하루를 꼬옥 껴안는다. 작은 닌자는 "더워" 하고 난감하다는 듯 얼굴을 찡그렸다.

"오오미카미 님의 서한이야. 테라코마리나 네리아를 거들며 몽상낙원으로 향해라, 래."

"뭐?" 카루라는 표정이 굳었다. "……아직 임무가 안 끝난 거예요? 그렇게 죽을 각오로 노력했는데. 아니, 그보다 진짜 죽지 않았던가요?"

"안 죽었어. ……카루라 님, 오오미카미의 명령을 수행하는
게 가신의 의무. 게다가 몽상낙원에는 천조낙토 사람도 있어.
반드시 구해야 해."

"…………."

"부탁이야, 카루라 님."

순수한 눈으로 바라본다. 저렇게 부탁하면 움직일 수밖에 없다.

아마츠 가문은 사의 일족이다. 아무리 전투가 싫더라도 장군
직을 맡은 이상은 직무를 완수할 의무가 있다. 게다가── 평화
주의자인 카루라에게 겔라 알카의 방식은 받아들일 수 없는 것
이었다. 저런 악귀나찰들은 신불이 심판해야 한다.

카루라는 방울 소리를 내며 천천히 일어났고, 코하루 머리 위
에 손을 탁 얹으며 이렇게 말했다.

"알겠습니다. 오검제로서 할 수 있는 최선을 다할게요. 나에
게는 지혜가 있어요. 싸우지 않고도 싸울 수 있다고요──. 하
지만 싸우게 되면 도와줘요, 코하루."

☆

한동안 걷자 온화한 파도 소리가 들려왔다.

내 눈앞에 펼쳐져 있는 것은 널찍한 바다. 눈부신 태양. 바다
냄새. 이런 상황임에도 가슴이 설레는 자신을 미숙하다고 평가
할 수밖에 없었다.

하지만 이런 상황에 '기왕 온 거, 해수욕이나 하지 않을래?'라고 할 만큼 나는 어리석지 않다.

이제부터 몽상낙원이라는 이름의 군사시설에 잠입해야 하니까. 도대체 일이 왜 이렇게 됐는지 잘 모르겠지만, 네리아 왈, 몽상낙원의 비밀을 포착해서 여섯 나라에 폭로하면 세계를 구할 수 있단다.

"폭로한다고 해도 어떻게? 사진이라도 찍게?"

"사진도 찍을 거지만 잡혀 있는 사람들을 구출하는 게 주목적이야. 그들은 산 증인이니까."

"매드할트 정권은 비난을 면할 수 없겠군요."

"바로 그거지. 그리고 협박하면 돼. 몽상낙원의 진실을 세계에 알리기 싫으면 군을 철수시키라고 말이지. 그렇게 철수하면 폭로해서 매드할트를 몰아넣는 거야."

앞서 걷는 네리아는 자신만만하게 그렇게 말했다. 바다를 무시하고 숲의 샛길을 걷는다. 제7부대 녀석들이 깃발 뽑기(?)를 할 때에 달려갔을 것으로 보이는 루트다.

"──커닝엄 님. 몽상낙원 앞에는 기지가 있었던 것 같은데요. 거기 겔라 알카의 부대가 기다리고 있을 수도 있을까요?"

"그러게. 아마 낙원 방어를 맡은 건 팔영장 애버크롬비. 그 녀석의 참격을 맞으면 잘게 다진 양파가 된다고들 하던데."

"코마리 님, 그쪽은 덤불이에요."

팔을 휙 잡아당겨져 진행 경로를 바꾼다.

"뭐 걱정할 거 없어. 일대일 승부라면 질 생각 없고, 애초에 정면으로 싸울 필요도 없으니까. 우리는 허를 찔러서 닌자처럼 잠입하면 돼."

그런 낙관적인 대화를 나누면서 걷고 있는데 문득, 바람에 기묘한 냄새가 섞여 있다는 걸 느꼈다.

"……왠지 피 냄새 안 나?"

"응? 하나도 안 나는데."

"저희는 흡혈귀니까요. 피에는 민감해요. ――아, 보이네요. 아무래도 애버크롬비 부대는 전멸한 것 같아요."

"""뭐?"""

빌을 제외한 세 명의 목소리가 겹쳤다. 숲을 지나자 겔라 알카 공화국의 기지가 보였다. 원래라면 애버크롬비인지 뭔지의 부대가 진을 치고 있는 것 같은데, 왠지 그들은 피투성이 시체가 되어 땅 위에 쓰러져 있다.

영문을 모르겠다. 그러나 빌은 경위를 알아챈 모양이다.

"살육전이 있었네요. 이건 아마 메모아 님 짓이겠죠."

"사쿠나가……? 여기 왔었어?"

"아니요. 제6부대는 지난 사건의 벌로서 다른 나라와 지겹도록 싸워야 했어요. 그 대부분이 겔라 알카와의 싸움이었던 것 같은데, 그때 메모아 님이 애버크롬비를 죽인 거예요. 그리고 열핵해방을 발동해서 언제든지 조종할 수 있게끔 했다고."

"…………."

와, 장난 아니네. 새삼 사쿠나의 무서움을 실감했다.

그때 나는 문득 깨달았다. 잠깐, 아주 잠깐이지만 게르트루드가 기묘하게 얼굴을 찡그린 듯했다. 산더미 같은 시체를 보고 혐오감이나 공포를 품은 느낌은 아니다. 꼭 일이 잘 풀리지 않아 초조해하는 것처럼——.

"이건 행운이네! 우리는 아무 고생 없이 몽상낙원으로 들어갈 수 있겠어. 그 사쿠나 메모아라는 아이를 내 종으로 삼고 싶을 정도인걸."

"사쿠나는 안 줘. 내 친구니까."

"네 친구라면 내 종이나 마찬가지지."

진심인지 농담인지 잘 알 수 없는 말이었다. 어쨌든 싸울 필요가 없어졌으니 안심이다. 애버크롬비 씨는 조금 불쌍하지만.

네리아는 시체를 넘어 용맹하고 과감하게 나아간다. 무인 기지를 통과하자 리조트 시설이 모습을 드러냈다. 뭐, 며칠 전에 제7부대가 미쳐 날뛴 탓에 폐허가 됐지만. 호텔이 붕괴한 탓에 잔해투성이였다. 아직 정리가 덜 끝난 것 같다.

"⋯⋯게르트루드. 지하 입구는 어디에 있을까?"

"으에에? 저, 저한테 물어보셔도——. 아, 이런 곳에 계단이 있어요."

그렇게 말한 게르트루드가 잔해를 맨손으로 치우자, 지하로 가는 계단이 나타났다. 이 무슨 괴력—— 아니, 괴력 이전에 걸리는 점이 있었다. 그 잔해 밑에 계단이 있단 걸 어떻게 안 거지? 투시 마법이라도 쓸 수 있나? 뭐 신경 써도 별수 없다.

"잘했어! 게르트루드. 지상을 폭파할 필요가 없겠네."

네리아는 척척 계단을 내려갔다. 뻔뻔스럽기 짝이 없어 보였다. 게르트루드도 주저하지 않고 그녀를 뒤따랐기에 나도 따를 수밖에 없었다.

계단의 폭은 좁다. 네리아, 게르트루드, 나, 빌 순서로 나란히 내려간다.

어둑어둑했다. 인기척은 느낄 수 없다. 어둠 안쪽에서 역한 바람이 불어 든다. 뭔가 상한 것 같은 냄새가 났다. 나는 본능적인 공포를 느끼며 빌의 팔을 붙들었다. 수치심 따위가 문제인가——, 그만큼 무서운 기운을 느꼈다.

"저기, 빌. 재미있는 얘기 해주지 않을래?"

"이번 일이 끝나면 바다에 가요. 이번에는 수영 연습이나 하죠."

"으, 응. ……저기, 왠지 답이 너무 진지한 거 아니야? 좀 더 가볍게 답해도 되는데."

"알겠습니다."

"……저기, 미래를 보는 건 써봤어?"

"사용할 타이밍이 없어요. 게다가 전류분들에게 먹일 수는 없으니까요. 그들에게 흡혈귀의 피는 독이에요. 몸이 녹슬어 버리니까요."

"그런 설정 처음 듣는데……. 그럼…… 내가 먹어야 하나. 내키진 않지만……."

"그만두세요."

단호하게 거절당했다. 너무 충격이 커서 그만 울 뻔했다.

빌은 진지한 표정으로 주변을 경계하고 있다.

그러나 내 머릿속은 흡혈을 거부당한 충격으로 가득했다.

사쿠나는 먹였으면서. 어째서. 나는 안 되는 거야……?

"……죄송합니다. 피를 싫어하는 코마리 님을 무리하게 할 수는 없거든요. 피를 주기 싫은 게 아니니까 울지 마세요. 대신 제가 빨아드릴게요."

"안 울었어!! 이봐, 빨려고 하지 마, 저리 가!"

빌은 무표정인 채로 "죄송합니다" 하고 다시 사과했다. 왠지 조금 마음이 놓였다.

아니, 안심할 필요도 없지. 딱히 이 녀석 피를 안 먹어도 죽는 건 아니니까. 아무 문제 없지——, 그렇게 생각했지만 미래를 안 보면 죽을 가능성이 커질 테니 큰 문제다. 나는 결심하고 빌의 손목에 입술을 대려 했지만, 빌이 그런 내 입술을 검지로 막으며 "안 돼요?" 하고 저지했다. 수치심에 얼굴이 후끈거린다. 피망은 먹이려고 하면서 피는 안 되나 보다. 잘 모르겠다.

그러는 사이 지하실에 도착했다.

갑자기 네리아가 소리를 질렀다.

"사람이 있어. 여기가…… 몽상낙원이구나."

"윽……."

난 충격받은 나머지 빌의 팔에 매달렸다.

그곳은 아주 넓은 감옥이었다. 반쯤은 예상하고 있었지만——, 뮬나이트 궁전의 정원보다 더 넓은 공간 곳곳에 수많은 감옥이 있었다.

그리고 그 안에는 역시 수많은 사람이 갇혀 있었다.

전류종이 많다. 그러나 그 이외의 종족도 드문드문 보였다.

그들은 축 처진 채 감옥 안에서 몸을 웅크리고 있다. 그러나 갑자기 나타난 난입자를 발견하고는 거품을 물며 격자에 매달렸다.

"너는! 네리아…… 네리아 커닝엄 아니냐?!"

곳곳에서 사람들이 웅성거렸다. 시선이 우리 쪽으로 쏠린다.

네리아는 긴장한 표정으로 한 감옥으로 다가갔다.

"내가 네리아야. 안심해, 구하러 왔으니까."

"빨리 도망쳐! 이런 데 있으면 죽어!"

"당신…… 분명 지난달쯤에 매드할트를 비판하다가 잡힌 연설가지? 여기서 무슨 일이 벌어지고 있는 거야? 몽상낙원이 대체 뭔데."

"그건…….." 남자는 분하다는 듯 눈을 가늘게 내리뜨며 고개를 숙였다. "자세한 건 나도 몰라. 이 층에 있는 건 수용된 지 얼마 안 된 사람들이거든. 하지만 녀석들은 잡혀 온 사람들을 마음대로 다루고 있어. 강제로 노동을 시킨다, 뭐 그런 단순한 얘기가 아니야…….. 인체실험이지. 이걸 봐."

그렇게 말한 남자는 자기 팔을 내밀었다. 그곳에는 생생한 상처 자국이 남아 있다.

"마핵의 회복 속도를 재는 실험이라더군. 여기 있는 사람들은 매일 놈들에게 당하고 방치돼. 통증을 참으면서 가만히 기다리는 거야…….. 회복이 되길 말이지."

보아하니 다른 사람들도 상태가 심각해 보였다. 곳곳이 찢어진 살을 드러낸 사람, 피투성이가 돼서 쓰러진 사람, 심장을 압

박당해 시체가 된 사람——. 나는 구역질을 했다. 장군이 된 후로 사람이 엉망으로 다치는 모습은 지겨울 정도로 자주 봤다. 하지만 이건 비정상이다. 단순한 전쟁에서는 있을 수 없는 악의의 증거가 거기 있었다.

"우리 아버지는—— 전 국왕은, 어디 있지?"

"글쎄. 좀 더 안쪽에 있을 것 같은데……. 너무 희망은 갖지 않는 게 좋을 거야."

네리아의 얼굴에 동요의 빛이 떠오른다. 그러나 힘껏 쌍검 자루를 움켜쥔다.

"당신들은 내가 구할게. 레인즈워스도 매드할트도 날려버릴 거야."

"그만둬……! 레인즈워스는 눈이 붉게 빛난다고! 아무리 너라도……."

"약해지지 마! 이 내가 알카를 바꿔놓겠어! 그러니까 잠자코 날 따라!" 그리고 네리아는 나를 돌아봤다. "코마리! 나는 다른 층도 보고 올게. 겔라 알카의 악행을 눈에 새겨둬야 하거든——. 가자, 게르트루드."

말릴 새도 없었다. 네리아는 게르트루드를 거느리고 대형 홀 안쪽으로 달려간다.

아무것도 못 한 채 굳어 있는 내 손을 빌이 잡았다.

"코마리 님, 적지에서 따로 행동하면 위험해요. 커닝엄 님을 쫓아가죠."

"으, 응……."

지하 2층으로 내려가니 더욱더 지독한 광경이 펼쳐졌다.

벽에는 수많은 무기가 걸려 있다. 평범한 무기가 아니다——.
신구다.

복도 좌우에는 감옥이 있다. 수용된 사람들은 대강 봤을 때 젊은이가 많고, 대부분이 10대 혹은 20대의 남녀다. 온몸이 상처투성이고 목숨이 간당간당하게 붙어 있다. 그러나 위층에 잡혀 있던 사람들과 다른 점이 있다면 그들 몸에 있는 상처가 심상치 않다는 점이었다.

마핵에 의해 회복될 기색이 없다. 저건 신구로 만든 상처다.

"웃기지 마. ——웃기지 마, 웃기지 마, 웃기지 마!!"

네리아가 분노를 드러내며 외쳤다. 분명 웃기지 말라는 말밖에 안 나오는 광경이었다.

빌이 주위를 관찰하면서 말한다.

"……아무래도 여기선 신구로 실험을 하고 있었나 보네요."

"실험이란 게 뭔데. 남의 몸을 상처 입히는 데 무슨 의미가 있나?"

"신구에 당한 사람은 드물게 정신이 진화해서 '열핵해방'을 획득하기도 한다나요. 메모아 님이 그러셨던 것 같아요."

"왜 그런 짓을……."

"——간단해. 열핵해방은 발동만 해도 대지를 뚫고 별마저 움직이는 힘을 가질 수 있지. 매드할트가 이걸 원하는 이유는, 이 힘으로 세계를 독점하고 싶어서일 거야. ……어쨌든 열쇠를 찾자. 사람들을 구해야 해."

네리아가 분하다는 듯 그렇게 말하더니 걸음을 뗐다.

나는 거의 망연자실한 상태였다. 상처투성이 인간. 곳곳에 나뒹구는 시체. 이런 짓을 할 사람이 이 세상에 있을 줄 몰랐다. 정의감에 사로잡힌 게 아니다——. 그저 슬펐다. 결국 나는 세상의 도리조차 모르는 은둔형 외톨이 흡혈귀에 불과했던 거다.

"……빌. 매드할트는 왜 세계정복을 하고 싶어 할까?"

"모르겠네요. 저는 코마리 님의 마음조차 모르니까요."

난 네리아의 뒷모습을 바라보았다. 거대한 악에 맞서려는 그녀가 눈부셔 보였다. 우는소리 할 때가 아니다——. 나도 할 일을 해야 한다. 그렇게 생각하며 그녀를 뒤쫓으려 했을 때, 문득 깨달았다.

게르트루드가 뒤로 열쇠 다발 같은 것을 들고 있었다.

그녀는 싱글벙글 웃으면서 입을 열었다.

"네리아 님. 열쇠라면 여기에 있어요."

"어? ……어라."

네리아는 경악하며 자기 메이드가 든 열쇠 다발을 바라봤다.

"어디서 난 거야? 이거?!"

"저기 떨어져 있었어요."

"다행이다! 이제 사람들을 구할 수 있어……."

게르트루드는 미소를 무너뜨리지 않는다. 나는 뭐라고 형용할 수 없는 위화감을 느꼈다. 이 메이드는 늘 감정 표현이 풍부했다——, 하지만 지금은 다르다. 인위적인 미소만이 희미한 어둠 속에 부각된다. 게르트루드가 중얼거리듯이 말했다.

"——구할 필요가 있을까요?"

"무슨 소리야? 당연하잖아. 어쨌든 열쇠를 이리 줘."

"그들은 알카에게 반기를 든 사람들이에요. 대통령님의 화를 돋운 멍청한 매국노라고요."

"뭐?——."

"이 열쇠는, 가두기 위한 열쇠예요."

열쇠 다발이 메이드의 손에서 떨어져 짤랑거리는 소리를 낸다.

네리아의 시선이 바닥에 고정되었고——, 그리고 나는 놀라운 광경을 보았다.

게르트루드의 단도가 네리아의 옆구리에 꽂혔다.

붉은 피가 바닥에 뚝뚝 떨어진다.

네리아는 악몽에 시달리는 사람처럼 자기 메이드를 올려다본다.

"어, 째서……? 너는."

"저는 게르트루드. 제8부대 대장, 게르트루드 레인즈워스."

네리아가 풀썩, 하고 무릎을 꿇으며 쓰러졌다. 배를 누른 채로 괴로운 듯 그 자리에 쓰러진다.

영문을 모른 채 굳어 있는 나에게로 게르트루드가 달려든다. 손에는 새빨갛게 물든 단도가 있다. 살기조차 느낄 수 없는 매끄러운 동작으로 메이드가 다가온다.

"코마리 님!"

갑자기 시야가 새하얘졌다. 빌이 쿠나이를 들고 내 앞에 나선 것이다.

그러나 게르트루드의 일격은 강렬했다. 벌처럼 날아든 공격이 쿠나이를 튕겨낸다. 그 틈을 노리고 날아든 돌려차기가 빌의 복부에 명중했다.

"윽." ──빌의 몸은 바람에 흔들리는 나뭇잎처럼 날아갔다. 바닥에 짙은 핏자국이 남는다. 게르트루드의 구두 끝에 금속 칼날이 붙어 있었기 때문이다.

나는 아무것도 하지 못한 채 멀뚱멀뚱 서 있었다.

네리아는 쓰러져 있다. 빌도 괴로운 표정을 지으며 일어나지 못한다.

그리고 게르트루드는── 평소처럼 싱글벙글 웃고 있었다. 너무 이상하다.

"테라코마리 건데스블러드. 당신의 피는 겔라 알카의 주춧돌이 될 거예요."

담담한 대사와 함께 가차 없이 주먹이 날아왔다. "크흑." ──배를 강하게 맞고 잠깐 의식이 아득해졌다. 그래도 어떻게든 버텨냈지만 눈앞에 구두가 있다.

뇌가 흔들렸다. 천지가 회전하고 있다.

나의 몸은 너무나도 쉽게 날아갔고 옆에 있던 감옥의 철창에 쾅! 하고 몸을 부딪쳤다. 겨우 얼굴을 걷어차였다는 걸 알았다.

아프다. 온몸이 아프다──. 왜 이런 일이.

"──겨우 따라잡았군, 네리아."

갑자기 남자 목소리가 들렸다.

복도 안쪽── 몽상낙원 입구 쪽에서 겔라 알카의 군복을 입은 전류가 모습을 드러냈다.

팔영장 파스칼 레인즈워스. 네리아를 괴롭히는 공화국의 앞잡이다.

따라잡히고 만 것이다. ……아니, 잠깐. 여기 이 녀석이 있다면 사쿠나나 델피네, 제7부대의 대원들은.

"레인즈워스?! 어떻게 된 거야, 이건……."

네리아는 배를 누른 채 웅크리고 앉아 있다. 빌도 게르트루드의 일격에 완전히 다운, 정신을 잃고 바닥에 쓰러져 있었다. 나도 간신히 일어서려 했지만, 발밑이 휘청거려서 그 자리에 끄러지고 말았다. 안 돼. 아파서 꼼짝할 수 없다.

레인즈워스는 섬뜩한 미소를 띠며 다가온다.

"——유감이로군, 네리아. 그 녀석은 내 여동생이야. 쭉 널 감시하고 있었지."

네리아가 숨을 집어삼켰다. 그 말의 진위 여부는 알 수 없다. 그러나 레인즈워스의 말은 그녀의 지금까지의 세계관을 통째로 뒤집을 만한 위력을 숨기고 있었음이 분명했다.

앞에는 팔영장 레인즈워스. 그리고 후방에는 검을 겨눈 게르트루드.

절체절명이었다.

☆

성채도시 폴은 쥐 죽은 듯 조용했다.

격렬한 시가전 탓에 거리는 무참할 정도로 파괴되었지만 이미 적은 찾아볼 수 없다. 전류나 창옥이나 수인들은 흡혈귀의 마법에 한 명도 남김없이 고깃덩어리로 변했으며, 마핵으로 부활해도 날뛰지 못하게 감옥에 가둬두었다.

"——백극 연방 녀석들은 뮬나이트의 저력을 알아볼 생각이었나 보군. 포로를 인질로 삼아 휴전을 요구하면 십중팔구 응하겠지."

잔해 위에 걸터앉으면서, 황제가 기가 막힌다는 듯 그렇게 말했다. 조금 전까지 제국 재상과 논의 중이었는데 결론이 난 모양이다. 광석 너머에서 당황하는 재상에게 '5초 이내에 해라', '우는소리 하지 마라', '못 하겠다면 코마리의 친권을 빼앗겠다'라고 협박하던 모습이 인상적이었다. 프레테는 그녀에게 커피가 든 컵을 건넸다.

"저력을 알아본다…… 라는 게 무슨 뜻인가요?"

황제는 "고마워" 하고 컵을 받아들었다.

"우리가 유사시에 어떻게 대처하는지 확인하고 싶었던 게지. 건방진 것들."

"하지만 카렌 님의 적절한 판단 덕에 적은 확실히 처리했어요."

"너무 띄워주지 마라. 상으로 오늘 저녁은 내가 사마. ——하지만 백극 연방 녀석들은 분명 손을 놓고 있었어. 예를 들어 포로가 된 그 계집, 이름이 뭐랬지?"

"프로헤리야 즈타즈타스키 장군 말인가요? 발로 감아서 감옥에 처넣었습니다. 포로 주제에 뻔뻔스럽게도 보르시와 피로스

키를 요구하고 있는데요."

"감자라도 줘라. ——전투할 때 녀석은 지시를 내릴 뿐, 제대로 싸우지 않았어. 다른 장군도 마찬가지야. 아마도 백극 연방 서기장에게 그런 명령을 받았겠지. 즉 처음부터 창옥 녀석들은 뮬나이트를 어찌할 생각이 없었다. 한다고 해도 겔라 알카가 아닌 자기들이 주도해야 한다, 그렇게 생각하고 있겠지."

"그렇군요. 그럼 라페리코 왕국은?"

"군을 내보내지 않으면 바나나를 수출하지 않겠다고 협박한 것 같더군. 그 왕국에서는 지금 초식파와 육식파가 치열한 싸움을 벌이고 있어서. 육식파 사람들은 '바나나 따위 필요 없다'라며 알카의 협박에 굴하지 않는 것 같은데, 초식파 사람들에게는 통한 것 같아. 이번에 폴을 공격해 온 것은 초식 동물뿐이었지? 결국 그들의 진군은 라페리코 왕국 정부의 결단이 아니야. 일부 초식 동물이 바나나에 눈이 멀어 폭주한 것뿐이지. 뮬나이트가 바나나를 팔겠다고 하면 얌전해질걸."

"다른 세상 이야기 같네요."

"다른 세상이니까……." 황제는 웃었다. "——그럼 우리 목표는 달성했군. 이제 코마리가 몽상 낙원의 비밀을 폭로해 준다면 매드할트에게 희망은 없어."

"건데스블러드 씨가 할 수 있을까요? 지금부터 제가 출진해도 되는데요."

"그럴 필요 없다. 코마리뿐만 아니라 네리아나 카루라도 있으니까. 자, 이제 느긋하게 좋은 소식이 들려오길 기다리면 되겠지. 궁전 녀석들에게 연회를 준비하라고 할까."

황제는 그렇게 말하며 크게 기지개를 켰다. 앞가슴이 드러나 있어서 조금 가슴이 뛰었다. 아니, 그런 건 아무래도 상관없다. 프레테는 상황을 되돌아본다.

겔라 알카의 패배는 확정되었을 것이다. 팔영장이 폴까지 공격해 올 가능성은 한없이 낮고, 알카의 수도에서는 대통령의 퇴진을 요구하는 데모가 일어나고 있다나 보다. 이미 적들에게 반격의 여지는 없겠지, 그렇게 프레테가 낙관적으로 생각하고 있는데.

"폐하! 속보입니다!"

전령을 맡고 있는 흡혈귀가 달려왔다. 황제는 긴장한 표정으로 잔해에서 일어났다.

"왜 그러냐. 알카가 항복이라도 했나?"

"아닙니다. 겔라 알카의 군대가 이쪽으로 오고 있습니다."

"끝까지 싸울 생각인가. 하지만 남은 오합지졸들로는 상대가 안 될 텐데."

"아뇨, 5천 명의 군사가 오고 있습니다⋯⋯."

"네??" ──무심코 입을 연 사람은 프레테이다. 전령은 송구하다는 듯 손을 떨면서 말을 이었다.

"잘못 본 게 아닙니다. 겔라 알카 본국에서 온 것으로 보이는 5천 명의 군사가 핵 영역의 초원을 지나고 있습니다. 근처의 '문'은 파괴해서 바로 오지는 못하겠지만요."

"거짓말하지 말아요! 알카에는 여덟 부대밖에 없을 텐데요!"

"하, 하지만. 이미 뮬나이트와 천조낙토의 직할 도시가 여럿 함락된 것 같습니다."

"뭐라고요……?!"

그때 통신용 광석이 빛을 발했다. 겔라 알카 공화국 대통령과의 핫라인이다. 황제는 침착한 손놀림으로 마력을 담아 응답한다.

남자 목소리가 주변에 울려 퍼진다.

[안녕하신가, 뮬나이트 제국 황제 폐하. 슬슬 눈치챘을 텐데?]

"호오, 살아 있었나. 상당히 끈질기군."

[그까짓 열핵해방으로 내가 죽을 리 있나. 페트로즈 카라마리아 따위는 나를 죽일 수 없어.]

"대체 무슨 용건이지? 포로가 된 장군을 돌려받고 싶다면 사과해라. 전쟁을 일으켜서 미안하다고."

[포로 따위는 필요 없다. 나는 항복을 권고하기 위해 연락한 거야.]

광석 너머에서 웃는 기척이 났다.

[뮬나이트 제국과 천조낙토에 미래는 없다. 이대로 전쟁을 계속하면 불행한 결과가 찾아오겠지——. 그래서 하는 말이야. 백성을 위하는 마음으로 내 요구를 받아들여라. 마핵이 있는 곳을 말해.]

"여러 번 말하게 하지 마. 알려줄 리가 있나. 네놈의 야망은 뮬나이트의 장군이 끝장낼……."

[안타깝군, 황제 폐하. 흡혈귀 따위는 결국 열등한 종족. 내가 이끄는 최강의 전류에 당해낼 턱이 없는데. 약자는 강자에게 지

배당하는 게 세상의 이치——, 순순히 우리의 지배에 따르는 게 어떨까?]

프레테는 가만있을 수 없었다. 굽 소리를 크게 내면서 황제 옆에 바싹 붙어선 그녀는 황제가 든 통신용 광석을 향해 크게 호통쳤다.

"본색을 드러냈군요, 폭군! 당신같이 비열한 인간에게 뮬나이트 제국은 굴복하지 않아요."

"이봐, 그만해. 프레테. 너무 도발하면 이 남자는 화가 나서 더 폭발할 것 같거든."

"그렇다면 좀 더 도발해 드리죠——. 백성들은 당신을 매우 싫어하는 것 같던데요! 수도에서 데모나 테러 같은 게 빈발하고 있는데, 이건 어떻게 생각하시죠?! 백성이 싫어하는 위정자 따위는 존재할 가치조차 없어요! 당신은 카렌 엘베시아스 황제 폐하의 발끝에도 못 미친다고요! 그냥 죽어요, 이 고철 같으니!"

[흥, 재미있는 부하를 데리고 있군. 하지만 조금 시끄러운걸. 프레테인지 뭔지는 생포해서 몽상낙원에 가둬두고 조련해야겠어.]

"뭐라고요——?"

"짐의 귀여운 부하들을 건드릴 셈이냐? 그렇게 둘 것 같아?"

[참 웃기는군. 너의 귀여운 부하들이 어떻게 됐는지도 모르고 말이야.]

그렇게 말한 매드할트는 마력을 출력해 사진을 보내 왔다.

허공에 비친 것은 웬 도시의 모습이었다.

그건 틀림없이 황제가 말했던 '귀여운 부하들'이었다. 피 웅덩이에 빠져 있는 뮬나이트 제국군의 흡혈귀들이다. 그리고 칠흉천 대장군 델피네와 사쿠나 메모아까지.

엄청난 충격에 이성을 유지할 수가 없었다.

옆에 있는 황제의 안색이 점점 험악해진다.

[항복을 받아들이지 않을 경우, 이자들에게 벌을 주도록 하지. 그래——, 먼 옛날 요선향에는 능지처참이라는 벌이 있었다던데. 신체 일부를 나이프로 하나하나 도려내 장시간 고통을 맛보게 하는 잔혹한 형벌이야. ——뭐 걱정하지 말도록, 마핵이 있으니까 죽지는 않겠지.]

"카렌 님! 지금 당장 구하러 가죠."

[구하려고 해도 소용없어. 우리 정예 부대가 이미 너희를 처리하러 출동했으니까. 뮬천 동맹에 남은 길은 단 하나, ——항복하고 우리의 노예가 되는 것. 그것뿐이다.]

"바보 같은 소리! 정예 부대는 무슨! 허세일 게 뻔해요……!"

['진짜 전쟁'에 대비해 비밀리에 군대를 증강해 두는 건 당연하다고 본다만.]

"뭐……, 그럼, 정말로, 5천 명의 군사가…….."

[그래. 겔라 알카의 장군은 팔영장이 아니다.]

매드할트는 나지막이 이렇게 말했다.

[5천 팔영장이지.]

뚝, 황제가 통화를 끊었다.

그 후로 그녀는 아무 말이 없다. 오가는 병사들의 잡음만이 귀에 들어온다. 참다못해 프레테는 안색을 살피듯이 물었다.

"카렌 님. 어떻게 할까요? 제가 상대할까요……?"

"그럴 필요는 없어."

단호한 어조다. 그녀는 프레테의 머리에 툭 손을 얹으며 이렇게 말했다.

"5천 명의 군사 따위는 그야말로 오합지졸이야. ——하지만 매드할트 대통령과 이야기할 필요는 있겠어. 녀석이 어떤 인물인지, 내 눈으로 확인해 둬야 하니까."

"저기, 어디로."

"바로 돌아간다. 폴을 맡기마, 프레테."

그 순간 무시무시한 천둥소리가 대지를 뒤흔들었다.

아무 전조도 없었다. 프레테의 시야는 순식간에 하얗게 물들었다. 확산하는 열파에 온몸에 무시무시한 충격이 퍼진다. 무심코 엉덩방아를 찧고 말았다. 심한 이명이 들린다. 주변을 돌던 마스카렐 대 사람들도 그 엄청난 사태에 비명을 질렀다.

그 잠깐 사이 흰 빛이 사라졌다.

그렇게 황제의 모습도 사라졌다는 걸 알았다.

"카렌 님……?"

남겨진 것은 새카맣게 탄 잔해더미와 산산조각 난 통신용 광석.

프레테는 놀랐다.

황제는 적의 총대장을 찾아간 것이다. 프레테가 마지막으로 본 것은—— 평소 괴짜에 태연자약한 황제 폐하에게 어울리지 않게 조용한 분노를 가득 띤 눈. 그 강력한 모습이 프레테의 머릿속에 새겨진 채 떠나가지 않았다.

☆

사실을 인식하는 걸 머리가 거부하는 걸지도 모른다.

그러나 게르트루드가 배신했다는 것만은 분명한 사실이었다. 조종당하는 기색은 없다. 네리아가 배를 찔린 것도, 빌이 싸울 수 없는 상태가 된 것도, 내가 걷어차인 것도, 다 이 메이드의 뜻임이 분명했다.

"──헛수고예요, 네리아 님. 칼날에 독을 발라두었거든요. 곧 꼼짝할 수 없게 되겠죠."

"게르트루드……! 너, 어째서."

메이드는 대답하지 않았다. 대신 레인즈워스가 사악한 미소를 지었다.

"바보구나, 네리아. 이 녀석은 널 감시하는 스파이였어. 그런데 그걸 5년 동안 몰랐다니……. 멍청한 것도 어느 정도가 있어야지."

"거짓말……! 저 애는 내 편이야! 그렇지, 게르트루드!"

"……네, 저는 네리아 님, 편이에요."

"아니지, 게르트루드."

레인즈워스가 게르트루드의 어깨 위에 손을 얹었다. 전류의 메이드는 살짝 굳은 표정을 지었다. 그러나 곧바로 감정을 억누른 듯이 미소 지었다.

"제가 실수했네요. 저는 네리아 님 편이지만 지금은 적입니다."

네리아가 경련하는 듯한 소리를 냈다.

"저는 파스칼 레인즈워스의 여동생입니다. 오라버니의 지시로 쭉 네리아 님의 메이드로 일해왔죠. 그리고—— 겨우 네리아 님을 단념시킬 날이 온 겁니다."

"단념시켜……."

"계속 옆에서 보면서 생각했어요. 주변 사람들에게 험담이나 듣고 아무리 노력해도 보답받지 못하고, 쓸쓸함에 떠는 나날……. 이런 날들이 계속되면 네리아 님은 망가져 버리겠죠. 그러니까…… 네리아 님은 무리한 야망을 버리고 평온하게, 무사하게 사셔야 해요."

"으……!"

네리아는 무시무시한 기세로 게르트루드에게 달려들려고 했다. 그러나 무릎을 털썩 꿇고 말았다. 독이 돌기 시작한 것이다. 레인즈워스는 익살맞게 휘파람을 불었다.

"오—. 무섭기도 해라~. 애버크롬비 대가 당한 걸 봤을 때는 어떻게 되려나 했는데, 이게 다 게르트루드의 공훈이로군. 굳이 내가 결정타를 날릴 필요도 없겠어."

"나, 나는……! 나는 너희에게 지지 않아! 아직 수가 남았다고!"

"안 남았어. 아쉽게도 안 남은 것 같은데."

레인즈워스는 성큼성큼 네리아 쪽으로 다가왔다.

분홍빛 머리카락을 부드럽게 쓰다듬으며, 파충류 같은 눈으로 그녀의 얼굴을 노려본다.

"그 '수'라는 게 뮬나이트 제국과 천조낙토 녀석들인가? 놈들이 겔라 알카의 군을 처리해 줄 거라는 희망적 관측이겠지? 하지만 그건 현실이 될 수 없어. 흡혈귀도 화혼도 전류의 군에게 유린당할 테니까. 이건 결정된 사항이야."

"자, 잠깐……. 무슨 뜻이야?! 다들…… 설마, 진 건가……."

나는 무심코 소리쳤다. 레인즈워스가 시시하다는 듯이 코웃음을 쳤다.

"지금부터 그렇게 되겠지. 성채도시 폴로 겔라 알카가 숨겨뒀던 군사 5천 명이 향하고 있거든. 연이은 격전에 힘을 소모한 뮬천 동맹은 우리 군을 상대할 수 없을걸."

"그런 얘기는 처음 들어. 알카에는 여덟 부대밖에 없을 텐데."

"너에게는 비밀로 했으니까. 그 5천 명은 몽상낙원에서 교육받은 전류들이다. 원래는 정권에 대항한 죄인들이었지만, 지금은 완전히 순종적인 종이 됐지."

영문을 모르겠다. 5천의 군사──, 그런 게 실존한다고 볼 수 없었다. 하지만 단순한 허세 같지도 않다. 레인즈워스의 태도는 너무나도 여유로웠다. 자기들이 승리할 것이라고 믿어 의심치 않는 절대적인 자신감으로 가득했다.

그럼. 정말, 뮬나이트 제국은 절체절명의 위기에 처한 건가……?

"──그렇게 된 거야, 네리아. 넌 이제 아무것도 할 수 없어. 괜한 생각하지 말고 매드할트 대통령님 곁에서 번영을 누리면 되잖냐. 그분은 전류에 의한 전류를 위한 이상향을 만들 생각이야. 내가 진언하면 거기 네리아 너를 넣어주실 수도 있어."

"다, 당연히 무리지. 왜냐면, 나는 매드할트를 쓰러뜨리고……."

"대통령님은 세계 평화를 목표로 하고 계셔. 너의 이상과 전혀 다를 게 없다고."

"아니야! 난 좀 더 다른 방법으로……! 그, 그래. 사람이 사람을 위해 행동하면, 세계는 평화로워질 거라고, 선생님도 그러셨어……."

"어렵게 생각할 것 없어. 모든 고통으로부터 해방될 거야——. 무리한 꿈 따위 버리고, 내 여자가 돼라."

레인즈워스의 손가락이 네리아의 아래턱에 얹혔다.

네리아는 일말의 희망을 잃은 듯한 눈으로 침묵하고 있다. 분명 상황은 최악이었다. 매드할트는 5천 명의 군사로 폴을 공략하려 하고 있다. 그게 사실이라면 방어 그룹이 어찌할 방도는 없다. 나나 네리아 자신도 절체절명의 위기다.

하지만—— 그렇다고 해서, 포기할 수는 없었다.

나는 네리아 커닝엄의 사정도, 겔라 알카 공화국의 사정도 자세히는 모른다.

하지만 이 녀석들의 행동은 잘못됐다. 자기 이익을 위해서 남을 아무렇지 않게 상처 입히는 인간에게는 지고 싶지 않다. 남의 노력을 비웃는 그런 바보들에게 질 수는 없다.

"……뮬나이트는 지지 않아."

"앙?"

레인즈워스가 나를 노려보았다. 움츠러들어 있을 때가 아니었다.

"뮬나이트는 지지 않아! 네리아의 꿈도 끝나지 않았어! 너희 같은 바보들 때문에 망할 것 같냐고!"

"이게 재미있는 말을 다 하는군——. 누가 바보라고, 아앙?"

"네가 바보라고. 엄마도 그랬어——. 남을 도구로만 보는 녀석들에게 미래는 없다고. 난 실제로 그런 놈이 파멸하는 걸 본 적이 있어!"

"그래서 어쩌라고! 전류 말고는 모두 노예가 되어야 해! 세상은 그렇게 되어 있어! 열등한 흡혈귀인 네놈에게 그딴 소리 들을 이유가 없다고!"

"그렇게 깔보는 태도가 짜증 난다는 거야! 그러니까 네리아에게 미움받지!"

"뭐? ——미, 미움받든 말든 상관없어! 나는 힘으로 모든 걸 갖겠다! 뮬나이트도 천조낙토도, 네리아의 마음도 말이지!"

"네리아는 강한 아이야. 너 따위에게 굴복할 리 없어——. 애초에 힘으로 굴복시켜서 손에 넣는 건 야만인이나 할 짓이잖아! 너는 침팬지만도 못한 야만인이야!"

"뭐……, 라고……? 이게."

"빨리 네리아에게 미안하다고 하고 꺼져! 이 착각쟁이야!"

"이, 계집이———————————!"

입에서 숨을 토해냈다. 배를 힘껏 얻어맞은 것이다.

그것만으로 끝나지 않았다. 흥분한 레인즈워스는 주먹으로 여러 번 내 몸을 후려갈겼다. 둔한 통증이 계속해서 온몸을 덮친다. 점점 통각이 마비된다.

"나는, 지지, 않."

"시끄러워! 이 더러운 흡혈귀 주제에!"

안면에 발차기가 꽂혔다. 뇌가 흔들리면서 순간적으로 세상이 캄캄해졌다.

머리가 징징 울린다. 입과 코에서 흘러넘친 피가 뚝뚝, 하고 바닥에 떨어진다. 뒤늦게 통증이 온몸을 덮쳤다. 눈에서 눈물이 흘러내린다. 아프다. 너무 아프다.

하지만 나는 굴복할 수 없었다. 이런 비열한 남자에게는, 절대로——.

"——레인즈워스! 코마리에게 손대지 마!"

바닥에 납작 붙은 채로 네리아가 외쳤다.

레인즈워스의 손이 멈추었다. 날카로운 시선이 네리아를 꼬치처럼 꿰뚫는다.

"네리아……, 무슨 말을 하는 거야? 이 녀석은 흡혈귀 주제에 겔라 알카를 거스른 어리석은 녀석이야. 죽이는 것만으로는 부족하다고——. 몽상낙원에서 평생 모르모트로 써줘야 해."

"그렇게는 안 돼! 그 녀석은 내……, 내 소중한 사람이니까."

"소중한 사람? 웃기지 마. 흡혈귀 따윈 전류의 노예일 텐데."

"윽——. 네가, 뭘 안다고!!"

네리아가 품에서 작은 단도를 꺼내어 던졌다.

저릿한 팔로는 통제가 잘 안 되는지 칼날이 레인즈워스의 심장을 관통하진 않았지만, 뺨의 피부를 살짝 찢으며 후방으로 날아갔다.

"——하."

그의 뺨에서 피가 주르륵 흐른다. 완전한 기습이었겠지. 도마뱀처럼 생긴 전류는 갑작스러운 사태에 머리가 따라주지 않는지 정신이 나간 것처럼 멍하니 서 있었다——. 그리고 머리로 이해한 순간 절규가 메아리쳤다.

"우——, 웃기지 마아아아아아아아아아아아아아아아아아아아앗!!"

힘껏 날린 발차기가 네리아의 배를 친다. "윽——." 네리아의 몸은 공처럼 굴러 감옥 벽에 부딪혔다. 레인즈워스는 봐주지 않았다. 귀신 같은 형상으로 쓰러진 그녀에게 다가가더니 분홍빛 머리카락을 잡아당기며 큰 소리로 마구 소리쳤다.

"너도 나한테 저항하는 거냐! 너는 내 거야! 순순히 따르면 될 걸——, 왜 저항하는데! 죽고 싶냐, 엉?"

"나는 결심했어……. 알카를 바꿔놓기로! 혼자서는 힘들 수도 있지만, 코마리와 함께라면 뭐든 가능해! 매드할트를 날려버릴 수도 있다고!"

"적당히 해! 무리라고 하잖아!"

레인즈워스가 네리아의 배를 걷어찼다. 잠자코 있을 수는 없었다.

"그만해! 더는 네리아를 함부로 대하지 마!"

"닥쳐, 흡혈귀!"

회전하면서 날아든 단검이 내 어깨를 스쳤고, 군복 아래의 피부가 버터처럼 찢겨나가며 피가 튀었다. 어깻죽지에서 지끈지끈 통증이 느껴진다. 아픈 나머지 제대로 설 수조차 없었다. 레인즈워스가 네리아를 내던지고 검을 뽑았다.

"너 때문이야. 네놈이 네리아에게 괜한 희망을 준 탓에……. 꺾일 듯이 꺾이지 않잖아. 다 네 탓이야……. 여기서 죽여 주마……."

아무 수가 없었다. 빌은 일어날 기미를 보이지 않는다. 네리아도 마비 독 때문에 자유롭게 움직일 수 없다──. 그 이전에 절망스러운 표정을 띠며 굳어 버렸다.

분하다. 이런 데서 죽는다니 분하다──. 그렇게 이를 악문 순간.

"──뭐 하는 거야?"

뼛속까지 스며드는 듯한 한기를 띤 목소리였다.

전원의 시선이 한 곳에 집중됐다.

그곳에는 소녀가 서 있었다. 백은색 머리카락에 마른 피가 달라붙어 검붉게 물들었다. 옷은 누가 날붙이로 난도질했는지 너덜너덜해졌지만, 상처 자체는 낫기 시작한 듯했다.

창옥의 특징을 물려받은 흡혈귀, 사쿠나 메모아였다.

그녀는 얼어붙을 듯한 분노를 띤 눈으로 레인즈워스를 노려봤다.

꼭 유령 같은 모습이었다.

"……코마리 씨, 다치신 건가요? 누가 이랬죠? 역시 거기 있는 전류인가요? 우리만으로는 만족하지 못하고 코마리 씨까지 다치게 한 건가요?"

쩌적, 그녀의 발밑에 흩어져 있던 누군가의 피가 얼어붙었다.

흥분한 탓에 마력이 몸에서 넘쳐 나온 것이다.

"사쿠나?! 어떻게 여기에……."

"코마리 씨를 뒤쫓아 왔습니다. 다행이다. 늦지 않아서."

"하, 하지만 너, 안 다쳤어?!"

"별거 아니에요. 코마리 씨의 고통에 비하면."

사쿠나는 왼손으로 들고 있던 오른손을 오른쪽 손목에 푸욱!
꽂아 넣었다. 차디찬 얼음의 마력과 마핵의 힘에, 절단돼 있던
오른손이 순식간에 연결되었다. 나는 비명을 지를 뻔했다. 하지
만 그 이상으로 큰 반응을 보인 것은 레인즈워스다.

"네놈…… 살아 있었나!"

"코마리 씨를 괴롭히는 사람은 용서 못 해요."

"열등 종족을 괴롭히는 게 뭐 잘못이라고!"

"열등 종족……?"

사쿠나의 눈동자에서 온기가 사라졌다. 그녀에게서 새어 나온
흰 냉기가 바닥을 긴다.

"그런 말 하는 사람은 싫어요. 세상에 열등한 종족은 없습니다.
흡혈귀도 창옥도 전류도 모두 같아요. 그걸 이해하지 못하고 자
만하는 사람은 반드시 파멸합니다. 남을 도구로만 보는 그런 착
각쟁이 씨는── 다, 얼려버리겠어요."

사쿠나가 즉시 발을 내디뎠다. 거대한 지팡이를 휘두르며 덤
벼드는, 마법사라고 볼 수 없는 전투 스타일. 그러나 그녀의 공
격은 레인즈워스에 닿지 못했다.

게르트루드가 끼어들어 검으로 받아친 것이다.

"──오라버니에게 손대게 둘 수 없어요."

"비키세요! 그 전류는 제가 쓰러뜨릴 거예요!"

사쿠나와 게르트루드의 충돌 때문에 생긴 불꽃이 별처럼 흩어진다. 무기와 무기가 격렬하게 부딪치는 고음이 감옥에 울려 퍼졌고, 응축된 살의가 곳곳에 확산되었다. 사쿠나가 구하러 와준 건 기쁘다. ──하지만 넘치는 박력이 심상치 않아서 뭐라고 할 말이 없었다. 사쿠나는 격노해 있었다. 더할 나위 없이.

문득 게르트루드가 뭔가를 눈치챈 듯 고개를 들었다.

"윽──. 오라버니! 이 가짜 창옥만이 아니에요, 적습입니다!"

그때 공간을 뒤흔드는 듯이 땅이 울렸다.

사쿠나 이외의 모든 사람이 눈을 크게 떴다.

땅울림은 계속되고 있다. 머리를 뒤흔드는 듯한 충격이 망상낙원의 내부를 울린다. 단순한 지진은 아니리라. 꼭 지상에서 여러 개의 폭탄이 연쇄적으로 폭발하고 있는 것처럼──.

"사쿠나 메모아! 네놈 도대체 무슨 짓을?!"

사쿠나가 뒤로 물러나 게르트루드와 거리를 두었다.

얼음처럼 차가운 시선이 레인즈워스를 꿰뚫는다.

"코마리 씨를 뒤쫓는데── 따라왔거든요. 아마츠 카루라 씨와 신문기자가."

자리에 긴장감이 흘렀다. 네리아도 "농담이지?" 하고 눈을 동그랗게 뜨고 있다.

카루라 녀석, 창문에서 떨어져 죽은 줄 알았는데── 살아 있었나?

하지만 생각할 틈이 없었다. 사쿠나 뒤로 마법진이 전개된다. 어마어마한 냉기가 그녀 주변으로 모여든다. 저건—— 사쿠나가 전쟁 등에서 자주 쓰는 【더스트테일의 혜성】이 틀림없다. 게르트루드가 검을 들고 레인즈워스 앞에 섰다.

"오라버니. 이 가짜 창옥과 아마츠 카루라는 제가 맡도록 하죠."

"뭐?! 그 계집은 둘째 치고, 아마츠 카루라는 위험해! 네가 가도 죽는다고!"

"저도 일단은 팔영장이에요. 순순히 죽어 줄 생각은 없어요. 또 방금 대통령님의 연락이 있었어요. 오라버니에게 임무를 맡기겠답니다."

"——죽어라."

빙결 마법이 힘껏 발사되었다. 흰 별들이 공기를 가르며 게르트루드에게 날아든다. 전류의 메이드는 검을 능숙하게 다뤄 별을 쳐냈다. 미처 쳐내지 못한 별은 내 옆에 있는 벽에 꽂혔다. 벽에 구멍이 뚫려 있다. 나는 이제 틀렸구나 싶어서 죽음을 각오했다.

레인즈워스가 역시 검으로 별을 쳐내면서 외친다.

"낙원 부대의 지휘 말이냐?! 그건 침입자를 처리하고 나서 해도 늦지 않을 텐데."

"그럼 조금 늦을지도 몰라요! 아무래도 다들 폭주하고 있나 봐요. 이대로는 젤라 알카의 직할 도시까지 습격하기 시작할 거예요."

"쓸모없는 놈들⋯⋯. 내가 없으면 아무것도 못 할 줄이야."

"낙원 부대는 이성을 잃고 몰락한 인간이에요. 지휘관이 없다면 진가를 발휘할 수 없죠. 게다가—— 아무래도 그들에게 접근하는 흡혈귀 부대도 있다나 봐요."

"뮬나이트 제국군의 잔당인가. 깜찍하군."

나는 고개를 들었다. '흡혈귀 부대'라면 누구 부대지? 사쿠나나 델피네는 아니다. 프레테와 헬데우스는 폴에 있겠지. 제1부대의 페트어쩌고 하는 사람인가?

레인즈워스의 표정이 일그러졌다. 힘껏 발을 굴리듯이 네리아에게 다가간다.

"——네리아! 내가 돌아올 때까지 얌전히 있어. 흡혈귀들을 몰살하면 아무리 완고한 너라도 깨닫겠지. 겔라 알카가 얼마나 훌륭한 국가인지를 말이지."

"나는⋯⋯ 너 따위에게."

"몸이 떨리고 있어. 역시 너에게 장군직은 어울리지 않아."

"윽⋯⋯. 아니야, 이건 독 때문이지⋯⋯."

"——이 가짜 창옥이! 받아라! 상급 도검 마법【유격의 물보라】."

게르트루드가 발사한 마법 때문에 대폭발이 일어났다. 냉기와 열기가 급속히 뒤섞였고 시야가 하얗게 물들었다. 사쿠나는 좀 더 넓은 곳에서 싸우려고 자리를 옮긴 듯하다. 게르트루드가 그 뒤를 쫓아 닌자처럼 달려간다.

정신을 차리고 보니 레인즈워스의 모습도 사라지고 없다.

마법이 발동하는 소리나 무언가가 폭발하는 소리가 끊임없이 들려온다.

　하지만 우리는 꼼짝할 수 없었다. 상황이 너무 복잡해서 무엇부터 손대야 할지 모르겠다. 아니, 그 이전에 맞은 통증 탓에 일어서기조차 힘들었다.

대통령 관저와 조금 떨어진 곳에 왕궁이 있다.

일찍이 겔라 알카 공화국이 '알카 왕국'이었을 무렵에 쓰던 왕족의 거처다. 5년 전 쿠데타 때 일부 건물은 소실됐지만, 어두운 역사를 후세에 전한다는 관점에서 최근 재건을 추진 중이다.

그중에서도 유독 높은 탑이 있다. 일찍이 알카의 국왕이 번영한 왕도의 모습을 안주 삼아 주연을 벌였다는 클루토즈 시계탑, 그 망루에 남자는 서 있었다.

전통적인 슈트를 입은 별다른 특징이 없는 남자다.

겔라 매드할트 대통령.

"――'물은 배를 띄우지만 배를 전복시키기도 한다'라. 정말 지당한 말이로군. 그러나 우리나라와는 맞지 않아. 힘으로 모든 걸 찍어 누르면 전혀 문제 될 게 없으니까."

눈 아래 펼쳐진 수도의 광경은 기이하다고 표현할 수밖에 없었다. 폭도로 변한 민중이 곳곳에서 불을 뿜고 있다. 경비대나 군과의 충돌이 자꾸만 발생하고 여기저기 시체가 굴러다닌다. 모두가 대통령의 폭정을 비난하고 있었다. 비인도적인 전쟁을 하지 마라, 누명으로 체포된 사람을 돌려내라, 몽상낙원 지하를 개방하라, 빨리 다음 대통령 선거를 열어라――. 정말이지 답이 없다.

녀석들도 결국은 힘을 내보이면 끽소리도 못 하게 될 것이다. 5년의 세월을 들여 모은 비밀 부대. 레인즈워스에게 그들을 이끌게 해서 뮬나이트 제국을 정복하면 아무도 불평할 수 없다. 매드할트 정권을 비판하는 사람은 단 한 명도 남지 않는다.

"──세계를 제패하는 것은 전류야. 아무도 방해하게 둘 수 없어."

"굉장한 자신감이군, 매드할트."

어느새 뒤에 여자가 서 있었다.

호화로운 드레스를 입은 금발의 흡혈귀── 뮬나이트 제국의 황제였다. 그녀는 조용히 분노한 표정을 띠며 천천히 다가온다.

"용케 이 장소를 알았군. 아니, 그 이전에 어떻게 들어온 거지?"

"그런 건 아무래도 됐고."

황제의 눈동자는 새빨갛게 빛나고 있었다. 과연 뇌제라고 일컬어질 만하다. 역시 이 흡혈귀는 열등한 종족의 중에서도 나름 우수한 부류인 것 같다.

"……흥, 뭐 앉도록. 뮬나이트 제국이 멸망하는 순간을 같이 구경하자고. 원시 마법용 수정이라면 여기에 준비되어 있으니까."

"너를 여기서 죽여 버려도 될 것 같은데?"

"죽일 테면 죽여 보시지. 전처럼은 안 돼."

"……? 아아, 그래. 그러고 보니 그랬었지." 황제는 생각났다는 듯 웃었다. "짐이 칠홍천이었을 무렵 비틀어서 죽여 버린 알카의 장군이 너였나. 거참, 그때의 애송이가 대통령이 됐다니

놀라운걸. 게다가 이렇게 민중에게 미움받는 폭군이 되어 있을
줄이야."

"애송이라니, 농담이 심하군. 내가 너보다 연상인데."

"지금도 너는 애송이야. 그때와 비교해 마음이 전혀 성장하지
않았잖냐."

매드할트는 무시하고 원시 마법을 발동했다.

수정에 비친 것은 5천 명의 군사다. 엔터테인먼트 전쟁을 위
한 병사가 아니라 실제로 사람을 죽이기 위해 만든 정예 살인귀
집단이었다.

만드는 방법은 간단하다. 유망한 젊은이를 몽상낙원에 격리해
서 세뇌하는 것이다. '싸우지 않으면 너희 가족을 죽이겠다', '말을
잘 들으면 고액의 보수를 주마', '죽기 싫으면 적을 죽여라'——,
방법은 다양하다. 개중에는 도중에 정신이 망가져서 죽어버리는
자도 있었다.

수많은 희생을 거쳐 완성한 최강의 집단, 그것이 저 '낙원 부
대'인 것이다.

"그런데 황제 폐하께서는 무슨 일로 이런 먼 곳까지 행차하셨
나? 항복하겠다는 뜻인가? ——아아, 그러고 보니 다른 나라도
전전긍긍해서 나에게 연락한 것 같은데."

천조낙토 오오미카미는 '지금 당장 군을 철수해라. 처참한 싸
움에 의미는 없다'라고 했다.

백극 연방 서기장은 '얘기가 다르다. 비밀 부대 얘기는 처음
듣는다'라고 했다.

요선향의 천자는 '알카는 인도(人道)를 벗어났다. 즉각 전투를 멈추라'라고 했다.

라페리코 왕국의 국왕은 '일단 바나나를 넘겨라. 이야기는 그 후에 하자'라고 했다.

어느 나라든 겔라 알카의 무력을 두려워하고 있다. 비록 전 세계를 적으로 돌리더라도 문제 될 건 아무것도 없다. 5천 명의 군사가 있으면 그들을 처리하는 건 시간문제니까.

"——어리석군. 너는 큰 착각을 하고 있어."

"뭐……?"

"폭력이나 협박으로 만든 군대 따위는 어중이떠중이만도 못해. ——아니, 이런 말을 해봤자 소용없나. 어쨌든 짐이 여기 온 건 네 최후를 지켜보기 위함이다."

매드할트는 실소했다. 열세인 건 분명 뮬나이트 제국 측이다.

"하지만 자비로운 나는 너에게 기회를 줄 생각이다. ——죽기 싫으면 지금 당장 군을 철수시켜라. 그렇지 않으면 너는 죽기보다 더 괴로운 꼴을 당할 테니까."

"농담하고는. 패자의 허세로만 들리는군——."

그때였다. 수도 상공에 거대한 마력이 흐르는 것을 느꼈다.

푸른 하늘에 스크린이 팟, 하고 떠오른다.

육국 신문의 요청으로 설치한 마도구였다. '중요한 정보를 다양한 곳에 빠르게 전하기 위해서'라는 목적으로 전 세계의 도시에 설치하고 다닌다나 보다. 분명 《전영함》이라는 카메라가 찍은 영상을 보여준다고 하던데——.

[——전 세계 여러분 안녕하세요! 육국 신문의 메르카 티아노입니다! 이런 건 처음 해봐서 긴장되지만, 여러분께 전하고 싶은 게 있습니다! 봐주세요! 저희 육국 신문은 현재 겔라 알카 공화국이 관리하는 몽상낙원에 잠입해 있습니다!]

날카로운 소리가 수도 전역에 울려 퍼졌다. 푸른 하늘에 비친 것은 백은색 머리카락을 가진 창옥종 소녀다. 한 손에 마이크 같은 걸 들고 필사적으로 카메라를 향해——, 아마 신구 《전영함》을 향해—— 말을 걸고 있었다.

[말로 하는 것보다 실제로 보는 게 빠르겠죠——. 보시죠, 이 수많은 감옥을! 매드할트 정권에 저항하는 사람들이 수용되어 있습니다!]

[저, 메르카 씨. 이 카메라 무거운데 저랑 교대하지 않으실래요?]

[말하지 마, 티오 이 바보! ——실례했습니다! 이렇게 (추정) 죄 없는 사람들이 갇혀 있는데요. 놀라지 마시라, 여기 있는 건 전류종뿐만이 아닙니다. 그 이외에도 다양한 종족이 잡혀있어요! 게다가 어째서인지 상처투성이! 겔라 알카 정부가 비인도적인 인체실험을 하고 있다는 소문은 사실이었던 것 같습니다!]

매드할트의 이마에 땀방울이 맺혔다. 몽상낙원을 수비하는 부대는 전멸했다. 파파라치들이 지하에 침입할 가능성을 고려했어야 했다——. 하지만 문제 될 건 없다. 그 비밀이 밝혀지더라도 전국(戰局)에 영향은 없으리라. 압도적인 무력으로 적을 밟아 버리면——.

[자, 저희는 매드할트 정권의 악행을 폭로하기 위해 왔습니다.

현재 알카는 5천 명의 군사를 보내 폴을 습격하려 하고 있습니다. 이건 분명히 인도에 어긋나는 행위입니다. 정말 짐승이 따로 없다고 표현할 수밖에 없겠네요! 겔라 알카에 원한을 가지고 계신 전국 시청자 여러분, 지금이 바로 일어날 때입니다! 저는 일어났습니다! 그리고── 우리를 이끌 대표가 여기 있습니다! 자, 아마츠 카루라 오검제 대장군, 이리 오시죠!]

[흐에?! 아, 네. ──어험, 저희는 겔라 알카의 비열한 행위에 굴복하지 않을 겁니다. 국경 지대에서 일어난 '화혼종 실종사건'은 그들의 짓이었습니다. 그리고 이 기자님 말씀처럼, 피해를 본 건 화혼종뿐만이 아닙니다, 다른 종족분들도 포박되어 가혹한 대우를 받고 있습니다. 이런 짓은 결코 용납할 수 없습니다.]

[카루라 님. 좀 더 워딩을 세게.]

[알아요. ──각오해라, 겔라 알카의 간신들이여! 5천 명의 군사 따위 제 앞에서는 개미 행렬이나 다름없어요! 그리고 전 세계의 시청자 여러분, 안심하세요. 최강의 오검제 아마츠 카루라가 발칙한 군대를 섬멸해 보이겠습니다.]

[그렇다네요! 아마츠 각하, 그 밖에 뭔가 하실 말씀은?]

[네에? 더 없는데요. ──아! 그렇지, 오라버니! 아마츠 카쿠메이 오라버니, 보고 계세요~?! 카루라는 잘 지내요! 열심히 노력해서 세계 최고의 화과자 장인…… 이 아니라, 세계 최강의 장군이 되겠어요! 가끔은 돌아와 주세요~!]

매드할트는 벼락을 맞은 듯한 충격을 받았다.

아마츠 카쿠메이. 뒤집힌 달의 간부. 겔라 알카와 협력 관계에 있을 남자가, 어째서.

저 아마츠 카루라라는 장군은 뒤집힌 달과 이어져 있나? 아마츠 카쿠메이가 배신한 건가? 5천 명의 군대가 개미 행렬이나 다름없다는 발언은── 진실일까? 아니, 상식적으로 생각하면 진실일 리 없다. 그러나 뒤집힌 달이 상대라면 상식은 통하지 않는다──.

[어버버! 보세요, 아마츠 장군! 먼저 출발했던 메모아 각하가 메이드와 싸우고 있어요! 저 사람이 전류의 병사일까요?!]

[……어? 응? 게르트루드 씨? 어째서…….]

[저건 적. 코하루도 죽일래.]

[잠깐……, 코하루?!]

스크린 안에서 닌자 옷을 입은 소녀가 팔영장 게르트루드 레인즈워스의 싸움에 끼어들었다. 저 메이드는 세상에 공표되지 않은 여덟 번째 팔영장이다. 상대가 평범한 장군이라면 지지는 않겠지만──, 아마츠 카루라는 평범한 장군이 아니다.

"왜 그러냐, 매드할트. 안색이 안 좋은데."

"……네놈의 최종 병기가, 저 화혼 계집인가."

"아니. 저런 건 짐조차 예상 못 했어."

황제는 히죽 웃었다.

"뮬나이트의 최종 병기는 늘 그 진홍의 흡혈 공주거든. 너도 눈치챈 거 아니냐? 테라코마리 건데스블러드는 남의 마음을 끌어당기는 흡혈귀야."

자기 승리를 믿어 의심치 않는, 그것은 패자(覇者)의 미소였다.

☆

분했다. 죽고 싶을 정도로 분했다.

요 5년 동안 오로지 겔라 알카를 개혁하기 위해 살아왔다. 처음에는 가족을 되찾기 위해. 아버지를 돕기 위해. 그리고 다음 대통령이 되기 위해서 죽을 각오로 단련했다. 하지만 모든 게 허사였다. 매드할트의 폭거를 막을 수 없었다.

5천 명의 군사라니 어처구니가 없다. 그런 걸 뒤늦게 등장시키다니 비겁하기 짝이 없지 않은가. 이대로는 뮬나이트 제국이 매드할트의 노예가 되고 말 것이다. 몽상낙원 사람들처럼 심한 짓을 당할 것이다. 네리아는 자기도 모르는 새 울고 있었다.

독이 몸을 침식해서 보기 흉하게 엎어져 있는 자신이 한심해서 죽고 싶어졌다.

왜 잘 안 되는 걸까. 그렇게 노력해도 아직 부족한가?

레인즈워스에게는 비웃음당했다. 게르트루드에는 배신당했다. 속고 있었다. 내 이상을 이해해주는 사람은 아무도 없는 게 아닐까.

그만 포기할까. 포기하고 편해질까.

"——네리아. 미안한데 잠깐 어깨에 기대도 될까?"

문득 고개를 들었다. 코마리가 괴로워하는 표정을 지으며 몸을 들썩이고 있었다.

"기대서…… 어떡하게?"

"레인즈워스를 쫓아갈 거야. 이대로 두면, 모두가 위험해."

네리아는 입을 쩍 벌리고 말았다. 코마리의 모습은 지독했다. 힘껏 구타당한 탓에 옷은 흐트러졌고 찢어진 어깻죽지에서 흘러내린 피가 바닥을 더럽히고 있다. 그러나 그녀의 눈동자에는 체념의 감정을 조금도 찾아볼 수 없었다. 너무나도 눈부셨다.

"안 돼. 독 때문에 몸이 안 움직여."

"그래. ……하지만, 사쿠나뿐만 아니라 카루라도 와 있어. 단념하기는 아직 일러."

"그러니까 안 된다고. 아마츠 카루라는 얼간이니까……."

"네가 카루라에 대해 뭘 안다고. 그 녀석은 적을 순식간에 메밀국수로 만들 수 있는 녀석이라고."

"너야말로 아무것도 모르잖아……."

네리아는 체념의 미소를 지으며 말을 이었다.

"어떻게…… 어떻게, 이 상황에서, 그렇게 노력할 수 있는 거야?"

"노력하고 싶지 않아. 하지만 노력해야 해……. 아프지만, 괴롭지만, 나는 칠홍천 대장군이니까……. 아무것도 할 수 없지만, 포기할 수는 없어."

"틀렸어. 상대는 5천 명의 군사야……."

"그런 건 거짓말일 수도 있어! 가보기 전엔 모를 일이야!"

"거짓말이 아니야! 정말 5천 명이라고. 레인즈워스를 속일 이유가 없는걸."

"5천 명이 있어도 상관없어. 나는 5억 명을 죽인 대장군이니까."

"그거야말로 거짓말이잖아!"

"그래, 거짓말이야! 하지만 가지 않으면 아무 수가 없잖아!"

"간다고 무슨 수가 생기는 건 아니야! 아무리 열핵해방이 있어도 못 이겨!"

"열핵해방?! 무슨 소리를 하는 거야, 너는——."

네리아는 아연실색했다. 어렴풋이 눈치채고는 있었지만——이 녀석은 자기 힘조차도 정확하게 모르고 있다. 그런데 근성 하나로 적에게 맞서려 하고 있다. 눈앞의 소녀가 왠지 다른 생물처럼 느껴졌다. 코마리는 괴로운 듯 숨을 내쉬며 몸을 일으키고 있다.

"이길지 질지, 해보기 전에는 모르잖아."

"하지만! 그래도…… 나는 못 해. 여러 사람에게 험담만 듣고…… 결과도 안 따라주고…… 내 이상은 그냥 허풍이라는 걸, 깨달았다고……."

"뭐가 허풍이라는 거야!"

코마리가 절규했다. 네리아는 무심코 등을 곧게 폈다.

"……맨 처음, 나는 널 바보라고 생각했어. 갑자기 같이 세계 정복을 하자니 이상하잖아. 하지만 한 번 더 널 만나 이야기해 보고 생각이 좀 달라졌어. 엄마의 제자였다는 것도 그렇지만 네 사고방식은 정말 괜찮다고 생각했어."

"……말만 번지르르한 소리잖아. 사람이 사람을 위해서 사는 세상이라니……."

"하지만 나는 좋아해. 네가 말한 그런 걸."

잠깐 사고가 정지했다. 그러나 곧바로 움직인다.

"조, 좋아한다고 해도. 실현할 수 없는 이상에 의미는 없어……."

"그 이상이 실현될지 아닐지 정하는 건 자기 자신이야."

너에게 그런 말을 들을 이유가 없다──, 그렇게 말하고 싶은 마음은 굴뚝 같았다.

그러나 할 수 없었다. 압도적이기까지 한 기백에 눌려 있었다.

코마리는, 네리아의 눈을 똑바로 바라보며 이렇게 말했다.

"──나는, 네 깨끗한 마음이 좋아."

"흑……, 나 같은 건 노력해도……."

"내 피를 마셔."

"뭐? ……뭐?"

"흡혈귀는 신뢰의 증거로 서로의 피를 나눠 마신다나 봐. 네가 누구에게도 인정받지 못해서 불안하다면 내가 인정해 줄게. 난 지금까지 아무하고도 해본 적 없지만……, 하지만! 네리아는 동지니까! 너와 함께라면 세계를 노려도 되겠다고 생각했으니까! 그러니까 마셔줘!"

가슴이 찡했다.

피를 나눈다──, 그건 6년 전, 다른 사람도 아니고 눈앞에 있는 소녀에게 거절당한 행위였다.

겨우 이 소녀에게 인정받은 기분이 들었다.

아니, 정말 제정신이 아니다. 흡혈귀도 아닌 상대에게 '피를 마시라'니.

네리아는 마음의 미혹을 끊어내듯 고개를 저었다.

피는 그렇다 치고.

이 녀석 말은 정말 쓸데없는 참견이었다.

세계를 노린다고? 바보 같은 소리도 정도가 있지. 고작 계집 둘이서 뭘 할 수 있다는 건지. 상대는 세계 정복을 꾀하는 대국 이다. 5천 명의 군사다. 평범하게 생각하면 벌레처럼 살해당할 게 뻔하다.

그러나.

그러나 네리아의 마음에는 불이 켜져 있었다.

매드할트에 가족을 빼앗기고, 레인즈워스에게 심하게 농락당 하고, 게르트루드에게 배신당하고── 세상 모든 것이 자기 꿈 을 막기 위해서 존재하는 게 아닐까 했다. 하지만 아니었다. 네 리아를 이해해주는 사람도 있었던 거다.

"미…… 미안. 잘난 척 떠들어서. 남의 피라니, 불쾌하지?"

코마리는 꿈에서 깬 사람처럼 고개를 숙였다.

"……아니야."

네리아는 눈을 감고 고개를 저었다.

그리고 바닥을 기어 코마리 쪽으로 몸을 기댄다.

"네리아……?"

"당신의 신뢰를, 받아들일게."

오른손을 살며시 코마리의 뺨에 가져다 댄다. 보기만 해도 씁 쓸한 느낌이 든다. 그녀의 몸은 상처투성이였다. 도려져 나간 어깻죽지는 역시 만지기 꺼림칙해서 그녀의 뺨에 얼굴을 들이 밀고 입가에 묻어 있던 붉은 피를 날름 핥았다.

피 맛이 났다. 당연했다.

무심코 사레가 들릴 뻔했다. 다른 종족의 피는 전류에게 독 같은 것이다. 원래라면 아무리 부탁해도 흡혈귀의 피 따위는 섭취하지 않는다.

하지만 이게 어떻게 된 거지? 네리아의 마음을 채운 것은 터무니없는 만족감이었다. 겨우 코마리와 통했다는—— 그런 느낌.

네리아는 가까운 거리에서 코마리의 눈동자를 가만히 응시했다.

눈앞에 있는 흡혈 공주는 얼굴에서 김이 피어오를 정도로 새빨개져 있었다.

"네, 네리아, 괜찮아?"

"괜찮아. 잘 먹었습니다."

"뭐, 뭘요……."

네리아는 무심코 미소를 짓고 말았다.

이 녀석은 전과 하나도 달라진 게 없다.

늘 네리아의 마음을 좋은 쪽으로 바꿔준다.

그래——, 아직 포기하기는 이르다. 대응할 수단은 남아 있을 터.

예를 들어 겔라 알카 이외의 다섯 나라에 원군을 요청한다거나. 매드할트를 암살하러 간다거나. 황급 마법을 담은 마법석을 준비해서 5천 명을 일망타진한다거나.

그래, 나는 알카를 바꾸기로 했어.

아무런 죄도 없이 잡힌 사람들의 슬픔을 떠올리자. 매드할트에게 괴롭힘당하는 사람들의 목소리를 되새기자. 바보들에게 농락당하고 목숨을 잃어 간 사람들의 마음을 가슴에 새기자.

나는 적을 해치우기 위한 검이다. 넋을 놓고 있을 때가 아니다.

그때 네리아의 몸에 이변이 생겼다. 눈이 뜨겁다. 타는 듯한 통증이 퍼진다. 참을 수 없었던 네리아는 손으로 얼굴을 누르며 무릎을 꿇는다. 코마리가 필사적으로 부르지만 신경 쓸 여유는 없었다. 속에서 어마어마한 열기가 솟구친다.

《──열핵해방【진류(盡劉)의 검화(劍花)】──.》

머릿속에 말이 떠올랐다. 그건 새로운 문을 여는 열쇠나 다름없었다.

예전에 선생님이 이런 말을 했던 것 같다. 세상을 바꿀 단서는 반드시 인간의 마음이며, 그 불굴의 마음을 구현화한 힘이 바로 《열핵해방》이라고 불리는 것이다── 라고.

네리아는 천천히 일어났다.

떠오르는 대로 '힘'을 발동해 본다.

댕그랑, 바닥에 쌍검이 나타났다. 선생님에게 받은 소중한 보물이다. 네리아는 오른손에 검을 들고 가볍게 흔들어 보았다. 그러자, 몸을 괴롭히던 마비가 서서히 사라졌다.

'독'이라는 고통 그 자체를 끊어낸 것이다.

바로 이해했다.

【진류의 검화】는 모든 것을 절단하는 이능.

하나뿐인 것을 다른 종족과 나누는 이타(利他)의 검술.

선생님에게 전수받은 융화 사상에 근거해 현현한 마음의 형태.

이 힘이 있으면, 세상을 바꿀 수 있을지도 모른다.

"……네리아. 설마, 그건."

"고마워, 코마리. 뭔가를 깨달은 것 같아."

네리아는 코마리의 손을 잡았다.

그녀를 통해 흘러드는 무한한 용기가 네리아의 몸을 불태우고 있었다. 다친 곳이 아픈 걸까? 코마리는 살짝 얼굴을 찌푸리며, 그럼에도 확고한 힘을 가지고 일어났다.

"어디 가게? 혹시……."

철컹! 네리아는 쌍검을 움켜쥐었다.

"우선 본래 목적을 달성할 거야. 적을 죽이는 것은 그 후야."

☆

아마츠 카루라는 분노를 억누를 수 없었다.

겔라 알카 공화국은 세계의 평화를 어지럽히는 진짜 무뢰한들이었다. 감옥에 갇힌 사람들은 비인도적인 폭력 때문에 심신이 약해져 있었다. 그들 말에 따르면 그들은 새 마법의 실험대가 되거나 마핵의 회복력을 조사하기 위한 측정기가 되거나 병사의 화풀이 대상이 되었다고 한다.

카루라는 순수한 무사안일주의자다. 보기 싫은 것을 보고도 못 본 척하는 게 최고의 생존 전략이다. 하지만 이건 용서할 수 없다. 카루라에게도 그 정도 정의감은 있었다.

"자자, 드디어 도착했습니다, 몽상낙원에! 매드할트는 대체 어떤 악행을 저지르고 있었을까요?! 그나저나 진실 앞을 가로막은 것은 묘하게 강한 메이드로군요! 현재 저희 눈앞에서는 겔라 알카의 메이드와 사쿠나 메모아 각하, 그리고 천조낙토의 '귀도

중' 코하루 씨가 격투를 벌이고 있습니다! 보십시오, 빗나간 공격으로 벽과 천장이 너덜너덜합니다!"

"메르카 씨……, 그만 가죠. 이러다 죽어요."

"죽어도 상관없어! 전장에서 죽는다면 바라는 바야!"

"마인드가 기자가 아니라 전사 같은데, 그건 어떻게 좀 안 되나요!"

카루라 옆에서 신문기자들이 뜻 모를 만담을 펼치고 있다. 몽상낙원으로 가는 길에 만난 것이다. 취재로 미주알고주알 정보를 다 파헤쳐진 뒤 목적지가 같다는 게 밝혀져 얼떨결에 함께 움직이게 되었다.

하지만 그녀들을 데리고 온 게 정답이었을지도 모른다.

저 카메라 같은 《전영함》은 전 세계로 영상을 내보낼 수 있는 엄청나게 희귀한 신구다. 젤라 알카의 부정을 빠르게 폭로할 수 있다——. 아니, 그런 것보다도.

"코하루~! 힘내요~!"

카루라 눈앞에서는 소녀들이 사투를 벌이고 있었다.

사쿠나 메모아과 게르트루드. 그리고 귀도중의 코하루.

사쿠나는 카르나토의 생존자다. 웬일인지 테라코마리의 위치를 알고 있길래 치료해서 데려왔는데——, 몽상낙원에 도착하자마자 폭주하더니 홀로 적진에 뛰어들었다. 그리고 게르트루드와 싸우며 돌아왔다. 영문을 모르겠다. 테라코마리나 네리아 커닝엄은 찾았나? 저 메이드는 매드할트의 수하였나?

"죽어라. 전류."

코하루가 날린 쿠나이가 게르트루드에게 날아간다. 사쿠나가 쏜 고드름도 날아간다. 그러나 그녀는 곡예 같은 동작으로 그것들을 하나도 남김없이 쳐냈다. 반격으로 펼치는 것은 필살의 검극 마법. 모든 걸 베어내는 참격이 닌자 소녀에게로 날아가지만 사쿠나가 전개한 【장벽】에 멋지게 튕겨 나갔고, 튕겨내지 못한 부분은 코하루의 '바꿔치기술'이나 '연막술'로 교묘하게 빗나간다.

"죽어 주세요, 알카의 적."

게르트루드가 상단에서 검을 내리쳤다. 코하루는 연체동물 같은 움직임으로 회피한다. 곧바로 적의 뒤로 돌아가 날카로운 각도에서 칼을 들이밀었다. 그러나 게르트루드는 검의 자루로 방어한다. 사쿠나가 지팡이를 휘둘렀지만 근소한 차이로 피하고 반격을 먹인다──. 그런 공방이 눈에 보이지조차 않는 속도로 이어졌다. 이미 카루라로서는 뭐가 뭔지 알 수 없었다. 모르지만 아는 척할 수밖에 없다.

"굉장해……! 아마츠 장군, 방금 그 공방은 대체?"

"대단한 공방이죠."

"메이드의 움직임이 정말 빠르네요! 저건 무슨 마법 같은 건가요?"

"네, 무슨 마법 같은 거예요. 그게 무엇인지는 상상에 맡길게요."

"와악, 메모아 각하가 밀리는 것 같은데요! 이대로도 괜찮을까요?!"

"이대로는 안 될 것 같네요. 그러니까 이대로는 안 될 것 같습니다."

"……메르카 씨, 이 사람, 대충 둘러대는 것 같지 않아요?"

대충 둘러대고 있는 건 맞다.

하지만 카루라는 눈을 부릅뜨고 주변을 관찰 중이었다. 잡혀 있는 인원은—— 1층이 2,058명. 종족은 전류가 80, 화혼이 10, 기타가 10. 국경 지대에서 행방불명된 화혼종 190명 중 150명의 생존을 확인했다. 그 이외에는 보이지 않는다. 아마 아래층에 있겠지.

카루라는 통신용 광석을 꺼내 마력을 담는다. 상대는 바로 응답했다.

"오오미카미 님. 겔라 알카의 유죄가 확정되었습니다."

[카루라의 눈을 통해 보았어요. 이제 걱정 없이 싸울 수 있겠네요.]

"네. 하지만 싸우기 전에 잡혀 있는 사람들을 구해야 해요. 다행히 이 몽상낙원에는 게르트루드 씨를 제외하면 적의 기척을 거의 찾아볼 수 없어요. 열쇠를 찾을게요."

[잘 부탁해요. ——아니, 그럴 필요는 없을 것 같네요.]

"? 무슨 뜻인가요?"

그때 분홍빛 선풍이 불어닥쳤다.

무시무시한 마력이 감옥 안쪽에서 맴돈다.

그뿐만이 아니었다. 사람들이——, 안쪽에 잡혀 있던 수많은 사람이 환희하며 달려 나왔다.

코하루도 사쿠나도 게르트루드도 잠깐 그쪽에 시선을 빼앗졌다.

탈주였다. 누가 감옥을 부순 것이다.

"네리아 님이다!" "마침내 네리아 님이 일어났다!" "이제 겔라알카는 끝이야!"——사람들은 각자 그 '월도희'를 칭송하고 있었다.

카루라는 이해했다.

이건 그 분홍빛 소녀의 짓임이 분명하다. 그 소녀는 평범한 전류가 아니었다. 그야말로 나라를 짊어질 만한 그릇을 가진 큰 인물이었다.

[죄수가 해방되고 있나 봐요. 이제 분위기는 이쪽으로 기울었어요.]

"분위기도 중요하지만 모든 일은 평등해야 해요. 네리아 씨는 차례차례 모든 죄수를 해방하겠죠. 하지만 이들 모두가 죄가 없다고 할 수는 없어요."

[그건 나중으로 미뤄도 돼요. 카루라, 부탁해요.]

"네. 그들의 얼굴은 모두 기억할 테니까 놓칠 일은 없어요. 귀도중을 보내면 나중에 언제라도 잡을 수가 있으니까요."

정말 별거 아닌 일이라고 카루라는 생각한다. 하지만 그런 일이 자기에게 잘 맞는 것이다.

부디 싸움에 휘말리지 않기를——, 그렇게 카루라는 마음속 깊이 바랐다.

☆

쌍검으로 철창을 파괴해 나간다.

열쇠는 필요 없다. 열핵해방 【진류의 검화】는 모든 걸 절단하는 이능이다. 그게 설령 아무리 견고한 물질이라도 검을 휘두르면 쉽게 잘려 나간다.

포로들은 처음에 어안이 벙벙한 듯 네리아를 올려다보고 있었다. 그러나 네리아가 '구하러 왔어!'라고 외치자, 그들은 눈에 희망의 빛을 품고 달려나갔다.

——네리아 님 만세! 네리아 님 만세!

——매드할트 정권을 타도하자!

그런 분위기가 몽상낙원에 퍼졌다.

"네리아! 여기에도 감옥이 많아!"

"알았어!"

코마리의 재촉에 따라 차례차례 죄수들을 풀어준다.

대탈주가 시작됐다. 나무랄 사람은 없다. 그들을 가혹하게 대하던 간수들은 레인즈워스를 따라 핵 영역으로 가 버렸으니까.

"자, 가라! 알카를 바꾸기 위해서 일어나는 거야!!"

네리아는 감옥을 파괴하면서 몽상낙원을 누빈다. 사람들의 환호성 때문에 공기가 진동한다. 비록 감옥을 빠져나가더라도 5천 명의 군사가 기다리고 있었다. 상황은 크게 달라진 게 없을 것이다. 그러나 네리아의 마음은 변했다.

코마리에게서 받은 용기. 사람들의 기대 어린 시선.

어떻게든 알카를 바꾸고자 하는 뜨거운 의지가 싹을 틔웠다.

그러기 위해서는 적을 해치워야 한다.

비록 그게 5년 동안, 잠시도 네리아의 곁을 떠나지 않고 슬플 때나 괴로울 때나 바로 옆에서 같은 마음을 공유해 준 마음씨 고운 소녀라 할지라도 앞길을 가로막는다면 용서할 수 없었다.

몽상낙원 지하 1층. 그녀는 검을 들고 카루라의 닌자 및 백은의 흡혈귀와 싸우고 있었다.

"게르트루드!"

메이드는 머리부터 물을 뒤집어쓴 표정으로 돌아봤다.

"네리아 님, 어떻게……!"

"못된 종을── 꾸짖으러 왔어!"

네리아는 힘껏 쌍검을 휘둘렀다.

게르트루드가 네리아의 기억에 없는 장검을 들고 방어 자세를 취한다.

금속과 금속이 부딪치며 귀를 찢는 듯한 소리를 냈다.

그러나 상대가 되지 않았다. 열핵해방 앞에서는 어떠한 금속도 휴지나 다름없었다.

게르트루드의 장검은 네리아의 쌍검에 의해 두 동강 나 버렸다.

"네리아, 님──!"

"너는 나의 종이야! 주인을 거역한 메이드에게는 벌이 필요하고!"

"아니에요! 이건…… 모두 네리아 님을 위한 일이에요!"

게르트루드는 망가진 검을 버렸다. 분노와 당황스러움이 뒤섞인 표정을 지으면서, 그러나 역시 팔영장인지 그녀는 물 흐르듯

자연스럽게 주머니에서 나이프를 꺼내 응전하려 했다.

"느려!"

네리아의 신속한 찌르기에 나이프는 아주 쉽게 베여나갔다.

게르트루드가 초조한 듯 후퇴했다.

놓칠 수는 없었다.

네리아는 쌍검을 버리고, 왼손으로 그녀의 팔을 잡았다.

게르트루드가 '아차' 하는 느낌으로 표정을 일그러뜨린다.

그런 표정을 지을 거면 애초에 반역 같은 생각을 하지 말 것이지——, 자기 메이드에게 짜증과 불만을 터뜨리면서 네리아는 주먹을 단단히 움켜쥐었다.

"종 주제에——, 나를 거역하지 마아아아아아아아아앗!!"

그녀의 따귀를 힘껏 후려갈겼다.

☆

게르트루드의 몸은 공처럼 날아갔다.

땅에 웅크린 채 꼼짝도 하지 않는다. 설마 죽여버린 건가——? 잠깐 불안했지만 곧 그녀는 훌쩍거리며 오열하기 시작했다.

네리아는 천천히 그녀 곁으로 다가갔다.

어린 메이드는 지독한 표정을 짓고 있었다. 맞았기 때문이 아니다. 깊은 슬픔과 무력감, 체념—— 그 외의 다양한 감정이 섞인 절망적인 표정을 짓고 있었다.

"네리아 님……. 저는, 저는, 당신이 행복하길 바랐어요."

"떠넘겨 주는 행복 따위 필요 없어. ——너는, 대체 나한테 뭘 바란 거야?"

네리아는 허리를 굽히며 그녀의 얼굴을 살핀다. 도대체 무엇이 그녀를 이렇게 만들었는지, 게르트루드는 눈에서 눈물을 뚝뚝 흘리며 울고 있었다.

"매드할트는 이길 수 없어요. 그 녀석은 정말, 나쁜 의미로서 영웅이에요. 그러니까…… 네리아 님이, 더 이상 다치지 않으셨으면 해요."

"너는 레인즈워스의 여동생이잖아. 나는 아무래도 상관없는 거 아니었어?"

"아니에요." 게르트루드는 고개를 가로저었다. "저는…… 오라버니에게 학대당하고 있었어요. 강해지지 않으면 살 가치가 없다고…… 지옥 같은 훈련을 시켰어요. 하지만, 네리아 님은 저를 소중히 아껴주셨죠. 다치면 걱정해 주시고, 제가 가장 좋다고 해 주시고, 생일을 축하해 주시고……."

"하지만 이상해. 너는 나를 레인즈워스에게 굴복시킬 생각이었던 거지?"

"오라버니는 쓰레기예요. 인간쓰레기 같은 고철이에요. 하지만 옛날에는 좀 더 나았던 것 같아요. 게다가…… 오빠가 학대하는 상대는 자기 적이나 자기 부하, 다른 종족뿐이거든요. 자기 '물건'은 소중히 아끼는 사람이에요."

"웃기지도 않아. 아니, 일그러져 있네."

"죄송해요. 죄송해요. ……하지만 네리아 님은 괴로운 일을 잊고 평화롭게 사셔야 한다고 생각했어요. 그대로 두면…… 마음이 망가져 버릴 것 같아서요."

"나는 망가지지 않아. 코마리가 있는걸."

게르트루드가 숨을 집어삼켰다. 그리고 무언가를 깨달은 것처럼 울며 웃는다.

"역시 네리아 님. ……저는, 부디 잊어 주세요."

"너는 반항기였던 거야. 종 중 하나가 살짝 대들었다고 해서 매번 화를 내진 않아."

"어…….”

"하지만 나에게 불만이 있다면 말해줘. 일방적인 관계는 옳지 않으니까."

네리아는 발길을 돌렸다. 게르트루드가 소리 없이 울고 있다. 그녀의 사정은 잘 모르겠지만 시간은 얼마든지 있다. 앞으로 대화를 통해 서로를 이해해 나가면 된다.

"커닝엄 씨. 잠깐 이야기 좀 할 수 있을까요?"

짤랑, 방울 소리가 났다.

어느새 주변에는 많은 사람이 있다. 아마츠 카루라. 카루라의 부하인 닌자. 카메라를 든 고양이 귀 소녀와 마이크를 든 창옥종 소녀. 죽을상으로 죽어가고 있는 푸른 머리의 메이드를 업은 코마리. 그녀에게 다가가 "괜찮으세요?!" 하고 울상을 짓는 사쿠나 메모아. 그리고 네리아 덕에 해방된 많은 죄수들——.

"뭐야? 이제 우리는 레인즈워스를 쫓으려고 하는데."

"상대는 5천 명의 군사래요. 커닝엄 씨가 혼자 가도 승산은 없습니다."

죄수들이 술렁인다.

카루라의 말은 정론이었다. 아무리 열핵해방이 있다고 해도 낙원 부대를 상대하기는 힘들 것이다. 그렇다면 다른 나라에 지원을 요청하는 게 최선이겠지만——, 하지만. 나서서 군대를 보내줄 나라가 있을까? 이번에는 엔터테인먼트가 아닌 진짜 전쟁이다. 잃는 게 두려워서 수수방관만 할 가능성도 충분히 있으니까.

"……승산이 없어도 싸울 거야. 그게 내 역할인걸."

"당신 혼자서는 힘들어요. 닌자의 보고에 따르면, 적은 핵 영역의 도시를 습격하면서 폴로 향하고 있대요. 그들이 지나간 자리에는 사람들의 시체가 쌓여 있다나요. ——보통 상대가 아니에요. 위험하다고요."

"……저, 메르카 씨. 도망가지 않으실래요? 죽을 것 같은데요? 죽음의 냄새가 나는데요?"

"쉿! 조용히 해, 바보 티오! 지금부터 다음 세대를 짊어질 장군들이 무시무시한 작전을 생각해 낼 테니까! 저것 봐, 아마츠 카루라의 늠름한 표정을!"

"……어험. 그러니까 우선 작전을 생각하자는 거예요. 맨몸으로 갔다가는 개죽음이나 당하고 말거라고요."

"하지만 당신은 우주를 파괴하는 오검제 아니었어?"

"…………………………그렇긴 하지만 만전에 기해 우선 대책을 짜보자고요."

"뭐야, 그 텀은."

누군가가 한숨을 내쉬었다. "이제 틀렸어. 매드할트는 세계를 정복할 생각이야." 그런 식으로 머리를 싸매며 포기하는 사람도 있었다.

확실히 상황은 바람직하다고 할 수 없다. 현재 약해진 뮬천 동맹의 남은 전력을 보면, 5천 명의 군사는 너무나도 막강하다. 몽상낙원의 악행을 폭로하는 데는 성공했지만, 무력으로 무너진다면 의미가 없다. 이에 대항하기 위해서는 전 세계 사람들이 손을 맞잡고 대응해야 했다.

하지만 그걸 위해서는 '이길 수 있다'라고 생각하게 해줄 계기가 필요하다.

그래──, 전 세계 사람들의 마음에 불을 붙일 압도적인 힘이 필요했다.

아마츠 카루라에게 그럴 힘은 없다.

우주를 파괴하는 건 이 기모노 차림의 소녀가 아니다.

네리아는 시선을 돌린다. 시선 끝에 있는 소녀── 테라코마리 건데스블러드는 슬퍼 보이는 얼굴로 빌헤이즈를 바닥에 눕히고 있었다.

"코마리. 잠깐 시간 돼?"

"뭐, 뭐야?"

네리아는 천천히 코마리에게 다가갔다.

사쿠나 메모아가 황급히 네리아 앞을 가로막는다.

"네리아 씨, 당신은 아직 신용할 수 없어요. 코마리 씨에게 다가가지 마세요."

"경계하지 않아도 돼. 왜냐하면 난 코마리의 주인님이니까."

"후에? 주, 주인——."

백은의 흡혈귀를 밀치고 코마리의 앞에 섰다. 코마리는 놀란 얼굴로 이쪽을 올려다봤다. 이 녀석이 힘을 발휘하게끔 해야 한다. 지난 칠홍천 투쟁 때 테러리스트를 압도한, 겔라 알카의 영토를 얼어붙게 한 최강의 힘을 마음껏 보여주게 해야 한다.

그러나 코마리는 스스로 열핵해방을 발동할 수 없다.

애초에 자신에게 파격적인 힘이 숨겨져 있다는 것을 알지조차 못한다.

도대체 무엇이 트리거일까——. 그리고 네리아는 문득 떠올렸다. 전류 다과회에서 코마리가 보여준 행동. 몽상낙원에 잠입할 때 빌헤이즈와 나누던 대화. 그리고 6년 전—— 네리아의 피를 마시길 완강하게 거부했던 사건. 이것뿐이라고 생각했다.

"——저기, 코마리. 나는 너와 함께 싸우고 싶어. 너도 같은 생각이지?"

그녀는 살짝 눈에 힘을 주었다.

"당연하지. 빌이나 다른 사람들을 상처 입힌 녀석은, 용서할 수 없어."

"그래. 알았어."

네리아는 손에 든 쌍검을 빙그르르 회전시켰다. 희미한 통증이 퍼졌다.

칼날이 오른팔을 스쳤고 얇은 피부가 쉽게 찢어져 손끝까지 피가 또르륵 흘러내렸다.

주변에 있는 사람들이 비명을 질렀다. 코마리가 당황하며 외쳤다.

"뭐, 뭐 하는 거야! 변태 가면도 아니고……."

"답례야. 당신에게 내 피를 먹여줄게."

"피?! 아니, 잠깐, 그런 건 됐어!"

"난 당신 피를 마셨는데. 내 피는 안 마셔주면 슬프잖아."

"마, 마음이면 충분해. 대신 토마토 주스를 마실게."

"그럴 수는 없어. 이건 신뢰 관계를 확인하는 의식인걸."

네리아는 쭈그려 앉더니 코마리와 눈높이를 맞췄다.

그녀는 얼굴을 붉히며 고개를 숙였다. 뒤에서 사쿠나 메모아가 "어? 코마리 씨 피를 마셨다고요? 어떻게 된 거죠? 자세히 말해주세요"라고 싸늘한 어조로 뭐라고 하는데, 그건 일단 무시하기로 했다.

"자, 내 피도 마셔."

"시, 싫어! 안 돼! 이건 비밀로 했던 건데, 나는 피를 싫어해!"

"편식은 좋지 않아. 당신 키가 작은 건 피를 마시지 않기 때문이야."

"윽……. 하지만 우유는 마시고 있어! 앞으로 클 거라고!"

거부하듯 뒤로 물러서는 코마리를 보고 네리아는 살짝 가학심이 자극당하는 걸 느꼈다. 아니——, 자신의 취향이나 기호는 아무래도 상관없다. 이 소녀가 본 실력을 발휘해 줘야 한다. 아니면 겔라 알카를 무너뜨릴 수 없기 때문이다.

"코마리. 진지하게 하는 얘기야. 너에게는 대단한 힘이 있어.

이 피를 마시면 알 수 있고."

"……하루 만에 키가 180cm가 되는 거야?"

"그게 아니라. 당신의 진가가 발휘될 거야."

"그렇게 말해도……."

"내 선생님은 당신 엄마야. 즉 우리는 자매 비슷한 거지. 언니 말을 좀 믿어 보지 않을래?"

"하지만."

"나는 너와 함께 세계를 바꾸고 싶어. 지금이라면 가능할 것 같다고."

"…………."

코마리는 한동안 말이 없었다.

그러나 곧바로 결의를 담은 시선을 돌려준다.

"……사람들을 상처 입히는 녀석은 용서 못 해. 세계는 매드할트만의 것이 아니라, 우리 모두의 것이니까……."

"그래."

"나한테 무슨 힘이 있을지 모르겠지만. 너랑 함께, 싸우고 싶어."

무심코 웃음이 나왔다. ──역시 이 흡혈귀는 누구보다 네리아를 잘 이해하고 있다. 언젠가 반드시 종으로 삼겠다고 속으로 맹세했다.

네리아의 손가락이 코마리의 입에 쑤셔 박혔다.

초반에는 몸을 비틀며 살짝 저항했다.

그러나 이변은 갑자기 벌어졌다.

세계는 금빛으로 물들었다.

☆

　그 결정적인 영상은 전 세계로 퍼졌다.

　아니──, 영상뿐만이 아니다. 그녀의 마력을 목격한 자가 몇백만 명은 족히 된단다.

　그것은 5천 명의 낙원 부대에게 유린당한 도시의 이야기. 감정을 빼앗긴 기계 같은 병사들은 거침없이 사람을 죽이고, 마을 파괴하고 모든 걸 약탈했다.

　그리고 도시는 약 1시간 만에 보기에도 무참하게 폐허가 되었다.

　사람들은 겔라 알카의 무위에 무서워 벌벌 떨며 모든 걸 체념했다.

　"앞으로 세상은 변할 거야." "매드할트가 모든 걸 가질 거야." "우리에게 미래는 없어." "전류들의 시대가 막을 올리는 거야", ──그런 절망이 만연해 있었다.

　하지만 돌연 희망이 생겨났다.

　먼 동쪽. 푸른 하늘이 금빛으로 빛나고 있다.

　"뭐야, 저건."

　꼭 하늘로 승천하는 황금룡 같아 보였다.

　정확히는 달랐다. 그건 막대한 마력이다.

　모든 것을 베어 무로 되돌리는, 압도적이기까지 한 마력.

　[보십시오, 전국의 여러분! 테라코마리 건데스블러드 각하가

마침내 본 실력을 드러냈습니다! ──.]

상공에 있는 스크린에서 누군가의 목소리가 들린다.

그것만으로도 사람들은 모든 걸 이해했다. 마침내── 마침내 영웅이 일어난 것이다. 하늘을 붉게 물들이는 대장군, 테라코마리 건데스블러드가.

그녀가 있으면 이제 아무것도 걱정할 필요 없다.

세계를 독점하려 드는 발칙한 대통령에게 철퇴가 내려질 때가 온 것이다.

누가 먼저랄 것 없이 그녀의 이름을 외치는 자가 나타났다. "코마링! 코마링!" ──칠홍천 투쟁 때도 있었던 코마링 콜이다. 외침은 곧 도시를 채울 만큼 떠들썩한 환호성으로 발전한다. 이미 낙원 부대에 유린당한 슬픔 따윈 날아간 지 오래다.

사람들의 절망을 쉽게 떨쳐버리는 힘이 그녀에게 깃들어 있었다.

하지만 당사자로서는 사람들의 성원이 잡음으로만 들렸겠지.

그녀가 생각하는 것──, 그건 세계를 위협하는 적을 죽이는 것. 네리아와 힘을 모아 매드할트의 야망을 깨부수는 것. 그것뿐이니까.

고오! ──어마어마한 마력의 폭풍이 몽상낙원 내부에 휘몰아친다.

무시무시한 살기에 물든 금빛 마력이었다. 그 자리에 있던 모든 사람이 놀란 나머지 끽소리도 내지 못했다. 아마츠 카루라가 겁에 질린 나머지 그 자리에 주저앉았고, 코하루가 간신히 그녀를 받쳤다.

현기증이 날 정도로 막대한 마력의 소용돌이, 그 한가운데 그녀가 서 있었다.

테라코마리 건데스블러드.

세계를 감싸는 듯한 황금의 마력이 소녀의 몸에서 방출되었다.

표정은 공허하다. 그러나 그 붉은 눈동자에는 결연한 빛이 어려 있었다.

갑자기 테라코마리가 고양이를 쓰다듬는 듯한 동작으로 손을 치켜들었다. 금빛 마력에 이끌리듯 아무것도 없는 공중에서 '물체'가 출현한다. 그건 황금빛으로 빛나는 검이었다. 그녀는 긴장한 기색 하나 없이 자연스레 그 자루를 쥐었고, 꼭 시험 삼아 무언가를 베어보듯 검을 휙 휘둘렀다.

뭐라고 형용하기 힘든 충격이 지하 공간을 덮쳐들었다. 그건 폭력적인 마력의 참격—— 그 여파였다. 테라코마리의 검에서 쏘아져 나온 금빛 충격파는 감옥 천장을 도려냈고, 더 나아가 그 위에 있는 지표의 바위마저 부수며 하늘 너머로 사라졌다.

천장에 구멍이 뻥 뚫렸다.

푸른 하늘의 태양빛 아래서 테라코마리는 넘치는 살의를 어디론가 보냈다.

그녀의 모습은 전통적인 전류의 것 그 자체였다.

오른손에는 황금의 검을 들고 있다. 또 허공에서 생겨난 수많은 도검이 그녀 주변을 맴돌기 시작했다. 여섯 나라에 널리 알려진 지고의 열핵해방──【고홍의 애도】다. 전류의 피를 마심으로써 실현된 기적의 이능은 갖은 무기를 자유자재로 만들어내며 컨트롤하는 궁극의 검산도수(劍山刀樹)*였다.

"괴, 굉장해……. 굉장해요, 건데스블러드 각하!"

신문기자가 환희에 떨면서 테라코마리에게 다가갔다.

고양이 귀 소녀에게서 《전영함》을 빼앗아, 전류의 패자를 향해 돌격하기 전의 취재를 마친다.

"보십시오, 전국의 여러분! 테라코마리 건데스블러드 각하가 마침내 본 실력을 드러내셨습니다! 이제 세계는 괜찮습니다! 5천 명의 군사 따윈 아무 문제도 안 됩니다! ──자, 건데스블러드 각하, 지금의 마음가짐을 들려주시죠!"

테라코마리에게 마이크를 들이민다. 바보야, 그러다 죽어──. 모두가 그렇게 생각했다.

검이 천천히 들려 올라간다. "아, 볼일이 생각나서 전 이만 가볼게요." ──카루라가 그렇게 말하며 걸음을 돌리려 했을 때. 그러나 황금의 흡혈 공주는 반짝이는 검날을 신구 《전영함》에, 즉 전 세계 사람들의 눈앞에 들이밀며 조용히 이렇게 선언하는 것이었다.

"겔라 알카를, 부순다."

---

* 지옥에 있다고 하는 검으로 만든 산과 칼날로 이뤄진 숲.

세계가 전율했다.

테라코마리 건데스블러드의 마력은 빛의 속도로 여섯 나라의 주요 도시로 퍼졌고, 어떤 이에게는 희망을, 어떤 이에게는 절망을 주었으며 또 어떤 이들은 지옥 밑바닥에 있다가 구원받았다.

"각하가…… 각하가 눈을 뜨셨다!"

핵 영역, 성채도시 카르나토. 팔영장 파스칼 레인즈워스에게 당해 피바다에 잠겨 있던 흡혈귀들이 마핵의 효과로 잇달아 되살아나기 시작했다. 범상치 않은 회복 속도다. 그들은 코마링 각하의 목소리 하나만으로 나락 밑바닥에서 기어 올라온 것이다.

"크, 후후. 후후……. 잘도 이런 짓을, 녹슨 고철 주제에……."

피투성이의 삐삐 마른 남자── 카오스텔 콘트가 피해자의 과잉 방어에 엉망으로 당한 범죄자 같은 얼굴로 중얼거렸다. 다른 제7부대의 녀석들도 증오에 찬 눈빛을 띠면서 차례차례 일어나고 있다. 모두가 증오하는 것이다──, 겔라 알카의 녹슨 고철들을.

게다가 제7부대뿐만이 아니었다. 제6부대 메모아 대, 제4부대 델피네 대, 또 아마츠 카루라 대의 대원들까지 모두 잇따라 목숨을 되찾았다.

"《마핵, 마핵이여. 만물을 진정케 하고 움직이게 하라》── 중급 회복 마법【공급 활성화】."

델피네의 마법이다. 참고로 이 가면 쓴 흡혈귀는 평소부터 자해를 자주 해서 열상에 내성이 높기에, 레인즈워스의 참격을 맞고도 완전히 숨이 끊기지 않았다. 그래서 회복이 빨랐던 거다.

델피네는 아득한 동쪽 하늘, 몽상낙원이 존재하고 있는 방향을 바라보았다.

하늘을 꿰뚫을 듯한 황금 기둥이 솟아나 있다. 지난번 같은 흰 마력과는 다르지만, 테라코마리의 짓으로 봐도 무방하겠지. 마침내 그 흡혈 공주가 일어난 것이다.

"……전황은. 어떻게 되어 가지?"

"네. 적은 대략 5천. 도중에 있는 성을 함락시키며 폴로 진군하고 있나 봅니다."

5천 명이라는 숫자는 확실히 경악스러웠다. 왜 그렇게 됐는지도 모르겠다. 그러나 테라코마리 건데스블러드를 아는 자는 우려 따위는 하지 않겠지. 저 흡혈 공주가 적을 쓰러뜨릴 수 있을지 어떨지는 미지수다──. 하지만 그녀는 세상 사람들을 이끄는 등불 같은 존재다. 주변에서 떠들어대는 군중만 봐도 잘 알 수 있다. 이걸 계기로 사람들의 마음은 불타오를 것이다.

제7부대 대원들이 흡사 맹수 같은 기세로 질주하기 시작했다.

다른 부대보다 늦을 수는 없었다.

"테라코마리 건데스블러드 장군을 지원하러 간다. ──진군 개시."

고작 열핵해방 가지고 뭐가 이렇게 시끄러워? ──백극 연방 서기장은 그런 식으로 머쓱했다고 한다.

그러나 테라코마리 건데스블러드의 각성이 여러 나라를 뒤흔들었다는 건 분명했다.

예를 들어 지난번에 있었던 칠홍천 투쟁은 단순 오락이었다. 그러나 이번은 다르다. 나라의 존망이 걸린 전인미답의 사태에 모두가 무서워하며 벌벌 떠는 가운데, 꼭 사람들의 불안을 통째로 날려버리는 것처럼 튀어나온 '부순다'는 발언은, 모든 이의 마음을 휘저었다.

가장 먼저 움직인 건 천조낙토. 본국을 방어하기 위해 대기시켰던 두 부대를 핵 영역으로 보냈다.

이어서 라페리코 왕국 하데스 모르키키 중장이 힘껏 돌격을 감행했다. "건데스블러드 장군을 따르라!"라고 소리 높여 외치자, 여기 자극당한 수인들이 초식파, 육식파 가리지 않고 날뛰기 시작했다.

이어서 요선향이 전 부대를 투입. 공주(公主)이자 《삼용성》인 아이란 린즈는 '보고만 있을 때가 아니다'라며 천자를 닦달했고, 스스로 군을 이끌어 핵 영역으로 떠났다.

마지막에 무거운 엉덩이를 뗀 것은 백극 연방이다. 그들은 '흐름에 따르지 않으면 나중에 손해를 보게 되겠지'라는 정치적인 판단으로 움직인 것 같다. 일시적으로 뮬천 동맹에 끼어 혼자 폴을 탈주해 있던 프로헤리야 스타즈타스키 장군에게 부대를 주며 진군시켰다.

또 네리아의 활약 덕에 몽상낙원에 수용되어 있던 사람들이 하나도 남김없이 해방되었다. 신문기자 메르카와 티오의 인터뷰 덕에 대통령의 악행이 드러났다.

공화국 수도의 데모는 폭동으로 발전해 있었다. 진압하러 나선 팔영장 솔트 아퀴나스는 뒤통수를 금속 배트로 맞고 사망했다.

사람들은 사라진 매드할트를 찾기 위해 지금까지 없었고 앞으로도 없을 소란을 피우기 시작했다.

——네리아 장군을 따르라!

——매드할트에게 철퇴를! 알카에 변혁을!

——지금이 바로 일어날 때다! 여섯 나라가 하나가 되어 악당들을 물리쳐라!

——코마링!! 코마링!! 코마링!! 코마링!! 코마링!! 코마링!!

세계의 곳곳에서 항상 그래왔듯 코마링 콜을 외치고 있다.

이미 겔라 알카 공화국은 완전히 악역이 되어 있었다.

사람들 선두에 선 두 소녀, 코마리와 네리아는 적군을 향해 달려간다.

여섯 나라의 기대와 희망을 한 몸에 짊어진 채.

고향은 국왕의 폭정으로 다른 나라에 팔렸다.

팔린 곳은 백극 연방. 갑자기 지배자로 군림한 백옥종은 겨울 하늘처럼 음침하고 차가운 녀석들이었다. 전류에게 모멸의 시선을 보내는 건 일상다반사였다. 녹슨 고철, 야만 검사——. 그런 험담을 몇 번이나 들었는지도 모르겠다.

사람들은 손가락질하거나 갑자기 밀치거나 집 문 앞에 오물을 던지기도 했다.

어린 여동생을 감싸면서 공공연한 차별을 필사적으로 견뎌냈다.

견디면서도 속으로는 복수심을 불태웠다. 자신을 괴롭히는 다른 종족을 향한 분노. 그리고 고향을 적국에 판 기회주의자 국왕을 향한 분노. 부당한 운명을 강요한 세계를 향한 분노.

강해질 수밖에 없었다. 모든 걸 회복시키려면 힘이 필요했다.

그래서 열다섯 번째 생일을 맞았을 때, 여동생을 데리고 알카의 왕도로 향했다. 왕국군에 들어가 솜씨를 연마하기 위해서였다. 증오스러운 국왕을 섬겨야 하는 건 참을 수 없었지만, 무력을 중시하는 이 나라에서 출세하려면 관직에 오르는 것 말고는 방법이 없었다.

"뭐? 너 같은 애송이가 어떻게 군에 들어간다고."

문전박대는 각오하고 있었다. 당시 국왕의 뜻으로 왕국군은 계속 수가 줄고 있었기에 새로운 병사를, 그것도 신원이 불분명한 젊은이를 고용할 이유가 없었던 것이다. 그래도 여러 번 고개를 숙이며 간절히 부탁했다. 비 오는 날이나 바람 부는 날에도, 몇 번씩 땅에 조아렸다──.

"끈질기네. 더 이상 따라다니면 베어버린다."

"──받아주면 되잖아."

팔영부의 문. 거기 갑자기 나타난 것은 분홍빛 소녀였다.

위병이 눈에 띄게 당황했다.

"네리아 전하! 무슨 일이신지요."

"그냥, 산책을 좀 하고 있었어. ──저기, 거기 너."

소녀의 얼굴을 올려다본다. 한없이 자신감이 넘치는, 눈부신 미소가 거기에 있었다.

"매일 여기를 지나가느라 봤는데 꽤 근성이 있네. 당신이라면 세계 정복을 하는 데 도움이 될지도 몰라. 내가 매드할트에게 부탁해서 왕국군에 넣어줄게."

손을 쑥 내민다. 비유나 농담이 아니었다──. 고향을 걸고, 모진 창옥들에게 학대당하다가 고심한 끝에 왕도로 올라온 청년 파스칼 레인즈워스에겐 이 분홍빛 소녀가 정말 신 같아 보였다.

이 소녀를 위해서 세계를 독점하겠다. 그렇게 결의했다.

그건 연모에 가까운 감정이었을지도 모른다.

그러나 이 연정이 왜곡된 방향으로 피어날 때까지는 그리 오랜 시간이 걸리지 않았다.

레인즈워스가 한 병졸로서 노력을 거듭하고 있는 사이, 네리아는 흡혈귀 교사에게 잘못된 가르침을 주입당하고 있었다. 지금까지 매드할트를 따라 다른 종족을 유린하기 위한 사상을 키우고 있었을 텐데, 하필이면 이타라든지 평화라든지 창옥들에 시달려 온 레인즈워스가 보기에는 실소가 나는 이상을 고지식하게 받들게 된 것이다.

레인즈워스는 여러 번 간언했다. 전류가 얼마나 뛰어난지, 다른 종족, 특히 창옥이나 흡혈귀가 얼마나 열등한지, 국왕의 평화주의가 얼마나 쓸데없는지——, 그리고 우수한 알카 왕국이 세계를 가져야 할 이유를 여러 번 설명했다. 그러나 네리아에게는 통하지 않았다.

「당신은 매드할트처럼 머리가 굳었어.」

「다른 종족과도 친구가 될 수 있거든?」

「푸딩은 절반으로 나눠 먹어야 해.」

레인즈워스의 가슴속에 초조함이 싹텄다. 복수를 완수하기 위해—— 세상을 전부 손에 넣기 위해 왕국군에 들어갔다. 혹독한 훈련을 거쳐 그걸 위한 힘도 얻었다. 네리아를 위해 세계를 정복할 준비는 되어 있는데.

네리아를 기쁘게 하기 위한 노력은 게을리하지 않았는데.

걱정했던 건 레인즈워스뿐만이 아니었다. 레인즈워스의 부대장—— 매드할트는 대국적인 관점에서 냉혹한 결정을 내렸다.

"네리아 전하는 타락하셨어. 저게 다음 국왕으로 즉위하면 알카는 뮬나이트나 백극 연방의 꼭두각시가 되고 말겠지."

그리하여 쿠데타가 시작되었다. 왕후귀족은 잡아서 몽상낙원에 유폐. 왕권은 무너져 공화제가 되었고, 젤라 알카 공화국이 막을 열었다. 그때 본 네리아의 얼굴은 지금도 잊을 수 없다. 모든 걸 잃은 인간에게 흔히 찾아볼 수 있는 새하얀 절망으로 가득 찬 표정.

본래라면 네리아도 몽상낙원에 수용될 터였다. 그러나 그러면 의미가 없다. 그녀에게 젤라 알카가 세계를 정복하는 순간을 보여주며 개심시켜야 했다.

"대통령. 네리아 커닝엄은 제가 관리하게 해주십시오. 저것은 쓸 만합니다."

매드할트에게 한 이 제안은 거의 사적인 정 때문이라고 할 수 있겠지. 아무튼 네리아를 구한 레인즈워스는 동생 게르트루드를 메이드로서 보내 그녀의 상태를 24시간 계속 감시하기로 했다. 하지만—— 월도희가 무너지는 일은 없었다.

"죽어, 레인즈워스. 난 너의 꼭두각시가 되지 않아."

적의 어린 시선이 레인즈워스의 마음을 도려냈다. 그 말을 실현하려는 듯 망국의 공주는 검 수련을 쌓아 인정할 수밖에 없는 실력으로 팔영장까지 도달했다. 게다가 그 작은 몸 안쪽에 '매드할트 정권 타도'라는 장대한 야심을 표출하면서.

마음에 들지 않았다. 모든 게.

그러니까 레인즈워스는 그녀를 끌어내릴 것이다.

다시 절망의 수렁에 밀어 넣고 세계를 지배한 뒤, 그 건방진 월도희에게 과시해 줄 것이다. 네 사상은 잘못됐다, 젤라 알카의 힘을 가지고 있다면 모든 걸 가질 수 있지 않느냐——. 그렇게 말하며 네리아 커닝엄의 마음을 손에 넣을 것이다.

그걸 위해서라도 열등 종족들을 몰살해야 한다.

※

뮬나이트 직할령, 성채도시 그레토는 공황에 빠져 있었다.

낙원 부대의 전류들이 눈앞까지 다가온 것이다. 성벽 망루에 서서 원시 마법을 발동하고 있던 보초는 무심코 숨을 삼켰다고 한다. 그 정도로 이상한 적들이었다.

수는 5천. 하나하나가 감정 잃은 기계처럼 무표정하다. 그러나 살을 찌르는 듯한 살의만은 멀리서도 확실히 엿보였다. 몽상 낙원에서 매드할트나 레인즈워스에게 세뇌당한 '죽이기 위한 군단'. 그게 낙원 부대의 본질인 것이다.

"본국의 지원은 없나?"

"예……. 연락이 안 됩니다."

성벽 위에서는 병사들이 우왕좌왕하고 있었다. 이미 인근 성은 전류들에게 유린당했다고 한다. 놈들은 가차가 없다. 모든 걸 다 파괴할 때까지 멈추지 않는 것이다——.

그때 낙원 부대에서 고농도의 마력이 피어오른다.

전류들이 화염 마법을 쏘았다. 빠르게 날아오는 화염 탄환이 성문에 부딪혀 요란한 소리가 난다. 마법은 계속됐다. 살의가 담긴 화염탄이 여러 번 그레토의 성벽을 쳤고, 그럴 때마다 성이 흔들려 많은 사람이 비명을 질렀다.

'이제 틀렸다'――누군가가 그렇게 중얼거렸다.

성벽 위에서 적군의 동향을 시찰하던 병사들도 절망스러운 표정을 지으며 무릎을 꿇고 말았다. 핵 영역의 일반적인 도시에는 변변한 방어 기능이 없다. 외적의 공격을 예상한 적이 없기 때문이다. 누구에게나 '엔터테인먼트가 아닌 전쟁'은 뜻밖의 것이다.

이 성채도시도 다른 곳과 똑같이 멸망하겠지――, 모두가 그렇게 생각했다.

그때 사뿐, 하고 성벽 위에 누가 올라섰다.

"어――?"

푸른 소녀였다. 예리한 칼날을 연상케 하는 분위기의 흡혈귀다. 그 눈동자는 강한 의지로 빛나고 있다. 병사들은 생각했다――. 대체 어디에서 나타난 거지?

소녀가 키득키득 웃으며 오른손을 내밀었다.

가느다란 손가락이 가리키는 건 지금 성벽을 깨부수려 하고 있는 무법의 전류들이다.

"가여워라. 죽여 줄게."

소녀의 손끝에서 푸른빛 섬광이 발사되었다.

초급 광격 마법 【마탄】.

누구나 밑 빠진 독에 물 붓기라고 생각했겠지――, 그러나 결과는 달랐다.

낙원 부대 선두에 떨어진 탄환은 어마어마한 마력의 폭발을 일으켰다. 충격을 감당하지 못한 전류들이 속수무책으로 날아간다. 피어오르는 모래 먼지와 흩날리는 피, 그리고 갑자기 귀를 찌르는 듯한 함성이 터져 나왔다.

사람들은 보았다. 성문과 전류의 사이에 잇달아서 【전이】해오는 군단이 있다.

물결치는 피와 박쥐를 본뜬 군기가 바람에 펄럭이고 있다. 잘못 봤을 리 없다——. 저건 틀림없이 뮬나이트 제국군의 흡혈귀 부대였다.

구사일생으로 살아난 사람들은 입을 쩍 벌린 채 돌처럼 굳어 있었다.

소녀는 성벽 위에서 흡혈귀들에게 명령을 내렸다. 그 모습에서는 그야말로 살육의 군단을 통솔하는 칠홍천 대장군에 걸맞은 관록이 느껴졌다. ——후에 사람들은 그렇게 말한다.

"——자, 가라. 제5부대. 저들을 편하게 해주렴."

레인즈워스가 도착했을 때, 낙원 부대는 발이 묶여 있었다.

성채도시 그레토, 그 성문 앞이었다.

그들은 매드할트의 명령하에 자동적으로 폴로 향하게끔 컨트롤되고 있었다. 하지만 조교가 덜되어 있어 불시에 폭주하기 때문에 잘 감독할 필요가 있었다. 실제로 진군 도중에 무관한 도시를 덮친 모양이다.

아무래도 그들은 눈앞의 성채도시도 유린할 생각인 듯했다.

낙원 부대에 합류한 레인즈워스는 즉시 그들의 진로를 바꾸려 했다. 이런 곳을 공략할 때가 아니다. 신속히 【대량전이】를 발동

Illustrations copyright © riichu

해서 폴로 보내자——, 그렇게 생각했지만 아무래도 이미 전투가 시작된 듯하다.

앞에서 뮬나이트 제국군의 제복을 입은 흡혈귀들이 도시를 지키기 위해 전류들을 공격하고 있다. 레인즈워스는 혀를 찼다. 적의 수는 5백 정도. 그렇더라도 헛되게 시간을 낭비하는 것은 옳지 않다. 어서 해치우고 목적지로 가야 한다——.

"——어리석네, 겔라 알카는."

레인즈워스의 옆에 소리 하나 없이 누군가가 내려섰다.

반사적으로 검을 뽑는다. 조용히 비웃는 소리가 레인즈워스의 귀에 미끄러져 들어온다.

"한탄하는 소리가 들려. 전류들은 위정자를 증오하고 있어."

"누구냐, 네놈은!"

푸른 드레스를 입은 소녀가 거기 있었다. 분명 흡혈종이다. 그와 동시에 이해한다. 성채도시를 지키는 부대를 지휘하고 있는 건 이 계집임이 틀림없다. 뮬나이트 제국에 이런 칠홍천은 없었을 텐데——. 당황한 레인즈워스를 무시하듯이 소녀는 웃었다.

"협박에 조종당하는 병사는 약해. 할 거면 마음을 빼앗아야지."

"네놈은 뮬나이트 제국의 장군이냐? 뭐 하러 여기 온 거지?"

"공을 세워서 죗값을 치르라길래. 우선 적 부대의 발은 묶어뒀는데, 결국 저 녀석이 나선다면 내가 공을 세울 기회가 없겠네."

"무슨 소리를……?"

레인즈워스는 검을 겨눈다. 그러나 소녀는 여유로운 태도를 잃지 않았다.

"저기, 몽상낙원인지 뭔지는 열핵해방을 개발하는 연구 중이었지? '뒤집힌 달'이 꼬드긴 건가?"

"닥쳐."

"정말 멍청하네. 열핵해방은 마음의 힘. 몸을 상처 입혀 봤자 아무 의미도 없어. 고통으로 증폭하는 건 공포나 증오뿐이야. 마음이 단련되는 게 아니라고. 아마츠 선생님은 잘못됐어. 그 사람 말을 믿고 신구를 들여오다니 멍청하다는 말밖에 안 나와."

"⋯⋯닥쳐!"

레인즈워스는 검을 휘둘렀다. 이런 정체 모를 여자를 살려둘 이유는 없다. 그러나 흡혈귀는 경쾌하게 도약하더니—— 그대로 공중에 떠올랐다. 비행 마법이다.

"겔라 알카는 멸망하겠지. 안타깝게도."

"바보 같은 소리 마! 멸망하는 건 네놈들이다!"

아무것도 걱정할 필요 없다. 눈앞의 여자 따위는 바로 해치울 거다. 여섯 나라를 제패한 뒤, 네리아의 마음을 얻고 매드할트 뒤를 잇는 대통령이 되어 세계의 지배자가 되는 것이다. 폴 함락은 이를 위한 첫걸음이다.

——하지만 일은 레인즈워스의 생각처럼 잘 풀리지 않았다.

"저걸 봐. 빛나고 있지."

"뭐야?!"

소녀가 동쪽 하늘을 가리켰다. 덩달아 시선을 돌린다.

황금빛 마력의 기둥이 하늘을 꿰뚫고 있었다. 너무나도 웅장한 광경이다. 그러나 레인즈워스는 말로 형용하기 힘든 불길한 무언가를 느끼며 굳어 버렸다.

"저게 뭐지……?"

"내가 죽도록 싫어하는 계집이야. ──내가 널 죽이는 것도 괜찮지만 저 녀석에게 시키는 게 더 효과적이겠지. 오늘은 양보해 줄게, 테라코마리."

"이, 이봐! 잠깐, 넌……."

푸른 소녀가 어디론가 사라졌다. 황급히 마력을 추적해 【전이】한 곳을 조사하려고 한 순간.

무시무시한 금빛 마력이 초원을 가로질렀다.

전류들이 압도적인 마력의 영향으로 공포의 비명을 질렀다. 강렬한 존재감, 살을 찌르는 듯한 살기, 그야말로 신이 강림한 듯했다.

태양이 저물었다.

레인즈워스는 본능적으로 위기를 감지하고 검을 뽑았다. 위쪽에서 기습처럼 날아든 충격을 죽을 각오로 받아낸다. 금빛 불꽃이 튀었다. 엄청난 무게감에 온몸의 뼈가 부서지는 줄 알았다.

그리고 레인즈워스는 보았다.

상공에서 갑자기 습격해 온 것은 금색의 흡혈 공주였다.

붉은 눈동자. 조용한 분노를 머금은 표정. 군복에 새겨진 '망월(望月)의 문장'은 뮬나이트 제국의 대장군임을 나타내는 트레이드 마크다.

분노가 폭발했다.

"테라코마리 건데스블러드으으————————————!!"

힘껏 밀어내려 했지만 불가능했다. 레인즈워스는 순간적으로 몸을 비틀어 적에게서 벗어났다. 땅을 내리친 황금 검에서 엄청난 마력 폭발이 일어났고, 주변의 전류들이 종잇장처럼 날아갔다.

영문을 모르겠다. 왜 여기 이 흡혈귀가——.

"——레인즈워스. 죗값을 치를 때야."

자기 귀를 의심했다. 분명 레인즈워스가 원해 마지않았던 소녀의 목소리다.

자욱하게 피어오르는 모래 먼지가 칼에 밀려난다.

분홍빛 마력과 금빛 마력이 교차해서 도저히 이 세상의 것이라고 볼 수 없는 광경을 만들어내고 있다.

오른손으로 황금 검을 들고 중력 마법인지 뭔지로 회전하는 수많은 도검을 몸에 거느린 저 얄미운 흡혈 공주, 테라코마리 건데스블러드.

그리고 그녀 옆에서 쌍검을 들고 있는 건—— 분홍색 머리카락을 바람에 휘날리는 공화국 최강이라고 불리는 팔영장 '월도희' 네리아 커닝엄. 조금 전 마음이 꺾여버렸을 소녀가 눈을 붉게 빛내며, 불굴의 투지를 불태우고 있다. 다시 레인즈워스 곁으로 돌아온 것이다.

"꽤나 큰 소대네. 이제 한 사람도 남김없이 죽여 줄게."

"윽, 까불지 마! 넌 나를 따르면 돼! 그러면 영원한 행복을 약속해줄게! 지금 당장 무기를 버리고 무릎을 꿇으란 말이다!"

"내가 왜? 난 코마리와 함께 싸울 수 있다면 행복해. 저기, 코마리. 당신도 그렇지?"

그렇게 말한 네리아는 옆에 있는 흡혈귀에게 미소를 지어 보였다.

화가 난 나머지 미쳐버릴 것 같았다.

그녀의 눈동자는 희망으로 가득 차 있었다.

그 희망은 레인즈워스가 줬어야 했다. 그녀를 절망의 수렁에 밀어 넣은 뒤——, 구원의 손길을 뻗어—— 자기만 바라보게끔 했어야 하는데——.

"그런 눈을…… 그런 눈을 남에게 보여주지 마——————!"

레인즈워스는 힘껏 발을 내디뎠다.

결코 용납할 수 없다. 힘으로 굴복시켜야 한다. 네리아 커닝엄은 파스칼 레인즈워스의 것이다. 어디서 굴러먹던 말 뼈다귀인지도 모를 흡혈귀에게 빼앗기진 않는다.

후려친 검극을 네리아의 쌍검이 막는다. 분홍빛 섬광이 방출됐다. 레인즈워스는 순간적으로 발차기를 날렸다——. 그러나 상체를 화려하게 젖히며 피했다. 곧바로 다른 차원의 각도에서 쌍검이 날아들었다. 칼날과 칼날이 여러 번 부딪쳤고 날카로운 소리가 울린다.

레인즈워스의 검이 중간쯤에서 부러졌다.

부러진 검 절반이 회전하면서 뒤로 날아간다.

믿을 수 없었다. 그러나 곧 이해했다——, 열핵해방이다. 네리아는 어느새 레인즈워스의 상상을 뛰어넘는 힘을 손에 넣은

Illustrations copyright © riichu

것이다.

붉은 눈이, 자신감 넘치는 눈이, 레인즈워스를 날카롭게 꿰뚫는다.

"바보 같은……, 바보 같은."

★

"──뭐! 네리아 커닝엄이 열핵해방을 발현했다고?"

처음으로 매드할트가 소리를 높였다. 수정에 핵 영역 내의 전투 영상이 실시간으로 비치고 있다.

"말도 안 돼. 그 계집에게는 신구로 실험한 적이 없을 텐데! 어째서……."

"뭘 좀 착각하고 있는 거 아니냐?"

망루 돌벽에 걸터앉은 뮬나이트 황제가 어이가 없다는 듯 말했다.

"신구로 몸을 괴롭게 하는 수련──, 분명 그런 것도 있는 것 같군. 하지만 열핵해방의 본질은 그게 아니야. 그건 노력이나 재능으로 어찌할 수 있는 게 아니니까."

"무슨 소릴 하는 거냐. 노력과 재능 이외에 뭐가 또 있다고."

"운명이야."

매드할트는 혀를 찼다.

그러나 바로 평소처럼 여유로운 표정을 지었다.

"저까짓 열핵해방 하나 발현했다고 해서 전황이 바뀌지는 않아.

레인즈워스는 몽상낙원에서 지옥 같은 나날을 보냈고, 그런 노력 끝에 최강의 열핵해방을 획득했다. 네리아 커닝엄도 테라코마리 건데스블러드도 적수가 못돼."

"그래, 녀석이 네 비장의 카드였군. 뭐 그건 그렇고, 우리 원군이 도착한 모양이야. 너에게는 지긋지긋한 증원이겠지만."

★

공간 마법 【소환】으로 대신할 검을 가져오며 레인즈워스는 외쳤다.

"——네놈들! 뭘 하는 거냐, 원호해!"

"레인즈워스 님! 하지만 그 밖에도 적이…….""

"뭐야?!"

그때 낙원 부대의 중앙에서 큰 폭발이 일어났다. 살고자 하는 본능조차 잊은 병사들은 우스꽝스럽게 날아가 산산조각 났다. "적습이다!" "적이 숨어 있었어!"—— 레인즈워스가 데려온 부하들이 우왕좌왕한다. 저런 고약한 폭발 마법을 쓸 사람은 페트로즈 카라마리아뿐이다.

하지만 그뿐만이 아니었다.

멀리서 공기를 진동케 하는 함성이 들렸다. 고개를 돌리니 수많은 적병이 사방팔방에서 해일처럼 밀려들고 있었다. 라페리코 왕국의 침팬지 부대. 뮬나이트 제국의 흡혈귀 부대. 그 밖에도 요선향의 군세, 백극 연방의 군세, 천조낙토의 군세, 겔라 알카의 반란군——.

누군가가 '문'을 만들어 【전이】한 것이다.

"자, 친애하는 병사들이여! 적들을 벌집으로 만들어 버려라! 백 명 이상 죽이지 못한 녀석은 농장으로 좌천시켜서 감자나 키우게 해주마!"

백극 연방의 장군이 크게 고함치고 있다.

그녀뿐만이 아니다——, 여러 나라의 장군들이 포효하며 싸우고 있었다.

적들의 사기는 이상할 정도로 높았다. 세상을 감싸는 금빛 마력에 전의가 고양된 연합군은 마법이니 선술(仙術)이니 주먹을 자유자재로 구사해 전류들을 쓰러뜨린다.

뒤에서 실소하는 듯한 소리가 들렸다.

"이놈들이 매드할트가 숨겨둔 부대라고? 하지만 숨겨져 있었단 게 불행이지. 실전 경험이 없으니까 전투라는 걸 전혀 모르는 것 같은데."

"윽——, 네리아! 너는 잘못된 길을 가고 있어! 이런 짓을 해봤자 너에게 도움 될 게 없어……. 내게로 돌아와!"

"그러니까 돌아왔잖아. ——당신을 죽이러."

네리아가 땅을 박차며 속도를 높였다. 레인즈워스는 예비 검을 든다. 쌍검이 분홍빛 선을 그으며 다가온다——. 그러나 뒤에서도 찌르는 듯한 살기를 느낀 레인즈워스는 순간적으로 바닥을 뒹굴며 자리를 벗어났다.

그 직후 난데없이 날아든 금빛 칼날이 땅에 꽂혔다.

추격은 끝나지 않았다. 중력 마법 때문에 모든 이치에서 해방된 수많은 도검이 폭풍우처럼 다가온다. 레인즈워스는 검을 들며 필사적으로 피한다——. 그리고 무서운 것을 목격했다. 검이 꽂힌 땅이 황금색으로 변한 것이다.

아니, 저건 변색이 아니다.

금속 중의 '금'으로 변한 것이다.

"잠깐, 코마리! 이 녀석은 내가 처리할 거야!"

뒤에서 달려든 네리아의 일격을 검으로 막는다. 레인즈워스의 검은 또다시 무처럼 토막 나서 바닥에 떨어졌다.

이번에는 뒤에서 황금 검이 날아든다.

레인즈워스는 이를 갈면서 일단 거리를 두었다.

전방 20m. 황금빛으로 빛나는 흡혈귀는, 꼭 낙원 부대의 병사처럼 무표정하게——, 그러나 눈에는 명확한 '적의'와 '살의'를 가득 띤 채 레인즈워스를 노려보고 있었다.

그렇게 속에서 분노가 솟구쳤다.

침착하게 생각해 보자——. 모든 원흉은 저 건방진 계집이었다.

네리아에 가짜 희망을 주고 전 세계를 괜히 들쑤셔 겔라 알카의 번영을 방해하는 최저, 최악의 방해꾼이다.

어떻게든 없애야 했다.

"전류들이여! 네놈들은 네리아 커닝엄을 잡아라!"

레인즈워스의 절규에 호응한 병사들이 네리아에게 달려든다.

"이익, 비켜!"

네리아는 원망스레 외치며 맹공을 가한다. 몇몇은 쌍검에 베여 산산조각 났지만, 그래도 전류들이 잇달아 몰려들어서 네리아는 꼼짝도 할 수 없었다. 이제 한동안 뒤는 신경 쓰지 않아도 되겠지.

"죽어라——, 흡혈귀 계집!"

몸을 굽히고 질주했다.

속에 떠오르는 것은 몽상낙원에서 맛본 소름 끼치는 고통. 분노와 슬픔과 욕망으로 얼룩진 거무칙칙한 기억이다. 신구에 몸이 토막 났고 몇 번을 도망치려고 했는지 모른다. 그럼에도 자신의 출세를 꿈꾸며 참을 수 없어도 참고, 감당할 수 없어도 감당했던 절망 어린 나날이었다.

열핵해방【쾌도금강(快刀金剛)】.

레인즈워스의 두 눈이 붉은빛을 뿜어냈다.

몸이 차갑게 변해 간다. 그건 모든 외부의 공격을 막는 철벽의 금강이었다. 매드할트가 그랬다——, '너는 창인 동시에 궁극의 방패다'라고.

【쾌도금강】은 모든 것을 튕겨내는 방어형 열핵해방이다.

이 힘을 이용하면 누구에게도 질 리 없다. 실제로 팔영장은 아무도 레인즈워스의 몸에 흠을 남기지 못했다.

게다가 이건 능력의 성질상, 최강의 열핵해방임을 의심할 여지가 없었다.

애초에 열핵해방의 약점은 '마핵과의 통로가 끊겨 상처가 낫지 않게 되는 것'이다. 그러나 처음부터 다칠 일이 없다면 어떨까? 약점이 전혀 없지 않은가.

"죽어라, 테라코마리 건데스블러드——!"

레인즈워스는 칼을 치켜들며 절규했다.

그 순간이었다.

테라코마리 주변을 돌고 있던 단도가 고속으로 발사되었다.

방어할 필요는 없었다. 자신에게는 최강의 열핵해방이 있으니까.

금강의 몸 앞에서 적의 공격 따위는 종잇조각이나 다름없으니까——.

그렇게 생각하고 했는데.

"윽, 헉?!"

왼쪽 어깨에 격한 통증이 느껴진다. 균형을 잃고 황금 위로 쓰러진다.

영문을 모르겠다. 어깨를 보니 【쾌도금강】에 의해 보호받고 있을 몸이——, 어깻죽지가 패여 있었다.

새빨간 피가 철철 흘러넘친다.

철철 흘러넘친 새빨간 피가 순식간에 금으로 변한다.

변환된 금이 뚝뚝 흘러내려 황금색 땅으로 떨어진다.

공포심이 부풀어 올랐다.

거짓말이지?

"거짓말이 아니야."

"윽?"

강렬한 살기를 느낀 레인즈워스는 그 자리에서 뒤로 물러났다.

테라코마리가 날린 수많은 도검이 심상치 않은 속도로 날아들었다.

가느다란 빗줄기처럼 쏟아지는 살육의 칼날 때문에 엄청난 기세로 땅이 팼고, 그때마다 넘쳐흐른 금빛 마력 때문에 큰 폭발이 발생했다.

레인즈워스는 필사적으로 회피했다. 열핵해방을 발동한 지금 저걸 맞아버리면 정말 죽는다. 그것만은 피해야 한다. 그럼 열핵해방을 멈추면? 그럼 이길 수 없다. 아니, 이길 수 있을까──?

날아온 검이 아군인 전류에게 꽂혀 폭발했다.

정신을 차리고 보니 주변에서는 피로 피를 씻는 듯한 난전이 벌어지고 있다.

그러나 낙원 부대의 전류들은 괴멸 직전이었다. 그들은 고문과 협박, 회유에 의해 강제로 병사가 된 인형이었다. 처음부터 국가에 충성심이 있을 리 없었다. 검을 들고 싸우려 하는 자는 그나마 나았다. 일부 부대는 세뇌가 풀렸는지 사방팔방으로 도망치고 있었다.

몽상낙원의 결함이 여실히 드러났다.

폭력적인 지배는 반드시 파탄을 낳는다. 매드할트는 모든 걸 오인한 것이다.

"젠장……. 젠장, 젠장, 젠장! 싸워, 이놈들아!!"

레인즈워스는 외친다. 그러나 그 절규조차 적병의 고함에 묻혔다. 무료해진 열등 종족들이 이쪽의 전투를 바라보며 박수를 치거나 환성을 지르고 있었다.

──코마링!! 코마링!! 코마링!! 코마링!!

──가라!

──젤라 알카를 끝장내 버려!

"열등 종족 주제에……, 건방지게에에에에에에엣!!"

자기 안에 생겨난 나약함을 뿌리치듯 레인즈워스는 돌진했다.

코마링은 무슨. 흡혈귀 따위는 전류에게 지배당해야 할 가축에 불과하다. 모든 건 젤라 알카 공화국이 세계의 패권을 잡기 위한 발판에 지나지 않는다.

이 빌어먹을 건방진 계집은 아무것도 모르고 있다.

모른다면 깨닫게 해 줘야지──.

고속으로 사출되는 수많은 도검을 아슬아슬하게 피한다. 몇몇 검이 몸에 스쳤고 핏방울이 튄다. 그러나 레인즈워스는 멈추지 않는다. 여기서 저 계집을 막지 못하면 매드할트 정권은 끝이다. 그것만은 막아야 했다.

"아아아아아아아앗!"

검을 수평으로 잡고 혼신의 힘을 다해 후려쳤다.

테라코마리가 눈에 보이지조차 않는 속도로 황금 검을 휘두른다.

금빛 마력이 휘몰아친다. 금속과 금속이 부딪치는 고음이 울려 퍼진다.

레인즈워스의 검은 두 동강 나 사라졌다.

"뭐야──, 제길!"

레인즈워스는 앞뒤 가리지 않고 마력을 가다듬어 초급 광격 마법 【마탄】을 연사한다. 전류는 물론 마법이 특기인 종족이 아니다. 지금까지 검을 쓰던 장군이 궁지에 몰려 쓴 마법 공격 따위가 진심을 발휘한 괴물에게 통할 리 없었다.

테라코마리 주위를 맴도는 검이 【마탄】을 깨끗하게 쳐냈고 그 안에서 폭발이 일어났다. 폭풍의 눈에 선 금빛 소녀는 황금 입자를 흩뿌리면서 작게 한숨을 내쉬었다.

"포기해."

"이, 흡혈귀가!"

분노에 손이 떨린다. 모든 신경을 집중해서 대신할 검을 【소환】시킨다.

그러나 휘두르기도 전에 가루가 되어 버렸다. 자기도 모르는 새 황금 검에 의해 부러진 모양이다. 말도 안 돼. 말도 안 된다. 이런 일이 가능할 리 없다――,

"너는."

의식에 공백이 생긴다.

그 틈을 노리고 빠르게 참격이 날아온다.

품에서 꺼낸 예비용 나이프를 던진다. 그러나 공중을 맴도는 도검들의 파장에 맥없이 튕겨 나갔다. 본능이 경종을 울리고 있었다――, 이대로 가면 죽는다.

마력으로 마핵과 몸을 다시 잇는다. 레인즈워스는 순간적인 판단으로 열핵해방을 포기했다. 이미 피할 수는 없었다.

"너는, 잘못됐어."

"뭐―― 뭐가 잘못됐다는 거냐아아아아아아아아아앗!!"

레인즈워스가 절규한 순간.

공간을 파괴할 듯한 기세로 황금빛이 일직선으로 날아왔다.

테라코마리가 쏜 참격이 레인즈워스의 몸을 비스듬히 벤 것이다.

강둑이 무너지듯 피가 흩날렸다.

어마어마한 통증. 공중에 흩날리는 자기 피가 얼어붙듯 황금으로 변해 가는 것을 본 순간, 레인즈워스의 전의는 맥없이 무너졌다.

그 자리에 풀썩 무릎을 꿇었다.

적과의 역량 차가 너무 크다.

왜 일이 이렇게 됐지. 겔라 알카는 세계를 지배하는 최강의 국가다. 이런 데서 흡혈귀 계집 따위에게 질 리 없다──. 그런 음(陰)의 감정이 저주의 말이 되어 입에서 쏟아졌다.

"──주, 죽여주마!! 반드시 죽여주마! 흡혈귀 같은 열등 종족이! 지배당해야 할 노예 주제에! 네놈 같은 계집에게…… 겔라 알카는."

"겔라 알카는 멸망하는 거야."

어느새 분홍빛 마력이 주변에 휘몰아치고 있었다.

네리아 커닝엄.

레인즈워스가 갈망하던 소녀──, '월도희'가 싸늘하게 이쪽을 내려다보고 있었다. 과거 레인즈워스에게 보여준 자비로운 미소와는 거리가 먼 표정이 거기 있었다.

갑자기 기억 밑바닥에 있던, 잊혀 가던 그녀의 말이 되살아난다. 그야말로 주마등이라고 할 수밖에 없었다.

"네리아, 나는…… 너를…….”

"레인즈워스, 나는 네 그 사고방식이 싫어."

——굉장하네. 당신이라면 언젠가 장군이 될 수 있을 거야.

"남을 아무렇지 않게 상처 입히는 녀석은 그냥 둘 순 없어."

——팔영장이 못 된 거야? 아아, 아버님이 이영장으로 축소해서 그렇구나.

"넌 네 나름대로 알카나 전류를 위해 노력했을 수도 있지."

——하지만 괜찮아. 노력하면 보답받는 날이 올 거야.

"……하지만 노력의 방향이 잘못됐어."

——응원할게. 언젠가 알카를 강한 나라로 만들어줘, 미래의 장군님!

"너는…… 알카에 필요 없어. 레인즈워스.”

"네리아. 비켜.”

살의의 덩어리 같은 마력이 반짝반짝 빛나며 쏟아진다.

네리아 뒤에서 금색 흡혈귀가 모습을 드러냈다.

주변은 빛나는 황금 입자 때문에 눈조차 뜰 수 없을 정도로 반짝이고 있었다.

주변을 떠도는 도검들의 끝이 이쪽을 향해 있다.

보는 이를 전율케 하는 붉은 안광이 이쪽을 꿰뚫어 보고 있다.

테라코마리 건데스블러드가 검을 크게 휘둘렀다.

레인즈워스 눈에는, 그녀의 모습이 하늘에서 내려온 금색 사신 같아 보였다.

"그, 그만——.”

"반성해."

유성 같은 속도로 검이 날아들었다.

그렇게 주변이 황금빛 섬광에 휩싸였다.

★

환성이 들렸다.

모든 나라의, 모든 마을 사람들이—— 흡혈귀도, 화혼도, 창옥도, 수인도, 요선도 그리고 전류마저 하나같이 환호성을 지르며 열광했다.

황금 검에 파괴된 낙원 부대의 5천 군사는 보기에도 처참한 시체가 되어 있었다.

이미 매드할트에게는 수가 없다. 멸망의 때를 기다리는 길만 남았다.

언뜻 보기에는 테라코마리 건데스블러드가 혼자 이룬 위업 같아 보이겠지——. 하지만 결코 그렇지 않다. 그녀에 자극당한 모든 이가, 여섯 국가의 평화를 어지럽히는 파괴자에게 맞서고 협력한 결과다.

"——흥, 한 건 했네. 코마리."

초원은 코마리의 마력에 의해 황금 대지로 변해 있었다.

동토(凍土) 다음은 황금향. 도대체 얼마나 상식을 벗어나 있는 건지. 얼마나 강한 마음을 가져야 저렇게 될 수 있을까. 그 끝을 알 수 없는 실력이 네리아에게는 무서운 동시에 믿음직스럽기도 했다.

──코마링!! 코마링!! 코마링!! 코마링!!

황금향은 '코마링 콜'로 가득했다. 여섯 나라의 역사를 바꾼 소녀를 향한 아낌없는 칭찬.

네리아는 옆에 서 있는 황금빛 흡혈귀를 바라보았다.

변함없이 무시무시한 마력을 흩뿌리고 있다. 주변은 그녀를 칭송하는 목소리로 가득했다. 살짝 질투심을 느낀 것도 어쩔 수 없는 일이겠지.

그때 코마리가 네리아의 군복 자락을 살짝 잡았다.

네리아는 방대한 마력에 압도당하면서도 그녀의 얼굴을 바라본다.

"왜 그래?"

"다음."

"다음……?"

의미를 모르겠다. 그러나 곧 이해했다.

아직 해야 할 일이 남은 것이다.

모든 악의 근원에게 한 방 먹여줘야 한다.

위치가 발각됐다.

세상을 혼돈에 빠뜨린 원흉──, 매드할트를 발견한 민중이 구 왕궁으로 몰려들고 있다.

수도 상공에 내걸린 스크린에는 핵 영역의 전황이 비치고 있었다. [보십시오, 시체가 쌓여 있습니다! 테라코마리 건데스블러드 각하의 맹활약으로 겔라 알카 군은 괴멸했습니다! 저희는 지금 역사의 전환점을 목격하고 있습니다!] ——신문기자들이 실제로 전장에 와서 촬영 중이다. 푸르던 초원은 금속(金屬)의 마력에 의해 눈부실 정도로 밝은 황금으로 변해 버렸으며, 원래의 풍경은 흔적조차 찾아볼 수 없었다.

팔영장은 전멸. 매드할트의 비장의 낙원 부대도 황금 검에 휩쓸려 사라졌다. 몽상낙원의 비밀은 밝혀졌고, 수용자들은 탈주. 수도에서는 민중이 대통령을 비난하며 폭동을 일으키고 있다——.

이미 사태를 타개할 수단은 없을 듯했다.

"——승부가 났군, 대통령."

금발의 흡혈귀가 불쑥 중얼거렸다.

매드할트는 멍하니 그녀의 얼굴을 바라봤다. 승리를 뽐내는 기색은 전혀 찾아볼 수 없었다. 마치 처음부터 그렇게 될 것을 예측한 것처럼 태연한 표정이다.

"이미 겔라 알카에게 미래는 없어. 빨리 은거나 하도록."

"비—— 비겁하잖냐!"

매드할트는 주먹을 쥐고 일어섰다.

"저런 열핵해방에 어떻게 맞서란 말이냐! 대책이고 뭐고 없잖아! 네놈, 처음부터 겔라 알카를 비웃고 있었던 거냐?! 테라코마리 건데스블러드에게 걸리면 전류 따위 적수가 못 된다고 처음부터 그렇게 확신하며 웃고 있었던 거냐?"

"웃고 있었을 리가. 짐은 코마리가 너무너무 걱정돼서 어쩔 줄 몰랐는데. 그 아이는 자기 힘에 전혀 모르고 있어서, 까딱 잘못하면 죽거든."

"헛소리를……."

"이봐, 매드할트." 황제는 금빛으로 빛나는 하늘을 바라보며 말했다. "짐이 목표로 하는 것은 세계 정복이다. 하지만 너처럼 무력으로 지배하는 게 아니야. 누군가가 세계를 독점하는 게 아니라, 사람이 사람을 돕는 이상적인 세계를 만들어내는 것, 그것이 뮬나이트 제국의 목적이다."

"시시하군. 테라코마리 건데스블러드의 힘을 이용하면 무력으로 세계를 굴복시키는 것 따윈 일도 아니지 않나? 나였다면 그렇게 했어."

"코마리의 힘은 남을 죽이기 위해 있는 게 아니야. 너 같은 인간을 죽이기 위한 힘이지."

"결국 죽이는 거잖나!"

"그래, 실수했군. ──너 같은 악당을 벌하고, 세상에 희망의 빛을 가져다주며 사람들의 마음을 좋게 이끄는 게 그 아이의 역할이다."

"마음을 이끌어? 지금 농담하자는 거냐?"

"실제로 네리아 커닝엄은 코마리에게 구원받았지. 그 '월도희'는 이제 네 노예가 아니야. 머지않아 많은 백성에게 지지받는 리더가 되겠지. 그리고 네리아에 감화된 사람들은 '힘으로 남을 정복한다'라는 멍청한 생각 따윈 잊어 갈 거다."

"…………."

"그런 사람들을 늘려 가면, 우리나라의 이상은 달성되겠지. 아마."

"그건 무리야. 인간은 자기밖에 생각할 수 없는 생물이니까. 그래서 난 겔라 알카만을 생각해서 행동해 왔고. 태평하기 짝이 없는 국왕을 죽이고 공화국을 세우고 몽상낙원을 짓고 최강의 팔영장을 모아, 전류를 위한 낙원을 만들어낸다──. 그런 이상을 바탕으로 움직여 왔단 말이다. 그런데 설마, 고작 계집 하나에게……."

"무슨 말을 해도 이해하지 못할 것 같군. 슬슬 끝을 내자고."

후에 사람들은 '천사가 내려왔다'라고 말했다고 한다.

반짝거리는 금빛 마력이 어둠에 휩싸여 있던 겔라 알카 공화국을 밝게 비춘다. 하늘에서 갑자기 나타난 금빛 소녀── 테라코마리 건데스블러드. 그녀 옆에 구 알카 왕국의 후계자 네리아 커닝엄도 붙어 있다.

사람들이 하늘을 향해 환호성을 내질렀다.

두 소녀는 천천히 구 왕궁의 시계탑으로 내려온다.

그 모습은 확실히 지상의 거대 악을 토벌하기 위해서 내려온 천사 같기도 했다.

"이, 이럴 수는……."

"이럴 수도 있는 거야. 단념해, 매드할트."

"…………."

매드할트는 작게 탄식했다. 아무래도 체크메이트인 것 같다.

머릿속에 떠오르는 것은, 유성처럼 지나가 버린 요 5년간의 일이다.

모든 것을 알카에 바쳐 왔다. 국왕 때문에 파멸적인 평화주의에 빠지는 일이 있어서는 안 되기에, 매드할트는 공화제를 세워 사람들의 뜻을 반영했다. 알카에는 '원하는 건 힘으로 손에 넣는다'라는 전통이 있다. 그 전통을 지키며 정책을 내세웠다. 백성을 위해 나라를 위해, 모든 걸 힘으로 손에 넣겠다고 생각했다.

하지만 사람들이 그걸 바라지 않는다면 어쩔 수 없다.

이게 전류들의 선택이라면, 대통령인 매드할트는 더는 할 말이 없다.

테라코마리 건데스블러드와 네리아 커닝엄은 사람들의 환영을 받으며 천천히 매드할트 눈앞에 내려섰다.

백성에게 버림받은 위정자는 퇴장해야 할 때다.

하지만.

악역은 끝까지 악역으로 남는 게 좋겠다고 생각했다.

매드할트는 양팔을 벌리고 높여 외쳤다.

"——잘 왔다, 젊은 영웅들이여! 네놈들은 나의 야망을 막을 수 없다. 내게 남은 길은 나 스스로가 너희와 싸우는 길뿐이다. 하지만 여기서 내가 전 장군으로서 힘을 발휘해 저항하면, 전투의 여파로 많은 희생자가 생기겠지. ——그래서 하는 제안이다. 나와 손을 잡지 않겠나? 네놈들의 마력과 내 정치력이 있으면 세계를 지배할 수도 있겠지."

황금 검과 분홍빛 쌍검이 교차했다.

두 사람은 입을 모아 이렇게 말했다.

"사양하마."

"사양할게."

눈부신 섬광이 뿜어져 나왔다.

이렇게 해서 겔라 알카 공화국은 그 짧은 역사에 막을 내렸다.

※

육국 신문 7월 27일 조간

['육국 대전' 종결, 매드할트 수상은 증발했나.

【제도── 메르카 티아노】뮬나이트 정부는 26일, 겔라 알카 공화국 대통령 매드할트 수상을 제거했다고 발표했다. 이로써 25일에 발발한 겔라 알카 공화국의 침공에서 비롯된 '엔터테인먼트 아닌 전쟁', 통칭 '육국 대전'은 일단 종결되었다. ……(중략) ……뮬천 동맹주 테라코마리 건데스블러드 칠홍천 대장군은 이번에도 맹렬한 활약을 보였고 전 세계에 강렬한 황금의 빛을 안겨주었다. 또한 네리아 커닝엄 팔영장이나 아마츠 카루라 오검제의 활약으로, 리조트 시설 '몽상낙원'에서 치러지던 인체실험이 폭로되어 매드할트 정권의 흉악성이나 잔인함이 드러났다. ……(중략) ……겔라 알카 공화국에서는 수상이 사라짐에 따라 9월에 대통령 선거를 실시할 예정이다. 여러 전류가 출마 의사를 표명했지만, 육국 대전에서 이름을 떨친 커닝엄 장군의 당선이 확실시되고 있다.]

겔라 알카 공화국은 멸망했다.

그러나 왕정이 부활하진 않을 것이다. 백성들의 뜻에 반하기 때문이다. 곧 이 나라는 국명을 '알카 공화국'으로 바꾸고 발전해 나가겠지.

"……변해 버렸네. 이곳도."

코마리의 마력 때문에 절반은 황금으로 변해버린 왕궁 앞에 서서 네리아는 조용히 한숨을 내쉬었다. 수도는 축제 분위기였다. 폭군이 세상에서 사라지자 사람들의 열광은 정점에 달했고, 이미 손을 쓸 수 없는 상태였다.

거리에는 네리아나 코마리의 초상화가 그려진 깃발이 몇 개씩 걸려 있다. 정말 창피한 이야기다——, 그렇게 생각하는 반면 자랑스럽기도 했다. 이 광란이 바로 네리아의 야망이 겨우 이뤄졌다는 증거이기 때문이다.

"——네리아 님, 늦어서 죄송해요."

황금 산울타리가 있는 곳에 메이드 소녀가 서 있었다.

발랄하던 미소는 오간 데가 없었다. 네리아의 충실한 종, 게르트루드는 꼭 혼쭐난 강아지처럼 몸을 웅크린 채 이쪽을 바라보고 있다.

"늦었네. 네가 불러놓고."

"죄송해요⋯⋯. 늦잠을 자서요."

"흥, 이런 때까지 덜렁거리네."

어젯밤 게르트루드가 통신용 광석을 통해 연락해 왔다.

——하고 싶은 말이 있어요. 내일 정오에 왕궁 앞으로 와 주세요.

참고로 현재 시각은 오후 4시. 네리아도 3시간 정도 늦잠을 잤지만, 그건 비밀로 할 생각이다.

"죄송합니다. 죄송합니다, 네리아 님⋯⋯. 전 정말로 바보였어요. 네리아 님을 위해서라며 네리아 님의 배를 찔렀으니까요."

"배는 괜찮아. ——너, 나에게 사과하러 온 거야?"

"네. 아무리 속죄해도 끝이 없겠지만요. 몇만 번 정도 죄송하다고 하면 될까요?"

네리아는 어처구니가 없어서 아무 말도 못 했다.

이 소녀가 매드할트나 레인즈워스의 수하로서 악행을 저질렀다는 건 확실하다. 그러나 지금은 그걸 추궁할 때가 아니라고 생각한다.

게르트루드는 눈물을 뚝뚝 흘리며 말했다.

"저는, 매드할트나 오라버니를 이기는 게 불가능하다고 생각했어요. 네리아 님이 이대로 이룰 수 없는 이상에 부딪혀 괴로워할 거라고——, 그렇게 생각했어요."

"그래서 체념하게 하려고 한 거야?"

"네. 사실 저는 여러 번 오라버니에게 이렇게 말했어요. 네리아 님의 말도 조금 들어보는 게 어떻겠냐고."

"씨도 안 먹혔겠지. 그 녀석이라면."

"귀도 안 기울여 줬어요. 그 사람은 제멋대로라서. ……그래서, 노력해도 보답받지 못할 네리아 님이 불쌍해서 견딜 수가 없었어요. 그냥 차라리 짐을 내려두는 게 낫지 않을까 했죠. ……하지만 현실은 달랐어요."

"그래, 코마리 덕이야."

"윽……. 저는, 이제 필요가 없겠네요……."

네리아는 천천히 게르트루드에게 다가갔다. 한 대 맞는 줄 알았을지도 모른다. 그녀는 겁먹은 듯이 눈을 질끈 감았다. 때릴 생각은 없었다. 이미 몽상낙원에서 한 방 먹였으니까 그거면 충분하다. 네리아는 그녀의 앞에 서더니 그 작은 몸에 팔을 두르며 부드럽게 끌어안아 주었다. 그래야 한다고 생각했다.

"어? 어??"

게르트루드는 굳어버린 채 당황하고 있었다. 이 메이드가 네리아를 걱정하고 있다는 건 확실하다. 방향성이 좀 잘못됐을 뿐이지, 이 소녀에게 악의는 전혀 없었다.

그렇다면 넓은 마음으로 받아주는 게 군주의 도량이겠지.

"……앞으로 알카는 좀 더 좋아질 거야. 하지만 내 힘만으로는 부족해. 너도 도와야 해."

"저기, 하지만, 저는…… 매드할트의, 수하였는데."

"그런 건 상관없어. 과거 따위는 상관없다고. 매드할트에게 충성을 다하던 쓰레기 같던 팔영장들도 내 생각에 찬동해 준다면 써주려고 해."

"그 바보 같은 오라버니까지도요?"

"그 녀석이 내 말을 따른다면 종으로 삼아줄 수 있어. ──저기, 게르트루드. 나에게는 네 힘이 필요해. 다시 한번 나랑 함께 가줄래?"

"네리아 님⋯⋯."

게르트루드는 한동안 울었다. 그녀를 애태우는 것이 터무니없는 죄책감── 이라면 그런 걸 느낄 여유조차 없을 만큼 많은 일과 보람과 행복을 주면 그만이다. 그만한 각오가 네리아에게는 있었다.

게르트루드는 눈물을 네리아의 옷으로 닦으며 띄엄띄엄 말했다.

"⋯⋯주인의 배를 찌르는 형편없는 메이드지만, 잘 부탁드립니다."

"다음에 또 배신하면 가만 안 둘 거야."

네리아는 웃었다. 그러나 품 안의 소녀는 면목이 없다는 듯 몸을 떨었다.

"네리아 님. 또 하나, 네리아 님께 숨겼던 게 있어요."

"무슨 실수라도 한 거야? 웬만한 건 용서해 줄게."

"아니에요." ──그렇게 말한 게르트루드는 네리아에게서 떨어졌다. 그녀의 시선이 황금빛으로 물든 왕궁 쪽으로 향했다. 그곳은 과거 네리아가 살았던 왕족의 거처다. 살짝 향수를 느꼈다. 그러나 네리아는 본인의 눈을 의심했다.

앞뜰 분수에 누군가가 서 있었다.

망령이 틀림없다고 생각했다.

하지만 망령일 리 없었다. 잘못 본 것일 리도 없다——. 뺨이 푹 패고 깡마른 데다 복장도 왕족답지 않게 간소하지만, 그 자상한 분위기는 5년 전과 전혀 달라진 게 없었다.

"아버지……!"

네리아는 놀라서 눈을 크게 뜨며 걸음을 내디뎠다. 그 남자—— 네리아의 아버지이자 전 알카 왕국의 마지막 국왕은, 그야말로 망령 같은 걸음으로 다가온다.

"네리아. ……용케, 용케도 여기까지 왔구나."

감격해 포옹을 나누—— 지는 못했다. 너무 당혹스러웠기 때문이다. 아버지는 바로 코앞까지 와 있었다. 네리아는 울상을 짓고 말았다. 5년 전, 매드할트에게 평화를 빼앗긴 후로 만나고 싶어도 만날 수 없던 가족이 여기에 있다.

"……아버지. 무사했구나. 구해주지 못해서, 미안해."

"아니다. 넌 많이 노력했어." 아버지는 온화하게 미소 지으며 네리아를 위로했다. "네 활약은 게르트루드를 통해서 들었다. 매드할트를 막기 위해 팔영장이 되고, 살을 깎는 노력으로 마침내 몽상낙원을 해방했지. 너는 나 같은 사람보다 훨씬 훌륭한 전류야."

몸이 떨린다. 이건 꿈이 아닐까 하는 생각이 들었다.

묻고 싶은 말이나 하고 싶은 말은 산더미처럼 많았다. 그러나 생각하는 게 목구멍에 걸려서 말로 잘 표현할 수 없었다. 아버지가 자기 노력을 인정해 줬다. 고작 그것만으로도 가슴이 벅차올랐다. 네리아는 눈물을 훔치며 고개를 돌렸다. 멋쩍어서 그랬다.

"아버지도 훌륭하지. 훌륭했어……."

"아니다. 나는 실수했어. 매드할트의 생각도 조금은 고려해 줬어야 했는데. 그 녀석 마음을 이해해 주지 못한 게 내 인생의 최고의 실수 같구나."

"실수가 아니야! 전부, 매드할트 잘못이라고!"

"그럴 수도 있지. ──어쨌든 네리아 넌 나처럼 되지 않았으면 한다. 물론 매드할트처럼 해서도 안 된다. 네가 새로운 알카를 만들어다오."

네리아는 눈을 크게 떴다.

그리고 자신의 사명을 자각했다. 혁명을 일으킨 자는 그 책임을 져야 한다. 사람이 사람을 위해 행동하는 나라──. 선생님이나 코마리의 이상을 구현하는 나라를 만들 의무가 자신에게 있다. 대통령 선거에서 이길 수 있을지는 모르겠지만.

"……힘낼게. 이 목숨을 걸고서라도."

"흠, 걱정할 필요는 없겠구나. 너에게는 많은 아군이 있어."

"응. ──코마리와 함께라면, 괜찮아."

아버지는 부드럽게 웃었다. 그리고── 갑자기 묘한 표정을 짓더니 이렇게 말했다.

"네가 다음 대통령이 될 게 확실해. 그래서 말인데, 너에게 주고 싶은 게 있다."

"주고 싶은 거?"

아버지는 품에서 단검을 꺼냈다. 황금 검집에 든 쓸데없이 화려한 단검이다. 네리아도 여러 번 본 적이 있었다. 분명 알카 왕가에 전해지는 비보인지 뭔지인데, 아버지가 늘 몸에서 떼어두지 않는 걸 보고 어린 마음에도 '번쩍번쩍한 게 취향 한번 고약하네'라고 늘 생각했었다.

"매드할트는 끝내 알카의 비밀을 알지 못했어. 왜냐하면 내가 가르쳐주지 않았으니까. 아무리 고문을 당해도 이것만은 말할 수 없었거든. 이건 모든 전류의 보물이니까——. 나라가 멸망할 때 저 분수 속에 숨겨뒀지."

그렇게 말하면서 네리아의 오른손에 단검을 쥐여줬다.

자기 손바닥 위에서 반짝반짝 빛나는 '전류의 보물'을 바라보며 네리아는 대수롭지 않게 물었다.

"이게, 뭐야?"

"알카의 마핵이다. 소중히 여기렴."

기절할 뻔했다. 이미 옆에서는 게르트루드가 기절해 있었다.

알카의 전 국왕은 두 소녀가 당황하는 모습을 보고 호쾌하게 웃음을 터뜨렸다.

"시대를 만드는 건 늘 젊은이지. ——네리아. 몸조심하면서 적당히 노력하거라."

☆

"코마리 님, 먹고 싶은 건 있으세요? 사과든 귤이든 포도든 원하시는 걸 말씀하시면 바로 사 와서 먹여드릴게요."

"필요 없어. 나 피곤해."

"그럼 목욕하면서 안정이나 취하죠. 제가 코마리 님 몸을 5시간에 걸쳐 꼼꼼히 씻겨드릴 테니까 그냥 가만히 계세요."

"불어 터지겠다!! 그만, 이쪽으로 다가오지 마!"

7월 29일. 병원. 침대 위.

반쯤 예상하긴 했지만 정신을 차리고 보니 기절해 있었다. 도대체 무슨 일이 벌어진 건지 정확한 건 모르지만, 이번만은 기억이 끊긴 타이밍이 똑똑히 기억난다. 몽상낙원 지하에서 네리아의 피를 마신 순간이다. 그 후 아마 나는 못 마시는 피를 과잉 섭취하는 바람에 일시적인 쇼크 상태에 빠져 기절해 버렸겠지. 그렇게 볼 수밖에 없다.

뭐가 어찌 됐든——겔라 알카 공화국 VS 뮬나이트 제국의 결말이다.

육국 신문에 따르면 매드할트가 투입한 5천 명의 군사를 내가 처리했다고 한다. 분명 오보겠지. 네리아의 피를 마신 뒤로 쭉 기절해 있었기 때문이다. 그러나 아무리 '이건 거짓말이야'라고 주장해도 빌은 '네네, 그러게요'라며 조소할 뿐이었다.

"코마리 님, 아무래도 이번에는 도망칠 곳이 없어요."

그렇게 말한 빌이 한 장의 사진을 내게 보여줬다.

내가 황금 마력(?)을 두르고 황금 검(?!)을 든 채, 황금 초원(??!!) 중앙에 우두커니 서 있는 광경이었다. 덧붙여서 주변에는 시체가 산더미처럼 쌓여 있다.

아니, 이런 걸 보여줘도 날조로밖에 안 보이거든?

"합성사진을 만들 거면 좀 더 현실성 있게 만들어야지. 이건 판타지잖아."

"판타지는 맞죠. 어쨌든 현실은 소설보다 더 판타지하다니까요. 코마리 님은 열핵해방【고홍의 애도】를 발동해서 겔라 알카비장의 부대를 일망타진하셨어요."

"직접 내가 저렇게 번쩍번쩍하면서 싸우는 걸 본 거야?"

"아니요, 못 봤는데요. 정말 유감스럽네요."

"거봐—, 네 망상이야."

"하지만 사실이에요."

"만약 이게 진실이면 매일 너랑 목욕할게."

"그 말 기억하셔야 해요."

나는 살짝 기가 죽었다. 빌의 표정이 진지했기 때문이다.

하지만 이런 게 진실일 리 없다. 나에게 5천 명의 군사를 단신으로 격파할 만한 힘이 있다면 아무런 고생도 안 했을 거다. 완력을 이용해서 집에만 틀어박혀 있었겠지.

나의 고집을 알았는지 빌은 "말해 봤자 소용이 없겠네요"라며 한숨을 내쉬었다.

"어쨌든 코마리 님을 끝까지 보필하지 못한 건 일생의 불찰이에요. 지난 칠홍천 투쟁 때도 그랬지만 중요한 때 정신을 잃다니 메이드 실격이네요."

"잘은 모르겠지만…… 너는 잘해주고 있어. 실격 같은 소리는 하지 마."

"하지만 공훈을 네리아 커닝엄에게 빼앗겼어요. 원래라면 제가 코마리 님과 함께 매드할트 대통령을 응징하려고 했는데."

그러고 보니 겔라 알카 공화국은 내가 잠든 사이 멸망한 모양이다. 수도에서 과격한 데모가 발발해 매드할트 대통령이 사라져 버린 것이다. 몽상낙원에서 있었던 잔혹 행위가 표면화하고 거기 관여해 있던 팔영장들도 처분되었으며 곧 다음 리더를 선발하는 선거——, 대통령 선거가 있을 예정이란다.

"……네리아는 괜찮을까?"

"걱정할 필요는 없겠죠. 이번 사건 덕에 알카의 백성은 커닝엄 님의 사상을 잘 이해했을 테니까요. 다음 대통령은 월도희가 틀림없을 거예요."

"그래? 잘은 모르겠지만, 그 녀석이 대통령이 되면 축하 파티라도 해야 하나."

"안 됩니다. 그 여자는 코마리 님을 노리는 위험인물이에요. 응원 말고 도발을 하죠."

"넌 네리아 편 아니야?"

빌은 뺨을 부풀리며 "저는 코마리 님 편이에요"라고 말했다.

분명 그 분홍빛 소녀는 위험할지도 모른다. 그 녀석 말은 나에게 쏙쏙 와서 박히니까. '일하고 싶을 때만 일하면 돼', '세 끼 식사에 낮잠까지', '당신은 과자만 만들면 돼', ——그런 달콤한 말을 듣다 보면 메이드복을 입는 것도 나쁘지는 않겠다는 생각이 든다.

어쨌든.

아무리 겔라 알카 공화국 생각을 해봐야 소용없다. 네리아는 확실히 괴로운 삶을 보내왔을지도 모른다——. 하지만 이제 그녀 앞을 막아서는 어리석은 자는 없다. 내가 할 수 있는 일은 아무것도 없지만 뒤에서 조용히 응원이나 해줄까. 뭐, 다음에 네리아를 만났을 때는 (피비린내 나는 이야기는 빼놓고) 여러 이야기를 주고받으려 한다. 그 녀석은 엄마의 제자였으니까 분명이야기가 활기를 띨 게 분명하다——.

"——다른 이야기인데 아마츠 카루라 님께서 선물을 보내셨어요."

"선물?"

"화과자 세트네요. 편지도 딸려 있어요——. '과자를 드릴 테니까 우리나라를 침략할 생각은 절대 하지 말아 주세요'라네요."

"……아니, 왜?"

"코마리 님의 열핵해방이 어지간히 무서웠나 봐요. 글씨가 흔들렸어요."

"카루라 쪽이 1억 배는 더 강할 텐데."

"여러 사정이 있겠지요. 하지만 코마리 님을 두려워하는 사람만 있는 게 아니에요. 전 세계 사람들이 편지를 보냈답니다."

"편지? 우와, 정말이네. 잔뜩 있어. 답장을 쓰기도 힘들겠다."

"그럼 제가 써 보낼게요."

"하지 마. 근데 뭐라고 쓰려고?"

"다 '승낙한다'라고 써 보내면 되겠죠."

"……뭐??"

너무나도 불길한 예감이 들었다. 나는 편지 더미를 조심조심

확인해 봤다.

[선전포고] [선전포고] [선전포고] [선전포고] [선전포고] [선전포고] [선전포고] [선전포고] [선전포고] [선전포고] [선전포고] [선전포고] [선전포고]——.

기절할 뻔했다.

"기뻐하세요, 코마리 님. 전 세계 야만인들이 코마리 님께 푹 빠진 모양이에요."

"기쁘기는 무슨?! 왜 이렇게 선전포고가 많이 와 있어?!"

"이 중 절반은 침팬지가 보냈네요."

"갑자기 이렇게 많이 오다니 누가 봐도 이상하잖아?"

"그 수수께끼가 풀리면 코마리 님은 매일 저와 함께 씻으셔야 해요."

"뭔 소린지 모르겠어!"

그때 문이 드르륵 열렸다.

그쪽을 돌아본다. 백은의 소녀—— 사쿠나 메모아가 서 있었다. 사쿠나는 내가 깨어난 후로는 매일같이 문병하러 와서 과자나 과일 같은 간식을 준다.

하지만 오늘은 안색이 조금 달랐다. 조금 당황한 기색이 엿보인다.

"코마리 씨, 칠홍부로 편지가 왔어요."

편지라는 단어 하나만 들었는데도 불길한 예감이 든다. 사쿠나는 내 침대로 다가오더니 "이건 오늘의 문병 선물이에요"라며 과일바구니를 건넸다.

"고마워. 그런데 매일 줘도 다 못 먹어."

"죄, 죄송해요. 코마리 씨가 얼른 기운을 차렸으면 해서……."

솔직히 말해 기운은 넘친다. 기절한 후 온몸의 마력이 몽땅 빠져나가서 검사할 겸 입원한 것뿐이다. 칠홍천 투쟁 이후와 마찬가지로 합법적인 땡땡이다.

사쿠나가 멋대로 바나나의 껍질을 벗기기 시작했다. 안 먹을 수도 없으니 기꺼이 "아—" 하고 받아먹었다. 달다. 맛있다.

"……메모아 님. 도대체 무슨 일이시죠? 코마리 님은 저와 사랑을 속삭이느라 바쁘신데요."

"하나도 안 바빠."

"아, 그게 말이죠. 제7부대 우체통을 보는데 이런 게 들어 있어서요."

왜 사쿠나가 제7부대 우체통을 확인하는지 확인하고 싶었으나, 넘겨받은 봉투를 보고 나는 기겁하고 말았다. '전류 다과회'에 초대받았을 때 받은 것과 완전히 똑같은 봉투였기 때문이다. 즉, 이건.

"아마, 네리아 커닝엄 씨가 보냈겠네요."

"그, 그러게. 내용은……."

"속이 비쳐 보여요. 큼지막하게 '초대장'이라고 쓰여 있어요."

"초대장?"

빌이 봉투를 뜯었다. 남의 편지를 멋대로 뜯어보는 건 일반적으로 큰 실례지만, 뭐 너그럽게 봐주자. 그녀는 대충 내용을 훑어봤다.

"……그렇군요. 아무래도 네리아 커닝엄은 이번 사건을 사과할 겸 코마리 님을 바다로 초대할 생각인가 보네요."

"뭐?"

"바다요, 바다. 코마리 님이 좋아하는."

"…………."

"가실래요?"

"……………………………………갈래."

☆

푸른 하늘. 흰 구름. 바다 냄새, 눈부시게 쏟아지는 햇빛, 반짝반짝 빛나는 바다──.

바다다. 염원하던 바다다.

내심 들썩들썩했지만 희대의 현자인 내가 '야호──, 바다다──!'처럼 감정을 폭발시키며 야단법석을 피울 수는 없었다.

나는 탈의실에서 수영복으로 갈아입고, 이번에는 확고한 걸음으로 모래사장에 섰다.

별로 창피하진 않았다. 지난번 해수욕 덕에 어느 정도 적응한 것이다.

"빌. 소설을 쓰는 데 필요한 것은 세세한 취재와 현지 조사야. 그러니까 나는 지금부터 '바다에서 노는 것'을 두고 투명하고 냉정하게 분석해 보려고 해."

"네, 코마리 님. 그런데 초특대 돌고래 플로트를 준비했는데요.

타보실래요?"

"뭐?! 뭐야, 그거 귀엽네! 타고 싶어!!"

소설 생각 따윈 머릿속에서 날아갔다.

자백하자면—— 나는 바다를 기대하고 있었다. 친구와 함께 놀 수 있는걸. 방에 틀어박혀 살던 3년 동안은 상상조차 하지 못했던 세계가 펼쳐져 있다고. 즐기지 않으면 손해 아닐까? 창피하니까 그런 감정을 드러내지는 않겠지만.

나와 빌은 돌고래 플로트를 안고 바다에 들어갔다. 차가운 물이 피부를 적셔 간다. 아아, 기분 좋아. 내 전생은 돌고래였을지도 모른다. 그리고 현생에서도 돌고래처럼 자유자재로 헤엄치게끔 할 것이다. 뭐, 수영 연습은 놀고 나서 하자.

"코마리 씨, 같이 타지 않으실래요?"

수영복 차림의 사쿠나가 흥분한 듯 다가왔다. 변함없이 너무나도 아름다운 그 모습은 1억 년에 한 번 나올 미소녀인 나조차 "흐아아" 하고 감탄의 한숨을 내쉴 정도였다. 덧붙여서 사쿠나도 네리아의 초대를 받았다. 그 월도희는 이 소녀가 마음에 든 모양이다.

"그래, 같이 타자. ——저기, 빌. 이거 둘이서 탈 수 있을까?"

"탈 수는 있는데 코마리 님은 저랑 타셔야죠. 메모아 님은 저기서 조개라도 잡으세요."

"교대해요. 제가 먼저 코마리 씨와 탈 테니까요."

사쿠나가 팔로 날 꽉 끌어안았다. 아, 이거 데자뷔 같은데.

"가소롭네요. 메모아 님. 이 돌고래를 가져온 건 저인데요. 그러니까 제가 먼저 코마리 님과 즐길 권리가 있습니다."

빌이 나를 꽉! 끌어안았다. 이봐, 그만둬. 창피하잖아.

"하지만, 공기를 넣은 건 저니까……"

"제가 직접 공기를 불어 넣으려고 했는데 '제가 마법으로 할게요'라며 공을 가로채셨잖아요. 감사하다고 일단 인사는 해두겠지만, 이 돌고래 플로트는 제가 산 거예요."

"하지만! 아까 코마리 씨가 제게 '같이 타자'라고 했다고요."

"봐, 싸우지 마! 그렇게 타고 싶으면 나는 나중에 타도 돼! 둘이서 타면 되잖아!"

""그건 안 됩니다.""

"어째서?!"

잘 모르겠다. 결국 가위바위보로 결정하게 된 것 같아.

사쿠나가 보자기, 빌이 가위.

수영복 차림의 메이드는 우쭐거리듯 브이 사인을 하더니 "정의가 승리하는 법이에요"라고 한마디 덧붙였다. 이에 비해 사쿠나는 불만스레 뺨을 부풀리고 있다. 그냥 나중에 같이 타면 되잖아──. 그런 냉정한 태클은 제쳐두고 사쿠나의 아이 같은 표정을 보게 돼서 왠지 신선했다.

"자, 코마리 님. 타세요."

"응."

중심을 잃을 것처럼 비틀비틀하면서도 돌고래 등에 자리 잡았다. 빌이 가뿐히 내 뒤에 착석하더니 빛과 같은 속도로 내 배에 팔을 감더니 옆구리를 주물거렸다.

"히야아아악?! 너 뭐 하는 거야!"

"저는 안전벨트 같은 거예요. 코마리 님이 떨어지지 않게 껴안고 있을 의무가 있다고요. 하는 김에 사이즈도 측정할게요. 흠흠, 위에서부터──."

"하지 마, 바보야! 안전벨트는 됐어. 이래 봬도 난 중심감각이 좋거든! 한 발로 30초 정도는 서 있을 수 있어──. 근데 그 마법석은 뭐야?"

어느새 빌이 보라색 마법석을 쥐고 있었다. 그걸 돌고래의 꼬리 부근──. 즉 등 위에 올려두더니 씨익 웃는다.

"떠 있기만 해서는 재미가 없으니까요."

"이봐, 그만해. 진짜로 그만해."

"아니요. ──마법석【충격파】."

다음 순간, 나는 돌고래와 함께 한 줄기 바람이 되어 날아갔다.

"아아아아아아아아아아아아아아아아아아아아아아아아아아!!"

눈 아래에 있는 해면이 무시무시한 속도로 지나간다. 엄청난 역풍 때문에 눈을 뜨지도 못한 채 나는 필사적으로 돌고래 지느러미에 매달렸다. 빌도 내 배에 꼭 매달렸고, 슬슬 시공을 초월하는 거 아닌가 싶던 참에 아득히 먼 곳에서 "코마리 씨이이이이이이!" 하고 절규하는 사쿠나의 목소리가 들렸다. 그 직후.

참방──!!

난폭한 돌고래 위에서 떨어진 나는 머리부터 바다에 빠졌다.

죽는 줄 알았네. 난 거의 패닉 상태가 되어 허우적거렸다. 다리는 닿을 텐데도 몸이 잘 움직이지 않는다. 큰일 났다, 빠진다──

그렇게 생각했더니.

"괜찮으세요? 코마리 씨!"

촤악! 누가 내 팔을 잡고 끌어올린다. 시야에 흰색이 들어온다. 흰 소녀다. 그렇게 나는 깨달았다. 아무래도 급히 달려온 사쿠나가 날 구해준 모양이다. 사쿠나는 정말 걱정스러운 눈으로 나를 바라봤다.

"저기, 다친 곳은 없으세요? 물을 먹진 않았고요?"

"괘, 괜찮아. 고마워, 사쿠나."

"다행이다아……."

사쿠나는 가슴에 손을 얹으며 안도의 한숨을 내쉬었다. 내가 안도한 것은 말할 것도 없다. 까딱 잘못하면 그대로 죽음을 맞을 뻔했다. 물에 빠져 죽는다니, 하나도 재미없거든.

나는 분노를 드러내며 만악의 근원을 노려보았다.

"이봐, 빌. 용케도 이런 짓을——."

하려던 말이 끊겼다.

둥실~. 해면에 메이드가 떠 있었다. 게다가 얼굴은 물에 잠겨 있다.

……엥? 빌? 농담이지?

"크, 큰일 났어요. 코마리 씨! 빌헤이즈 씨가 기절했어요!"

"뭐어어어어어어어?!"

나와 사쿠나는 급히 빌의 몸을 모래사장으로 옮겼다. 빌은 꼼짝도 하지 않았다. 이대로 죽어버리면 어쩌지——, 그렇게 절망감에 시달리고 있었을 때 갑자기 빌이 "콜록콜록" 하고 기침했다. 나는 빌의 얼굴을 들여다보며 외쳤다.

"빌! 정신 차려봐! 괜찮아?!"

"괘, 괜찮…… 지는 않네요."

"괜찮지 않다고?!"

"마법석 출력에 실수가 있었어요. 죄송합니다…….”

"그런 건 아무래도 상관없어! 어쩌지, 사쿠나?!"

"맡겨주세요! 제가 회복 마법을——."

빌이 사쿠나의 팔을 덥석 붙들며 만류했다. 꼭 마법을 쓰지 못하게 막는 것 같다. ……왜지?

"마법으로는 회복되지 않아요. 제게 필요한 건 인공호흡이에요."

"뭐? 필요 없잖아? 왜냐면 넌——."

"콜록콜록콜록, 우웨에에에에에에에엑."

"우와아아아아아아아!! 알았어!! 지, 지금 할게…….”

"잠시만요, 코마리 씨. 역시 이 사람 멀쩡히 숨 쉬고 있는데요?!"

"하지만 빌이 필요하다잖아! 그러니까…… 하지 않을 수는, 없어."

나는 빌의 두 어깨를 잡고 그녀의 눈동자를 가만히 응시했다. 심장이 두근두근한다. 어째서인지 얼굴이 후끈거린다. 하지만 이건 인명 구조를 위한 일이다. 어쩔 수 없다.

"흐에? 코마리 님, ……저기, 정말 하는 건가요?"

"다, 당연하지!"

"죄, 죄송합니다, 마음의 준비가. 잠시만 기다려…….”

"어떻게 기다리냐! 네 목숨이 걸렸는데!"

빌의 얼굴이 붉게 물들었다. 가슴에 손을 얹은 채 빳빳하게 굳어 있다. 에잇, 주저할 때가 아니지! ——나는 과감하게 그녀의 입술을 응시했다. 천천히 고개를 들이민다. 숨결이 느껴질 정도로 가까운 거리. 빌이 눈을 감았다. 나도 감아야 하나. 안 돼, 머리가 안 돌아가. 내가 왜 이러고 있는 거지——.

"——무슨 바보 같은 짓을 하는 거야, 너희들?"

나는 순식간에 소리가 난 쪽을 돌아봤다.

그곳에는 분홍빛 소녀가 서 있었다. 알카의 '월도희' 네리아 커닝엄. 그 뒤에는 어찌 된 영문인지 메이드 게르트루드도 서 있었다. 두 사람 모두 당연하다는 듯 수영복을 입고 있다.

헉! 빌이 숨을 돌렸다. 꼭 아무 일도 없었던 사람처럼 일어난 빌은 내 눈을 똑바로 보며 "이제 다 나았어요"라고 말했다.

"나, 나았다고?! 키스—— 가 아니라 인공호흡은 안 해도 돼?"

"네, 저에게는 아직 이르다는 걸 알았거든요."

영문을 모르겠다. 뭐 무사하다면 된 거지. 그것보다——.

"코마리! 잘 왔어. 수영복 차림도 근사하네."

"으, 으음. 초대해줘서 고마워."

"후후——, 시간은 얼마든지 있으니까 같이 수다나 떨자고."

그렇게 말한 네리아는 순수하게 미소 지었다. 나로서도 이 녀석과 하고 싶은 얘기가 잔뜩 있다. 몽상낙원에서 헤어진 후, 따로 연락도 하지 않았고 말이다.

파라솔 아래에서 빌이 사 온 복숭아 주스를 마신다.

나의 오른쪽 옆에는 사쿠나가. 왼쪽 옆에는 빌이. 맞은편에 네리아가 앉았다. 그 옆에서 게르트루드가 부채를 부치며 주인에게 바람을 보내고 있었다. 잠깐의 휴식이다.

"……커닝엄 님. 하나 묻고 싶은 게 있는데요."

"뭔데? 말해 봐, 빌헤이즈."

"저 메이드는 왜 태연한 표정으로 저희 앞에 나타난 거죠?"

게르트루드가 움찔했다. 듣고 보니 확실히 그렇네. 이 메이드에게 갑자기 얻어맞은 적이 있으니까. 네리아는 "미안해" 하고 민망한 듯 윙크했다.

"이 아이는 레인즈워스의 여동생이야. 협박 때문에 오빠 말을 따른 거고. 단단히 꾸짖었으니까 이제 당신들을 공격할 일은 없어. ——자, 사과해. 게르트루드."

"네, 네. ……지난번에는, 죽이려 들어서 죄송합니다."

그렇게 말한 전류의 메이드는 꾸벅 고개를 숙였다. 그러나 사쿠나는 둘째 치고 빌 쪽은 경계심을 숨기려 들지 않았다. 뭐 이 녀석은 게르트루드 손에 죽을 뻔했었으니까 무리도 아니다. 하지만 걱정할 필요는 별로 없겠지. 네리아가 괜찮다고 하는 데다 무엇보다 게르트루드에게서는 사악한 기색을 조금도 느낄 수 없었기 때문이다.

"빌, 그렇게 경계하지 않아도 돼."

"하지만……."

"저쪽도 미안하다니까 나도 가볍게 넘기려고 하는데."

빌은 마지못해 물러난다. 네리아가 만면의 미소를 지었다.

"고마워. 이 녀석은 내가 지속적으로 조교할 예정이니까, 걱정하지 마."

"부, 부드럽게 해주세요……."

"그건 너 하기에 달렸어, 게르트루드. ──그런데, 코마리." 네리아는 내 눈을 가만히 응시했다. "내가 널 초대한 것은 당신과의 관계를 다지기 위해서야. 그리고 나에게 협력해 준 답례를 하려고."

"답례 같은 건 안 해도 되는데."

"아니. 당신 덕분에 내 야망이 이뤄졌어. ──고마워, 코마리."

나는 새삼 명망 높은 '월도희'의 얼굴을 바라본다. 빌 말에 따르면 매드할트의 군대는 전 세계의 연합군이 토벌했다고 한다. 그리고 그 연합군을 실질적으로 주도한 것이 아마 눈앞에 있는 소녀겠지(남들은 내가 적을 섬멸한 줄 알지만 오보다). 메이드를 좋아하는 변태라는 건 사실이지만, 이 녀석은 세상을 구한 영웅이다.

"……아니. 고마워할 것 없어. 나는 아무것도 한 게 없으니까."

"역시 아무것도 모르는구나. ──그냥 이대로 둬도 되나?"

"네. 코마리 님께 어떻게 말씀드려도 안 들으시거든요."

"그래……. 재미있네. 당신은 마음 하나로 세상을 바꿔놓은 거구나."

뭐가 뭔지 모르겠다. 우선 복숭아 주스를 마시며 얼버무린다. 네리아는 게르트루드가 준 수박을 먹으면서 말했다.

"매드할트는 세계를 독점하기 위해 싸우고 있었어. 하지만 그게 잘못된 일이란 게 명백해졌고. 나는 그 녀석 뒤를 이어 알카를 변혁해야 해. ——저기 코마리, 내가 어떤 나라를 만들어야 할까?"

나는 잠깐 생각한 뒤, 입을 열었다.

"양식 있는 나라가 좋을 것 같아."

"그래. 양식 있는 나라란 다른 사람을 배려하는 사람들로 이뤄진 관대한 나라. 바로 당신 어머님이 목표했던 이상향이지."

게르트루드가 "드세요" 하고 자른 수박을 나눠준다. 한입 깨문다. 신선한 단맛이 입 안을 채운다. 나중에 수박 깨기를 해도 나쁘지 않을 것 같다.

"선생님의 유지를 이은 건 당신과 나. 그럼 손을 맞잡고 세계 정복을 목표로 해야지. ——코마리, 나에게 협력해 줄 거지?"

손을 쑥 내민다. 한없이 진지한 시선이 쏟아진다.

나는 이 소녀를 존경하고 말았다. 이 녀석이 겪은 일은 평범한 사람으로서는 견딜 수 없을 만큼 가혹한 일이었으리라. 가족을 빼앗기고 신분을 빼앗기고, 그 몸 하나로 장군까지 올라갔다——. 정말 굉장한 녀석이다. 세상을 바꿔 가는 건 바로 이런 사람일 게 분명하다.

내가 할 수 있는 일 따위야 뻔하지만, 뭐, 협력하는 것도 나쁘지는 않지.

"……그래. 함께 힘내자."

그 손을 맞잡는다. 네리아는 생긋 웃으며 말했다.

"후후. 고마워, 코마리. ——그럼 동맹 성립을 기념하며 건배하자. 오늘은 속이 풀릴 때까지 즐기다 가. 바다에서 헤엄쳐도 좋고, 호텔에서 나와 함께 주종 놀이를 해도 좋고. 밤에는 불꽃 놀이나 바비큐 파티를 열어 볼까?"

"으, 음! 기왕 온 거 그렇게 하도록 할까!"

나는 나잇값도 못 하고 들떴다. 네리아는 이미 적이 아니다. 지난번처럼 호텔을 폭파하고 연막을 뿌리며 도주할 필요가 없다. 오늘은 마음껏 즐겨 보자고!

"좋아! 그럼 비치 발리볼이나 하자."

"그래. 그럼 진 사람이 이긴 사람의 종이 되는 걸로 하면 어떨까?"

"조, 종?! 너…… 그렇게 날 종으로 삼고 싶어?"

"당연하지. 난 당신에게 메이드복 입히길 포기하지 않았어."

"포기해! 너에게는 게르트루드라는 훌륭한 메이드가 있잖아."

"메이드는 여러 명 있어도 부족해. ――뭐, 비치 발리볼로 그걸 정하자는 건 농담이지만. 내일 전쟁이 기다려지네. 이번 전쟁은 패자가 승자에게 절대로 복종한다는 피가 끓고 살이 튀는 룰이야. 강제로 메이드복을 입혀서 봉사시킬 날이 머지않은 것 같네."

……응? 이게 무슨 소리지?

"저기, 빌. 네리아가 혹시 더위를 먹고 이상해졌나?"

"어머, 깜빡했네요. 커닝엄 님이 보낸 초대장은 초대장인 동시에 선전포고이기도 했어요."

"뭐?"

"'리조트로 초대한다. 겸사겸사 전쟁도 하자고', 같은 내용이 적혀 있었거든요. 그래서 진 사람이 이긴 사람의 종이 되는 룰이라네요."

"뭐어어어?!" 나는 수박을 든 채로 일어났다. "뭐야, 그게! 난 처음 듣는데?!"

"코마리 님은 초대장을 제대로 읽지 않으셨으니까요. 제가 읽게만 하셨지."

"분명 그렇긴 하지만 알려줄 수 있잖아!"

"이기면 아무 문제 없으니까요."

"이길 가망이 어디 있다고! 이 녀석은 5천 명을 죽인 살인귀라고!"

"괘, 괜찮아요. 코마리 씨! 아직 전쟁이 시작된 것도 아니고……."

"그, 그래! 이봐, 네리아! 나는 지금부터 급한 볼일이 생각날 것 같거든. 미리 뮬나이트로 돌아갈게! 모처럼 초대해줬는데 미안하지만 그만 간다."

"헛수고야, 코마리. 이건 개인적인 싸움이 아니라 국가 간의 정식 엔터테인먼트 전쟁인걸. 내일은 보도진들이나 관중도 올 거야."

"…………."

"여기서 도망치면 망신당할걸? 테라코마리 건데스블러드가 겁쟁이라는 얘기가 퍼질 수도 있는데? 실망한 부하들이 하극상을 일으켜도 괜찮겠어?"

"………………."

"안심해, 봐주면서 할 테니까. ──자, 나랑 같이 세계 정복을 위한 시연을 해볼까?"

"하, 하지만."

"또 지금 가면 바다에서 놀 수 없는데? 너무 재미있는 불꽃놀이나 천체 관측도 할 수 없거든? 호텔에서 코마리가 정말 좋아하는 오므라이스도 준비하고 있어. 안 먹어도 되겠어?"

"······························그러게. 음."

다른 수가 없었다.

그리고 이야기는 프롤로그로 돌아간다.

☆

다음 날. 나는 정말 전장에 와 버렸다.

네리아의 목적은 '대통령 선거에서 표를 모으기 위해서 뮬나이트와 싸워서 명성을 높이는 것'이었다. 요컨대 나는 정치의 도구로 이용당한 것이다. 최악이다. 그렇다고 물론 도망칠 수도 없다. 최악 중에서도 최악의 상황이다. 게다가 내가 지면 저 녀석의 메이드로서 네리아를 '주인님'이라고 불러야 한다. 최악을 넘어 절망이다.

그렇게 네리아는 나의 눈앞까지 왔다.

분홍빛 머리카락. 소녀틱한 군복. 양손에 든 예리한 쌍검이 새빨갛게 젖어 있다──. 도검 나라의 공주님, 아니, 도검 나라의 차기 대통령 월도희 네리아 커닝엄.

나와 동갑인 살인귀는 순수한 미소를 띠며 꼭 오랜 친구를 대하듯이, 그러나 어디까지나 고압적으로 이렇게 말했다.

"코마리, 내 종이 되도록 해."

"되겠냐——!!"

"후후후, 저항하고 싶다면 얼마든지 해. 그래도 당신은 나와 같은 운명을 걸고 있으니까! 우리는 세계 평화를 목표로 하는 동지. 둘이서 힘을 합치면 어떤 적도 두렵지 않아!"

이렇게 해서 나는 세계 평화를 목표로 하는 동지(?)를 얻었다.

평화가 목표인 주제에 검을 들고 덤벼 오다니 정상이 아니다. 그러나 그녀는 매드할트나 레인즈워스와 같은 바보들과는 다르다.

빛나는 눈동자. 타오르는 의지. 유린 건데스블러드에게서 이어받은 의지.

자기 이익만을 우선시하지 않고, 사람이 사람을 위해서 행동하는 세계를 만든다. 그런 엄청난 야망을 아낌없이 내보이는 차기 대통령.

나는 한숨을 내쉬고 말았다.

이 녀석과 함께라면, 정말로 세계를 노릴 수 있을지도 모른다.

이 상황에 그런 감동을 느끼는 나는 진짜 멍청이 아닐까——.

나는 체념과도 비슷한 기분을 품으면서 반짝반짝 빛나는 네리아의 의기양양한 얼굴을 바라봤다.

(끝)

로네 코르네리우스는 보기 드문 장면을 목격했다.

냉혹하고 잔인무도한 '뒤집힌 달'의 넘버 2가 벤치에 앉아 고개를 떨구고 있었다.

젤라 알카 공화국의 수도는 대량의 사람이 오가고 있어 이상한 활기를 보이고 있었다. 매드할트의 몰락에 들뜬 전류들이 '혁명 기념제'라며 축제를 벌인 것이다. 코르네리우스도 이 혼란을 틈타서 노점에서 붕어빵을 사 온 참이다.

다시 아마츠의 모습을 관찰한다. 내일은 하늘에서 눈이 아니라 붕어가 내릴지도 모른다.

"무슨 일 있었어? 누나한테 이야기해 볼래? 지금이라면 뭐든 들어줄게."

"안 들어줘도 돼."

"설마…… 뭔가 실패했어?"

"…………."

정곡을 찌른 모양이다. 코르네리우스는 만면의 미소를 지었다.

"확실히 큰 실패이긴 해. 이번 목적은 젤라 알카를 이용해 마핵의 정보를 얻는 것이었는데, 네리아 커닝엄이나 테라코마리 때문에 매드할트가 밀려났으니까. 이거, 마핵의 정보가 문제가 아니겠어. ……그런데 정말 왜 고개를 숙이고 있었어?"

"아가씨에게 혼났어."

"풉." 코르네리우스는 웃음을 터뜨렸다. "푸후홉─! 이거 알아, 아마츠? 뒤집힌 달은 실패한 자를 용서하지 않거든? 자, 참수형이네, 참수형. 죽어라!"

그의 어깨를 주먹으로 가볍게 찔렀다. 아마츠는 무표정하게 이쪽을 보았다.

"아니, 이번 작전은 대성공이다."

"어딜 봐서 성공했다는 거야? 이봐, 잠깐. 내 붕어빵 빼앗아 가지 마. 먹지 마. 하나밖에 없다고."

전부 먹어버렸다. 아마츠는 "뭐야, 팥인가" 하고 실망한 듯 팔짱을 낀다.

"팥이 뭐 어때서."

"전에 사촌 동생이 지겹게 먹였거든. 과자 만들기 연습이라나 뭐라나……."

"맛있는데. ……아니, '작전은 대성공'이라는 게 무슨 뜻이야?"

"우리 목적은 겔라 알카 공화국을 멸망시키는 거였거든."

"금시초문인데."

"테라코마리 건데스블러드가 겔라 알카 지부를 파괴하게 만든 것은 매드할트 정권을 자극하기 위한 것. 우리가 신구를 녀석들에게 판 건 알카 정부의 전의를 고양시키기 위한 것이었어. 설마 이렇게 빨리 전쟁이 시작되고 끝날 줄은 몰랐지만."

"영문을 모르겠어. 전쟁을 일으키는 게 목적이었어?"

"전쟁을 일으켜서 알카를 멸망시키는 게 목적이었지. 매드할트는 자신감이 넘치는 멍청이니까──. 싸우면 십중팔구 질 터였어. 지지 않더라도 몽상낙원의 진실은 반드시 폭로될 예정이었지. 그렇게 되면 겔라 알카는 멸망해."

"……응? 요컨대 겔라 알카를 멸망시키고 싶었다는 거야?"

"처음부터 그렇게 말했잖아, 바보야."

"바보 아니거든."

"쉽게 말하자면, 아가씨는 매드할트 정권을 용서할 수 없었던 거야. 녀석들은 마핵의 무한 재생 능력을 이용해서 비인도적인 인체실험을 하고 있었다. 마핵의 '죽지 않는다'라는 악랄한 특성을 이용해서 악랄한 짓을 반복한 거지."

"아아, 그렇구나. 분명 아가씨가 화낼 만하네."

마핵의 재생력이 당연시되는 세계에서 일어날 법한 비극이다. 인명 경시. '죽음이야말로 산 자의 숙원'이 슬로건인 뒤집힌 달로서는 가증스러운 사태였던 것이다.

그런 짓을 아무렇지 않게 해내는 겔라 알카는 분명 뒤집힌 달의 적이었다.

"……응? 그럼 왜 아가씨에게 혼난 거야?"

"가족을 소중히 하라고 하더라."

"뭐어?"

정말 의미를 모르겠다. 그러나 아마츠의 얼굴은 너무나도 진지했다.

"육국 신문 중계에 아마츠 카루라가 나왔잖아. 그 녀석이 내 사촌이야. 난 그 녀석을 방치했다고 혼난 거고."

──당신은 다른 사람들과 달리 가족이 있잖아! 더 이상 사촌 동생을 슬프게 하면 용서 못 해! 자, 휴가를 줄 테니까 만나고 와!

"──이렇게 된 거야."

"만나면 되잖아."

"곤란해."

"그 나이 먹고 고향으로 돌아가기가 창피해서? 내가 따라가 줄까?"

"그건 다른 의미로 곤란해."

"뭐, 힘내. 송별회를 열어 줄 테니까. 표고버섯 스테이크를 만들어 줄게."

"아니. 하지만—— 흠."

아마츠는 팔짱을 끼며 하늘을 올려다보았다. 이 녀석이 이런 태도를 보이다니 별일이네——. 별일이긴 하지만, 머릿속으로는 극악무도한 계획을 착착 세우고 있을 게 뻔하다.

이내 아마츠는 눈을 감고 사악한 말을 했다.

"천조낙토를 노리는 것도 나쁘지 않겠어. 그 계집의 힘은 쓸 만하니까."

"……나쁜 오빠구나, 너."

"일반적으로 보면 우린 악당이겠지."

그러게, 하고 코르네리우스는 웃었다.

평화를 어지럽히는 대통령은 영웅에게 쓰러졌다.

그러나, 세상에서 전쟁이 사라질 날은 아직 먼 듯했다.

작가 후기

늘 감사합니다. 코바야시 코테이입니다.

이 소설을 쓰면서 자주 듣는 말이 '흡혈귀와 수인은 알겠는데 나머지는 뭐야?'입니다. 1권은 흡혈귀의 나라에서 끝나는 이야 기였기 때문에 다른 나라나 종족이야 어떻든 상관이 없었지만 (어폐가 있는 말투), 3권쯤 되니 당연히 이야기나 세계관이 커 져서 처음으로 흡혈귀 이외의 종족에도 살을 붙여주게 되었습 니다. 그렇다지만 애초에 이 소설에 나오는 흡혈귀는 다른 픽션 에 등장하는 고전적인 흡혈귀 캐릭터와는 조금 다릅니다. 태양 아래를 활보하고 바다에서 바캉스를 즐기고, 때와 경우에 따라 서는 십자가로 난투를 벌이는 유사 흡혈귀죠(주인공은 피를 마 실 수 없으니까 유사 흡혈귀 비스무리한 존재일지도 모릅니다). 그렇다고 그렇게 이상한 존재는 아닙니다. 작중에서는 여섯 종 족이 일제히 '인간'이라고 불리는 것처럼, 흡혈종도 전류종도 창 옥종도 지구로 바꿔서 생각하면 결국 '다른 나라에 사는 사람' 정도의 차이밖에 없다는 거죠. 요컨대 서로 의사소통이 불가능 한 외계인이 아니라서 하려고 하면 다들 사이좋게 지낼 수 있습 니다——. 이번 이야기는 그런 이야기입니다. 죽고 죽이긴 하지 만요.

그보다 이 후기를 쓰고 있는 8월 현재는 섣불리 집을 벗어날 수가 없네요. 현실 세계에서 은둔형 외톨이가 되기 쉬운 시기라서, 이번에는 코마리를 뮬나이트 제국에서 내보냈습니다. 친구와 바다에 가거나 낯선 거리에 가는 등, 은둔 당시에는 상상도 할 수 없었을 대모험입니다. 여러분이 코마링과 함께 조금이라도 여행하는 기분, 리조트에 온 기분을 맛보셨다면 기쁘겠습니다.

뒤늦게나마 감사 인사드립니다.

이번에도 훌륭한 일러스트로 작품을 꾸며주신 리이츄 님. 책을 멋지게 디자인해 주신 장정 담당 히이라기 료 님. 끈기 있게 퇴고 작업에 함께해 주신 담당 편집자 스기우라 요텐 님. 그 밖에도 발간에 힘써 주신 많은 분들. 그리고 이 책을 구매해 주신 독자 여러분. 모든 분께 깊은 감사 인사를 드립니다——. 감사합니다!!!

4권은 스트레이트하고 코마리즘한 이야기가 되면 좋겠습니다.

코바야시 코테이

HIKIKOMARI KYUKETSUKI NO MONMON 3
Copyright © 2020 Kotei Kobayashi
Illustrations copyright © 2020 riichu
Original Japanese edition published in 2020 by SB Creative Corp.
Korean translation rights arranged with SB Creative Corp.
through Japan UNI Agency, Inc., Tokyo

외톨이 흡혈 공주의 고뇌 3

2023년 10월 1일 1판 2쇄 발행

저　　　자 | 코바야시 코테이
일러스트 | 리이츄
옮 긴 이 | 고나현
발 행 인 | 유재옥
총괄이사 | 조병권
본 부 장 | 박광운
담당편집 | 박치우
편집 1팀 | 박광운
편집 2팀 | 정영길 조찬희 박치우 정지원
편집 3팀 | 오준영 곽혜민 이해빈
디 자 인 | 김보라 박민솔
라 이 츠 | 김정미 맹미영 이윤서
디 지 털 | 박상섭 김지연 윤희진
발 행 처 | (주)소미미디어
인쇄제작처 | 코리아피앤피
등　　　록 | 제2015-000008호
주　　　소 | 서울시 마포구 토정로 222, 403호(신수동, 한국출판콘텐츠센터)
판　　　매 | (주)소미미디어
영　　　업 | 박종욱
마 케 팅 | 최원석 박수진 최정연 박소연
물　　　류 | 허석용 백철기
전　　　화 | (02)567-3388, Fax (02)322-7665

ISBN 979-11-384-3475-1
ISBN 979-11-384-1037-3 (세트)